尋找冬天的你

Dear You

我們是世上最親近的人，
也是最容易讓彼此受傷的人。

推薦序

敷米漿

大約是順著一種軌跡走，慢慢地輪廓越來越清晰，然後看見故事的核心，那被作者隱藏著的嘶吼。我想自己已經許久沒有讀過這麼讓人感到淋漓盡致的文字了，好像影片一樣的跳場、細節、鋪排。

我一開始是有點看不分明的。兩個個性迥異背景差異甚大的女主角，各自在生活的圓圈裡頭打轉，慢慢地勾勒出一種後青春的味道。閱讀至中途，我倒是稍微停下了節奏，突然發現自己被勾起了許多想法。包括了長大的無奈，無論是長大過程中的或者是長大以後的。

又或者是對於理想的姿態。看著自己跟書中截然不同的人生軌跡，我卻意外地發現了，書裡很明確幫我點出了自己對於人生的本來面目的想像，然後又是怎麼碎裂成現在這個模樣。

而那，卻是作者隨著故事的推進，不知道是有意或者無意地把我們的記憶挑起絲，然後那絲線打成結，千絲萬縷再也無法理清線頭。相較於職場的部分，對於記憶中的學生部分記憶特別能撞擊我，甚至將我擊倒。

同樣身爲創作者，我相當明白回過頭去書寫青春著實不容易，很容易會有一種蹩腳的感受，無論對於作者或是讀者來說皆是。但我看見喬一樵很輕易地就把一層一層的回憶揭開，熱血的、追求的、眷戀的一直到盲目的。我想對於青春而言，這確實是一種很純粹的象徵，那一瞬間真讓我拋開了同爲寫作者的觀感，直直往單純地享受文字快樂的讀者而去。

與其說這是一本書，我更願意說這是一部很有味道的電影。有聲音、有顏色、有氣味。剛開始閱讀以爲這是一段旅程，後來才發現，這是可以不斷回味、回放甚至按下暫停鍵的影片。不是單純的娛樂片，而是讓你願意花費一點時間，去探究探索當中所有人的內心轉折，並且從中找到獨屬於自己的共鳴的那種。

我總覺得自己跟著陳瑋的表演，激昂的歌聲搭配澎湃的鼓聲。一直到影片最後的字幕漸漸向上、向上……

閉上眼，回味所有的畫面。多美。

Contents

目次

第一章　我最討厭的就是吃藥

香爐裡的灰已經理好一座小丘，拇指大小的雲母片裡放著綠棋楠香末，丁蒔蘿練習過無數次，知道此時呼吸吐納是關鍵，她必須夾起雲母片放置於灰丘頂，一點細微的風吹草動都會功敗垂成。

清脆的撥弦音是暗示，她確認自己的氣息已穩，心內無雜念，她可以伸出手夾起雲母片移到香爐——

突如其來的手機震動，讓丁蒔蘿氣息一亂，手抖了下，雲母片傾斜，名貴的綠棋楠香末散入灰中，養了一個月，日日埋炭淨化、過濾搗鬆的灰……

罪魁禍首還在包包裡震個不停，她一時手忙腳亂不知道該先搶救香爐還是尋找手機，更不知道該如何抬起頭來，與面前的主考官鈴木老師交代。

「對不起……老師，請再給我一次機會。」

不知道日本人的臉天生就長那樣，還是香道老師都是得道高僧，鈴木老師維持面無表情，宣布：

「晉級，失敗。」

手機跳出的訊息：44444，數字四，重複五次顯示情況緊急，丁蒔蘿清楚每個數字代表的意義。

一代表郎無情妹無意，她只要打個電話，假裝問候「老公／男友」，幫助那傢伙從一夜情裡完美脫身。

二代表郎無情妹有意，稍微麻煩一點，電話解決不了的情況，她必須傳一張兩人的親密合照，加上甜膩死人的簡訊，他會「不小心」讓對方看到訊息，這方法保證對方不存遐想，不再糾纏。

三代表郎無情妹痴情，這通常針對約會兩個月以上的對象，丁蒔蘿的角色是吃回頭草的舊情人，年資保證完勝對方，做法是安排「偶然重逢」，接著是「天雷勾動地火」。

四，可說是第三種情況的狗尾續貂版，用在「偶然重逢」、「天雷勾動地火」都甩不掉對方的情況……

情況緊急無暇多想，她將香道具亂無章法的塞進提籃裡，路邊攔了輛小黃，急奔「事發地點」。

鑰匙才碰到鑰匙孔，門應聲打開，殷子愷那張無賴臉出現在眼前，「怎麼那麼慢？快來不及了！」

他順手接過她手中的香道籃，丟到一旁，催促：「快，快脫衣服！」

她嘆口氣，走到房間裡，解開襯衫上排三個扣子，他已經跳到床上，上半身脫光，爲她掀開被子，就在這時，大門傳來動靜。

「快進來！上衣——」來不及挑剔，他直接把丁蒔蘿按進懷裡，棉被拉到她勉強裸露的肩膀，從外觀看，這畫面能夠被理解爲被下光溜溜，這就夠了。

「凱子，我買了晚餐——」甜美的聲音戛然而止，丁蒔蘿非常慶幸自己的臉被按在殷子愷的胸膛，看不到事主的表情，也不需要像上次那樣陪著演一齣惡女奪男大戰。

「你們在……做什麼？」女性的抖音傳來。

「哎，田欣，我不是叫妳不要再過來了嗎？」

丁蒔蘿幾乎失笑，演得跟真的一樣，真要對方不過來，怎麼不將備份鑰匙收回？早盤算演這麼一齣戲好讓「甜心」死心吧？

「她是……丁蒔蘿？」

為了證明她是那位「舊情人」，他的懷抱鬆了鬆，丁蒔蘿露了半臉，揮揮手出聲：「嗨。」

「殷子愷！你可以再賤一點！不是說她當年狠心拋棄你嗎？回頭草你還吃得下去！丁蒔蘿！妳這個不要臉的女人！說走就走、說來就來，這樣玩弄人很好玩嗎？」甜心形象盡失的破口大罵。

丁蒔蘿幽幽嘆口氣，祈禱這齣爛戲早點演完。

結局沒什麼好期待的，殷子愷是以感情創傷者身分和這位甜心開始交往，這身分能無極限的喚醒女人的母性，老少通吃，到最後女人們終究會學到，她們療癒不了這位無可救藥的男人，因為他的終極解藥，只有丁蒔蘿這個舊情人。

這腳本歷經多次打磨，保證能讓殷子愷完美全身而退，丁蒔蘿不只一次警告他，一年以上的關係，她絕不幫忙，怕給對方留下永久創傷，而殷子愷截至目前為止，還沒有過超過六個月的關係。

客廳的談判聲斷斷續續傳來，一直躲在被單下的她打了個呵欠，昨晚系會議後被拉去聚餐鬧到半夜，今天一早還上了兩堂大一必修課，緊接著準備下午的香道晉級考試，神經一直緬得很緊，凱子的「香榻」又是如此柔軟溫暖，她不自覺閉上眼睛，以為在沉思的狀態，其實已經神遊到不知何處，直到另一邊的床墊沉了沉，意識被輕輕搖醒。

「喂，才六點呢，怎麼睡著了?」

她半睜眼睛，窗外的天色還沒暗，只見背光的身形輪廓，看不清楚表情。

「無聊，就睡著了……」

他姿態放鬆，斜靠著床頭板，伸長腿直接坐在床單上，「無聊?也不會出來幫幫我。」

她半抬起身體，這才發現屋內靜悄悄的，「打發走了?」

他亮了亮手裡的鑰匙，「嗯哼。」

「確定沒有備份?」

「這鎖要打備份還挺麻煩的，她現在不會花那麼多心思在我這個爛凱子身上。」

「這麼不死心的女人，搞不好就願意花那心思。」

「是我心軟，上回沒把話說死，才會有現在的麻煩。」他頓了頓，「反正我們不合適，早點看開對她來說有益無害。」

「聽起來有點惋惜吶?」

他笑了笑，「是有點，田欣其實很不錯，善良、純真、家境、職業都不錯……」

「臉蛋中上，身材火辣。」她加入點評。

「啊，那身材真是沒話說。」

「不過?」

「不過，她不夠堅強。」

「意思是？」

「不夠獨立。」他搓搓下巴，故作沉思貌，「很有可能變成那種沒有我就活不下去的類型，而妳知道我最怕的就是這類。」

「在你眼裡每個女人都有這個傾向，除了田欣，還有上次的Nancy，上上次的蘭蘭，和上上上次的玲玲……」

「說得也是，我怎麼老碰上這類女人？沒有男人不行的？」他哀嘆。

丁蒔蘿起身，扣好襯衫，使勁掀開床單，故意讓他失去重心跌下床。「有毛病的人是你，那些女人何其無辜。」

「喂喂，妳去哪？我欠妳一頓晚餐，擇期不如撞日，就今天晚上了，怎麼樣？」

她停下撿拾包包的腳步背對著他，「你欠我的何止一頓晚餐？我丁蒔蘿的名聲都被你敗壞光了。」

不用回頭，她都能勾勒出這個痞子舔著臉求原諒的神情，這張從小看到大的臉，始終沒變過。

「那兩頓晚餐，如何？」

殷子愷所謂的「晚餐」，永遠是他家巷子口那間帆布搭起來的燒烤啤酒屋，老闆陳志匡是他以前的同事，受不了藥廠業務哈巴狗性質的工作，索性在業績達到最高點的那個月辭職不幹，用那個月的獎金租下體育場附近這塊空地，花點小錢找人搭起帳篷，地上鋪塑膠草皮叫「戶外休閒區」，一間貨櫃屋改裝的酒吧叫做「吧檯區」，就這樣，成本不到一百萬，卻把生意做得風風火火，賺得比從前多，讓殷子愷羨慕得要死。

「這間燒烤吧的概念還是我開的頭呢！我們那時成天跑業務跑得憋屈，晚上就找啤酒屋洩憤，不過啤酒屋的食物實在不怎麼樣，台灣嘛！最好的國民食物不就是鹽酥雞和路邊燒烤？幹麼不結合兩者，和美味生啤、優美環境？我每天回家經過這塊空地，就跟陳志匡說，結果他還真好狗運租了下來，根本沒有做不起來的道理！」

問他既然這麼好賺，點子又從他而來，幹麼不自己也開一間？這傢伙又有一堆理由：「路邊攤嘛，說穿了就是靠天吃飯，天氣不好就沒客人；做小吃生意，每天晚上都被綁在這個六坪大空間，沒有夜生活可言，心情不好還不能不開店，客人喝酒鬧事還得應對，還有啊，成天泡在油煙裡，哪個女人會喜歡？」

不過，作爲哥們兒，他倒是挺講義氣，幾乎天天來捧場，丁蒔蘿懷疑他其實是這間店的地下股東，請她的錢部分回饋到自己的分紅，不管怎樣，遇到他請客，十有八九是到匡哥這兒報到。

「凱子！蘿蘿！」匡哥熱情招呼：「來啦！正好，剛烤了兩隻大蝦子，請你們吃！」

殷子愷不客氣的接過來，不忘揶揄一番：「這應該是客人訂了沒來拿，給我們賺到。」

丁蒔蘿也就不客氣，在休閒區的內側，熟客的老座位拉開椅子，坐下來大啖美食。

「端午節連假妳要回去嗎？」

「你呢？」她反問。

殷子愷聳聳肩，「本來我媽很希望我這次能帶女朋友回去，但現在吹了，回去又要被她念。」

丁蒔蘿想起那個從小對殷家這兩兄弟過度保護的殷媽媽，也不禁打了冷顫，殷子光去年結婚，他這個當弟弟的本來以爲壓力會小一點，沒想到母親反而更火力集中的對付他。

「我是都可以，反正回去也是那樣。」

他快速瞥了眼，「什麼叫也是那樣？妳老爸不是搬回家住了？」

「所以氣氛更糟，更不想回了。」

剛好這句話被送啤酒上來的匡哥聽到，他大聲說：「什麼叫不想回？世上只有媽媽好！你們兩隻單身狗，放假不回家陪陪父母留在這個絕望之城幹麼？」

「你不懂啦！」

「你不會懂！」他們倆異口同聲。

匡哥愣了下，立刻換上笑咪咪的臉，「默契這麼好，在一起算了。」他身手了得的閃過殷子愷射過去的串籤。

一身油煙與汗臭的匡哥摟著丁蒔蘿，故作親暱道：「蘿蘿氣質佳、職業優，再不收下，很快就被追走。」

「早就被追走了好不好！」

「什麼時候？」匡哥露出苦瓜臉。

她不以爲意道：「八百年前，我結婚了。」

「真的？怎麼都沒聽妳說？」

「我以爲我一臉黃臉婆貌，人人都看得出來。」

「誰說的？我們蘿蘿是文青美女，學校那些小屁孩應該都被妳迷得神魂顛倒。」

殷子愷踢他一腳，「回去烤肉啦，沒看到嫂子那裡忙不過來？」

隨著烤肉串上桌，話題重新回到端午假期，「既然我們都不回家，不如去哪裡走走？」

「去哪？」

他偏頭想了想，「那個哪裡啊，不是有海洋音樂祭？」

最近廣告打得挺大的綠島海洋音樂祭，丁蒔蘿對流行樂再陌生，這個消息在學生間也沸騰了好一陣子，原因是她任職的學校出了一個天團，校內幾個學生創立的搖滾社支援社會運動竄出頭，不只出了唱片，還上了小巨蛋辦演唱會，好像還受邀去日本演出，搖滾樂社因此一躍成爲校內第一大社，不管是偶像效應或群聚效應都好，總之爲了消化這些熱情的團員，社團又開了許多小團，國內大學社群都稱他們是「搖滾校園」。

「我一堆學生要去，不好意思吧？」

「什麼話？身爲搖滾校園的老師，妳也應該搖滾一下。」他撥撥她的香道籃，「成天活得跟古代人一樣，偶爾也需要轉換。」

調侃的神情從小到大如出一轍，丁蒔蘿反脣相譏：「你也別成天自以爲風流，撩了人又沒種承擔。」

「這就是男人，妳不會懂的。」

她怎麼不懂，什麼時候開始幫他處理情債的？那時才高中，不，連高中都還沒上，從國中時就開始了，當時他暗戀班花，纏著她幫忙寫情書，後來還真的追到了，卻也因爲他，班花沒上好高中，他反而安穩上了市立第一中學，理直氣壯拿「爲了讓班花好好衝刺大學」而結束這場早戀，分手信仍然是丁蒔蘿代筆。

她隔著啤酒杯看著他，這傢伙長的並不特別高大，也稱不上英俊，勉強算相貌端正，比一般男人蒼白的臉，若按照韓流男星標準，勉強能演個男二角色，問題或許就在這裡，男人太帥會讓女人沒有安全感，殷子愷的外表就在男二與男三之間，隨興所至，想風流就風流，正經起來倒也人模人樣，端看劇情需要。

至於女人最在乎的家世，他就差強人意了，殷父在他小六時過世，家裡兩兄弟靠從事保險業的母親拉拔長大，殷媽媽在專業上是女強人，但這樣的家境畢竟離電視劇裡的高富帥樣板差得太遠。

但就是這樣一個人，竟能在花叢中進退自如，丁蒔蘿實在想不透，或許是兩人太熟的關係，在她眼裡，殷子愷既沒優點也沒缺點，恰恰好就是他，從小一起長大的哥們兒——或說，閨密。

同一時間，殷子愷也觀察著丁蒔蘿的反應，三年前回國，她像完全變了一個人，表面上還掛著已婚身分，卻不見她和丈夫有任何聯繫，寒暑假時也不回法國團聚，反而老跑些歷史狂熱者的路線，考古遺址或千年古城之類的，每回她都會順口問他要不要一起去，聽起來也不像與老公約在第三地碰頭的樣子。

明明才剛滿三十歲，日子卻被她過成退休生活。這三年裡除了埋頭寫論文、上課、帶研究生，工作之外的生活全被塡滿藝文課程，如茶道、香道、古董鑑賞等等，從小到大，她的性子特別執著，只要下定決心，不管多困難都會走到最後，這些業餘的課也讓她上得有聲有色，都拿到一級茶師、初級香道執照了。

生活這麼多采多姿，他卻覺得與丁蒔蘿出國前不一樣了，感覺失去某個很重要的東西，說不上來是什麼。

他們曾經無所不談，現在也還是，但和從前那種掏心掏肺，眼淚鼻涕都能當面噴出來的方式不同，他很清楚現在想要打開丁蒔蘿的話匣子，就只能談些她感興趣的話題，歷史、書、戲劇、電影……私人話題她只聽不說，跟別人相關的私事說多說深了，她也不愛，總是想辦法轉移話題或乾脆找理由先走一步。

在他這種男人的眼裡，女人只有兩類：可以上床的，與不可以的，他媽和丁蒔蘿都屬於後者，這一類的女人他判斷不出美醜，就像每天照鏡子看到自己一樣，怎麼看就是那個樣子。

不過，客觀來說，丁蒔蘿是標準的中等美女，開始不怎麼驚豔，卻越看越順眼……身材穠纖合度，五官細緻，最吸引人的應該是那頭捲曲得很自然的長髮，放下來垂順到腰部，她習慣盤到頭頂，落下幾綹髮絲，反而有一股率性氣息。她上薄妝，卻不費心掩蓋臉頰上的雀斑，笑起來跳躍在臉上，整個人都活潑起來，讓人忍不住跟著笑，然而這樣的時刻卻越來越少，好不容易逗她開懷大笑，他就會覺得蘿蘿簡直是大美女。

他問過她爲何笑容少了，她無所謂的說：「都幾歲了還沒事亂笑，神經嗎？」

三十歲，是沒事就不能笑的年紀嗎？他不清楚，從小到大都是他想得多，老愛杞人憂天，做事瞻前顧後，而她則是行動派，說做就做、說走就走，現在兩人角色卻顛倒過來，他對未來沒有太大抱負，過一日是一日，而她卻……怎麼樣呢？他其實也不再明白她在想些什麼。

唯一不變的，就是在他面前，她永遠是那個隨傳隨到的蘿蘿。

各自懷抱著不同想法，這兩個蓄意逃家者有一搭沒一搭的聊著端午節連假的計畫——綠島海洋音樂祭。

「現在才決定要去，不知道還訂不訂得到票？住宿呢？」

「妳不是說很多學生會去？找機會問問他們，我們湊團也好，住宿的地點嘛，隨便就好，跟學生們擠大通鋪我OK，跟妳去住villa也可以！」他閃過對面扔來的第二枝串籤，「小心點，別弄出人命來！」

她冷哼一聲，他繼續腆著臉，「怎麼樣？問問？要不然放假就只能窩在我家追劇了。」

「不知道。」

只要她不斬釘截鐵拒絕，就代表同意了，殷子愷得意的灌下第二杯生啤，舉手跟匡哥再要一杯，一舉沖淡對田欣的愧疚與微微的遺憾。人生就是這樣，努力工作、痛快戀愛、和好友暢飲，除此之外，他不要求更多，只要每一天都過得與另一天相同，那麼何時結束也就不是太大的問題。

陳瑋的手指飛快的撥弦，最後一個音符落下，回到現實世界，環顧汗水淋漓的團員，他知道自己又著魔了，不斷加快的節奏，不僅鼓手、鍵盤、主唱得費勁跟上，連跟他搭配多年的貝斯手阿星也跟得氣喘吁吁，但他還是找不到這首歌應該有的節奏。

「媽的，阿瑋，我差點心臟病發！」

「改這麼快，歌曲調性都變了。」

扶在他肩上的手是阿星，「兄弟，你到底在飆什麼？」

陳瑋搖搖頭，「我也不知道，感覺還沒抓到。」

「下禮拜就要去綠島了，現在還定不下來，我們該怎麼辦？」

陳瑋一語不發收拾吉他，阿星瞪一眼其他團員，讓大家噤聲，陳瑋是樂團團長，作曲、編曲也由他包辦，說穿了，樂團就是圍繞著他發展起來的，大才子以前不是沒有任性過，感覺不對臨場取消演出的紀錄斑斑，他知道這時候陳瑋最不需要的就是更多的壓力。

「你去哪？不練了？」

陳瑋將吉他背到肩上，冷冷的說：「我有課。」

他這麼一說，所有人都死心了，大家爲了團練都蹺了不知道幾個星期的課，每個人都走在二一的鋼索上，但陳瑋絕不蹺的課只有一個——法國史。

拉開團練室的門，迎面擠上來十幾個女孩子，手裡都有東西等著奉獻。

「阿瑋，喝口水。」

「阿瑋，剛才那段實在太棒了！」

「陳瑋，這是我親手做的粽子──」

他沉著臉撥開幾個黏得太緊的女孩，直奔歷史系選修課教室，提前十五分鐘抵達仍然空蕩蕩的教室，坐在固定位子，第二排右邊靠窗，靠窗是爲了能把吉他靠在窗邊，也是爲了第一時間看著她走入教室。

陳瑋已經大四了，照理來說法國史是開給大二大三的選修課，而不是給應該選擇專題課程的大四生，但他不管，明明差這一個學分就可以畢業，年年都自願被當，再選修一次，丁蒔蘿拿他沒辦法，對一個不交期末報告的學生，總不能放水過關吧？

除了法國史，他同時修丁蒔蘿的法國歷史專題課，若可能，他都想去上大一的西方文明史通識課，只是大一時丁蒔蘿還沒到職，他早就拿到通識學分，選課系統不允許重修。

坐在教室裡等著她，心情莫名好一點，這世上只有兩樣東西可以讓陳瑋忘記現實，一個是音樂，另一個就是丁蒔蘿的歷史課。

應該說，她的聲音勾勒出的那個遙遠的世界，她十分注重細節，講法國大革命時把那時社會的方方面面都描述了，麵包一塊多少錢、貧民的衣服、貴族的餐桌、修士的服飾差異、朝聖路線、波旁王朝錯綜複雜的通婚史……

講拿破崙東征莫斯科時，讓學生看見當時士兵的服裝配備、遍地狼煙、冰荒大地……她鼓勵學生進行辯證，抽掉以往教科書上的大寫歷史，提出另一種可能性，由學生們分組找資料，想像與演繹另一個版本的歷史。

對法國歷史的偏愛，對陳瑋來說就像在補修曾經缺失的學分，回到那個他生活多年，卻無知無覺的時空，除此之外，還有他對老師的興趣。

講台上的丁蒔蘿就是個神，帶領學生穿越時空，激化每個思考的細胞，但陳瑋也親眼看過下台後的丁蒔蘿，就像抽掉靈魂的布偶一樣，看不見眼前活生生的人，對風聲傳聞或任何流行與活動都反應遲鈍。

與當年生活在巴黎的他一樣，無知無覺。

丁蒔蘿不點名，學生出席率也不差，主要是上課內容豐富，另一個理由是陳瑋，他校內粉絲不少，「陳瑋從不蹺丁老師的課」成爲校園傳說後，想接近他的人紛紛搶修這門課，但這一切都抵不過假期的誘惑，端午連假前一週，許多人已經先回家與家人過節，因此這天的法國史課堂異常冷清，陳瑋很樂意看到空蕩蕩的教室，這麼一來丁蒔蘿落在他身上的目光就會比平時頻繁。

丁蒔蘿走到講台，沒抬眼看學生，將講義攤在桌上，順手把捲髮盤到頭頂，以木頭髮釵固定，沒有問候語，直接開始今天的課程：短命的巴黎公社。

陳瑋去年聽過，這也是他最愛的一段，丁蒔蘿演繹另一個版本的歷史，假定被主流歷史學家歸爲暴民的公社成員是值得同情的，講到激昂處，她會揮動雙手：「那個時代看起來像是無政府主義，但這只是後人穿鑿附會，精確的說，巴黎公社的失敗啓發了後來無產階級革命，但是大家不要忘了，那個時代沒有工業革命，他們要對抗的是主張復辟的貴族而不是資本主義，他們的口號是社會主義共和體制，而不是菁英領導的偽共和！」

這段內容曾經啓發他寫下〈台北公社〉這首歌，用來支援反對都更的釘子戶，蔚爲流行，傳唱一時，直到現在都還是他的代表作之一，並成爲團名。

丁蒔蘿今年準備的課比較平鋪直敘，但加入了過去一年新的研究史料，內容講的是與催生法國大革命的雅各賓黨內部的關聯，也加入當時工人的生存狀況剖析，甚至還切合時事的小小幽默了一下目前爭吵不休的勞動改革。

陳瑋知道丁蒔蘿不是抱著萬年講綱不放的尸位素餐講師，她一直在成長，也樂於與學生分享，即使內容明顯超出大學的程度。

兩個小時的課飛逝，他忍不住惋惜，恨不得能夠上一整天，下週是端午假期，還得等兩週才能再上她的課。

下課鐘聲響起後，他不急著離開教室，坐在位子上看著排隊問問題的學生，每個班級都會有幾個好學生，課後會抓著老師追根究柢。陳瑋不是這樣的學生，他對知識沒有多大的追求，選擇歷史系不過是因爲分數落點在這裡，遇見丁蒔蘿是意外，上她的課就像看一場表演，讓他不由得想像在台下看他們表演的觀眾。

收拾好背包，他踱步，緩緩經過那些圍著老師的學生，接近門口時，出乎意料的，他聽到自己的名字。

「陳瑋，你等等。」

他頓時頭皮發麻，是錯覺吧？丁蒔蘿喊的是他？他很緩慢的回頭，比著自己，「老師叫我？」

「是，」她不自在的說：「我有點事情想請教，你可以等我幾分鐘嗎？」

陳瑋措手不及，擺不出平常的酷樣，愣愣的回：「當然，我有時間。」

還在詢問的學生們看這情況不便打擾，很快結束問題，最後教室裡只剩下他們兩個。

丁蒔蘿抽出髮簪，蓬鬆的頭髮亂中有序的披在肩上，她藉著收拾講義，迴避直視學生，侷促的問：「你的樂團會去綠島海洋音樂祭嗎？」

陳瑋想不到這個書呆子老師問的會是這個問題，他再次愣了愣才答道：「會啊。」

「那個……我和一個朋友也想去湊熱鬧，想問問你有沒有建議的旅館？」

「旅館？朋友？」

「嗯，因爲時間有點近，又是臨時決定的，我怕訂不到什麼好地方了。」

鎖定下來以後，陳瑋注意到她其實比自己還緊張，他細細觀察她反覆調整講義，攏頭髮、撥眼鏡的手勢，心底的笑意緩慢泛開。

他清清嗓子，恢復「正常」的聲音答道：「老師，靠近主舞台區附近的旅館恐怕都訂光了，人家都是前年就預訂下一年的，妳只能去遠一點的地方，這樣的話還要租車，就不太能喝酒了，音樂祭期間警察臨檢得很勤快，除非……」

「除非什麼？」

「除非跟我們一起住露營區。」

她微微皺眉，「主舞台區附近有露營區？」

「對啊，專門保留給表演者的，我們團分到一個小木屋，還有一個可以搭三座帳篷的空間，離沙灘不遠，露營區設備也不錯，盥洗、燒烤什麼的都很方便。」

「給表演者的啊……」

「老師要去的話，可以住我們的小木屋，反正天氣已經熱到屋內睡不著，去年大家連帳篷都不搭就直接睡外面了，當然，老師想要體驗星空下的海風眠，也可以跟我們一起睡外面。」

「可是我不是表演者啊，而且還有一個朋友一起去，這樣會不會太不好意思？」

明明就心動，卻非要客套一番，陳瑋微微笑道：「老師要是覺得不好意思，可以幫我們一點小忙，交換一下。」

「幫什麼忙？」

「當我們的樂團經理，幫忙聯絡一些演出細節什麼的，工作量不大，這麼一來，我可以幫妳和朋友弄到工作人員證，你們也不需要買套票了。」

聽起來是個兩全其美的辦法，但還差一個環節，「你們哪一天出發？」

「週三晚上開夜車去台東換船，我們開七人座廂型車，不怕擠的話老師可以跟我們一起出發。」

「週三啊？我朋友可能週末才放假，我得問問他。」

他偏頭問：「老師的朋友是男的女的？」

「男的。」

「男朋友？」

「不是，就是一個從小一起長大的哥們兒，是他想碰碰運氣看能不能湊上熱鬧，反正我也沒事……」

兩年前第一次見面時，他就覺得她越不自在，就透露出越多的自己，陳瑋享受面對這樣的丁老師。

「男的就沒問題，老師妳先跟我們過去，他自己再想辦法過來會合就好，不過，妳得提醒他要自己帶一頂帳篷，他可不能跟老師妳一起住小木屋吧。」

她點點頭，貌似接受這個安排，但還是不鬆口，又拋出一個驚喜：「這樣吧，你留下電話號碼，我晚上跟他商量後再跟你說？」

「老師怎麼沒有學生的聯繫方式？」

「聯絡資料都在系辦公室，爲了這個事，我也不好專程到系辦去調你的資料。」

他伸出手，「手機給我。」

訝異於這學生的氣勢，她竟然聽話的把手機交出去，陳瑋在她手機上按了自己的號碼，聽到口袋裡的手機鈴聲，才滿意的歸還電話，這麼一來，她有了他的號碼，而他，也有了她的。

「老師還有其他問題嗎？」

她搖搖頭，突然想起似的，再次喚住他：「你這學期到底交不交報告？」

他嬉皮笑臉道：「我都大四了，除非想延畢，不然有不交報告的理由嗎？」

言下之意，他之前是有不交報告的理由的，丁蒔蘿為時已晚的發現，自己竟然被一個大四的小屁孩調戲了。

她板起臉，沉聲道：「我不是沒當過大四生，你最好準時交。」

陳瑋扛著吉他，吹著口哨繞回團練室，本來今天不想再回來了，但經歷丁蒔蘿這段小插曲，他突然又有心情了，其他團員圍了上來，驚喜地發現今天又能練了。

「我想了一個新的編曲，前面抒情，後面搖滾。對了，阿星，你騎車去我宿舍，幫我拿一把樂器過來。」

會議室裡的冷氣總是比外面還要強，殷子愷努力保持清醒，國外母公司派來的專家還在滔滔不絕介紹這次帶來的幾款新藥，是，這次一下子拿到衛生署批號的幾款藥很搶手，是，其中兩款還在健保給付藥的備選名單中，是，國內醫生對這些藥的配合藥方還不甚熟悉，是，副作用……他打了個盹，被自己驚醒，台上的簡報已經不知翻到哪一頁？他偷偷拿出手機，正要開簡訊畫面，就收到一則新簡訊通知。

「音樂祭搞定，晚上聊。」

他露出微笑，就知道她會去問，這傢伙越活越回去了，原則越來越多，也變得不像小時候那麼爽快，就應該多被刺激刺激！

「凱子，」突然聽到銷售部老大喊自己，他連忙收起電話，「這批藥在拿到健保給付之前，只能走VIP的路線，麗丰醫院的推廣就交給你，不過麗丰的醫生對新藥接受度低，我們在採購部那裡雖然有樁腳，你的任務是從第一線醫生著手，好好研究一下麗丰婦產科醫生名單，下午進來跟我開個會，我們擬定一下Action Plan。」

殷子愷坦然接受眾人羨慕的目光，這批要針對的都是婦女病，當然要從婦產科下手，而最多貴婦病人，以及標榜婦產科全科女醫生的就是麗丰醫院，由他出馬這不是理所當然嗎？新藥市場拓展困難，通常給的紅利也較高，他不介意接受挑戰，看來這場凍死人的會議開得還真有價值！

兩個小時以後，他卻笑不出來，看著檔案中的目標資料：嚴立丰，他的背脊都涼了，立丰，麗丰，這醫生要是跟醫院創辦人沒有關係，他甘願改姓！麗丰醫院創辦二十五年，這個醫生真那麼厲害三十歲開醫院，現在恐怕都六十歲了，他對上了年紀的女人實在沒轍。

跟以前跑這個醫院線的同事打聽，得到的答案卻十分匪夷所思。

「嚴立丰？好像是新來的婦產科主任，上個月才到，我最近沒跑婦產科的線，沒接觸過這個醫生，名字……會不會是湊巧？」

湊什麼巧？麗丰不就隸屬巨象集團嗎？巨象的大股東不就是建設公司起家的嚴金水？等等，嚴金水有幾個女兒？不管怎樣，他都已經七、八十歲了，女兒能年輕到哪？他的心情沉到谷底，後悔答應得太快……

懷著忐忑的心情，去醫院的路上，他不忘給丁蒔蘿回個電話：「今天晚上我不是死定，就是需要慶祝，總之我都需要好好喝一杯。」

「那麼嚴重？」

「麻煩的案子，總之，妳先卡位，我這邊結束後打給妳。」

「卡什麼位？不就是匡哥那兒？全台北市哪裡還能容得下你去鬧場？」

他訕笑，「說得也是。」

麗丰醫院在市中心最精華地段，說是全國最高級的私人醫院都不為過，二十五年前與約翰．霍普金斯醫院簽訂長期合作，直接成為全美排行前三名的私立霍普金斯大學醫院台北分部，不收健保卡，所有的設備與用藥都是美國原裝，有時連醫生都是美國原裝，能到這裡掛上號的病人非富即貴。

殷子愷深吸一口氣，才剛踏入大廳，就感受到一股低調奢華的簡約風，大廳連藝術品都貨真價實，掛了一幅羅斯科的油畫，氣勢非凡，傢俱感覺都是從亞曼尼或愛馬仕傢俱店直接搬過來的，他還沒感受完全，老大說的「椿腳」——唐佳珊就走過來打招呼。

「凱子，怎麼樣？第一次來？跟你平常去的那些醫院不一樣吧？」

殷子愷看著她，感嘆連跑這醫院的人都要打扮得不一樣，唐佳珊一身名牌，臉上的妝容無懈可擊，感覺就像……這醫院的VIP。

「謝謝妳出來帶我。」

「沒事，麗丰管制的比較嚴，不相關的人是進不去的。」她低聲說：「進出的都是需要高度隱私的族群。」

「妳的辦公室在哪？」

「十一樓，行政樓層。」她比比樓上，這是她在這醫院蹲點五年才爭取到的立足之地，不過，據說她也蹲到了一個金龜婿就是了，麗丰的一個心臟科醫生，為了她離婚，兩人現在終於能光明正大在一起，結婚之後更順理成章混進這裡的採購部門，專屬辦公室就是這麼來的。他們藥廠的名氣在國際上也是數一數二的，麗丰給VIP用的原廠藥，七成出自他們家，有唐佳珊這個前資深propa在，不只醫院採購部門省心很多，醫生們要諮詢新藥也方便很多。

「其實這批藥妳去跟婦產科推就好，我根本派不上用場。」事到如今，殷子愷還想把握最後推辭的機會。

她搖頭，「這你就不懂了，新的婦產科主任進來以後，門戶可是緊閉啊，我手上已經有十款藥被她刷下來了，老總這不是要你來幫忙止血的嗎？」

他腳步一頓，「什麼理由？」

唐佳珊愁眉苦臉，「這個嚴主任霍普金斯畢業後，聽說去西藏還是印度什麼的流浪了一年，學了一些順勢療法的東西，很多用藥方式與國內習慣不合，為了導正用藥習慣，她大刀闊斧刪了很多她認為沒必要的藥物。」

「啊？醫生也能這樣搞？」

「麗丰醫院，嚴立丰，你聽出什麼了？」

「她是神祕創辦人？」

「差不多，她是創辦人的孫女，出生時剛好家裡要辦醫院，就用了第一個孫女的名字，還說以後這孩子要是學醫，就把醫院送給她，你看這不是一語成讖？這醫院穩穩的就是那位嚴主任的，人家愛怎麼弄怎麼弄。」

殷子愷完全定住了，「出生？妳的意思是這個嚴主任只有二十五歲？」

「是啊，人家不只學醫，還是個天才，二十歲就取得美國醫師執照，剛回來沒幾個月就考到台灣的醫師執照，原本在霍普金斯醫院當婦產科主治，聽說是爲了爭遺產才回來的。」

「她爸死了？」

「不，是她娘。去年過世的，二房三房都覬覦這間醫院，也不知道誰去通風報信的，大小姐立馬辭了工作，回來坐鎮。」

「那她幹麼當醫生啊？直接掛名院長不是更有效率。」

「誰知道啊？院長目前還是她娘以前的心腹，董事長則讓三房公子給搶下了，我們私下都猜大小姐這是在醞釀，從底層做起好收買人心。」

「一回來就空降婦產科主任，這還叫底層？」

八卦到此，電梯已經來到三樓婦產科，唐佳珊帶他到護理站拜一下碼頭，朝護理長說：「請各位多關照我們家帥哥凱子，以後就由他負責提供新藥資訊。」

護理長看起來慈眉善目的，殷子愷稍微安心了點。

「帥哥要拜的可不是我們這邊，是裡面那些娘子們。」護理長笑說：「眼下有個好機會，醫師們都在十樓開會，會議主題正好是藥品使用新辦法，你不怕碰一鼻子灰，可以去會議室外頭等著，中場休息若能說服主任，搞不好下半場可以讓你進去簡報幾分鐘。」

這麼好的機會，是業務都不會放棄，唐佳珊立刻拉著殷子愷往十樓奔，電梯一到，她就忙著閃人，「我避一下嫌嘿，婦產科這關你要是守不住，我還有其他科得守，不能都得罪了，你說是不是？」

「沒問題！要是成了，我私下給珊珊姊提成！」

「呸呸呸，別喊我姊！」

會議室外空空蕩蕩，殷子愷可以聽見自己的心臟怦怦跳的聲音，他過去幾年在公司的業務表現都是全國前十以內，沒道理怕這個二十五歲的公主醫生……好吧，醫院繼承人這個來頭是大了點，但他也不是沒應付過，這回怎麼莫名的心虛呢？剛剛護理長提到簡報，還好他拷貝了上午母公司代表的簡報，數據都在，看著念不會出錯，新藥上市是好消息，等於是功德一件，他沒道理心虛。

等候的十五分鐘，他用各種方式安撫心慌，歸根究柢還是這個嚴立丰太神祕，都要上場打仗了還不知道敵人長怎麼樣，才是讓他安不下心的原因。

中場休息，等他終於知道嚴立丰長相，心徹底慌了，怎麼……會有這麼美的醫生。

「你找我？」嚴家長孫女，麗丰醫院未來繼承人嚴立丰，直直站在他面前，清秀細緻的五官，俐落的短髮，模特兒身高，這女人到東區街頭走一圈立刻會被星探網羅，幹麼費事……當醫生啊？

殷子愷愣了幾秒，完全失去頂級業務員的氣勢，心虛道：「是是，嚴主任幸會，我是惠飛藥廠代表殷子愷，妳叫我……凱子就可以。」

她微微皺眉，「藥廠的人？什麼時候開始propa可以登堂入室到這裡來？」

「是湊巧，我來送一款試藥，剛好聽說婦產科醫生們都在這裡開會，我過來跟大家打聲招呼。」

嚴立丰不相信「湊巧」這回事，「有需要我們會透過醫院採購跟你們聯絡，你不需要在醫院進進出出。」

「嚴主任，我們有幾款新藥，採購以前沒接觸過，還是得由醫生你們這邊評估，他們才敢下單。」

「新藥。」她冷哼一聲，繞過殷子愷往前走。

殷子愷鍥而不捨的堵住她，抽出準備好的檔案夾，準備好的台詞一股腦倒出：「嚴主任您是美國回來的，一定用過這幾款藥，國內一般接受新藥的速度比國外平均慢上五到十年，國人的權益無形中也受損了，您想想，現在的人用的藥是歐美人十年前用的，這還是在你們這麼高端先進的醫院，一般醫院落後的時間更長了，請嚴主任看看我們這份藥單，裡面還有三款是您的母校參與研發的。」

死纏爛打這麼下級的手段都使出了，殷子愷也沒其他退路了，握著檔案夾的手懸在空中，等著對方回應。

嚴立丰對這人的第一印象就是藥廠業務典型的油條調調，但仔細觀察，他的膚色過於蒼白，眼白內有些微可疑的血絲，眼球聚焦困難，右邊臉頰不明抽動，但還是堅持擋在她面前。她接過檔案夾，就在他抬起頭露出微笑時，她更靠近觀察他的氣息。

殷子愷在她靠近時心臟撲通撲通的急跳，這女人……究竟是打哪個星球來的？

她突然放柔語調，命令：「你先坐下。」

蛤？殷子愷像被催眠一樣，就著牆邊一排椅子坐下，只見她轉頭跟提醒開會的助理說：「讓大家先繼續，我十分鐘後進去。」

十分鐘，她願意給他十分鐘？

走廊回復平靜，她戳戳手，將溫熱的手掌蓋在他的眼上，語氣柔和得像能滴出水來：「閉上眼睛，跟著我調整呼吸，吸氣，吐氣，吸氣，吐氣，什麼都不要想，意念集中在吐出的鼻息上。」

五分鐘以後，他的呼吸漸緩，唯一的知覺是眼上柔軟溫暖的觸感，那隻手慢慢移到他的臉頰，輕輕的撫摸他，「你看見光了嗎？」

光？「嗯，唔。」

「享受光，把所有念頭放掉，再放掉。」

放掉，再放掉……

在她的撫觸下，又經過五分鐘，殷子愷已經昏昏欲睡。

「好了。」手離開他的臉，「你可以張開眼睛了。」

他的眼睫毛顫動幾下，讓眼球適應光亮，露出剛被調戲過的小婢女貌，「嚴主任……這是……」

幾秒鐘前還像天使一樣的女人，戴上冷冰冰面具，彷彿剛才發生的一切只是一場夢，「你平常應該有在看腦神經內科的診吧？用的藥帶在身邊嗎？拿出來我看看？」

殷子愷覺得這女人簡直神了，她怎麼看出他的病？

「我……沒帶在身邊。」

「你沒有固定吃藥？」

彷彿這是需要費盡思考的問題，他像面對母親質問那樣，心虛的說：「偶爾。」

「就算不固定吃，抗癲癇藥物也應該隨身攜帶，你實在太大意，剛剛都已經局部發作了。」她比向他的右臉頰。

他撫住臉，大驚：「有嗎？」

「怎麼會有你這種人？癲癇症病人不應該從事高壓力的工作，藥廠業務的工作不適合你。」

「不會啊，一般的醫生都很好溝通，不會給我壓力啊。」

嚴立丰好笑的看著這個男人，這麼快就恢復油嘴滑舌的能力了？

「主任，妳要是願意給我十分鐘跟裡頭的每位醫生介紹一下這次的新藥，我的壓力就更小了。」

「你知道我剛剛給你治療的方法，比起所有的藥，都還要早兩千年？兩千年前的人不需要吃那麼多藥就能治好病，你說說爲什麼兩千年後的人得吃這麼多藥？」

「因爲兩千年前的人只要煩惱下一餐吃什麼，現在的人要煩惱的多上一、兩百倍，而且，環境對人有害的物質也比兩千年前多一、兩千倍。」

見她沒有立即反駁，他乘勝追擊：「而且也不是所有的藥都是多餘的，就拿新的異位寧來說，這款治療子宮內膜異位症的口服藥，能夠從根本舒緩經痛、異常出血，而且有效防止子宮肌瘤、巧克力囊腫、不孕症的發生機率，這比起目前臨床對治經痛要開的非類固醇抗炎藥物、促性腺激素類似劑、口服避孕藥、黃體素，其他零零種種，全部加起來都只能治標不治本的配方好太多，嚴主任，醫療科技日新月異，古老的東西有好的我們可以撿回來用，但新的東西也有好的，不能罔顧事實而流於意識形態的堅持，您說是不是？」

那一排藥裡，嚴立丰唯一無法反駁的就是這款異位寧，大約六年前正式上市，她在美國時也常開給病人使用，但若同意他的說法，豈不也同意了他之前說的國內醫藥水平落後的事實？以這傢伙的口才，她相信給他進去會議室，不到十分鐘就能收服裡頭那票醫生，他振振有辭時，看起來還挺……順眼的。

她拿起落在椅子上的檔案夾，刻意冷著聲音說：「資料留下，我有空再看。」

她以爲這次能夠打發走這傢伙，但她猜錯了，走沒幾步又被他攔住，這回她的肝火升了起來。

「嚴主任，有規定男人不能掛婦產科的號嗎？」

她愣住。

「我想去掛妳的號，妳剛才那招，比我吃了十年的藥還管用，說老實話，我最討厭的就是吃藥了……」

假如不是理智把關，嚴立丰恐怕會當著他的面大笑出來。回國以後，不，她這輩子從沒見過這麼有趣的人！

第二章　理想國一直在那裡

跟殷子愷約好晚上碰面，丁蒔蘿整個下午都沒課，零碎的時間，她習慣窩在研究室那張丹麥建築師Arne Jacobsen 1958年設計的蛋椅裡，閱讀或批改學生的報告，但今天卻怎麼都無法專心。索性打開研究室窗戶，坐在窗台上點燃一根香煙。她沒有煙癮，抽屜裡那幾包都是臨時起意買的，每包抽個一兩根就被遺忘，不知不覺就累積了許多，大多數都已經過期無味了。

晚春的沉靜校園隱隱含著騷動，空氣微微夾帶溼氣，像被壓抑許久的某種情緒終於逸出一絲訊息，勾出久遠的記憶，國小畢業典禮一過，她和姊姊們隨母親搬回雲林老家，前一天她才與同學們約好永不相忘，隔天約定就隨著距離被拋之腦後。

那時不知道約定中的「永遠」，意味著它永遠不會是永遠。

父親打算到大陸拓展紡織事業，母親不同意全家一起過去冒險，折衷之道就是她帶著孩子們搬回祖宅，在那裡有祖父母幫忙照顧，有空她再飛過去陪陪丈夫。

丁蒔蘿記憶中的甜蜜家庭生活從此戛然而止，尚未成熟的她不明白爲何父親不再每個週末帶一家出門遊山玩水，也不明白爲何母親總與難得回家的父親冷戰，最後，母親不再過去，祖母卻時常抱著母親流眼淚，求媳婦原諒什麼事情。

那年夏天，從大城市搬到鄉下，錯過國中暑假開的先修課程，開學後才循著分班表，走入新教室，然而同學們早已相熟，不是國小就認識，就是在先修班認識。

第一堂課自我介紹，對著陌生的同學，她說：「我叫丁蒔蘿，從高雄搬過來。」單純的介紹詞竟被視爲高傲，人生地不熟，她原本不太在意同學們與自己的疏離，某一日上完體育課回教室的途中，意外聽見下方樓梯傳來一群女生模仿：「我從高雄搬來……哼，大都市來的了不起喔！」語氣中明顯的嫌棄，讓她突然明白自己在班上的狀態不是疏離，而是孤立，她在不明所以的狀態下被全班女生孤立了，明明是炎熱的天氣，那一刻她渾身泛冷，由內而外，背脊冷汗直流。

她必須收斂國小時有些男孩子氣的直爽，必須謹小慎微與人應對。

然而，當她的作文屢受老師褒獎，對著全班朗誦時，讓她的處境更加嚴峻。國中第一年，她一個人上下學、一個人吃便當、一個人複習功課、家政課沒有人願意與她同組、各科小組長時常忘了收她的作業……她無比想念高雄的朋友們，排斥上學，埋怨家人，從前那個明亮的丁蒔蘿再也不復見。

渡過痛苦的國一，新學期開始，學校背著縣教育局偷偷進行程度分班，從公布的新分班表上，她看到自己被分入「甲班」，那幾個帶頭排擠她的女生被編入「乙班」，甲班的好學生們是從各班選出來的，大部分彼此並不認識，新的年級、新的同學、新的開始，她謹慎的不再宣揚自己從大城市搬來的背景，就算還有幾個國一同學也被編進甲班，大家在課業壓力下，無暇搞小心機，孤立的危機到此算解除，但她卻再也無法找回從前那個自己，對同學仍然保持不冷不熱的態度，對班務也不太熱心，成爲這個資優班裡如同幽靈的存在。

打破這個狀態的是殷子愷，國二一開學，她很快注意到這個男孩深受各科老師寵愛，個頭不高又好動得像隻猴子，永遠靜不下來，不知道是因爲身高或特權，他的座位永遠在第一排，屢屢趁老師轉身寫板書時轉過來對全班作怪，逗大家笑，激怒老師，事後又裝出一副無辜的樣子，她當時以爲這隻猴子的特權來自於他那擔任家長會會長的母親，後來才知道另有原因。

國一的經驗讓她下意識的避免處於眾人目光中，面對招人目光的蠢猴子，當然要刻意保持距離，然而事與願違。

猴子接近她的方式很逗，總挑在放學時候，跟著她一起去車棚取車，一路上她快他也快，她慢他就慢，被「纏」了幾天以後，她終於決定挑明，突然停在半路，教他措手不及緊急煞車。

「你跟著我做什麼？」

殷猴子拉開討好的笑容，信口胡謅：「沒有啊，湊巧、湊巧。」

她翻了翻白眼，「那你別動，在我騎到……」她比向稻田盡頭的高架公路，「那裡以前，不要跟上來。」

「爲什麼？我也要回家啊。」

「你家在鎮上，根本不是這個方向。」

「哈哈，我多騎一點運動運動，我媽說多運動有益健康。」

是個媽寶！她重新跨上腳踏車，「給你最後機會，跟著我幹麼？」

他呆呆的看著她，過了會才呼出一口氣，吐舌道：「果然有個性，難怪作文那麼好！」

她不明白這兩者有什麼關係，十四歲的孩子不把「有個性」視爲褒獎，對這隻猴子更覺厭煩。

他突然湊近，用自來熟的口氣探問：「喂，妳作文好，能不能教我寫信？」

「寫信？」

「對啊，那種女生一讀就會喜歡的信。」

「你要我幫你寫情書？」

「不是幫我寫，是教我寫。」

這麼一想，她記起這猴子跟蹤她，正好是她在國文課朗誦「寫給父親的信」作文那天開始的。

「寫給誰？」

猴子竟然臉紅了，扭扭捏捏說：「妳一定要知道？」

「廢話！不知道寫給誰，我怎麼教你？」

他低低的念了幾個字，她真想掐死這隻浪費時間又裝模作樣的死猴子，「大聲點！嘰哩咕嚕誰聽得清楚？」

「沈佳佳。」

聽到這個名字，她愣了幾秒後爆開大笑，「沈佳佳？」

猴子臉上露出受辱的神情，「幹麼？不能喜歡她喔？」

這可是你逼我的。她在心裡暗笑，一手壓著比自己矮一個頭的男孩，另一手伸到最高，「你居然暗戀班上最高的女生啊！」

殷猴子打掉她的手，對著空氣亂打一通，「等著瞧！我不會永遠這麼矮！」

夏至前的黃昏，地平線盡頭粉彩繽紛的晚霞，剛收割的與等待收割的稻田，輝映深淺不一的金黃色。

不管記憶準不準確，那天的光線就像現在，空氣裡的輕快也是，丁蒔蘿珍藏的是國中生活的第一枚笑容，傻氣卻直抵內心的笑，過去一年的陰暗一筆勾消，她終於又是從前那個丁蒔蘿了。

匡哥露天燒烤屋今晚爆棚，一個月裡會有這麼幾天，體育館的賽事精彩到讓人意猶未盡，續攤人潮蔓延到這裡來。

丁蒔蘿到的時候，殷子愷正在吧檯幫忙倒生啤，抬眼看到她，他絲毫不客套，直接遞來兩杯，「格子襯衫男那桌。」

就這樣，匡哥和工讀生在燒烤台，殷子愷顧吧檯，丁蒔蘿和匡嫂負責遞送食物與飲料，一夥人默契十足忙到夜深。凌晨一點，人潮終於漸漸散去，剩下兩桌醉醺醺的大學生，匡嫂趁機打發工讀生去隔壁的海產店買來海鮮粥，招呼兩位臨時幫手到老位子吃宵夜。

「宵夜？分明是晚餐好嗎，你們這對沒天良的夫妻！」殷子愷齜牙咧嘴，臉上卻不見怒意。

匡哥剛刷完燒烤台，加入這邊的宵夜桌，慣性的挨著丁蒔蘿這邊坐，朝她擠眉弄眼，「這傢伙一來就笑得春風滿面，看來剛甩掉一個又巴上一個，不壓榨一下根本天怒人怨。」

丁蒔蘿累得說不出話來，悶頭喝粥。

匡嫂把最大隻的雞翅放到她的碗裡，「謝謝蘿蘿幫忙，有妳在，我們這燒烤攤氣質都不一樣，引誘這麼多大學生來光顧！」

殷子愷不需要等人逼供，加油添醋的說了遍下午在麗丰醫院遇見嚴立丰的經過。

「聽到我要去掛她的號，嚴大醫生燦爛一笑，說：『我不挑病人，男的女的都一樣。』你們說，這是不是暗示？沒想到我這單會做得這麼順利！麗丰醫院耶！那可是醫院中的帝寶！」

丁蒔蘿和匡嫂對看一眼，哪來暗示？到底是只有女人才能體會嚴立丰那句話裡的譏笑，還是殷子愷想像力太豐富？

「麗丰的當家不是嚴家三房的兒子嚴立言嗎？什麼時候變成嚴立丰了？」匡哥以前在藥廠跑過麗丰醫院，對裡頭的情況比兄弟還要清楚。

殷子愷轉述醫院創辦人當時成立醫院說過的話：「他孫子不只真的學醫，還是霍普金斯回來的，醫院不給她給誰？」

「這你就有所不知了。」匡哥刻意賣關子，灌下一杯啤酒後才對哥們兒說：「嚴家三房十年前才從外面接回來的，三太太可厲害了，在外頭忍氣吞聲這麼久，好不容易進嚴家的門以後不爭不搶，卻能讓獨生子一回來就管麗丰醫院，老爺子可把三太太捧在手心，出門都帶著她，而這個嚴立言也確實有管理天分，這些年來麗丰醫院業績不降反升，投資保健食品工廠、辦養生園區，還在上海開了分院，我走的時候就聽說他打算在北京懷柔那一帶開發上萬頃的銀髮族別墅區。」

燒烤一哥突然說起生意經，這畫風轉變得太快，現場所有人都一愣一愣的。

「所以啊，這個嚴立丰回來接管醫院有什麼用？醫院的口碑早就被嚴立言利用得淋漓盡致，她能不能當院長，嚴立言這個董事長說了算，老爺子都插不了嘴，畢竟醫院還是有董事會的，誰做得好，誰適合當院長，那些董事們都睜大眼睛盯著。」

「有沒有可能……」丁蒔蘿吃飽喝足後，加入談話，「嚴立丰或許沒有那樣的野心？年紀輕輕就有這樣的醫術，對醫療沒有熱情是不可能的，既然如此，穿白袍看診或許比看財務報表更適合她。」

同是女人，匡嫂也贊同她的看法，「人活著嘛，最重要的是自己想要什麼，不一定非要跟兄弟姊妹爭得你死我活，更別說身為嚴家大公主，本來生下來就什麼都不缺。」

「叔叔。」匡哥糾正：「嚴立言是老頭的么子，嚴立丰是長孫女，他們差了一輩，不算兄弟姊妹。」

「怎麼都是立字輩？亂倫啊！」殷子愷邊啃雞腿邊點評。

「說的也是，怎麼會給自己的兒子取孫字輩的名字，這我也沒搞懂？」匡哥搔搔頭。

「搞不好有什麼身世之謎？」

幾個人七嘴八舌一陣豪門八卦，風捲殘雲的將桌上的食物消滅，工讀生早打卡下班，匡哥談興甚高的拉著哥們兒續杯，被老婆拎著耳朵踢回家，結束這晚的聚會。

深夜巷弄的路燈，將他們的身影拉得細長，殷子愷微醺的腦袋這才想起今晚聚會的目的，「喂，妳不是要討論音樂祭的行程？」

「喔，對。」她心不在焉的落在他身後。

「所以咧？」

有這麼一部小說，主角跌入另一個次元，新的次元所有的場景與人物都與原來一樣，只是天邊多了一個月亮，他抬頭看天空，只有一個月亮，再回頭看看丁蒔蘿，不明白爲何老覺得她從另一個時空回來？明明是一樣的身體、習慣、聲音。

「學生有地方給我們住。」她簡單的說：「這週三晚上我先跟他們出發。」

「啊？幹麼不等我？禮拜五下午我蹺幾個小時的班，再一起出發就好了。」

「學生要表演，我答應幫他們的忙。」

他搖搖頭，打了個飽嗝，「隨便妳，到那邊可不要放我鴿子。」

匡哥燒烤攤就在他家巷子口，兩人走得再慢也用不了五分鐘，轉眼間已經走到公寓的大門，他將鑰匙掛在手上轉呀轉，吊兒郎當的口吻：「怎麼樣？」

她臉上又是那個來自異次元的神情，「什麼怎麼樣？」

「都這麼晚了，到我家睡吧，反正妳的東西都在。」

他說的是做戲道具吧？她翻翻白眼，「不了，我明天一早還要上茶道課。」

「好吧，那我幫妳叫車。」朝口袋裡掏半天，摸出手機，視線難以對焦，滑半天也解不開螢幕鎖。

看了他滑稽的模樣半晌，她突然笑出來，「我改變主意了，反正現在沒有甜心了。」

城市的東邊，二十四小時保全與管家服務的高級住宅區裡最高層的樓中樓公寓，有著一片面對市中心燈海的露台，露台有知名花藝師設計的空中花園，義大利進口的戶外桌椅。

嚴立丰與一個年紀看起來與她相仿的男子坐在露台的戶外椅，桌上放著一瓶二十年的教皇新堡紅酒，兩個半空的酒杯。

「怎麼樣？視野還不賴吧？」

「不錯。」

「不錯？」男子佯裝埋怨道：「妳知道瞞著我媽布置這個地方有多不容易，這就是妳感謝我的方式？」

她舉起酒杯敬他，「是是是，很不容易，謝謝你了，親愛的小叔叔！」

嚴立言瞇了瞇眼，「別喊我小叔叔，渾身不舒服。」

「不然要喊你什麼？」

他們在巴爾的摩時，常像這樣分享各自在拍賣行找到的好酒，一瓶酒、幾樣小點，兩人可以天南地北聊一整晚，那時候沒有小叔、姪女，大房、三房的差別。

許多年以前，兩人初識時，她甚至不知道這個人與自己的真實關係，那時的他們是住在長島同一個社區的鄰居，年紀雖然小了兩歲，連跳好幾級的嚴立丰還曾經跟他成爲中學同班同學，後來，她又更早跳級進大學。

她因為天才而孤僻，他則是因為身世而孤僻，兩個人在長輩管不到的地方，產生了惺惺相惜的情誼。她確定錄取醫學院那一年夏天回國，卻在老家看到昔日老同學，從母親尖酸的批評裡得知，老同學原來是她的小叔叔，既然長島那個社區是祖父所開發建設的，把這對母子藏在其中一幢豪宅，也算是順理成章。

他喝醉時曾經告白自己是私生子的身世，她當時還心懷同情，然而他竟是祖父的私生子，因為他，家族財產分配將重新洗牌，嚴立丰一時不知如何反應。

「我還是同一個人，妳的老同學。」嚴立言柔聲說。

躲了他一個夏天，回美國後立即搬到巴爾的摩投入繁重的課業，遠離家族煩事，沒想到一年後他也進入霍普金斯商管學院，再次成為她的同學，在他鍥而不捨的糾纏下，終於迫使她這個情商低下的天才兒童面對自己的情緒。

「最讓我生氣的是知道你故意接近我，讓我同情你。」

「我一開始並不知道妳是誰，後來知道了，又怕失去妳這個朋友，所以才一直瞞妳。」他誠懇的說：「而且，我也開不了口，反正遲早會知道的事情，誰告訴妳的並不重要。」

他向來有不輸自己的清晰邏輯，比她更勝一籌的是，他懂得放下身段，懂得分辨生命中的優先次序，用自己的方式去維護，立丰對他來說不只是親人，更是一同成長，渡過孤寂青春的好友，他把她放在比家族紛爭更重要的位置。

仔細想想，她的生活比他還要寂寞，雖然是私生子，但他母親一直在身邊爲他建立一個家，反觀她，中學就被送出國，父親早逝，母親身爲長房媳婦，掌管家族重要企業之一，陪在她身邊的，一開始是受託照顧她的家族友人，從寄宿家庭裡她學會進退得宜、體貼有禮，唯一的寄託就是學業，那是她唯一可以自行決定的事情，上大學以後，就只剩下她自己。

相知的過程裡，嚴立丰需要這個好友的程度比他還深，支持自己成爲現在的人的，不是她的祖父、母親，而是他，她的小叔叔，她甚至……在青春正熾時，曾經幻想過兩人能發展出友情以外的情感。

水晶酒杯被輕輕叩了一下，提醒她回神，「回來一個月了，我看妳的門診掛號越來越多，開始適應這邊的步調了？」

「幹麼？考核我的業績？」

他輕輕笑開，「我哪敢？妳知道外面的人怎麼想的嗎？他們認爲妳是回來搶我位置的。」

「只是外面的人嗎？」自從她母親過世，原本掌管的子公司立刻被二房的子孫拿走，留下她一個孫女的大房突然間什麼都沒有，全家族的人都不約而同想起祖父當年創麗丰醫院時隨口說的那麼一句，她懷疑這還是母親多年來刻意讓旗下的人宣傳的，最初和祖父胼手胝足打天下的原妻只剩下她這麼一個孫女，最後落得什麼都沒有，旁邊的人比她還入戲，回國的這個月她不得不出席母親那邊親戚私下邀約的餐會，說的全是要她如何爭取自己的權益。

「立丰，妳知道我不會搶妳的任何東西，我現在所擁有的，只要妳想要，它們就全是妳的。」

她踢了踢他的小腿，「你這個不肖子，不怕你媽心臟病發？」

他無奈笑笑，「我媽認為自己以前日子過得苦，得到這些東西是理所當然，她有她的想法，我有我的，我比妳早五年回國，這些年來在老頭子的庇護下，我在外面的投資也有不錯的收穫，不管怎樣，不會讓我媽吃苦。但妳不一樣，嚴家的一切，妳理所當然擁有一半。」

「理所當然？」她嗤之以鼻，「在這個兄弟姊妹、叔伯姪甥爭來爭去，告來告去的家庭裡，還有『理所當然』這四個字的存在？你雖然比我早回來，但作為嚴家人，我比你多二十年的經驗，你的想法太天真了。」

「難道這個家就沒有什麼是妳想要的？」他知道老頭子一直在等這個孫女開口，但她回來這個月一直以忙著適應新工作為由，除了家族聚會以外，不曾私下找過嚴金水，然而因為沒有人摸得清她的想法，猜測和耳語也就越傳越離譜。

「你不是說你媽有你媽的想法，你有你的嗎？為什麼我不能也是這樣呢？我媽放我一個人在外面，自己留在這裡，美其名是為了守住屬於我的那一份，說穿了不過是她自己的偏執，我也有我的想法，雖然，我現在還不知道是什麼。」

他敲敲好友的額頭，「妳呀，就是這麼故弄玄虛，皇帝不急倒急死一群太監。」

她皺皺鼻梁，「少假好心了，短短幾年小醫院被你弄到這個規模，你也捨不得讓給我吧。」

「第一，麗丰並不是小醫院，在專業企業管理人眼裡，這塊頂級招牌無價；第二，正因為醫院處於擴展期，我更需要妳的幫忙，而不是窩在婦產科當個小小的主任。」

她兩手枕在腦後，蹺起腳欣賞著深夜的大都會燈火。

「立丰，不論是院長、董事長，都是妳一句話的事，妳知道這一切本來就是妳應得的，我會答應我媽管理這個部門，也是爲了這個理由。」

「不要告訴我，你回國時不挑其他子公司，反而挑這間『小』醫院，是爲了我？」她存心氣他。

「這是原因之一，另一個原因是，」他翹起嘴角：「我這個人才，就算是管一間倉庫都能管成跨國企業。」

管理從來不是他的興趣，只是才能之一，這點她早就清楚，大學開始，他就遊說立丰將存款交給他管理，畢業時，她發現存款竟在他手上變成可觀的資產，這樣的奇才竟然跑來念三流的霍普金斯商管學院，當她質疑他的企圖時，記得他也曾說過一樣的話：「我這個金融天才，讀哪裡都一樣。」

上流商學院的最大好處是結交人脈，但生長在紐約第一世家霍夫曼家族，後來嚴金水又公開承認的他，根本不需要這個多餘的好處，反而是私生子的自覺，讓他習慣保持低調的行事作風。

她將瓶子裡剩下的酒全倒進杯子，爲了刺激他，刻意輕快的說：「不要，我愛看診，愛當我的小醫生，怎麼樣？」

良久，她聽見身旁的人嘆出一口長氣，無奈道：「算妳運氣好，以前有妳媽，現在有我替妳守著。」

他很早就發現，嚴立丰不同於典型的富家女，進入嚴家後，與裡頭的人實際接觸，他更體會嚴立丰根本就是這家子的異類，她從來就不在乎姓嚴的人所在乎的事情。

這樣的人，通常有嚴重的同理障礙，例如她根本感覺不到他年少時最大的失落，是發現暗戀許久的女孩，突然間成爲自己的姪女，當下所感受到的失落與不甘，到底要怎麼做，才能回到從前，將身邊所有家人全部一筆勾消，只剩他與她，兩個孤獨而早熟的天才。

丁蒔蘿躺在殷子愷的床上，聽到客廳斷斷續續的動靜，她忍不住喊他：「你還不睡嗎？」

他喊回來：「等破這一關再說，快了。」

「醫生不是交代過不要熬夜？」

「才兩點多，不算熬夜，反正剛剛吃太飽，還沒消化完。」

她可以看到他手指頭快速操作著鍵盤，瞳孔反射螢幕光線，想想這傢伙能平安無事長這麼大也算奇蹟了，生活作息、選擇的職業、飲食習慣，幾乎全跟醫囑對著幹，唯一還聽話的地方就是按時吃藥，但她猜想這比較是出於「職業道德」，而不是爲了自己的健康。

國二下學期殷子愷第一次在班上發作後，她才知道老師們容忍這隻猴子原來是基於人道理由。

發作那天的晚自習時間，應該從醫務室回來的殷子愷卻不見蹤影，同學們餘悸猶存，在校園裡分頭找他，也不知道是什麼孽緣，躲在學校花房後方的猴子，是被她找到的，看到她，瘦小的男孩一把鼻涕一把眼淚泣訴：「反正我不會活太久的，妳看我爸爸那麼早死就知道了。」

她記得殷媽媽提過殷爸爸是喝酒過量，肝癌過世的，跟殷子愷的毛病八竿子打不著關係，但這傢伙就是這樣，永遠自說自話，認定一件事情就頭破血流硬幹到底，給沈佳佳寫情書那件事也是如此，都寫了十幾封了，人家根本無視他的深情，他還是義無反顧，厚顏無恥的繼續寫。

教他寫信、幫他改信的過程，她漸漸習慣這個說風是風、說雨是雨的傻子，只要他願意繼續寫，她就樂意繼續幫忙，有時還會刻意放一些假情報給他，讓他以爲沈佳佳在女生群的閒聊裡暗示對他的注意。

奇怪的是，她從來沒被他嘴裡的「死」字嚇到，大概是回到家裡，媽媽也會把這個字掛在嘴上，她長大後才明白當時的母親深陷憂鬱症，覺得生無可戀，卻又捨不得放手，就這麼與看不到盡頭的人生虛耗。

然而從小就準備赴死，造就殷子愷奇特的樂觀性格，跟他在一起時，丁蒔蘿常暗暗驚奇：爲什麼媽媽不能活得像他這樣？把握當下、及時行樂？

瞧瞧這傢伙現在生龍活虎的樣子，丁蒔蘿拉高被單，將自己裹成蟬蛹狀，呼吸中充滿他的味道，早已經習慣了的味道。大學時兩人分別就讀不同大學，他住在市區，每當她跟同學玩過頭回不了郊區的學校宿舍，就會借宿他家，還曾經遇到他的某任女友，三人擠在一張床上過夜。

她和殷子愷幾乎沒有過身體的親近，幾乎……

大學畢業後，她準備出國留學，兩人見面的機會變少，某天他很稀奇的請她看電影，一部美式的聖誕節浪漫片，好幾段不同的男女關係拼成的愛情組曲，其中一對就是多年好友逐漸發展成愛情。她看得呵欠連連，而他竟然像看了曠世巨作般，電影字幕快放完了還不肯離場，她只好陪他等到最後。

在空曠無人的電影廳裡，突然聽見他說：「認識妳這麼久，還不知道妳的手牽起來什麼感覺？」她毫不遲疑將手放到他的掌中，「吶，就是這個感覺。」

他愣了下，她感覺到他溫暖的手，十分緩慢的合攏，最後將她的手包在掌心，視線滿場亂飄就是不敢看她，她開始感覺到掌心裡的汗，看到他的耳朵變紅，最後猝然放開，就跟要求牽手時一樣突然，吐吐舌頭，「哈，原來是這樣的感覺啊，妳手好小喔，好像我小表妹的手。」

她不明白他當時期待些什麼，也沒想深究，牽手事件後來沒再被提起，彷彿消失在兩個人漫長的相識歷史中，成年以後，各自都經歷了更香豔刺激的情感，這段若有似無的曖昧漸漸被遺忘了。

回國以後，兩人的生活圈竟又回到那時，他住在市中心，多虧了殷媽媽早年的投資，目前這套老公寓正無限期等候都更，反正也找不到穩定的租客，不如給兒子住，順便省房租。

丁蒔蘿住在學校分配給教職員的宿舍，宿舍在郊區，就像回到當年一樣，她偶爾會在他家過夜，不過，他們不再同床而眠，每回她來，他總是很自動的睡在客廳沙發，把充滿他的體味，或許還有其他女人味道的床留給她。

「你床單到底多久沒洗了？」她喊。

「不滿意幫我洗啊。」

「很吵耶，我睡不著。」

客廳傳來混亂摸索的聲音，再過一會，遊戲的聲音消失在黑暗的空氣中，她聽見某人嘟噥道：「我戴耳機行了吧，越來越麻煩耶妳！」

黑暗中的丁蒔蘿對自己笑笑，這世界或許沒有永遠不變的永遠，但有永遠不變的殷子愷，這個厚臉皮、邋遢、時而悲觀、時而樂觀的傻子。

嚴立丰沒想到會那麼快再次見到這個痞子。

殷子愷坐在病患椅上，笑咪咪的看著自己，「嚴醫生，我給妳多帶來一些補充資料。」

一旁的林護理師拉下臉，「你不是惠飛的嗎？怎麼跑來掛號？」

他睜著無辜的眼睛道：「我不會飛啊，是真的不舒服，先天性癲癇症，吶，這是我的病歷，給醫生參考。」

他從桌上一疊資料的最下方抽出一張薄薄的紙。而那疊資料的封面大大印著幾款新藥的照片與名稱，瞎子才會不清楚他的目的。

「這裡是婦產科！」林護理師瀕臨發作邊緣。

「有能力的醫生不只會頭痛醫頭，腳痛醫腳，我相信嚴醫生是最頂尖的醫生，幫我調調藥這點小事絕對沒問題的。」

「你——」

嚴立丰制止助手繼續跟他鬥嘴，她板起臉問：「你爲什麼認爲需要調藥？」

他捲起袖管，露出上手臂的紅腫脫皮，「皮膚炎很厲害，還有啊，醫生妳看我眼睛裡的血管，常常充血，睡再久都不夠，還有那個……」他瞄了眼護理師，露出不信任的神情，湊近醫生低語：「我還有痔瘡的問題。」

這人臉皮實在厚到教人歎爲觀止，皮膚炎和嗜睡確實是癲癇用藥常見的副作用，痔瘡……恐怕是因爲長時間坐馬桶滑手機吧？她才不會上當，隨意翻翻眼前的病歷表，公事公辦道：「這幾款藥都是常見的，皮膚炎的藥也沒漏掉，像你這樣隨隨便便換藥，反而可能誘發癲癇發作，有什麼用藥不適，還是回去找你的主治吧。」

她明快的開立醫囑：「既然都來了，順便驗尿抽血，做做肝腎功能指數檢查。」

他明顯不快道：「可是上次妳幫我做的治療很有效，所以我才來找妳的。」

上次的治療？林護理師訝異的看著醫生，暗想自己是不是錯過什麼？

嚴立丰心念一動，「幫你調藥我辦不到，這個醫院沒有神經科，也開不出相關的藥，若你對我上次的治療有興趣，我可以推薦你去幾個內觀中心，練習靜坐對你確實會有很大好處。」

他再次湊近，「我就跟醫生妳學不行嗎？」

「我沒教過人。」

「可以拿我練習啊。」他彈彈桌上的資料，「我很有用的，神經內科的藥是我主跑的業務，只要妳開得出來我就能拿到。」

林護理師冷哼一聲，這個業務也太無所不用其極，竟然利用自己的毛病強迫一間醫院進他需要的藥！平常對人不苟言笑的嚴醫生，竟然對這傢伙耐心十足，聽到醫生的回答，她簡直不敢相信自己的耳朵。

「每天早上起床後，朝面東的窗戶靜坐十分鐘，練習一個禮拜以後，皮膚炎那顆藥減掉半顆看看，三個禮拜後若皮膚炎還是沒改善，記得回去找主治調整藥物。」她示意林護理師將檢驗單交給病人，回到電腦前，點開下一個病人的病歷。

在林護理師將殷子愷轟走前，她淡淡的說：「你上次留下來的資料我看了，我們內部討論過，採購那邊今天應該會下單。」

聽到這話，殷子愷的臉瞬間放出光亮，毫不介意林護理師的晚娘臉孔，眉飛色舞加手舞足蹈的對嚴立丰敬禮，「我會乖乖聽醫生的話的！」

輕飄飄的走到大廳，駐院業務代表唐佳珊迎面而來，「凱子你真不愧是我們藥廠的金牌業務，這麼快就搞定嚴大小姐！我剛上系統下新的單，五款新藥用了四款。」

他嘿嘿了幾聲，對自己的表現也挺得意的。

唐佳珊不懷好意的說：「你也別開心得太早，雖然用了四款新藥，但那位嚴主任大筆一揮，退掉七款舊藥，公司是賺是賠很難說，倒是現在全院的婦產科醫生應該都恨死你了，更改幅度這麼大，大家的開藥習慣也得跟著改，搞不好還會流失一些病人，你以後還是少來麗丰，省得莫名其妙被暗算了，我可救不了你。」

殷子愷的笑容僵住，身為榮譽駐院代表，珊姊的情報應該不會錯，這麼說來，他這次算是馬到成功還是馬前失蹄？

「不會吧，上頭只派我來推廣新藥，不會要我為醫院改藥負責吧？」

唐佳珊果然是終日與上流人士鬼混的能手，皮笑肉不笑，「新藥業績算你的，難道舊藥失去的業績要扣我的？」

凱子立刻拱手求饒：「千萬別這麼說，公司要是追究下來，我保證一肩扛起，忍辱負重，心甘情願！」

她忍不住笑出來，隱約猜到這傢伙究竟是怎麼搞定嚴家大小姐了，公司若真要追究損失，她第一個就會跳出來捍衛他。在醫院系統裡工作的人，上到院長、醫生下到採購人員，每個都是嚴肅死板的人，有這傢伙在，胡搞瞎搞打破一些規矩，搞不好真能開展出新的局面，反正藥這種東西也是死板的，這傢伙再亂來，醫生們該用他們家的藥還是得用，造成不了太大損失。

二十年的老舊廂型車停在社團辦公室門口，負責開車的主唱阿宏指揮鼓手豆仔、鍵盤手飛飛、貝斯手阿星上樂器，充分利用每一寸空間。

「阿瑋呢？」

「去接人。」

「喔對，丁老師要跟我們一起去。」飛飛話才說出口，其他人眼神奇怪的互掃。

「她要坐哪？」阿宏比較切實際。

「她要睡哪？」阿星想得比較遠。

「媽的，歷史系老師耶！一起去音樂祭瘋，屌喔！」豆仔的天線永遠接不上訊號。

遠遠看到兩位事主走過來，那大包小包的情況，阿宏臉都綠了。

陳瑋一身白T花短褲拖鞋，差一副蛙鏡就能直接下水了，丁老師則是亞麻白襯衫配牛仔褲，同樣一身休閒裝扮，重點是，大家的視線落在阿瑋抱著的睡袋與帳篷。

「丁老師的帳篷？」

「朋友的。」阿瑋在樂團裡屬於語不驚人死不休那型，三言兩語的就能讓人心臟病發，「週五晚上過來會合。」

「大家好。」丁蒔蘿不疾不徐打招呼，完全沒意識到尷尬場面因她而起。

阿宏嘆口氣，這輛車是他家工廠以前用來送貨的，本來要淘汰了，被阿宏強行接收，每回樂團出演這輛老爺車就肩負重責，不過這趟跑台東，路途實在遙遠，他真沒把握車子能撐完全程，加上眼前超載的情況，他拍拍阿瑋的肩膀，放棄道：「你看著辦吧。」

陳瑋露出輕鬆的笑容，好學生模樣先請老師上副駕駛座，指揮樂手們上車後，將丁蒔蘿的東西遞進去直接放他們膝上，連阿宏也被趕去後座，自己爬上駕駛座，宣布：「我先開，累了再換手。」

這群人平常髒話連篇、口沒遮攔，但在老師面前每個都成了模範學生，摸摸鼻子接受。

他們刻意挑晚上九點出發，避開通勤尖峰時段，車子一路順暢的通過雪山隧道，後座的人睡得東倒西歪，丁蒔蘿很安靜，但也很清醒，而陳瑋則因爲她的清醒而清醒，等到車子轉進東海岸的濱海公路時，他關掉冷氣，拉下車窗。

「聽聽夜晚的海浪。」

幾分鐘後，副駕駛座的車窗也被搖下，「我是不是給你們添麻煩了？」

「妳看他們睡成那樣，麻煩嗎？」

她微微嘆口氣，「好久沒跟年輕人在一起了。」

「妳也沒大多少，要不要猜猜我幾歲？」他感覺到她的目光落在自己的側臉，上車以後的第一次。

「你不是大四嗎？就算重考，頂多二十一、二吧？」

「我當完兵了，退伍後邊打工邊上補習班，花了兩年。」

「二十五歲？」

「二十六，下個月滿二十七歲。」他乘勝追擊：「老師呢？」

「三十。」

他等了一會，確定她就是這麼乾脆的吐露年齡，嘴角忍不住拉起：「妳不過大我三歲。」

她轉移話題：「怎麼會選擇先當兵？」

「我在國外生活很久，回來後還沒想到要幹麼，就先去當兵，反正閒著也是閒著，沒想到在大學裡找到這幾個傢伙，弄了這個樂團。」

這麼輕描淡寫的述說這個學生天團崛起經過，她對搖滾樂雖沒研究但並不排斥，尤其有社會意識，不只是談情說愛的音樂，在學生的推薦下，她手機裡下載台北公社全部的音樂，還有一些殷子愷推薦的獨立樂團音樂，國內國外都有，在她聽來，陳瑋的音樂一點都不比國外差，除了有內容外，曲風總是清爽明快，不會編曲過度，琅琅上口，便於傳唱，只要不走偏，團員不染上壞習慣，她認爲這個團體前途一片光明。

「玩音樂，很辛苦吧？」

聽到這個問題，他扯扯嘴角，沒有問他國外的經歷，也不好奇爲何組起樂團，丁蒔蘿真的不是一般人。

「開心就好，沒什麼辛苦的。」

後座傳來間歇的打呼聲，她放鬆下來，以同輩的口吻閒聊：「他們都和你一樣年紀？」

「阿宏去年就畢業了，現在在家裡的罐頭工廠當小開，阿星比較笨，大學重考兩年才上，年紀比其他兩位應屆大一點，都沒什麼社會經歷。」

「說得好像你多有經驗似的。」

「當兵前後，我做過很多工作，樂器行、超商、撞球間、酒吧，還當過一間賭場的保鑣呢。」

「保鑣？」

他笑出一口白牙，「我個高，冬天穿多一點看起來還挺壯的。」

「當保鑣要會打架吧？你行嗎？」

「還可以。」丁蒔蘿發現這人對感興趣的事情很健談，不感興趣的事情就不肯多浪費脣舌。

「我應該比老師經歷得多吧？」

工作經驗是的，除了大學講師，大學時期在補習班打工當櫃檯，這就是她全部的社會經歷了，但人生經驗……她不認爲自己會輸給他。

氣氛沉寂下來，他趕緊轉移話題：「老師還記得我們第一次見面是什麼時候嗎？」

「第一次見面？」她努力回想，「不是大二法國史的課嗎？」

「妳果然忘記了。」他的聲音幽幽的，「兩年前妳來學校報到那天，進校園遇到的第一個人就是我。」

「是嗎？」

「是，妳問我校務大樓怎麼走，其實妳就站在那前面，不過我帶妳繞了一圈才回到校務大樓，妳也沒發現。」

「爲什麼？」

「好玩。」他說：「妳看起來不像學生也不像老師。」

「是嗎？我不記得了。」

「老師有想守護的人嗎？」

她愣了會，反問：「爲什麼會這樣問？」

「蒔蘿草，歐洲中世紀被用來驅魔。」

「……我也不知道父母爲何幫我取這個名字，大概命裡缺草吧。」

這個回答引出另一個輕笑，他揶揄：「一個人的命可能缺金木水火土，我倒是第一次聽到缺草的。」

「是嗎？」

「妳父母大概希望妳一世感情順遂吧，蒔蘿也有守護愛情的含義，歐洲中世紀的人會朝暗戀對象口袋裡偷塞蒔蘿草，祈求那人愛上自己。」

「你知道的還不少。」語音剛落，手機螢幕上閃入一則訊息：搞定嚴大小姐。

殷子愷得意的表情浮現眼前，看來這名字真是有點用，只是她守護的是「別人」的愛情，一直以來都是如此。

「寫歌嘛，到處找典故，東知道一點西知道一點。」

「這麼說起來，念歷史真是適合你。」

「不是所有老師都像妳。」

她等著，他吊著，這個話題無疾而終，沉默的前進十幾分鐘以後，她注意到陳瑋打了一個呵欠，猶豫了下，試圖開啓新話題：「這個音樂祭很重要嗎？」

他沒想到丁蒔蘿會主動攀談，愣了半晌才回神，「也不算重要，音樂祭什麼的都是看熱鬧的，不論是觀眾還是表演者，好玩就好了。」

提到音樂，他用「開心」、「好玩」的字眼，看似不認真，但她卻直覺陳瑋對音樂異常執著。

他似乎感受到她沒說出口的批評，撇撇嘴說：「這年頭玩音樂沒有未來啊，若想著出名幹大事，沒有人堅持得下去，不，一開始就沒有人願意投入。」

她明白了，這些看似輕鬆的哲學，其實是做給夥伴們看的，他是樂團的領導者，不讓大家保持輕鬆的心情看待音樂這件事，很快就會被期待與失望擊垮。

「老師妳多跟我聊聊啊，不然我會睡著的。」

「要不要換手開？」

後座此起彼落的打呼聲，回答了這個問題，兩人在黑暗中對視而笑。

「我還可以，只要妳多跟我說說話。」

「我覺得，你們很棒。」她突然說：「初衷是最珍貴的，以後你們一定會懷念這段時期。」

他的呼吸變得輕淺，專注聆聽。

「哪怕只是一場夢，做夢的過程是真實的，你們的音樂，讓人相信這個世界還能容許被改造。」

「雅各賓黨。」

她笑開，「是啊，我們內心或許都藏著雅各賓，理想國一直在那裡，只是被遺忘。」

「真的想要改造世界，參加競選會比音樂來得有用，我沒想那麼多，很多歌的靈感來自妳的法國歷史課，假裝一下深度而已。」

「深度是假裝不來的。」

「真的？那我就是真的有深度，老師可別再當我了。」

她掃來一記白眼，「好好寫報告，我就沒理由當你。」

「那麼一來我就得畢業了，畢業以後，」他停頓了下，「不知道會怎樣。」

「會越來越好，你們早就不是學生樂團的水準了。」

他指的不是樂團的前途，但也懶得糾正，很多想法他自己都還模模糊糊，想說也說不清。

他們就這樣有一搭沒一搭的閒聊，經過花蓮時停在一間夜間營業的豆漿店，叫醒後座的人，大伙一起窩在公路旁的小店吃宵夜。

「丁老師的聲音很催眠耶，好好睡。」豆仔憨憨的說，受到其他人的掌風攻擊。

阿宏說：「我睡飽了，等一下換我開吧，再兩個小時就到了。」

「老師到後座吧，抱著那個睡袋挺舒服的，我來陪阿宏。」飛飛好心建議。

陳瑋沒有意見，於是第二段行程座位大風吹，阿宏和飛飛在前面，第一排乘客座是阿星和豆仔，陳瑋和丁蒔蘿勉強擠進堆滿雜物的後排乘客座位。

「老師委屈一下，再兩個小時就到了。」阿星安慰道。

「不委屈，跟你們這樣擠很新鮮。」

重新上路後，車內開始放音樂，開頭幾首是爲了這次音樂祭錄的試片，大家七嘴八舌的討論哪裡編曲可以修改，怎麼斷句可以更順，演唱歌曲怎麼順比較好……偶爾也會問問丁蒔蘿的意見，她完全沒有老師的架子，也沒有外行人的客套，真誠的分享想法，給予建議，兩個小時很快就過了。

台東港口到綠島大約五十分鐘的船程，得等到天亮才有船班，男孩子在港口旁的魚市裡桌椅隨便湊湊打個盹就成，但這次有老師在，他們實在沒轍，倒是丁蒔蘿很爽快說：「你們在這裡休息吧，我去路燈那邊看看書。」

這晚最後的節目就這麼敲定了，陳瑋閉上眼睛前的最後一個影像，是她坐在昏黃路燈下，專注看書的身影，蓬鬆的長捲髮垂落在臉頰旁。

打了個盹醒來，她卻不見蹤影，其他人還在睡，市場裡熱鬧的動靜也吵不醒，攤販們似乎也習慣等早班船的人借用桌椅，沒有打擾他們，陳瑋在廁所外面的水龍頭胡亂洗了把臉，放眼看了下港口四周，直覺往唯一亮著的招牌前去，果然在7-11的座位區看到她。

「你醒啦？」看到他，她眼神亮了，「我來替大家買早餐。」

「還有一個多小時呢。」他在她身邊坐下，朝她買的一大包食物裡翻出一個御飯糰和瓶裝咖啡，不客氣的吃了起來。

「港口邊蚊子多。」

他看了她一眼，手臂上多了好幾個紅包，他們就在窗邊的位子，她邊喝熱巧克力邊看書，他戴上耳機重複聽新作的曲子，手指頭反覆在桌上敲著節奏，直到天色大白，距離開船時間不到半個小時，兩人才折回港口與其他人會合。

終於上了船，離岸前，陳瑋看著逐漸忙碌起來的港口，隱約感覺今晚看到的景象，在黑暗的車廂裡，耳語般的閒聊，一絲絲的觸動與甜蜜，路燈下的她，這一切，或許有天可能被寫下來成爲一首歌，也或許，只會留在心底某處，成爲回想起來就怦然心動的時刻。

第三章　類似如此的青春

登上高處，小島蜿蜒的海岸線在眼前展開，遠離汙染的藍天耀眼得讓人張不開眼，規劃室主任包葛宏指向左手邊海岸，「那裡有世界稀有的海洋溫泉。」

嚴立言摘下墨鏡，瞇眼看向溫泉處密密麻麻的黑點，過了一會才認出那些都是擠著要進去洗浴的人群，「看樣子已經過度開發了。」

「公立溫泉區，是，不過我們這塊地完全沒有開發過，要不是老董事長請來義大利探勘隊，沒有人知道東海岸地底也蘊藏溫泉，更棒的是，我們那裡還有藍眼淚聚集，這些都是高度機密，除了少部分年長的原住民之外，尚不為人所知。」

「藍眼淚？」

「一種海洋發光蟲群聚的發光效果，馬祖海岸線就因為藍眼淚而成為觀光勝地，綠島這邊的藍眼淚出現得比較晚，大概是夏初，再過一個月就可以看到了。」

身旁的助理立即以iPad展示藍眼淚相關照片，高效率的讓這位空降的董事長特助理解包主任所說的內容。

他們站在小島高處，視野開闊，除了可以看到最南端，北端陣陣傳來的音浪清晰可聞，包主任看到特助皺起眉頭，解釋道：「明天開始綠島海洋音樂祭，國內第二大的戶外搖滾音樂節，僅次於墾丁春吶，不過綠島的情況有點不同，原本是一群手作藝術家結合幾個獨立樂團發起藝術市集與野台音樂會，本來的觀眾大多是藝術家、嬉皮，最近幾年一些熱衷社運和環保NGO加入，每年聚焦不同訴求與主題，帶來大量文青、網紅，去年縣政府挹注經費，新增兩個舞台，邀請主流音樂團體，而這些團體又帶來他們的粉絲。總之，這個季節的綠島，你能看到台灣最有活力的世代。」

「今天是彩排，市集那邊已經開始了，特助晚上有空不妨去逛逛，不過，市集不收現金，我們辦公室收集了一些原住民的工藝品，若有需要可以帶過去交換。」

「不收現金？」

「市集是以物易物制，非藝術家可以帶收藏品過去拍賣。」

這讓嚴立言想起內華達州的燃燒人狂歡節，他和立丰去過一次，事先沒弄清楚狀況，背著背包就去了，在入口被強制收走所有現金，好在遇到幾個他相熟的投資銀行經理人，獲得兩頂帳篷與食物，那是兩人最後的瘋狂時光，也是他收藏在心底的最珍貴記憶，衝動之下，他拿出手機，朝藝術市集的方向拍了幾張照片，即時傳給遠在台北的立丰。

不到一分鐘，她傳來訊息：蹺班渡假？

在下屬面前，他竭力隱藏笑容，回道：在綠島替老頭子場勘，順便參觀台灣燃燒人市集。

台灣燃燒人？

Google綠島海洋音樂祭，來嗎？

包主任繼續帶領以特助為首的總公司高層參觀，介紹內容斷斷續續的進入嚴立言的耳朵，這個開發案在他看來沒有什麼問題，只要客群定位明確，獲利機會相當大，他很清楚老頭子臨時指派他當這個案子特助的背後原因，肯定有母親在背後的推波助瀾，立丰的回國讓她如臨大敵，目前兒子在醫療系統董事會所占的席位安撫不了她的焦慮，自然希望能擠進被二房把持的集團核心事業：土地開發。綠島這個案子比起大陸、東南亞甚至北美那些開發案來說，小得引不起二房的興趣。她總是這樣，既怕正面與二房衝突，又怕搶輸人家，白白把好好的豪門生活過成人間煉獄。

只要母親還在，他永遠不可能活得像立丰那樣自由，不，即使不是爲了母親，他也不可能像她一樣瀟脫，她是嚴家理所當然的大公主，一生都不需費力爭取本來就有的東西，他是中了樂透的窮光蛋、私生子，注定要爲失去好不容易到手的東西而焦慮。

訊息再度傳來：來不了，沒機位了。

他不再掩飾嘴角的微笑，他太了解立丰了，她一定查過來綠島的交通資訊，並發現在音樂祭期間想在最後一分鐘買到飛綠島的機票，困難重重。

去燃燒人那次是她的主意，還以爲這樣就能擺脫掉他，沒想到他竟然一路跟著她去內華達州的沙漠，身無分文的一起進入慶典，他們兩個之間，衝動行事的總是她，但在困境裡設法解決問題的卻總是他。

他回覆：下診後到頂樓，天堂入口處。

訊息送出去後，他走到包主任等人聽不到的角落，撥電話指示祕書三十分鐘內準備好直升機，在醫院頂樓停機坪等候，這個安排對他來說輕而易舉，對嚴立丰來說更是如此，只是，她從沒想過動用自己身分能享有的特權，也沒想財富能帶來的種種便利。

想到兩個小時後就能重溫當年記憶，嚴立言開始感謝這趟臨時的差旅，感謝母親處心積慮爲自己爭取的機會。

一開始的海浪聲聽起來像是某個芳療中心的背景音樂，慢慢的，意識甦醒，丁蒔蘿記起身處離海不到五百公尺的沙灘小木屋，今天早上跟著陳瑋一群人抵達後，她這個臨時助理被打發到大舞台旁的臨時指揮中心，領取流程表、通行證與飯票，之後便沒事可做，陳瑋只說她可以趁機休息，之後就跟團員們消失到某個地方練團。

標準貨櫃大小的小木屋由杉木搭蓋而成，麻雀雖小卻五臟俱全，包含能容納一張六人餐桌的迴廊、廚房、臥室與浴室，室內空間配備高效率空調與舒服的雙人床，她本來不覺得累，只想閉目養神幾分鐘，或許是海浪的規律節拍，或是空氣中的慵懶氛圍，身體逐漸放鬆，意識神遊，最後竟睡著了。

她從背包裡掏出手機，發現已經下午三點，不只錯過午餐，連下午第一輪的排演也錯過了，手機上有幾則訊息，不意外的看到殷子愷的大頭貼。

抵達了沒？天氣好嗎？我要帶些什麼？

是不是關機了？手機是裝飾用的喔？

搶到機票，明天下午蹺班提早過去，怎麼會合？

開機啦，大小姐，這樣很讓人擔心耶。

她從不關機，卻常在無意中調到靜音，假如這個意外都能讓他擔心，那麼試試已讀不回如何？這傢伙測試女友獨立性的其中一個手段就是已讀不回，理由是：已讀不回的抓狂程度，與依賴程度成正比。

她放下手機，在狹窄的浴室裡快速沖澡，換上頗有節慶氛圍的天然麻長衫，捲髮隨意盤在頭頂，戴上蓋住半張臉的墨鏡，踏上沙灘，朝第二舞台區走去。

舞台區尚未對外開放，大範圍的禁入標誌，她為時已晚的發現忘了帶通行證，正想轉身回木屋拿證時，聽到有人大聲呼喊：「丁老師，這邊這邊。」

是鼓手豆仔，懷裡抱著好幾瓶啤酒，曬紅的臉露出無憂無慮的大笑容，他塞給管門禁的工作人員一瓶啤酒，愉悅地說：「我們團的助理啦。」豆仔孩子氣的笑容能融化最嚴厲的冰山，丁蒔蘿因此順利的進入管制海灘區。

「老師有沒有睡好？哇，妳看起來好清爽，一定睡很好齁。」

聽得她這個「樂團助理」不禁靦然，轉移話題問：「排演得如何？」

「有點狀況，」豆仔孩子氣的五官添上一絲陰影，「二台這邊爆了，有人要調我們去大舞台，阿瑋不想要。」

大舞台？她記得早上領流程表時看過，登大舞台的團都是主流的樂團或歌手，至少都出過商業唱片，「爲什麼要調你們去大舞台？」

「因爲我們出過唱片啊，但是唱片裡的東西都不能表演，而且我們也跟唱片公司解約了，所以阿瑋不想去大舞台。」

他們在舞台後方陰涼處找到其他人，遠遠看去像在激烈爭執什麼，阿宏揮舞著手臂與一位打扮相當時髦的男人說著話，旁邊聚集兩個穿海洋季工作人員T恤的年輕人。

「合約還沒正式解，粉絲也都在要求，你們又不是不能唱。」時髦男說。

「瑋哥，你看開哥都這樣說了，你又何必屈居在二台這邊？你們在這邊只能表演十五分鐘，我們會被粉絲攻擊死啦，而且對其他團也不好，你想想，大家都擠在這邊等你們，等你們一下台，大家就鳥獸散，你說那場面多難看？」工作人員之一說。

阿宏插嘴道：「所以我說把我們排到最後一個啊，這有什麼困難的？」

「本來是這樣安排的，但是後面有新秀頒獎典禮啊，那時候人群散去更難看。」

「頒獎典禮有什麼意思啊？誰在乎這個？」阿宏說得激動。

飛飛也附和道：「我們本來就報名二台啊，表演單也都印好了，現在還來說這個，很爛耶。」

「沒辦法啊，頒獎典禮要配合縣長行程，只能臨時挪到那個時間，三台那邊小團的報名爆表，好一點的團就擠過來二台，那這邊好的也只能往大舞台去，這明明就是好事啊。」

雖然是眾人勸說的主要對象，但陳瑋從頭到尾一語不發，他事不關己的四處張望，視線與丁蒔蘿對上時，表情頓時軟化，他朝她揮揮手。

看這陣仗，豆仔應該是被打發去買啤酒回來讓眾人消消氣，趁著他發啤酒時，陳瑋問：「我剛剛去小木屋，妳好像睡著了，所以就沒叫妳，肚子餓嗎？」

她搖頭，切入正題：「發生什麼事？」

「沒什麼，一堆人自說自話。」

她後來才知道台北公社樂團在一次街頭抗爭運動爆紅後，與主流唱片公司簽了五年經紀約，集結所有招牌歌出了一張銷量不錯的唱片，也順利登上小巨蛋替流行天團暖場，但不知怎的，陳瑋卻後悔了，將招牌歌的版權全部割讓給公司，以此交換解約，那個開哥就是唱片公司的製作人，這次臨時換舞台的事件，看似是對台北公社的禮遇，實際是唱片公司企圖想改變陳瑋心意的手段，合約解除的條件還在協商階段，但陳瑋早就打定主意不唱樂團的招牌歌曲，這次準備的全部都是新曲，也就是她在車上聽到的那些。

只要陳瑋不同意，唱片公司與工作人員說再多，都改變不了既定事實，這場爭執的主要目的，恐怕是想藉此動搖其他團員的意志，表演者都有野心，能夠登上大舞台，誰願意屈就小舞台？

只是陳瑋的夥伴們，一個少根筋如豆仔，一個玩票心態如阿宏，兩個盲目挺陳瑋如飛飛和阿星，看起來並未被主辦方丟出來的紅蘿蔔吸引。

台北公社的團員心理素質佳，歸功於陳瑋「好玩就好」的帶團態度，但她總覺得這只是裝出來的表面，實際上他對音樂的看法應該是嚴肅而認真的。

「啊，我們老師在這裡！」阿星把燙手山芋丟給丁蒔蘿，「開哥，這是我們學校的教授，這次學校派她來監督我們社團活動。」

什麼跟什麼啊？丁蒔蘿腹誹阿星的陷害，沒想到陳瑋接著說：「對啊，Kitty你們看，我們只是學生社團，社團老師就在這裡，她不會讓我們去大舞台的，那邊票價多貴啊！我們當學生的不能有盈利行爲。」

什麼時候校規有這條？中華民國法律也沒規定學生不能盈利，丁蒔蘿趕緊把撒太遠的網收攏，「這些學生只想來這裡跟大家玩玩，開心就好，回校之後還有期末考等著，我希望他們不要因爲社團活動而壓力太大，請你們見諒，一切還是按照原定流程走吧。」

阿宏洪亮的聲音替這場爭執下了結論，他推開工作人員和開哥，自顧自說：「好！問題解決，我們排練排練！」

「對！廢話少說，排練！」

團員們抱著器材魚貫登上簡陋的舞台，直接把他們晾在一邊。

工作人員朝開哥無奈聳肩，回到各自工作崗位，開哥卻在台下逗留，點起一根菸，靠近丁蒔蘿，搭訕起來：「教授是哪一系的？」

「歷史系，我不是教授，只是講師。」

「那也很厲害啊，老師看起來很年輕，跟學生關係不錯啊。」

她決定不需要讓這個人知道，除了陳瑋以外，自己其實和這些學生認識不到二十小時，「這是我的責任。」

「您知道今年很多一流大團都來了，在大舞台那邊。」他撣掉菸蒂，「其實台北公社的實力不比那些團差，去那裡對這些孩子來說是很好的機會。」

她小心措辭：「我覺得，陳瑋只想單純的玩音樂。」

「玩音樂的人，誰不想大紅大紫？」

「假如他想大紅大紫，何必拱手讓出版權和唱片公司解約？」她並不了解陳瑋的過去，只是憑邏輯與這個人過招。

「阿瑋跟他身邊那些孩子不一樣，畢竟是出過社會的人，心思複雜得很，有時連我都搞不清楚。」

「心思複雜的人，理解不了純粹。」

他瞪著丁蒔蘿，一時不知怎麼回應這句話，直到菸頭燒到手指，才驚醒道：「怎麼老師比學生想法還要天真？」

「因爲我要保護這些孩子們。」她關上社交的耳朵，專注於舞台上的動靜，看著「孩子們」快速架好裝備，車上聽過的新曲透過重低音喇叭響徹雲霄，她開始想，假如人生曾經有機會，就此停留在類似如此的青春，類似如此的純粹裡，該有多好。

只是年少時，往往不會留意到青春的流逝。陳瑋，應該也是這麼想的吧？

看到在頂樓等著自己的直升機，嚴立丰不感訝異，只慶幸他出動的不是醫療機，而是私人機，她順著安排，脫去白袍直接出發。綠島那個音樂祭到底怎麼回事？晚上住哪裡？直升機路線、如何會合等等的問題，她都不在乎，她需要瘋狂一下，而此時最佳的夥伴就是嚴立言，只要有他在，一切都會安排妥當，有他在，她可以隨心所欲做回她自己。

她很清楚心裡這股悶氣的緣由——昨晚與祖父嚴金水的晚餐，當然餐會上不會只有祖孫二人，這畫面太溫馨，不可能發生在她的家庭，與會的還有嚴立言的母親王雅貞，以及「意外」回家，「順便」加入的二房夫人，馮秋人，以及二房長女——立丰得喊姑姑的嚴安媛。雖然甚少回陽明山老宅，但她清楚住在市區的姑姑一家不可能臨時回老宅，恐怕是接到母親馮秋人消息，害怕財產被私相授受，連忙趕回老宅。

面對白髮蒼蒼的祖父，每次見面身材都比上一次更瘦，她心生矛盾。

嚴金水習慣把過世許久的元配夫人掛在嘴上，不時提醒立丰與祖母外貌的相似，也提醒身旁的人，當初若不是娶了北台灣大地主姚家的千金，單憑嚴金水這個鄉下孩子不可能成就今日的霸業，言談中也不忘感嘆長子的早逝，在立丰能幹的母親吳碧蓮去年過世後，惋惜的對象又加了一位。

「實在可惜了，妳母親……有碧蓮這個媳婦在，頂得過三個兒子。」

風中殘燭的外貌，隱晦的心思，讓旁人猜不透老人家真正的心意，究竟是會將半壁江山留給元配唯一的子孫嚴立丰，或是打算將至今尚無管理經驗，能力遠不及父母的嚴立丰，排除在核心事業之外？

她曾跟嚴立言說過自己不需要爭取什麼，她在嚴家的地位擺在那裡，誰也動搖不了，但老謀深算的嚴立言卻大大取笑她的無知。

「妳祖母理應擁有嚴家一半財產是沒錯，但她過世時，嚴家只是一間建設公司，以現在集團的規模看來根本微不足道，妳父母投注最多心力的醫療與保健事業，比起核心的開發與運輸事業，也算不上什麼，這兩樣目前都掌握在二房手裡，要他們憑空讓出一半控制權給妳？根本做夢，妳母親過世後，要不是我管著醫保這塊，恐怕早就被他們蠶食鯨吞。」他的結論是：「所以，大房能不能繼承集團資產的一半，全憑老頭子一句話。」

在她反駁前，他還加上：「不要跟我說妳不在乎，妳如果真的不在乎，何必放下美國的一切回來？妳如果真的瀟灑，爲什麼從來不與二房那些人來往？既然無法瀟灑，依妳的個性，要爭就不可能不爭到底，目標確定，剩下的問題不過是作法的差別。」

她在乎嗎？只要遠離這個房子，遠離二房這些人，她可以說自己不在乎，但一回到這裡，聽著祖父重複那套於事無補的感嘆，看著二房勝利的姿態，她發現自己無法不在乎，她的祖母、父母，都爲這個家的事業奉獻出所有心力，努力到人生的盡頭，好處卻全被這些人占去，想到這裡，她灑脫不起來。

爲什麼灑脫不了？她不明白，即使沒有繼承權，比起一般人她所擁有的仍舊過分的多，股票、房產、基金、存款、收藏……她母親過世前，唯一確保的就是這些揮霍一輩子也花不完的淨資產，更別提她所擁有的高等教育、優秀職業，她不明白應該甩頭離開的自己，爲何要坐在奢華過度的飯廳裡，忍氣吞聲的忍受這場家庭鬧劇。

嚴立言看得比她清楚，也比她了解她自己，因爲她好勝，因爲她這輩子從來沒有輸過，只要她想要的東西，從來沒有失手過。

問題是，他與二房有何不同？

比起二房夫人馮秋人，她稍微可以忍受三房夫人王雅貞，但也只是稍微而已。

這晚的餐桌，嚴立言那位優雅纖細的母親就坐在主人的右側，與立丰相對的位子，她清楚看到永遠輕聲細語，笑臉盈盈的三房，如何在二房母女咄咄逼人的眼神下，泰然自若的維護自己與兒子的地位。

「立丰剛回國，先進最熟悉的醫療業是最簡單的，」王雅貞傾身幫丈夫倒酒，順勢在年長四十歲的丈夫耳邊道：「你也知道立言和她感情好，有立言幫著，立丰應該會適應得很好，至於其他事業體的事務，立言現在不是也在開發這邊當你的特助嗎？未來立丰有興趣，我想立言也會很樂意帶她進入的。」

在王雅貞的棋局裡，嚴立丰不過是能把兒子送上寶座的墊腳石。

回這個家，考驗的不只是親情，還有她與嚴立言多年的友情。

老宅廚藝精湛的廣東廚子到底準備了什麼美味餐點，她一點印象都沒有，只記得最後祖父慈愛的拍拍她的背，「妳剛回來，集團的事情有叔叔姑姑、兄弟姊妹們幫忙管，不急，慢慢來，醫院裡有不懂的，問一下小叔叔，生活上有需要什麼，爺爺買給妳。」

王雅貞露出滿意的笑容，二房的兩位眼神立時化爲利刃。

而她，就這樣被當成三歲小孩看待，不得不嚥下的那口氣，卡在喉嚨直到今日，即使在院務會議上痛斥態度敷衍的行政人員、教訓粗心實習醫生，都舒緩不過來，嚴立言怎麼知道這時的她正好需要發洩？

思緒紛飛中，直升機緩緩降落在綠島，一看到等候著的他，她就知道昨天餐桌上發生的一切，早在這人的掌握之中。

「怎麼樣？這裡的天空是不是比台北藍？」

她很想相信自己在他眼裡，真的就是當年一起去內華達州狂歡的好友，而不是他用以謀求財勢的墊腳石，相信他對她的關心，是出自真心，沒有其他目的。

「是嘲諷？或只是想讓我嫉妒？」

「是真心，真心，我的公主。」他笑得雲淡風輕。

「所以你媽說了昨晚的餐會了？」

「她告訴我的是她的版本，但我有另一個版本。」

「二房的版本？」

他翻了個白眼，「那需要猜嗎？」

「你知道凡事都有好有壞，利用我的下場，就是成爲炮灰。」

他行了個騎士禮，「我的榮幸。」

她突然覺得厭煩，所有煩心的事，所有發洩不了的怨氣，在小島的微風吹拂之下，都顯得微不足道，她抓住嚴立言的手，「你不是說這裡是台灣的燃燒人嗎？帶我去看看！」

「喔喔！」他誇張的說：「假如妳想發內華達州那樣的瘋，我是不是該去市集發布警報：危險人物即將抵達？」

殷子愷很不開心。

陳志匡悄悄看著躲在角落喝悶酒的哥們兒，跟老婆使眼色。

「凱子，來，這是匡哥特別照顧兄弟的炸魷魚腳，你嚐嚐。」

殷子愷碰都不碰，抓著匡嫂問：「有沒有綠島的新聞？那邊是不是有颱風還是地震什麼的？」

匡嫂被這傢伙弄得一頭霧水，「沒有啊，我記得氣象說全國陽光普照、風調雨順啊。」

「那蘿蘿幹麼不回我？」

「唉喔，人家在那裡黑皮，哪有時間理你？」

「跟學生在一起也可以黑皮喔？叫她等我明天再一起出發，她都不肯！」

「你們這種工薪族和大學老師待遇不一樣啊，她幹麼委屈自己？」

「工薪族」三個字似乎戳到他的痛點，殷子愷突然以震驚四座的音量說：「工薪族又怎樣？我們可是國家的棟梁！沒有工薪族，週休二日的國民日常要怎麼建立？沒有工薪族，那些大賣場要怎麼賺錢？沒有工薪族，年節的火車票要賣給誰？」

燒烤店剛開張沒多久，天都還沒黑，這傢伙就開始暴走……匡嫂默默數了下桌上的啤酒瓶，朝老公比五根手指，全場豁然開朗，這傢伙只要喝超過四瓶啤酒就會開始發酒瘋，發洩他的「社畜」牢騷。

「喂喂，那個誰？卡拉OK給我插好！」

陳志匡暗自慘叫，燒烤屋鄰近體育場，唱卡拉OK本來沒有問題，但殷子愷喝醉以後的走音演唱會卻時常讓他收到鄰居的投訴，記得有次接到的環保局罰單，開罰事由不是深夜吵鬧，而是歌聲太難聽。

匡嫂趕緊跟老公求救：「快打電話給蘿蘿。」

「試過了，她不接啊。」

就在匡哥匡嫂一籌莫展的同時，綠島的丁蒔蘿打了個噴嚏。

「著涼了？」

她對剛練完團的陳瑋搖搖頭，「沒有啊，可能有人在背後罵我吧。」

「傍晚綠島風沙大，老師妳要不要去戴個口罩？」

她決定打破陳瑋對她的「尊敬」態度，畢竟自己都厚著臉皮跟學生來這裡玩了，老聽他老師老師這樣叫，挺彆扭的。

「我們不在學校裡，你叫我名字吧，我就叫你阿瑋，跟其他人一樣。」

「蒔蘿？」他笑出來，「感覺要來煮點什麼，妳父母很愛下廚？」

她聳聳肩，「我爸我是不知道，不過我媽以前的廚藝還可以，只是她恐怕連蒔蘿長什麼樣都不知道。」

「我叫妳蒔蘿姊吧，希望妳不介意被叫姊。」

「有什麼好介意的？本來就是姊姊。」她注意到陳瑋獨自一人，「其他人呢？」

「去泡溫泉了，這裡有很知名的海水溫泉。」

「你怎麼不去？」

他聳聳肩，「經歷過剛剛那樣的場面，讓他們幾個人聚在一起發洩一下，我不在比較好。」

「爭執？」她挑眉，「我沒看到爭執，至少你們內部沒有。」

「外表看不出來，每個人的情況都不同，對玩音樂這件事，有不同看法與期待。」

他邊說邊往沙灘南邊走，路上遇到認識的人，順手接過兩瓶冰啤酒，也沒問她要不要喝，拉開拉環遞過來，她接過啤酒，自然而然的跟著他在沙灘上散步。

「萬一阿宏他們不同意你的做法，也無所謂嗎？」

他還是聳肩，「這也不是我能決定的。」

「至少，你可以跟他們溝通，讓他們更理解你的想法。」

「他們不需要理解『我的』想法，而是要理解『他們』自己的。」他大口灌啤酒，「玩音樂不會有前途，不會賺大錢，也泡不到辣妹名模，不會讓他們的父母以他們為榮，至少在我們這個時代，在這裡，不可能。」

她靜靜聽著。

「所以，幹麼還要繼續玩？或者到此爲止，準備考研究所、托福GRE、公務員，或是乾脆剪掉長髮，買套狗屁西裝去狗屁的職業博覽會爭取狗屁面試……這世界給我們這些年輕人這麼多他媽的選擇，幹麼還要玩音樂？」他停下來，不論是腳步或者是思緒，看著遙遠的海平面，看著小島絢爛的夕陽，一口乾盡啤酒，語氣疲憊：「我沒辦法替任何人決定要怎麼活這一輩子，他們必須自己決定。」

她將手裡還剩一半的啤酒遞過去，他側臉看著她，「妳應該覺得我憤世嫉俗吧？是不是覺得玩搖滾的都是憤青？」

「不，我滿佩服你的。」

「爲什麼？」

她邊整理思緒邊說：「你並不憤世嫉俗，相反的，你很現實，憤青是好幾個世代以前的事情，雅各賓黨那個時代沒有網路、沒有比特幣、沒有公平交易咖啡、沒有海盜黨，所以那個時代需要高聲吶喊、需要民族激情，和喚醒激情的民粹英雄，歷史上沒有一個時代是完美的，社會上總是有東西可反，我們這個時代也不例外，革命還是需要的，只是方式不同，我想現在這個時代的革命方式，會是安靜的，小眾的，等到大眾意識到時，改變已經發生，整個過程可以沒有英雄，而是每一個參與的人，不管用什麼方式參與，在各自的位置上安靜革命的人。」

「沒有英雄的時代……」

「當一個人開始成爲英雄時，他最先失去的，是他自己。」

陳瑋靜默許久，吁出一口氣，「精彩的一課，可惜只有我聽到。」

「這堂課的老師不是我，是你，是你們，給我機會上這堂課。」她毫不介意他的嘲諷。

「妳是我遇見過最特別的老師。」

「大概是因爲我不是合格的老師吧。」

他還想說點什麼，但手機鈴聲穿透海浪與人群聲浪，她低頭看了眼手機螢幕，決定以此結束這場偏離方向的談話，轉過身背對陳瑋接通電話。

他們靠得很近，陳瑋可以聽到話筒裡男人的聲音，聽見她柔和中帶著揶揄的回應。

「已讀不回？有嗎？大概是不小心按到，沒注意。」

「到了以後問人第二舞台的露營區就知道了。」

是那個她從小一起長大的「哥們兒」，他想像那該是怎樣的關係？兩個三十歲的單身男女，結伴參加自由又狂野的音樂祭，卻只是彼此的「哥們兒」，他從來不寫愛情的歌曲，也從沒費心揣摩男女關係，但此刻聽著丁蒔蘿的聲音，他忍不住猜想對方的長相與個性。

綠島藝術市集嚴格來說是獨立於綠島海洋音樂祭的活動，在縣政府介入之前，兩邊的主辦單位並不介意人們混爲一談，甚至在藝術市集入口設置了一個小舞台，玩世界音樂的另類樂團得以在這裡登台。官方介入後，跳島這邊的人指控音樂祭被資本化，引起激烈的反對，過去採以物易物與現金雙軌制的入場機制，去年開始改爲嚴格的以物易物，入口的小舞台也擴大爲世界音樂以及不滿音樂祭被收編的一些音樂表演者，讓這個不列管的「第四舞台」熱鬧滾滾，從早到晚樂聲不斷。

藝術家們在這裡就像回到家一樣，短暫滿足靠創作爲生的夢，但對非藝術家，只是湊熱鬧的人，如嚴立言和嚴立丰來說，拿著包主任提供的工藝品，困難重重的換到一根香腸和一個貝殼風鈴以後，就再也換不到想要的東西了。

兩個總資產加起來可以買下半個島嶼的人，卻無法在這個小市集裡塡飽肚子，立丰又好氣又好笑的推嚴立言一把，「什麼天堂？根本是地獄好不好！」

「誰叫妳不願意上台唱一首歌？至少可以換到一瓶啤酒。」

她瞪著舞台下大排長龍的表演者跺腳，「輪到我唱大概都天亮了，我不管，不如你當街跳脫衣舞，或許能換到一根大腸，或是我想要的那條香蕉纖維圍巾！」

「可惜我念的是金融而不是人類學，以物易物不是——等等！」他頓住，「我怎麼忘了市場法則！」

一個念頭在他腦中產生，「妳聽過集中營市場學嗎？」

她瞪大眼睛，這傢伙有病嗎？她只要求塡飽肚子，他卻扯起什麼集中營市場學！

「我可不相信集中營裡有便當和烤山豬肉。」

「當然，集中營裡住的是人，只要有兩個人以上的地方就有市場，市場供需法則是普世通行的道理，集中營也不例外，每個市場最終都要仰賴交易媒介，在集中營裡靠的是香菸！」

「所以呢？」

「所以我們只要找到這個市場裡，人人都要的東西，成為那樣東西的供應商就可以了！」

他們放眼四周，在一個貨幣失靈的小市集裡，尋找什麼東西是人人都想要的。

舞台前的人群排隊等著上台表演以換取免費啤酒……

三三兩兩的人，聚集在手工毯上喝酒聊天……

垃圾回收區堆滿小山一樣的啤酒罐……

他們異口同聲喊：「啤酒！」

她興奮的擊掌，「我有個點子！這裡不是人人都可以自由擺攤嗎？我們也來擺一攤吧，賣啤酒和包主任這些工藝品，這麼一來我們不需要移動，大家就會過來跟我們交換東西了。」

「好主意！我記得包主任中午請我們喝在地釀造的啤酒，滋味還真是不錯！我馬上叫他載一箱過來。」

「十箱。」她說：「我們要做生意，不只是換香腸。」

對上嚴立丰狡黠的眸光，他呼吸一滯，「這讓我想起燃燒人那次，妳用醫術替我們換到一頓大餐。」

「對！我還可以免費幫人看病！包主任辦公室裡應該有簡易醫療箱吧？」

他知道她並非不明白，而是刻意誤解，但此時此刻，能夠和她在這裡，已經是回國五年以來最快樂的時刻，他應該覺得滿足。

半小時後，他們的攤位上立著一大桶冰塊與啤酒，一小時後，地上多了一塊中古手工毯，他的脖子上戴著野豬牙與牛皮做的項鍊，兩個小時後，他們的攤位擠滿人，排隊等候嚴醫生的免費健康諮詢，地上擺滿各式各樣的小吃：烤山豬肉、摩摩渣渣、麻糬、米糕、涼拌木瓜絲、麻辣鳳爪、竹筒飯……

晚上十點，她蓋上「免費健康諮詢」手寫牌子，躺在地毯上看著星空，享受微風，邊啃鳳爪，忍不住嘆息，「人生真美好，不是嗎？」

他噗哧一笑，「是誰三個小時前還說這裡是地獄？哭著吃不飽？」

「還不是靠我才弄到這些食物？」

「是是是，若有天世界瀕臨滅亡，我猜活到最後的，應該是小吃攤老闆和醫生吧。」

「這我不確定，但可以肯定的是你們這些數豆人會第一個滅亡。」

「可不是嗎？我們這種人只看得懂股市數據，比不上你們這些手藝人。」

沉默突然降臨，過了許久，她突然說：「有時我真懷疑自己爲什麼要回來。」

「妳知道比數豆人更糟的人是誰嗎？」

「不知道。」

「煮豆人。」他安靜的說：「把可以重新分配的東西一鍋煮熟，只想著累積財富，卻不知道該拿它來做什麼的人。」

「你會拿來做什麼？」

他嘆口氣，「分散投資、尋找潛力股、開創未來產業。」

「你與煮豆人又有什麼差別？」

「沒有差別。」

她保持沉默，等他繼續。

「所以才需要妳回來，立丰，妳知道該怎麼辦。」

「我不懂得管理和投資。」

「執行面，妳有我，但是我需要一個擁有更寬闊視野，能夠開創集團新格局的領導者。」

「是嗎？若我決定把所有的錢都送給世界展望會呢？」

「可以，但更實際的做法是成立基金會，將資產整理爲高投報的投資組合，將利息捐給展望會，這麼一來妳的捐款不只是一次性的，而可以永續。」

她清楚嚴立言是對的，理想主義需要現實主義去支撐，一如她需要嚴立言，但是，他在家族的輩分在她之上，撇開正室偏房的身分不談，他在集團裡所應得的，難道不應該比她還多？她很清楚他母親的打算，他對她的需要是一時的，一旦進入核心事業，在集團中站穩腳跟，他就再也不需要她了，到那時，這個現實主義者還會記得理想主義嗎？

他會不會背叛她？

他還是當年那個願意放棄所有物質，跟著自己去燃燒人闖蕩的夥伴嗎？

他們之間爲什麼有這麼多的猜疑？是不是從一開始就不要信任，才是明智之道。

第四章 山也不看、海也不看

左邊是山
右邊是海
那我該看哪一邊
左邊是山
右邊是海
不，我哪一邊都不看
我要看的
只是對面
一起談著山海的女學生

最後一聲電子琴音落下，台下爆出如雷的掌聲與歡呼，站在舞台右前方的丁蒔蘿對這樣的熱鬧毫無心理準備，陳瑋他們在學校裡是風雲人物，登台時的感染力她偶爾在學校舉辦的晚會見識過，但校園的規模畢竟還是與露天音樂祭差距甚大。

到綠島第二天，二號舞台這邊的表演從下午一點開始，託工作人員證的便利，她從一開始就跟著樂團進場，確認陳瑋他們不需要幫忙後，就在舞台下方第一線守著，置身現場，丁蒔蘿更能感受粉絲對支持樂團最直接的反應。

前面幾團在熾烈的陽光下，觀眾三三兩兩，氣氛閒散，越到後面，現場聚集的人越多，到了倒數第二團，簡直就進入騷動的狀態，她站的位置一覽全場，前排已經立起支持台北公社的牌子與布條，仔細觀察，不少人身上穿的T恤上印著台北公社的標誌：飄揚紅旗前的五人剪影。

前一個樂團下台以後，台上忙著換場，台下已經開始呼喚，有的喊公社，有的喊阿宏，但聲浪最清晰而持續的，喊的是陳瑋。

在人群裡，丁蒔蘿聽得到前排鐵粉交談的內容，原本擔心台北公社這次完全放棄招牌歌曲，以新創樂曲上場，會讓粉絲失望，沒想到粉絲已經能哼唱，其中一個女孩炫耀的說是朋友守在團練室外偷錄的，透過無所不能的網絡，迅速傳播給歌迷們。

終於等到開唱，身型頎長的陳瑋，身著黑衣黑褲，一現身便引起全場熱烈喊叫，台上的他神情冷峻，獨自走到舞台正中央，恭敬的行了個禮，走到左側吉他手的位置拿起一把小提琴，丁蒔蘿看到前排歌迷們高舉手機攝影，這一刻，她也跟歌迷們一樣，心臟怦怦跳的期待著。

不管期待的是什麼，這些搖滾樂迷發揮最大的想像力都不可能猜到吉他手陳瑋拉開琴弓後，提琴流洩出來的竟是帕格尼尼〈第二十四號隨想曲〉，沒記錯的話，這是小提琴高難度名曲。

觀察現場的反應，顯然所有人都被震懾住了，目不轉睛的看著陳瑋，悄然間其他樂手已經就位，琴音暫歇時，阿宏渾厚沙啞的聲音開始唱出林亨泰的情詩〈海線〉，竟然是抒情曲，打破了歌迷先前的印象，當飛飛的鍵盤、阿星的貝斯、豆仔的鼓加入時，歌迷們如夢初醒的找回熟悉的公社搖滾風格。到這裡，丁蒔蘿才驚覺自己一直屏息看著台上表演，在那裡的陳瑋，彷彿發著冷冽的藍光，隱忍卻又耀眼。

唱片公司的開哥悄悄站到她身邊，「天生不凡，老師不覺得嗎？」

不用問，她很清楚開哥指的是誰，阿宏的聲音魅力雖然吸睛，但真正震住全場的，卻是手握樂器的陳瑋，優雅、孤傲……不知為何，她內心裡感受到悲愴的震懾力，源源不斷地從陳瑋的琴音與神情傳遍全場。

「老師不是想知道陳瑋不惜賠償也要解約的真正理由嗎？」

她等著。

「公司對這個團的規劃主要以陳瑋為主，未來會逐步安排他單飛，將他隱藏的光芒完全釋放。」

陳瑋知道了這個計畫，顯然其他成員還不知道。

開哥繼續說著：「陳瑋今年就畢業了，其實以他的年紀與資歷，根本也不需要這個學歷。他是陳文郁的兒子，妳應該知道國家交響樂團的指揮吧？」

她克制住搖頭的衝動，既不認識陳文郁，也對陳瑋的背景一無所知，理智唯一記得的是，在這人面前自己還扮演著社團指導老師。

「老子是享譽國際的全才指揮，對每一樣樂器都有涉獵，從小在這樣的環境下長大，不管什麼樂器到陳瑋手裡，三兩下就能摸熟，尤其是弦樂器。」

「這和你們公司規劃有關?」

「當然啊。」開哥得意說:「有家世、有才華,再看看他的外型!這樣的人不紅,天理不容。」

「那他的音樂呢?」

開哥愣了一下,「什麼音樂?」

丁蒔蘿將視線移到台上,那個光芒隱藏在主唱、鼓手、鍵盤、貝斯手之後的吉他手,閉著眼睛,手指頭飛快的在弦上跳動,台下這些仰望的眼神,似乎都與他無關。

「我是說學業。」她決定改變話題:「不管怎樣,他是我的學生,對我來說,學習第一。」

開哥訕笑,「您年紀輕輕,怎麼想法這麼八股?」

她淡淡掃他一眼,不動聲色的離開搖滾區,台上的演唱繼續,隨著腳步離得越遠,陳瑋的弦音卻越來越清晰,凌駕阿宏渾厚的歌聲與豆仔激烈的鼓聲,像一條幽隱卻糾纏不休的銀色絲線,牽引著聽眾內心最柔軟的心緒。

她想起高中時,家鄉的火車月台,一個女孩站在南下第九車位置,悄悄望著北上第八車位置的男孩,整整三年,他們一南一北的錯過,偶爾在穿越月台的地下道裡碰見,還要裝出淡然的神情,他們只是偶遇的國中同班同學。

鄉下國中的資優班上了高中以後各奔東西,所謂的東西,其實是在鄰近縣市的不同高中,不介意分班壓力的選擇本縣的高中,受不了的人選擇跨縣市的高中,不管選哪一所都要搭火車。念外縣市高中的叛徒們大多選擇住校,只有她,甘願每日通勤,因爲在清晨旅客稀疏的南下月台,她可以隱身在柱子旁，悄悄看著對面月台的打鬧。

對於她選擇外縣市高中，最反對的人就是殷子愷。

「很不合群耶！一起上斗中多好？」

「斗中有什麼好？不過就是國中生活的延續。」

「再辛苦三年，考上好大學，到時就自由了。」

她記得當時擺出最嚴肅的神情，跟這個傻子說：「青春只有一回，自由無時無刻不可得？」

他被雙重否定句繞暈了，回過神時，話題已經結束，兩人走上分道揚鑣的路，只是他沒這麼容易放過她，託殷子愷的福，她並沒和國中同學脫節，斗中的資優班有一半是原本就認識的，另一半來自其他國中，幾次強被拉去湊數聚餐，她也認識了剩下那一半之中的幾位，例如總被殷子愷欺壓的鄭自強同學。

鄭自強在高一時跟殷子愷成爲好哥們兒，剛上高中時兩個人都瘦瘦小小，可能因爲這個緣故而走近，高一下學期殷媽媽不知道給殷子愷吃了什麼補品，他個頭朝天拔竄，肩膀越來越寬厚，擅打羽球的手臂遒勁有力，鄭自強卻仍然保持那個瘦瘦巴巴的模樣，站在殷子愷身邊活像他的小嘍囉，儘管只要一開口，任何人都能立刻看出有腦袋的是那個小嘍囉。

正是這個小嘍囉，看穿了她的心思，某次聯誼時無聊的真心話大冒險遊戲裡，被問到有沒有喜歡的人，她毫不遲疑的否認，事後卻被鄭自強堵在角落，小傢伙眼睛發亮的拋球過來：「騙人，妳喜歡蕭易元對不對？」

「誰喜歡蕭易元了?」

「凱子給我看妳以前寫的小說，那個騎腳踏車的少年就是蕭易元，很明顯啊。」

「他幹麼給你看那種東西?」

「就登在校刊上，我去他家玩翻到的。」他狐疑道:「凱子說妳還每天通車，在車站應該常常能看到蕭易元吧?」

他是第一個猜到她祕密的人，顯然也不覺得有替她保守祕密的義務，殷子愷從他那裡得知後，正常人會懊惱自己遲鈍，竟沒看出好朋友心思，不過那凱子的腦子卻不是這樣運作的，他只會取笑她。

「喜歡就告白啊!這有什麼?不過——」他露出幸災樂禍的表情，「他在學校人緣不太好耶，妳要不要去檢查一下眼睛。」

她知道蕭易元爲了追求校花，做了不少蠢事，也惹毛許多人，殷子愷雖然嘴巴壞，卻總是擁有好人緣，她甚至懷疑過，殷子愷帶頭排擠蕭易元。

「人家是年級第一名，我哪裡排擠得了他?他就算在升旗台上拉坨屎，校長都會原諒這個醫科保證生!」他加上一句:「然後叫我去掃大便。」

幫殷子愷寫過無數封情書，追過無數個女孩子，也替他謀劃過無數次分手，丁蒔蘿自己卻從沒告白過，直到高中畢業那年暑假，也不知道是不是殷子愷良心發現，還是鄭自強看不下去，他們找了幾個同學到台北玩，也邀了蕭易元和丁蒔蘿，一群人住在殷子愷表哥慷慨出借的公寓裡，白天遊山玩水，晚上酒肉笙歌。

最後一個晚上，她睡不著，獨自坐在飯廳裡看書，像奇蹟一樣，蕭易元也睡不著。

她忍著鼓譟的心情，維持外表的冷淡，視線緊緊鎖住書頁，實則一個字都看不進去。

「看什麼那麼入迷？」

她舉高手裡的書，他一個字一個字的念：「聽、風、的、歌。」

「嗯。」

「真的是才女耶。」

國中時他們的座位靠在一起一個學期，老師的用意是讓理科與文科高材生並坐，相互影響，彼此拉抬。她因此偷窺到這位永遠的第一名有個低劣的習慣：由於考卷總比大多數人提早寫完，爲了消磨剩下的時間，他就在考卷後面畫狗屎，各種形狀，唯妙唯肖的狗屎，就這麼畫了半個學期，後來被發現，老師翻出之前試卷，驚覺每張背後都有一坨，狗屎事件被揭穿那天，導師拿藤條打他手心，邊打邊罵：「就你這樣，坐在才女旁邊，你好意思嗎？說！你好意思嗎？」

從那以後，他就不再喚她名字，而叫她才女，語氣認真，但神情嘲諷，她並不覺得討厭，因爲這個事件他被調到第一排，方便各科監考老師們直接監視。

高中三年，除了在車站擦身而過，他們沒什麼機會聊天，這麼近距離的坐在一起說話，是座位分開後第一回，然而他的語氣與嘲諷神情和以前一樣，只是，突然讓人無法忍受，這人始終不明白，她不是他以爲的那個樣子。

「不是很深奧的書，我也不是才女。」

「妳不是塡了歷史系嗎?這本來就是才女才會做的選擇。」

她放下書，第一次以定定的眼神直視他，「意思是我應該選擇企管?財會?」

他卻嬉皮笑臉以對，「至少比較容易養活自己，不然我幹麼選醫科?」

「我不是你，不過還是恭喜了。」

他接下了攻擊，斂起笑容，「有什麼好恭喜?我也沒考多好。」

因爲本來能上台大醫學院的落到中山醫學院?她本想反譏回去，突然間卻感到一股悲哀從心底升起，本來以爲很聰明的人，卻始終沒看清楚自己要的是什麼，她無意繼續這場對話，重新拾起書。

他並沒有立刻離開，圍著沉默的餐桌，與她對坐好長一段時間。那晚關燈回房時，她知道自己對這個人的迷戀已經破除了，初戀悄悄發生，安靜的結束。

很久以後才從殷子愷那裡知道，她在無意間傷害了另一個人。

「鄭自強也不錯啊，妳爲什麼不喜歡他?」

「喜歡他?我幹麼喜歡他?」

「人家暗戀妳那麼久，妳都沒感覺?從來沒發現他對妳的好?」

她記得自己瞪著凱子良久，鄭自強暗戀自己她是沒感覺，但他跟凱子形影不離，穿著打扮漸漸與他相仿，倒是不假。

「你呢?你也沒發現他對你的好吧?」

殷凱子露出噁心的表情，這個話題到此爲止，至少，對這傢伙而言。

山也不看
海也不看
我只是凝視著對面

山也不看
海也不看
終於完全陶醉在山海之中

怕再被開哥纏上，丁蒔蘿越走越遠，進入另一個區域——藝術市集，現場五花八門、創意百出，待交換的有形無形商品琳瑯滿目，隨著陳瑋音樂來襲的莫名情緒，漸漸被歡樂氣氛化開，晚上殷子愷抵達後，還不知道要帶他去哪裡逛呢，先來市集探勘成爲不錯的主意。

拿著主辦方發給表演者的點券，她換到一個編織包和一本漫畫家獨立出版的手工書，往市集更深處，注意力被一張簡陋的手繪海報吸引，她努力半天才辨認出賣的是啤酒，海報下坐著一位短髮，氣質靈秀的女子，盤著腿，正和一個滿頭五顏六色髮辮的女孩開心交談，走近一看，啤酒海報下還有個牌子寫著：免費健康諮詢。

這女人的氣質與周遭格格不入，看起來卻相當自得其樂，丁蒔蘿發現自己移不開視線，一部分的原因是，她渴了，但又不想打斷聊天的兩人，直到短髮女人注意到她。

「哈囉！要啤酒嗎？」

她在髮辮女孩身旁蹲了下來，「要一瓶啤酒，諮詢排在她後面。」

髮辮女孩轉過頭來，是個五官深刻的外國女人，用英語回她：「喔，我們只是在聊天！妳有健康的問題需要麗莎幫妳回答嗎？」

「麗莎」打開冰涼的啤酒，塞到丁蒔蘿手裡，「嚐嚐看，當地釀造的啤酒，喝了保證上癮。」

她遞出點券，卻被拒絕：「先讓我聽聽妳的問題，再決定要跟妳收多少。」

丁蒔蘿在她們鼓勵的眼神中，放下心防，「我發現自己脾氣變差了，對某種人的容忍力下降，對另一種人卻又提高不少。」

麗莎和朋友對看一眼，反問：「這症狀從什麼時候開始的？」

「從來到綠島開始。」

她轉身探入冰桶，挖出另外兩瓶啤酒，與朋友一人一瓶，眨眨眼與丁蒔蘿碰瓶，「我這醫生能給妳的最好處方箋，就是跟第二種人喝酒，然後把酒瓶敲在第一種人頭上。」

三個女人同時笑開，大口暢飲，到第二瓶啤酒時，丁蒔蘿乾脆坐在草地上，跟她們聊起天。

「妳一個人來嗎？」

「目前是，晚上會有另一個朋友加入。」

另外一群嬉皮打扮的人經過，髮辮女子跳起來跟著他們走了，啤酒攤位前剩下丁蒔蘿與攤主。外國人走了，她們切換回中文交談：「怎麼稱呼呢？」

「丁蒔蘿，香草蒔蘿那個蒔蘿。」

「好名字，蒔蘿有消脹氣整腸的好處，蒔蘿子泡茶的鎮定功效不輸薰衣草。」

「聽起來真的像醫生呢。」

她不以爲意地笑笑，「是醫生啊，但也不過是謀生工具而已，妳呢？」

「老師，我在大學教歷史。」

「看來我們兩個都是偷偷潛入搖滾區的書呆子。」

丁蒔蘿立刻喜歡上這個女人，在國外久居再回國，很難交到志同道合的朋友，她也逐漸放棄迎合別人，學會自得其樂，麗莎卻是個例外，她的自信看似驕傲，卻又坦率得讓人倍感親切。

「妳，我是不知道，但平常日子這個時間，我應該在永康街的茶書屋學茶道。」

「妳也在茶書屋學茶？」麗莎神采奕奕，原本就明亮清麗的臉龐彷彿打上光，讓身爲女人的丁蒔蘿都看著迷了。

「學了一年了，跟南老師。」

「那是師姊了！我才剛報名，上禮拜去上第一堂課，說老實話，茶我不懂，我是爲了在家裡也擺出那麼美的茶席去學的，可惜我天生美感欠佳。」

「茶席的美感不是擺出來的，它應該反應出茶人對茶和喝茶這件事的反省與內涵，應該是華美的就華美，應該是樸質的就讓它樸質，粗茶淡飯，只要對境相應，也是一種美。」

麗莎擊掌叫好：「說得好！真不愧是大學教授，連喝茶都能說出這麼深刻的道理。」

「是南老師教得好。」

她突然嘆道：「有時候真懷疑自己幹麼回來，但是這些東西，茶道、歷史、藝術市集……又在這裡，我是這麼喜歡這些東方的，神祕的東西。」

「神祕的？茶、歷史、藝術並不神祕啊。」丁蒔蘿懷疑的看著她。

「在我的教育裡，它們是的。」

她不確定麗莎說的是她的醫學教育或是家庭教育，唯一可以確定的是，麗莎的感嘆是真心的。

「那回台北以後，妳還真該跟我去學學香道、古董鑑定，大學老師生活裡什麼沒有，這些東西最多，上禮拜我還猶豫要不要去報易經班呢！」

「真的？太好了，以後我跟著妳就對了，我下班後除了健身、練瑜伽，在家啃醫學書籍，其他時間還真是無聊得發慌。」

健身、瑜伽、醫學書，這還叫閒得慌？丁蒔蘿不禁想起在考卷後畫狗屎的蕭易元，忍不住懷疑這些天才兒童的腦子究竟是怎麼運轉的？

兩個女人就這麼坐在草地上，天南地北的閒聊，暢快享用冰涼的啤酒，直到太陽西下，她突然想起殷子愷的飛機應該抵達了，電話裡雖然說得絕情，但她還是打算去接他的。

「我先去接朋友，晚點再帶他過來找妳。」

麗莎點頭道：「一定喔，我明天就要回去工作了。」

「一定。」

看著丁蒔蘿走遠，嚴立丰忍不住有點後悔沒留下她的聯絡方式，萬一她沒回來，回台北還能碰面，回國大半年，除了嚴立言，她一個朋友也沒有，事實上，她從來也沒有什麼知心的女性友人，過去的人生全埋首學業與事業，藉此逃避煩人的家庭紛爭。

彷彿感覺到她的感傷，電話響起。

「到台北了？」

「是啊，咱們蹺班的大醫生，玩得愉快嗎？」電話那頭是呼嘯的風聲，他應該才剛步出直升機，還在醫院的頂樓停機坪。

「我沒蹺班，今天本來就沒門診，只是請住院醫生幫忙巡房而已。」

「是是是，反正沒人敢考核妳的出勤。」

她還沒決定要不要原諒這人的遺棄，但人家就是來綠島出差，一時心血來潮把她找來，本來昨晚就要回台北，是她硬要留下來再擺一天攤，醫院裡、公司裡還有一大堆會議、決策等著嚴立言回去處理，晚上……還有那個至關重要的約會得赴。

「怎麼不說話？無聊了？我請飛行員回去接妳？」

「不用，我自己會想辦法回去，我只是想……」

「這麼吞吞吐吐的，一點都不像妳。」

「伊蓮娜這次突然來台灣，對你應該有所求吧？」

話筒裡沉默半晌。

「會不會等我回台北，你們就禮成送入洞房了？」

本來是玩笑，卻換來他嚴肅的回應：「對我來說，她是最好的選擇。」

「最好的選擇？」

「國內哪個名門淑媛可以接受繼承權尚未確定的私生子？妳真該看看二房『好心』幫我安排的相親名單，好像我最好的選擇是那些離過婚還帶著拖油瓶，卻仍然相信自己是公主的女人。」大概也只有對她，他才有耐性解釋，但耐性後頭所藏著的，是某種她無法理解的情緒。

「所以伊蓮娜就成爲你甩二房的一記巴掌？紐約上東城地產大商，傳奇的霍夫曼的孫女？你知道入猶太教要割包皮吧？我不記得你動過這個手術。」

「妳在嫉妒嗎？」

她冷哼：「我是看不慣，難道除了對方的身家，你沒有其他的擇偶標準嗎？你雖然唾棄二房，但在我眼裡，你的作法與他們並沒有差別，你變得……比我還像嚴家的人。」

他再次陷入沉默，許久，「不管妳願不願意接受，我都姓嚴。」

「你明知道我不是那個意思。」

「對我來說，不管娶誰都沒有差別，所以何不選擇一個最有利的？」

她無言以對。

「還有，假如不想被迫嫁給某個無所事事的紈褲子弟，我勸妳從現在就開始想想妳自己的終身大事，比較起來，妳這個嫡孫的選擇權，比我這個私生子還有限。」

好不容易脫離舞台區，台北公社的團員聚集在露營區的院子裡忙碌張羅烤肉架，今天的第一場表演出乎意料的順利，大家都準備今晚要喝個爛醉，不去想明天。

陳瑋敲了敲小木屋的門，沒打算聽到回應，裡頭也果然毫無反應。

她倒是挺自得其樂的。他扯扯嘴角，下午開場時，他注意到舞台前排的她，表演完時卻不見蹤影，看來在她眼裡，他們的表演也不怎麼樣嘛。

「阿瑋，丁老師呢？」

他聳聳肩，拿起木屋露台角落的備用吉他，坐在台階上撥弄琴弦。

「要不要去找她？一起吃飯比較好玩。」

「對啊，昨天晚上排練到那麼晚，都沒好好招呼老師。」

「誰有她的手機號碼？」

所有人的目光還是聚集到只顧著彈吉他那個人，「阿瑋？」

他吐口氣，放下吉他，拿出手機，占線中。

「不通啊？再打啊，搞不好迷路了。」阿星邊敲木炭邊說。

陳瑋隨手把電話丟給他，「你們打吧，我去買酒。」話還沒說完就轉身往外走。被晾在後頭的人，不禁面面相覷。

「幹麼？阿瑋在不爽什麼？」隔壁過來插花的樂團團員愣問。

手裡握著阿瑋手機的阿星卻突然笑了，「老師沒來看表演，阿瑋生氣了。」

「哪個老師？」

「就跟我們一起來的那個啊，她是我們學校老師，阿瑋可迷她了，從來不缺席丁老師的課。」

「可以啊！難怪你們公社這回也唱起情歌了！」隔壁團的人擠眉弄眼的。

阿宏跳出來挽回被阿星歪掉的局面，「什麼跟什麼？你們哪隻耳朵聽到我們唱情歌了？」

在場都是玩音樂的，渾身表演細胞，其中一位操起阿瑋留下的吉他，重現下午表演的曲目：「山也不看、海也不看、我只是凝視著對面……」

阿宏用力敲拿來當烤肉架的汽油桶，看似洩憤其實跟著打節拍，「這是現代詩，說你們俗還不信，青春不是只有熱血，也不只有愛得死去活來，人家阿瑋找的是現代詩，用少年情懷刻畫記憶中的景色懂不懂？！」

四周的人異口同聲的喊：「不懂！」

不知是誰開始丟起冰塊，最後這些人火還沒弄起來，倒是玩起冰塊與啤酒潑灑大賽。

陳瑋聽不到身後的吵鬧，只有空氣中隨著風斷斷續續傳來的樂音，表演後他總感到短暫的空虛，假如可以一直活在舞台上，他應該會毫不猶豫，因為下了台，他又必須面對永恆的自我懷疑。

我滿佩服你的。

想起她昨天說的話，他慢慢覺得好過一點。

沒有英雄的年代、安靜的革命。

他不只一次感嘆，這些思想譜上曲就能演出，他總是輕易的受她啓發，是因爲她的與眾不同，還是因爲她曾在那裡居住過，那個他埋藏在記憶深處，不願回想的城市？

從露營區販賣部搬回一箱啤酒，回到營區，終於看見她的身影，正站在小木屋露台上，對著裡頭比手畫腳，是動作，還是放下來的長髮，讓他感覺站在那裡的丁蒔蘿不一樣了，比較活潑，也比較……明亮。

「別往臥房放！晚上烤完肉外頭要搭帳篷，到時還得把東西再搬一次。」

屋裡一個陌生的聲音回答：「幹麼那麼麻煩？我在客廳沙發上窩一下就好。」

陳瑋走近，院子裡的火升起，第一批香腸也已上架，有人順手把啤酒接過去，擺進裝滿冰塊的大塑膠桶，不知道誰開的音響，放著交工樂隊經典的〈菊花夜行軍〉，大家小心翼翼看著他，配合那音樂與氣味，氣氛詭異。

「沙發那麼窄，不好睡。」

「不會啦，我有縮骨功！」

丁蒔蘿大笑，笑聲中有陳瑋從來沒看過的輕快，與他所習慣的那個總是若有所思、淡漠深沉的丁蒔蘿判若兩人。

阿宏看到陳瑋的臉色，故意大聲喊：「阿瑋你回來了喔！你不是去找丁老師嗎？她剛剛回來了！」

丁蒔蘿聞聲轉過來，臉上還殘留給室內那個人的半朵笑靨，她朝陳瑋揮揮手，「阿瑋，來這裡，給你們介紹一下。」

從她扶著門框的手臂下擠出一顆頭，是個戴著時尚黑框眼鏡，梳著時髦髮型的男人，大大的笑容，照亮小木屋的昏暗，以及丁蒔蘿的隱晦，「哈囉！陳瑋大大！我是你的大粉絲！」

那人很快穿越被丁蒔蘿占據一半的門框，側身，一瞬間的姿勢就像抱著她，鑽出，跳到阿瑋面前，「我是殷子愷，大家都叫我凱子，這次真的很謝謝你們鼎力相助，不然我們就來不了了。」

比起殷子愷熱烈的招呼，陳瑋只能勉強客套，「歡迎。」

「在YouTube上看，沒感覺你這麼高啊，果然有明星氣質！啊——」他的狗腿範圍不限團長，朝院子裡的團員也揮揮手，「不只團長，你們團每個都閃閃發光，大明星，一點不像學生樂團！不過，陳瑋看起來特別成熟，不像蘿蘿的學生，反而像她老師，哈哈。」

丁蒔蘿走下台階加入他們，好像在這個凱子身邊，她的笑容像免費放送一樣，關都關不住，笑道：「別聽他狗腿，他天生業務嘴，是怕烤肉沒有他的份，才這麼巴結大家的。」

有人高舉香腸，「烤肉多的是！見者有份！」

殷子愷自來熟的拍拍陳瑋肩膀，「我聽蘿蘿說了，你們這次發表全新創作，場面很熱烈，尤其是你那一手小提琴！還有隱藏技能咧，厲害厲害，我都等不及看明天的表演了。」

陳瑋鎖住丁蒔蘿的視線，「妳看了表演？」

「當然啊，不過沒聽完，那個開哥老是讓我分心，爲了躲他，我就先去市集那邊逛，反正正式演出時，我還會陪凱子看一次。」

跟他說話的這兩人沒發現，但與陳瑋朝夕相處的人，從外圍都能感受到一股陰氣，「是嗎？也對，反正沒必要連著兩天看同一場表演？」

殷子愷接話：「一個人看表演多無聊，還是等我來比較好玩，蘿蘿聽的搖滾樂都是我介紹的，她平常聽的可能是南北管、古琴那類無聊的東西。」

「少胡說。」

「本來就是啊，妳上次不是叫我下載什麼〈廣陵散〉給妳？」

「那是爲了香席布置。」

陳瑋不喜歡被排擠在外的感覺，硬生生的轉移話題：「市集那邊有好玩的東西嗎？」

她雙眼發亮，「很多啊，總共三百多攤，我下午都沒逛完呢，都在跟一個攤子的人聊天，你們表演完真該去看看，或是等等跟我們過去，我要帶凱子去和下午認識的人打招呼。」

「好啊，等等一起過去。」

有人把音樂換成警察合唱團，氣氛轉爲鬧騰，本來爲了下午表演都累癱的樂手們，因爲有殷子愷的加入也都活潑起來，丁蒔蘿靠著台階席地而坐，陳瑋拿來兩瓶啤酒，遞給她一瓶，她搖頭拒絕：「下午在市集那邊喝太多，我暫停。」

他與她並肩坐下，自顧自喝酒，沒想要說什麼，就什麼都不說，她的眼神看著院子裡邊烤肉邊唱唱跳跳的人們，嘴角微微勾著。

「開哥都跟妳說了什麼？」

突然的問題讓她愣了下，緩慢的轉頭看著他，「關於你的一些事，不是什麼好話……」

「我大概猜得到，只是猜不到哪部分讓妳受不了，連表演都沒看完就走了。」

「與其說是讓我受不了，倒不如說是不想浪費時間跟那個開哥耗。」

「所以到底是什麼？」

「他看重的是你，而不是你的音樂。」

他挑了挑眉，「就這樣？」

「那時你在台上，用那麼特別的方式開場，全新的創作方向，但這些他都不在意，那個人看不到你的努力，也不太在乎。」

「妳倒是很在乎，連看都沒看完。」

她再次轉過頭來，這是他第三次提起了，再遲鈍也能看出他的不高興，不過這回語氣除了不開心，還有埋怨的意味，她笑開了，「對不起。」

就這樣？他瞪著她，沒別的？那句「反正還會陪凱子看一次」又是怎麼回事？

「凱子……是妳的男朋友？」

「不是。」她回得乾脆，「我們是國中同班。」

這解釋了他們的親密，也解釋了那些笑容。

「這種關係最恐怖。」

「喔?」

「越可以裝無辜,讓嫉妒變成無理取鬧。」

她笑開,終於他也獲得一枚笑容,「這句話很好啊,可以寫進歌詞。」

「要我唱給妳聽?」

「好啊,等你哪天改走芭樂歌路線。」

話題又落下,許久,還是得由他來重啓對話:「開哥跟妳說的我,妳都沒有疑問嗎?」

「沒有,那對我來說不重要。」她加上一句:「我很高興你選擇走自己的路,高興你因此成爲我的學生。」

「那妳還當我。」

這次的笑容更明顯了,「那可是你逼的。」

「也是,我太忙了,沒時間寫報告。」

「嗯哼。」

他們的對話被手拿兩串香腸的殷子愷打斷,「要不要吃香腸?山豬肉喔。」

丁蒔蘿趁機讓位,站起來,「你們兩個吃吧,我去幫飛飛他們。」

四道目光同時看著她加入烤肉小組,看著她品嚐一片豬肉,搖頭,肉重新放回烤架。

「很久沒看她這麼放鬆了。」

陳瑋瞪著手上那串難以推辭的香腸，考慮要不要接話。

「來音樂祭只是突發奇想的點子，叫她問一下學生，沒想到她真的跑去問你，更沒想到還弄到住的地方，這些都還不是最奇怪的，最奇怪的是她居然還願意先跟你們過來，那麼認生的人。」

「認生？」陳瑋忍不住了，「我和她並不是陌生人。」

「她以前不是這樣的人，這次回來以後變悶了。」凱子自顧自的說著。

陳瑋保持沉默，既希望旁邊的人閉嘴，又願意聽他多說一點。

「時不時就要人踢一下，才會放開一點，大學老師是最沒必要的偶包，現在不是還有大學老師跟學生上街頭？也有老師報名『我是大明星』？對吧？」

「我不認爲你真的需要我的回答。」

即使在黑暗中，他都能看見殷子愷開心的表情，沒心沒肺的，跟全世界都能成爲哥們兒，「通常我踢十下，只有一下會成功，除了變得悶，她還變得越來越固執，大概是更年期快到了吧。」

「我相信她離更年期還很遠，而且沒有任何一個女人會喜歡被人背後討論她的更年期。」

「我算是半個學醫的，這些生理的事情沒什麼好忌口的。」

還敢承認自己學醫？天下哪個女人三十歲就更年期？！陳瑋忍不住腹誹。

「不過這都不是我的重點。」

哈，這人說話原來有重點？

「我的重點是，她這次願意來綠島，八成是因爲你的關係！」

「喔？」

「連我都知道你……的樂團，你在校園裡應該是個風雲人物吧？不用說，粉絲一定很多。」

「聽不懂。」

殷子愷隨手扔掉香腸竹籤，拍拍陳瑋的肩膀，站了起來。

「喂，把話說完。」

「我留個下篇，以防你今晚把我趕出去。」

「不會有那種事，反正你又不睡屋裡。」

「誰說我不睡屋裡？蘿蘿睡哪我就睡哪。」

「可是你們又不是……」他一口氣岔住。

殷子愷擠眉弄眼的說：「不是啊，但就是因為如此，所以怎麼樣都可以。」

豆仔弄了一盤肉過來孝敬團長大人，剛好聽到這串話，「不是什麼？你們躲在這裡繞口令，酒不喝、肉也不吃。」

殷子愷狗腿的將肉盤接過去湊到陳瑋面前，「來，吃肉，我去給你拿酒。」

晚餐過後，丁蒔蘿終於依約帶殷子愷回去市集找麗莎，發現那裡一陣騷動，攤位東倒西歪，人聲鼎沸。

下午和她一起在麗莎攤位聊天的髮辮女孩正好經過，激動的解釋：「差點死人了！還好有麗莎在，救回一命。」

隨意擱在地上的啤酒攤人去樓空，那個免費健康諮詢的牌子被翻倒，掉在路邊。

「麗莎人呢？」

髮辮女孩比向海邊，「草原那邊，等直升機。」

話還沒說完，空氣中就傳來強勁的音浪，一台直升機緩緩靠近市集前方的大草原。

殷子愷自認英文不算差，但那個女孩子的解釋他卻一句都沒聽懂，他拉了拉丁蒔蘿，「妳帶我來找誰啊？」

「就是麗莎啊，下午答應她晚上還會過來，介紹你給她認識。」

「妳在這裡交的新朋友啊？」

她發現殷子愷看她的眼神很奇怪，「幹麼？我不能認識人啊？」

「沒有啊，只是妳很久沒有這麼……」他想了下形容詞，「生龍活虎。」

「什麼跟什麼啊？」她翻了個白眼，拉著他跟著人潮往大草原湊過去，「我們先去看看到底發生什麼事。」

被拉扯著往人群中心，他一路上都驚奇的看著拉著自己的那隻手，簡直不敢相信這個會人來瘋，會暴跳如雷，也會湊熱鬧的女人是蘿蘿。

等擠到草原那裡，高潮迭起的事故經過被拼湊得差不多，故事大概是這樣的：一個啃了過量太空餅乾的樂手突然趴在台上，一個自稱是醫生的女人跳到台上，施行急救，還神通廣大的召來一架直昇機。

這什麼跟什麼啊?這年頭音樂祭得搞這種另類行銷，他幾乎可以看到明天報紙鋪天蓋地的報導，不過他這個批評立刻被丁蒔蘿狠批:「你是在藥廠工作太久，沒有人性了嗎?這明明是很感人的故事啊。」

「感人?妳也動動腦好不好，哪個醫生會跑來這個地方?還有辦法十分鐘內召來一台直升機?」

「這就是麗莎啊，所以才說你一定要認識這個人!」

「我要是沒人性，妳就是沒人腦，裝了豬腦。」

他們被人潮不斷往外推，看不清楚草原上發生的事，沒多久直升機再度升空，她隨手抓個人問:「麗莎呢?」

那人比向天空，「上飛機一起去醫院啊，麗莎超帥!」

「超厲害的好不好!我昨天還有給她看過，她幫我按摩一下，超舒服。」

「我也是誒，被她按一下頭就不痛了。」

「麗莎不是說你最好還是去一下醫院?」

「不是我啦，是阿草，他眼睛太紅了，麗莎說是腦壓過高。」

「她賣的啤酒也爆好喝的。」

「她有吃我烤的豆乾耶。」

像隨便按了一個按鍵，凡是跟那個麗莎接觸過的人七嘴八舌地交流起來，今年市集排名第一的風雲人物，非這位神祕的麗莎大夫莫屬了。

「妳有她的聯絡方式?」

丁蒔蘿搖頭，「沒來得及留，本來以爲今晚還會碰面的。」

他誇張嘆道：「太可惜了，不然我還可以賺到一個拓展業務的管道。」

當他們逛著開始收攤的市集時，直升機上的嚴立丰正急著聯絡醫院急診室：「Drug overdose患者，conscious loss with respiratory failure, pulse 130, 準備gastric lavage，預計三十分鐘後抵達。」

當這個被叫做阿比仔的電音樂手突然倒在台上時，推倒了麥克風，蜂鳴聲透過喇叭響徹雲霄，她本來以爲是自己無法欣賞的聲音藝術，但很快的，群眾的恐慌傳到她這邊，慢慢的她從人們的歇斯底里中分辨出一句話：有人暈倒了。

阿比仔很明顯用藥過度，但他的團員堅持他只是吃了幾塊太空餅乾，情況危急，她沒時間搞清楚那些太空餅乾到底是什麼東西，在人群圍繞下，她十分吃力的淨空舞台，奮力維持阿比仔的呼吸道暢通，他的眼球已經往上翻，她只好施作人工呼吸，慢慢讓他恢復到自主呼吸，緩和抽搐症狀，情況緊急，即使救護車趕過來，島上也缺乏設備齊全的醫療單位，她當機立斷打電話給待命的直升機，她估計到台北的三十分鐘內，這男孩還不至於有生命危險，只是灌腸……有他好受的了。

抵達醫院頂樓時，除了急診室待命的住院醫生與護士之外，她意外發現嚴立言也在那裡，一言不發的跟著他們緊急處置這名對麗丰醫院來說十分不尋常的病患，直到急診室完全接手，她才疲憊的接過他遞過來的礦泉水，終於正眼看他，「怎麼過來了？」

「我在這裡上班，記得嗎？」

她自嘲：「對喔，我忘了帶腦子回台北了。」繼而想起，「那孩子，別跟他收費了。」

「放心，有妳嚴大主任還有我這個董事長一路陪著，那孩子恐怕創下全院最高規格接待紀錄了，誰敢跟他收錢？」

她神情恍惚的點頭，一天半的假期就這麼結束，意識一時還回不到現實，任由他帶著自己走到地下室，爬入他車上的副駕駛座。

「去得突然，回來得也突然，還好我讓直昇機在那邊等妳，這個孩子還真是命大，碰上妳。」

「你不會要拿這件事當公關宣傳吧？」

他邊開車邊白她一眼，「我還不夠了解妳嗎？」

她沒回應。

「不過妳倒是不了解現實，明天網軍們肉搜結果就會出來了，妳想保持低調是不可能的。」

「有辦法攔截嗎？」

「怎麼攔截？我打賭現場至少有一千台手機拍下整個過程，有照片、影片，正面照、側面照……我們說話的同時，這些東西不知道已經流到社群媒體了。」

「你不是很神通廣大嗎？」

他聲音一緊：「沒有妳想的神通廣大。」

「算了，傳就傳吧，又不是什麼大事，搞不好對醫院形象還有幫助呢。」

「這話倒是挺像嚴家的人會說的，只是從妳嘴裡冒出來很新鮮。」

她不想繼續這個話題，轉而說起這兩天遇見的趣事，他假裝吃味的說：「我在這裡水深火熱，妳倒是很快活嘛。」

她突然記起他回台北的「正事」，「怎麼樣？約會還愉快？何時入洞房啊？」

「明天晚上伊蓮娜才要見老頭子呢，那關不過，怎麼入洞房？」

「老頭子怎麼可能反對？如果可以，他恨不得你直接娶了霍夫曼老先生呢。」

他不太配合的假笑，「小心點，伊蓮娜有個花心出了名的弟弟。」

「提醒我，明晚絕對不能上山。」

「妳確定要錯過這場嚴家近十年來最精彩的戲？二房全員到齊，我媽可是準備好了要當場下聘。」

她配合的大笑，只是笑完以後感到有點心酸，什麼樣的人，會拿自己的終身大事這樣玩笑？說得好像是別人的人生似的，「你也不是非娶伊蓮娜不可。」

「爲什麼不娶？正宗霍夫曼家族耶。」

「感情基礎不夠。」

「我和她七歲就認識了，這還不夠？」

「說得雲淡風輕，難道你真的不在乎？」

「對我來說，娶誰都沒有差別。」他還是這句話，平鋪直敍到讓人驚心。

她偏過頭，看向窗外，台北街頭的燈火和綠島多麼不同，仔細看，卻又沒什麼不一樣，都是路過，都是流逝，都是人生一段段看似耀眼實際上毫無意義的片段，因爲這些人這些事，和她都沒有什麼關聯，她突然覺得呼吸困難。

「你真的非娶不可？」

車內空氣凝滯許久，他啞聲問：「爲什麼不？」

「不公平，對她、對你、對……都不公平。」

他突然煞車，就在馬路中央，後方的車子喇叭聲大作，但這都動搖不了他死命攢著她的眼神，「那就叫我不要娶她。」

她咬著嘴脣，一語不發。

「妳說啊，叫我不要娶別人。」

她突然想起昨天剛抵達綠島時，他到機場接她，其實在天空上她就看到等在下方的他了，那麼遙遠的距離，那麼多的人，偏偏她一眼就能認出他，落地後，她接著他的手，準備跳下飛機，就在那一瞬間，一個瘋狂的念頭閃過腦海，假如不是她下去，而是拉他上來呢？只要轉身，就能一起飛騰上空，去任何他們想去的地方。

「隨便你，愛娶誰娶誰去，跟我沒有關係。」

她知道此時的言語如利刃，但是他自私的選擇給予溫暖，那麼她就必須殘忍的揮刃，只有這樣，他們才能與現實和平共處。

第五章　青春的眼淚

她記得那個第一次踏入急診室的夜晚，來的路上眼淚怎麼也止不住，拜託開車的舅舅再快一點，舅舅還以爲她同學已經命懸一線，闖了好幾個紅燈，陪她在爆滿的急診室裡一床床尋找，手都快被她抓斷了，突然間，看到坐在急診室最偏僻的一張床上的男孩，正和另一個長相相似的男孩輕鬆說笑，床單上散落幾本少年漫畫，一位打扮幹練的女人朝他們招手。

「蘿蘿，來啦？」

「啊！」床上的男孩也看見他們了，「蘿！這邊這邊！」

丁蒔蘿狼狽的紅著眼，懷疑的靠過去，「你不是發作了？」

「喔，對啊，剛剛在餐廳裡吃飯吃到一半，突然發作。」他聳聳肩解釋。

殷媽媽安慰的說：「沒事沒事，反正大家也吃得差不多了，沒有人餓到。」

舅舅摸不著頭緒的看著這個荒謬的場景，喃喃說：「蘿蘿在車上哭得那麼慘，我還以爲……」

殷家三口聞言，反應不一。

「哎呦，一定是阿姨電話裡沒說清楚，害蘿蘿擔心了，抱歉抱歉。」

「喂，你這個小痞子豔福不淺耶，還有同學爲你哭喔？」

「妳哭什麼？」

丁蒔蘿臉頰燒紅，恨不得找個地洞鑽進去，真想將多嘴的舅舅就地掩埋。

殷母親熱攬著她的肩膀，對舅舅說：「話說回來，這也是因爲你女兒跟我兒子感情好。」

「我是蘿蘿的舅舅啦，剛好下南部看我姊，我們剛吃完飯，就接到電話，蘿蘿原本要叫車，我乾脆自告奮勇載她過來。」

「啊，那還真是不好意思，我以爲丁太太會載她過來……」

「我姊的狀況不太適合開車……」突然意識到自己說得太多，舅舅改口道：「不過，沒事就好，同學之間互相關心也是應該的，只是這邊的情況……有點出乎意料。」

她聽見殷媽媽熟練的解釋：「子愷有癲癇症，最近在換藥，適應得不太好，所以發作頻率高了一點，這次在餐廳裡突然倒下頭敲到地板，咚的好大一聲，我怕有腦震盪才叫救護車送進醫院檢查，剛剛醫生看過，說沒什麼大事，這小子沒什麼優點，就是頭殼夠硬，觀察一下，點滴打完就可以回家了。」

殷子愷看著丁蒔蘿越來越沉的臉，裝出可憐兮兮的模樣，比比纏在頭上的繃帶，「額頭縫了兩針，好醜，我要請假兩天。」

「對啦對啦，」殷媽媽接著說：「這孩子敏感，說怕被同學笑，我想反正這一陣子換藥狀況也多，不如讓他在家好好休息，子愷說明天要交畢業旅行的錢，所以才麻煩蘿蘿來一趟，把錢和假單交給她，明天好轉交給班導師。」

「都怪老媽沒說清楚，害人家爲凱子哭了半天！」站在床邊的男孩幸災樂禍。

「幹，蘿蘿是我哥們兒啦。」

「殷子光！不要叫你弟弟凱子！殷子愷，不准罵髒話。」

看著這齣家庭鬧劇，丁蒔蘿和舅舅臉上一陣青一陣綠。

「那……」少根筋舅舅再次不自覺的坑她一把，「我去買飲料，蘿蘿妳在這裡陪同學說說話。」

「喔對，媽，我們也不要當電燈泡。」

「殷子光！」

「子光，你陪丁舅舅去買飲料，我去批價拿藥，蘿蘿幫我注意一下點滴。」

等到床邊只剩下他們兩人，丁蒔蘿彆扭到極點，本來打定主意不理人，但看到他白著一張臉，連嘴唇都沒有血色，額頭上的繃帶還隱隱滲出血色，心軟了下來，「吃個飯也會弄成這樣，真是服了你了，還怕同學笑？」

他傻兮兮的摸摸繃帶，咧嘴：「哎喲，我是不想讓沈佳佳看到啦，怕她為我擔心。」

「最好是她會為你擔心啦！」

「妳不是說她都有看我的信嗎？」他突然振奮，「我上學期都沒發作，她很可能忘記我是病人，要是這學期又發作，那就破功了。」

她不忍心告訴殷子愷，有次他當眾發作後，她曾在體育課更衣室聽見沈佳佳批評：「殷子愷口吐白沫那個樣子好嚇人喔……」

「你本來就不是病人。」

他嘆口氣，「生病生病，我生下來就有病。」

「你是腦子生病吧？哪有人在醫院那麼歡樂的？還看漫畫咧？」

他捧起床上的書，「我媽只有在這種時候才准看漫畫，我當然不能放過啦！」然後突然想起問：「喂，妳幹麼哭啊？又不是沒看我發作過？」

她要怎麼告訴他，媽媽的低氣壓籠罩著全家，讓家裡每個人都悶得喘不過氣，就在滿腦子都是負面想法的時刻，突然接到殷媽媽電話：「子愷在外面突然發作，妳能不能來醫院一趟？」就像是壓倒駱駝的那根稻草，在來的路上，她滿腦子想著自己一定是天下最大的災星，因爲她，媽媽才會這麼命苦被困在丁家，因爲她，殷子愷才會突然發作……

方才還那麼篤定的念頭，在他若無其事的笑容面前，顯得傻氣十足，但她仍舊忍不住鼻酸，撇過臉說：「我又不是爲你哭，少聽我舅亂說。」

「那妳是爲誰哭？」

「關你屁事？」

「不公平！我什麼事都跟妳說，可是妳都不跟我說。」

「我幹麼要跟你說？」

「丁蒔蘿，我有病啊，所以妳有事要及時跟我說，不然很有可能會來不及。」

她瞪著他，「什麼來不及？」

「我又不知道自己會活到什麼時候。」

她推他一把，「又胡說！小心你媽揍你。」

「在醫院她不會揍我啦，現在叫我媽買超級賽亞人給我，她一定買。」

「小人！機會份子！」

他吐吐舌頭，「有一壞總有一好，老天是公平的。」

眼淚這個話題，就在兩個青少年的吐槽中被輕輕略過，第一次的急診室記憶，她不記得悲慘，倒是記得那個在白色病床上，笑得超賊的臉，有一壞總有一好，那時她想，或許因爲家裡有媽媽的憂鬱，所以她才能在學校遇見這麼樂觀的殷子愷，因爲他的病，所以她才在黯淡的青春年歲，有理由放縱流淚。

她皺眉看著殷子愷把自己擠進潛水衣裡，忍不住私下問教練：「那傢伙有癲癇症，你確定潛水不會有問題？」

教練無奈的說：「我剛剛跟妳朋友溝通過了，他說有醫生許可，而且他也有國際潛水執照，我沒有拒絕的理由。」

她知道殷子愷是趁去泰國旅遊時，上那種給團客的速成潛水班，不確定這究竟能保證些什麼，這幾年因爲癲癇藥物的進步，他幾乎不再全身性大規模發作，但她十分確定什麼醫生許可，是他胡謅的。

昨晚這傢伙不知道跟豆仔他們喝到幾點，她臨入睡之際，都還聽得到院子裡隱約傳來的音樂與談話聲，樂團裡似乎除了陳瑋，他跟每個人都混得很熟，從市集回來以後，陳瑋不知道跑哪裡去，一直不見蹤影。

一早起來，殷子愷就宣布他替兩人預約了潛水課程，不理會她的反對，硬把她拖到岸邊，這就是爲什麼她現在必須忍受緊繃的潛水衣，以及緊繃的神經。

「妳穿好啦？」他湊過來，看到她還是一臉不悅，自信道：「等一下妳就會感謝我了，海水覆蓋地球百分之七十的面積，光看陸地風景的人，很難想像海底世界有多美。」

「Discovery也能看海底風景，不需要下水看。」

「不一樣，妳等等就會知道，差多了。」

她知道他是對的，從小到大就是這樣，他總會拖著她嘗試新事物，雖然有懼高症、容易暈車暈船、受不了太辣太酸的人也總是他，每次嘗試以後，享受比較多的也總是她。

「是喔？不知道是誰一定要去劍湖山坐瘋狂搖滾球，結果吐了半天。」

「可是妳玩得超開心的，記得嗎？」

她記得自己開心的是看到他那副超憋的鳥樣，緊閉嘴脣，因爲只要一張口就吐。

這次潛水體驗也是一樣，幾乎一進到水裡，她就感覺像回了家，泳技不錯的她很快掌握調節器的使用方法，全程緊緊跟著教練，沒出現什麼狀況，反而是已經有執照的殷子愷頻頻做手勢求救，下降後不時捏鼻子吐氣應付耳壓，當教練發現新的風景，等到他游到附近，其他人已經往前進，最後上岸時，一行四人，只有他氣喘吁吁，大聲抱怨面鏡進水什麼都沒看到。

「放心，我都有幫你們拍照，回家看照片就好。」教練安慰他。

她吐槽：「你明明在家看Discovery就好了嘛。」

「死沒良心的！我是爲了讓妳體驗耶，看妳不是玩得很開心？」

「真的耶，水裡可以三次元移動，太神奇了。」

見到她的笑容，他的抱怨戛然而止，改以犧牲奉獻的口吻說：「妳開心就好，行了吧？」

才上一堂課，殷子愷跟潛水教練就稱兄道弟起來，還熱心帶這兩位外來客去熟識的麵攤，點了菜單上沒有的鹿肉羹麵給他們吃，雖然事後他對吃了小鹿斑比心感愧疚，但吃的當下，卻咻咻咻的大口吸麵，讚不絕口，麵攤大媽滿意的差點沒把他留下來當女婿。

回到沙灘上的舞台區已經是下午三點左右，正式表演已經開始，要不是有工作人員證，他們根本擠不進舞台方圓五百公尺內。

「是草字頭耶！靠！超幸運的，他們每一首歌我都會唱！」說完殷子愷還真的開始跟著唱和，完全融入音樂祭磁場，不時拉著她一起搖擺、歡呼，與昨天她自己看表演的格格不入，有如天壤之別。

這個舞台主要提供獨立樂團表演，每個樂團都有自己的鐵粉，歡呼聲也各有特色，今天和昨天的預演最大的不同在於由專業的DJ擔任主持串場，殷子愷介紹他是國內目前最搶手的商演DJ，「Pink Head是電音天堂的台柱，台柱耶！今年的亞洲DJ大賽他還奪下冠軍，靠！要不是有陳瑋，我們怎麼可能這麼臨時買到票？」

他一興奮就靠字連連，隨著夜色降臨，舞台上的表演越來越精彩，他也就靠得更大聲，丁蒔蘿以爲自己過了三十，就無法享受搖滾音樂會這種東西，殷子愷卻向她證明：年齡不是問題，同伴才是重點。

殷子愷來了以後，她就忘了昨天與開哥的不愉快，也忘了早上的擔憂，忘記這輩子所有的遺憾，就在這個當下，跟著音樂搖擺，跟著歡呼聲歡呼，跟著他，擊掌歡笑。

登台前，陳瑋從後台觀察擠在舞台右側的兩人，眼神緊盯著丁蒔蘿，長捲髮迎風飛揚，乾淨而率真的臉龐，正開懷大笑彷彿不知人間愁苦的少女。

今天一早他給團員的震撼彈，是一首新歌。

「我靠，真的假的？你昨晚躲起來就是在寫這個喔？」阿星接過樂譜。

飛飛看起來還沒回神，「來得及排練嗎？」

豆仔敲他一記腦袋，「排什麼練？只能即興了啦。」

飛飛反敲回去，「你鼓手說得簡單！鍵盤很難即興耶，我又不是天才。」

在推來擠去之間，樂譜落到阿宏手裡，他邊讀譜邊清唱一遍歌詞，等他歌聲一停，現場頓時靜默無聲，眼神聚集在陳瑋臉上，他被看得不自在，輕咳幾聲，「不一定要今天唱啦，我只是……有靈感。」

阿星突然擊掌，「我說我們就今天唱這首歌！反正昨天已經唱了一首情歌，今天再來一首也沒差。」

剛剛還不確定的飛飛也附和：「唱！當然唱，八拍的曲嘛，即興編曲不難，真的不難。」

豆仔是唯一不解的人，「剛剛還說自己不是天才，怎麼突然間大家都要唱了？」

「丁老師的名字……」飛飛小聲提醒。

「喔！原來阿瑋要告——」他的話被突然站起來的阿宏打斷，阿宏抓起陳瑋的手，把譜放在上面。

「這首歌，你自己唱。」

陳瑋難得在團員面前臉紅，撇開臉，「你們很囉唆耶，就是一時的靈感，又不是非唱不可。」

「阿瑋，情敵都殺過來了，你再不唱人就要被搶走了。」

「對啊，我也覺得凱子和丁老師之間有姦情，你不能坐以待斃啊。」

「音樂祭當眾表白耶，天底下哪個女人招架得住？阿瑋這招太高了，下次要借來用用。」

就在陳瑋開始後悔自己的衝動之際，阿宏把吉他交到他手上，「上吧，兄弟。」

台北公社的陳瑋昨天那首小提琴獨奏開場，已經成爲音樂祭樂手與樂迷之間的熱門話題，等他們登台的時間，台下擠滿比昨天多兩倍的觀眾，然而今天的開場並不是偏抒情的〈海線〉，而是公社招牌的社會搖滾風格，先是將選舉期間候選人政見串連起來的荒謬歌詞，接著是諷刺台北古蹟半夜會起火的特有「官商勾結」現象，第三首是住在豪宅騎樓的街友角度，所看見的台北夜景。這三首將觀眾情緒煽動到最高點，團員卻在這時鞠躬下台，現場觀眾爆出安可，但有別於一般的安可，齊聲喊起的口號是：自由、平等、公社。

丁蒔蘿昨天並沒有待到最後，不清楚這句口號從何而來，殷子愷解釋：「就是他們之前那首招牌歌〈台北公社〉啊，以前只要大家喊這個口號，他們就會唱，奇怪他們這次都唱新歌，招牌歌一首都沒唱。」

現場太吵雜，她不想扯著嗓子解釋自己這兩天才知道的內幕，內心暗自期待陳瑋他們會因為觀眾要求，違反一次規定。

當陳瑋獨自上台時，所有人都引頸期盼，他直直走到座位，拿起吉他，撥弦，自白：「最後的一首歌，我想獻給一位很特別的人，告訴她我有多意外，也有多開心，她能夠來到現場。」

觀眾一陣騷動，殷子愷興奮的說：「這一定是很特別的歌！不知道是唱給在場的哪一個人？」

丁蒔蘿心裡閃過一絲不祥預感。

「這首歌叫做〈Aneth〉，獻給——妳。」陳瑋頓了幾秒，視線固定在群眾中的某處，接著略為沙啞的聲音才緩緩唱起：

Aneth，你說這時代不會有英雄
Aneth，你說革命會是安安靜靜
Aneth，在你面前的我只是聆聽
Aneth，不敢問你是否真的相信
相信時勢沒有英雄仍會造就

相信靜默是否真的帶來和平

Aneth，你是守護戀人的幸運星
Aneth，你是這荒謬時代的微風
Aneth，在你眼裡我年少不經事
Aneth，可是我仍想為了你拉琴
相信時勢再糟還有我在這裡
因為沒有和平我們更不放棄

開場是民謠式的抒情吉他，至此加入豆仔的鼓、阿星的貝斯、飛飛古典鋼琴的鍵盤音加入，編曲轉爲熱烈，她已經臉紅耳熱到聽不見周遭的噪音，只剩下陳瑋鎖著自己的眼神，看見她的寂寥、煩惱，以歌聲輕輕的溫暖她的周身……

要我唱給妳聽嗎？

好啊，等你寫完這首歌。

這孩子……是不是誤會什麼了？

陽明山上的嚴宅大門頻繁開啓，一輛又一輛的豪華房車駛入寬敞的車庫，連接著花房的大廳難得燈火通明，一位身材苗條的黑人女歌手和鋼琴手合作無間的演唱妮娜．西蒙的歌曲，不論神韻、身段、唱腔，都和六〇年代西蒙全盛時期神似，嚴立丰一踏入室內，看著滿堂華服美酒，恍惚間以爲穿越到《大亨小傳》的場景，年紀與自己相近的表哥姚竟成端來一杯香檳。

「妳怎麼現在才來？老爺子都致完詞了。」

「致詞？」她輕啜一口香檳，眼神快速掃一圈，注意到至少三方人馬正朝她圍過來。「不就是歡迎霍夫曼小姐的晚宴嗎？致什麼詞？」

「妳也太遲鈍了，霍夫曼家族第一次派人到台灣，今晚大廳裡的人差不多可以把整個島買下來了，你們家大老爺怎麼可能不把握機會宣布主權？」

「宣布主權？」看到母親娘家的舅媽距離自己越來越近，她忍不住慌張起來，轉頭尋找逃脫之道。

「霍夫曼與嚴家的喜事啊！」姚竟成搖搖頭，不可思議的看著表妹，姑婆當年只生了一個兒子，還比自己母親短命，姑婆眼看著丈夫在外頭討二房，孩子一個接一個生，傷心之餘只好把希望寄託在這唯一的孫女身上，怎麼知道她竟然對家裡事情這麼不聞不問，要不是立丰的母親過世，恐怕還不知道事情的嚴重性，繼續窩在美國當她的小醫生。

吳黃寶桂女士掐好他的話尾，堵在兩人面前，親熱的抓起他們的手，「哎呀，真開心看到我們家立丰和姚家表哥感情這麼好，我說竟成啊，你們可要多幫幫我這個孤苦伶仃的甥女啊，你多少還管著營造廠，你哥哥在緬甸開發那邊也弄得有聲有色，有點好處，可別落下我們立丰啊。」

「一定的，我和我哥能有今天都是靠姑婆庇蔭，她這房也只留下立丰，我們不照顧她，要照顧誰啊？」

嚴立丰覺得手背發燙，恨不得立馬抽出來，但事情就是會朝她最不想見的方向前進，她聽到舅媽吳黃寶桂女士接著說：「不過我覺得立丰當務之急啊，還是找個好對象。」她朝大廳努努嘴：「小小一個三房的私生子都能攀上霍夫曼家族，我們立丰這麼聰慧又迷人，找個阿拉伯王子應該不是問題，你們兩兄弟在外頭，可要好好幫忙物色啊！」

「阿姨妳說得立丰臉都紅了，哈哈。」另一位姚家的表哥湊上來，嘲笑一番。

她臉紅，不是因爲害臊，而是隱忍，今晚不知道還要遭受多少位姚、吳兩家的表親轟炸，面對這些表親她得忍，面對嚴家那些只占小股卻野心勃勃的堂親，她也得忍，例如剛加入的這位嚴安文，一輩子沒工作過半天，恰好誕生在嚴金水弟弟嚴土水家裡，混了一個瑞士野雞大學MBA，剛好夠進入巨象集團某個部門掛名協理，領領乾薪，娶了一個新聞主播，在外頭還養了小三小四，興趣是打著嚴家名義在外頭投資東投資西的，媽媽還在世時，不知道幫父親這位堂兄擦過多少次屁股，媽媽生前對他縱有不齒，人前還是得陪笑，因爲嚴土水這一脈至少掌握集團百分之三的股權，整個嚴家最有可能挺大房的就只剩下這一脈旁系了。

「什麼阿拉伯王子？立丰的未來丈夫應該是印度的商業大亨吧？我看妳跑印度跑得挺勤快的呀。」嚴安文打趣道。

「商業不商業我是不清楚，不過上次去參加伊莎的婚禮確實遇到不少人。」她以一貫輕描淡寫的口吻回應這幫「親戚」。

「伊莎．孟克什嗎？」嚴家堂叔嗆了一口香檳，「那場造價堪比黛安娜王妃的婚禮？」

她聳聳肩，「我不確定花了多少錢，不過我和希拉蕊聊得很開心就是了。」

吳黃寶桂女士還沒搞清楚狀況，兩個姚家表哥的臉都漲紅了，姚竟成忘情的抓著她的手，「怎麼不早說呢？老爺子知道你跟孟克什家族那麼熟嗎？我們正在推的能源智慧宅孟克什實業應該會有興趣合作。」

在她回答前，這場溫馨的親戚閒聊硬生生被水晶杯清脆的聲音打斷，有人宣布晚餐入席時刻，她奔也似的跑進飯廳，不意外的看見自己的名牌被安排在嚴立言旁邊，這場晚宴出最多力的應該是三房太太王雅貞，不知道嚴立言用什麼樣的手段干涉座位安排，反正他總有辦法搞定母親。

嚴家大家長嚴金水在她之前入座，瞟了孫女一眼，「什麼場合，還遲到？」

「臨時有個急診病人嘛。」她輕鬆帶過。

這句話剛好被手挽著黑髮綠眼美女的嚴立言聽到，他不動聲色的朝她使臉色，注意力回到身邊的女人，「妳一定記得這位吧？」

伊蓮娜．霍夫曼，今晚的主賓，黑髮綠眼的窈窕美女，熱情的跟今晚唯一的熟人吻頰道好：「當然，麗莎，見到妳真好！」

「歡迎來到我的故鄉。」

伊蓮娜入座後，旁若無人的越過嚴立言繼續跟嚴立丰聊天：「妳跟立言這麼像美國人，我都忘了你們來自這麼遙遠的地方，不過，台灣真的好美啊，這幾天立言帶我吃了好多美食，回紐約我要開始減肥了。」

嚴立丰懷疑在場的三四十位賓客，是否只有她感受得到嚴立言的不爽，不，他根本就是不爽到極點，瀕臨爆發的邊緣，她同時也清楚，即使在這樣的狀態下，他仍然能扮演好完美的謙謙君子，因爲忍耐與掩飾，已經成爲他的本能。

伊蓮娜的熱情與嚴立言的冷淡，坐在其中，宛如被火與冰同時夾擊，她暗自覺得好玩，因此不太在意周圍那些羨慕或試探的眼神，對老頭子偶爾插入的幾句批評，也就不放在心上。

大廳的音樂從爵士女伶換成輕柔弦樂，特別從香港聘來的米其林三星主廚精湛的法粵Fusion料理贏得大家的讚賞，就連對食物沒什麼興趣的嚴立丰都覺得可口極了，她的好胃口與嚴立言的壞心情總是成正比。

在水晶杯與刀叉碰撞聲，以及熱鬧的交談聲中，他藉著敬酒的空檔，以口語悄悄傳達：「等會到小客廳等我。」

不管嚴金水對她這個嫡孫女有多冷淡，在這個按照薩哈．哈蒂送給嚴金水的禮物設計圖所建造的時尚大宅子裡，仍然替嚴立丰保留一個寬廣的起居空間，這個在嚴家被慣稱小客廳的地方，包含三個房間與客、飯廳，比起來，二、三房的人回來頂多分配到一個房間。但不管回來幾次，在這裡渡過多少個寒暑假期，嚴立丰始終覺得像客人，或更糟糕，像某個不得不客氣接待的遠親。

媽媽的房間始終保留著她在世時的原貌，每次進去，看到牆上那張黑白的照片，嚴立丰不禁感到心疼，照片裡那位優雅的鋼琴手剪影，是原本學習音樂，主修鋼琴的媽媽，她究竟是如何被這個家庭訓練成精明而功利的女企業家？

書房裡到處是卷宗與檔案，彷彿還可以看見媽媽在這裡徹夜不眠的鞭策自己守住丈夫的那份財產，好留給獨生女。

她的房間布置，充滿媽媽對女兒的想像：頂級的名家設計傢俱，精緻的核桃木書桌，也可當做梳妝台，更衣室裡滿是曾經當季，如今已經不知過季多久的服飾、皮包與鞋子。

她從來沒碰過裡頭的東西，學生時期偶爾回來，總是將行程排得滿滿的，住在這裡的時間屈指可數，開始工作後，更是技巧性的利用媽媽出差的時間，相約在國外相聚，能不回國就不回國。她不是不明白媽媽對她的期待，回來這裡才意味著跟祖父親近，二房那一子兩女、五個孫子，天天膩著祖父、曾祖父，就連三房，也急著召回唯一的兒子認祖歸宗，就只有她不要不緊，長年自我放逐在老頭子的天羅地網之外。

也難怪祖父對她這麼冷淡。

諷刺的是，在這樣的夜晚，她又是多麼慶幸自己還有這個空間可以躲藏，這裡是屬於她的，誰都進不來，除了一個人——

門上傳來輕輕叩門的聲音。

嚴立言邊拉扯領結，邊走進來癱在沙發上，她保持不動，坐在餐廳吧檯邊的高腳椅上，邊喝紅酒邊觀察他。

「媽的，我被擺了一道。」沒等多久，還是他先起的頭，「伊蓮娜到處說將和我訂婚，八字都沒一撇的事！」

「你確定只有她說嗎？」

他扭頭看了她一會，將她臉上的每一個細微表情都徹底研究一番，才慢條斯理的說：「不管怎樣，總是利多的消息，妳等著看明天股市的變化。」

她一口氣卡住，不可思議的瞪著他，「小心弄假成真，牽扯到集團利益，老頭子不會讓你有反悔的機會。」

「萬一是霍夫曼家不願意呢？」

她的心裡噔了一聲，這傢伙早就有全盤的計畫，不管老頭子怎麼擺布，最後還是會按照他想要的局走。

「伊蓮娜很天真，她現在愛我愛得半死，但慢慢的，她可能會發現我不過是個金玉其外、敗絮其中的富二代，哼，連正牌的富二代都算不上，不過是個私生子。」

「別再說自己是私生子了。」她跳下高腳椅，給他送去一杯紅酒，坐在他面前的地上，一腳立起，一腳盤著，像個印地安女王，「你早八百年就認祖歸宗了，霍夫曼那邊要的，就是你的繼承權，這點你是貨真價實的。」

他微微立起身子，戲謔的朝她敬禮，「說得好，一個貨真價實有繼承權的私生子，正是在下。」

「美國白人哪裡懂這種三妻四妾的事情?伊蓮娜她自己就是老霍夫曼兒子第六任妻子所生，說起來呀，你的繼承順位比她不知道前面多少，猶太人算盤都打得很精的，人家早就把你的身家打聽得一清二楚，要不然怎麼可能把女兒直接送來給你?」

聽到這裡，心情低落了一整晚的他終於噗哧一笑，「妳喝了多少酒?無欲無求的嚴大醫生竟然這麼八卦，這麼……尖酸刻薄?」

她恨恨的瞪他一眼，「多虧了小叔叔的『僞訂婚宴』，害我得面對姚吳嚴三家蛋洗，我這樣還算不上發洩呢。」

姚吳嚴，搖頭、無言，這是他們之間的暗語，於是兩人都笑出來，同時做出搖頭與無言的動作和表情，她活靈活現的重述談到孟克什那段，聽得他擊掌叫好:「這妳都能掰?」

「什麼掰?」她瞪他一眼，「我是真的去了那場婚禮啦，只不過是以孟太太的醫生身分受邀，她前幾年有個麻煩的婦女病，是我幫她處理好的，從此以後，孟家的女眷就像蝗蟲一樣，三不五時飛過來找我。」

他頓時無言，看了她半晌，最後嘆口氣，「假的真不了，真的假不了。」

她莫名其妙的觀察著突然又頹圮下去的他，「還問我喝多少，你自己也喝了不少吧?」

他默默的給自己倒滿一杯酒，一口仰盡。

「喝慢點，這可是九八年的拉圖。」

「身爲嚴家貨真價實的私生子，喝這個酒算是我的福利。」

她已經很多年沒聽到他的自怨自艾了，眼前的他，彷彿回到高中時期，每每在期待父親來訪後的失望，就會像這樣把自己灌醉，說一些自我貶抑的話，這一面的嚴立言，只有她見過，只是那時，她並不知道原來他所期待的父親，原來也是她的祖父。

「伊蓮娜，也算是福利之一吧。」她輕聲說。

他突然放下酒杯，緩緩朝她靠近，鼻梁幾乎與她的接觸，呼吸中香醇的酒氣吹拂在她臉上，引起毛細孔一陣輕顫。

「妳真的這麼想？」

她別開頭，迴避道：「想什麼？」

他扳回她的臉，強迫兩人直視，「妳之前說過不要我娶她，那麼現在呢？希望我娶她嗎？」

「我不——」

「妳也不願意吧？」他斷章取義，滿意的拉開兩人的距離，乾掉杯裡的酒，她知道，他已經醉了。這樣的夜晚，喝醉對他來說是唯一的救贖，她狠不下心強迫他清醒，知道今晚受苦的人，不只有她，這個認知讓她突然武裝不起來。

「假如我不願意，你要怎麼辦？」

「那我就不娶。」他簡單的說，宣言似的，「我有一百種辦法讓伊蓮娜討厭我，而且保證不會壞了兩家的關係，討女人歡心我不擅長，但說到計較利益，我很有信心。」

「跟伊蓮娜之間是利益計較，跟我就不是嗎？」她終於將內心的壘塊吐出，「別忘了，我的資產還在你之上。」

他的眼底閃過一絲清醒，評估的看著她半晌，緩緩說：「這是事實，但是，妳也知道我不是。」

「不是什麼？」

「不是因爲那個理由，站在妳身邊，立丰……」他一個字一個字的吐出來，「我自始至終都在妳身邊，之前、之後、永遠，都不會改變。」

大概是酒精作用，她也固執起來，今晚她想得到所有的答案，「告訴我，你有沒有……喜歡過我？」

從那年夏天，在這個房子裡以叔姪身分重新被介紹後，嚴立言發現認識了一輩子的人，突然變得陌生，立丰的不按牌理出牌，以前只讓他覺得有挑戰性，但那以後，卻使他感覺危險，因爲他不再知道到底要用什麼身分接下她投來的變化球。

這個問題的答案顯而易見，以前的嚴立言根本不需思考就能回答，但現在的他，卻只能扮演守護姪女的叔叔。

「我問的是從前。」她善意提醒。

但這個提醒卻讓他莫名心痛，這個女孩始終不明白，從前、現在、未來……於他而言，根本沒有差別。

他舉起酒杯，與她的輕碰，透過酒杯，笑容看起來扭曲。

「當然，天下哪有不喜歡自己姪女的叔叔。」

波普藝術家安迪沃荷曾說過：「每個人未來都能走紅十五分鐘。」

在音樂祭路過打醬油的丁蒔蘿，沒預料到，綠島音樂祭造就了自己走紅十五分鐘的機會。

端午連假之後返校第一堂課，丁蒔蘿發現自己竟莫名其妙紅了——週一上午八點半的必修課，一個以疏於點名聞名的講師、枯燥無聊的西洋文明史、一百人大教室，竟然大爆滿。她瞪著台下滿滿的人頭，座位上的、席地在台階上的、靠著門、窗框的，這是……儘管是一向沉浸在課綱，不太管學生情緒與反應的她，也不免倒抽一口氣，強壓下詫異，勉強如常走上講台，上課鈴已經響了，走廊上還有不少人擠破頭想進教室，她不得不調高麥克風音量，開始今天的課程：一七九二年到一八一五年間歐洲列強組成的反法同盟。

才講完第一、二次的同盟經過，台下的騷動已經大到無法視而不見，前面幾排的學生大喇喇的拿出手機對著她開直播，後面的人被擋住看不到講台，不滿聲浪四處叢生，她沉沉嘆口氣，看來後面的五次同盟今天是講不到了，放下講義，抬起頭，視線掃射全場，丁老師反常的舉動有效的鎮住騷動，眾人皆屏息等待著。

「同學們有什麼問題嗎？」她的音量不高，卻頗有威嚴，或許是有生以來最有威嚴的一次。

等了數分鐘，竟沒有人發問，她換個方式：「既然今天人到得這麼齊，那我們來點名好了。」說完，她要求全體起立，喊到名字的坐下，令人訝異的是，點名表上近半數的人缺席，點完後全場還有三分之二的人站著，她放下麥克風，走出講台，問站著的人：「你們不是來聽拿破崙戰爭的來龍去脈的吧？」她直直走到第一排站著的三位妝扮精緻，看起來像外語學院的女生，「來，說說看，妳們爲什麼來旁聽？」

被她盯上的其中一位女生勇敢的說：「老師，請問妳聽過〈Aneth〉嗎？」

丁蒔蘿像被敲了一記腦門，做出反應以前，全場炸開悶煮鍋般，鬧熱沸騰。

「Aneth就是法文的蒔蘿！」

「告白的對象是丁蒔蘿老師嘛！」

「有人在綠島拍到老師也在現場。」

「聽說陳瑋從不蹺丁老師的課。」

「太浪漫了，當眾跟老師告白耶。」

最叫人瞠目結舌的是竟然有人拿出相機拍攝，直播的手機也紛紛加入「現場主播」評論。

她頹然的搖頭嘆氣，走回台上，這堂課無論如何得上下去，所幸接著還有五場反法同盟可以講，她拿出看家本領，隱遁在枯燥的歷史陳述之後，乾乾巴巴的，上完那堂沒有人在聽，也沒有人在乎的課。

下課鐘聲一響，不管圍上來發問的同學，她大步流星走出教室，然而這個爆紅的十五分鐘似乎沒打算結束，系辦公室內竟遠遠的傳出〈Aneth〉旋律，她咬著牙飛奔經過辦公室，直到把自己關在研究室裡才鬆開卡在胸口的氣，掏出手機，快速敲鍵送出一則訊息。

「過來研究室找我，現在！」

半小時後，門上傳來敲門聲，她從蛋椅裡跳起來，拉開門，果然見到製造這些麻煩的始作俑者——陳瑋。

「老師找我？」

她本來還疑神疑鬼，怕教室裡那些歌迷們追到這裡來，但看到陳瑋一身黑，整張臉攏在帽T裡，根本認不出是阿貓或阿狗，方才放下心來，要他入內。

等候的半個小時足以讓她尋回平常的冷靜，她指著窗邊的位子，讓陳瑋坐下。

「喝茶嗎？」

陳瑋的臉仍然罩在黑壓壓的帽T裡，含糊的點點頭，在她準備茶具的時候，偏頭看向窗外，彷彿有什麼有趣的東西在外頭，但從細微的肢體表現上，她注意到這個男孩其實比她還不自在，昔日的從容自信不復見。

演唱會後，她拉著殷子愷逃回台北，只給他留下一則簡訊：「家裡臨時有事，我們先回台北了。丁老師」

現在想起來，最後加的「丁老師」顯得刻意了。

高山茶的清香慢慢充盈室內，水壺口冒出的白煙緩和了空氣中的不自然，她終於坐在陳瑋面前，倒出一杯溫度、香氣都正好的茶，挪到他面前。

「喝口茶。」

男孩緩緩轉過頭來，摘下帽子，垂著眼端起茶，小心翼翼的就口淺嚐。

「陳瑋，你為什麼要寫那首歌？」

他定住，端著薄胎白瓷茶杯的手抖了一下，濺出幾滴甘露，「妳……聽到了？」

「那首歌，不是唱給我聽的？」

他放下茶杯，深吸口氣，終於抬起頭來，看入她的眼底，「是。」

「那是一首情詩。」

「是。」

Aneth，在你眼裡我年少不經事

Aneth，可是我仍想為了你拉琴

若他寫的是如林亨泰的〈海線〉，唱的是山是海，她還可以裝傻將那首歌視為一般而論的情歌，但嵌入她的名字，再加上一路上兩人的聊天內容，她知道陳瑋是聽了她所說的才創作那首曲子，然而最讓她驚奇的是，這孩子，竟有那方面的心思，怎麼自己從未察覺？

「我們只差三歲，這不是太難接受的事情吧？」他追擊。

「但我是老師，你是學生。」吐出這個回答的同時，心裡有另一個丁蒔蘿，嗤笑著她：哪裡聽來這迂腐的婆媽劇台詞？

「那又怎樣?我們在大學，不是國高中。」他看穿她心裡的想法，緊張的神情漸緩，眼底也染上些許笑意。

「陳瑋，」她看著他，安靜的說，「我結婚了。」

他愣了愣，「是嗎?」

「是的。」她行雲流水的沖泡茶，給自己，給他，都斟滿清香的茶湯。

「就這樣?」

換她一愣，「這還不夠?」

「妳看起來不像結了婚的人，」他認真的上下看著她，「哪個做丈夫的能容忍妻子和殷子愷那樣的人共處一室?」

「那不一樣，我們從小一起長大。」

他搖頭，「正常人聽到我的問題，會從丈夫角度來辯解，而不是好朋友角度。」

她困惑的看著他。

「例如，妳可能會說妳丈夫也認識殷子愷，或者說，妳丈夫不會介意妻子有異性友人，但絕不是『我們』。」

這傢伙，歌詞寫太多，到底都用什麼樣的眼光看這個世界啊?

「我認爲，就算妳結了婚，那個婚姻對妳來說意義也不大。」

「你認爲?」她只能像隻鸚鵡重複他的話。

「是，而且我有事實根據，首先，妳一個人住在教職員宿舍，其次，妳學茶學香，喜歡慢跑、游泳，這些都是一個人的活動，最後，」他鎖著她的視線，「妳花超出必要的時間準備不太必要的課程，這代表妳的生命中並沒有一個占據重要位置的人。」

「我們是老夫老妻了。」

他鄙夷道：「三十歲的老夫老妻？」

「他……年紀比我大許多。」

「老師，妳可以忽視我，但不能胡說八道。」他教訓道：「因爲我自認在妳心中還沒重要到值得妳爲我編謊言。」

「你倒是很有自知之明。」

他聳聳肩，「不是自知之明，而是理解，妳在自己身邊蓋了一層保護膜，透過那個膜看這個其實妳一點都不關心的現實。」

「你……」

「妳可以說我善於觀察，而且，我花了兩年的時間觀察妳。」

「爲什麼？」

他皺起眉頭，考慮許久才說：「因爲，我也是如此。」

他開始說起在車上迴避的部分，雖然不知道這場討論怎麼轉往這個方向，但她發現自己被這個忽而自信、忽而自卑的學生吸引著，只要他願意講，她就願意聽。

「我爸媽都是學音樂的，對我來說，音樂曾經比命還重要。七歲到二十歲，我和我的琴，就是全部。我媽甚至認爲若不是發現我有小提琴的才華，我爸不會願意娶她，但我曾經認爲願意接受帶著拖油瓶的女人，並且傾全力培養繼子的爸爸，非常了不起，我……崇拜他，夢想有天能像他一樣站在世界的舞台，接受眾人的肯定與喝采。想要站到那個位置，我必須不斷練習，不停比賽，十五歲起，他們把我送到法國當小留學生，我媽陪著我，但她一句法語都不會，自己辛苦，卻不忘提醒我必須感恩，因爲爸爸重視我，才會願意這樣栽培我，音樂、榮譽、感恩，揉雜在一起會變成什麼妳知道嗎？」

「變成什麼？」

「信仰。」他沉沉的說，「音樂就是我的信仰。」

「這沒什麼不好。」

「是沒什麼不好，但當信仰蒙蔽了人看見現實的能力時，那就是愚昧。」他繼續自己的故事：「我媽陪我去法國時就已經是乳癌第一期了，我爸也知道，但是他們認爲我的學業比較重要，在歐洲機會比在台灣多，因此只有我一個人被蒙在鼓裡。我媽不會法語，也沒辦法在法國就醫，五年後，我參加了那個年紀所能比的賽，帶回一座又一座的獎盃，但那仍然不夠，在古典音樂的世界，永遠有另一座高山等著你去攀爬，爬的過程裡，我看不到現實，看不見我媽日益消瘦，看不到她的失眠、厭食、落髮……直到她在我面前暈倒，那時候我們在布魯塞爾，參加學琴生涯中最重要的比賽，我急得不知所措，打電話給爸爸，他說他會處理，要我鎮定下來，上場比賽，沒有什麼好擔心的。我聽了他的話，當然啊，他是我神，而音樂是我們共同的信仰，包含我媽媽。」

「結果呢？」

「結果那場比賽我落選了，打入最後一關，卻連前五名都沒進。」

「你媽媽呢？」

他的眼神有點空洞，回憶吸走了所有神采，彷彿回到當年那個二十歲的孩子，他苦笑道：「比賽後，我到處找不到我媽媽，打電話給在台灣的爸爸，沒有人接電話，後來才知道他那時正在台上，指揮一場慈善義演，台下的人對股市與期貨市場比對古典音樂還通，不過因爲是主要贊助商，就連我爸那個地位的音樂家，也必須爲他們演出。」

「你媽媽呢？」她堅持問道。

「我找不到她，因爲爸爸根本沒有聯絡任何人幫忙倒地的媽媽，混亂當下大會把那個突然倒地不起的女人送到醫院，卻找不到家屬，比賽結束後，老師們終於幫我找到媽媽，但那時她已經陷入昏迷，兩天後，她死在那個異鄉城市，死前還相信自己的兒子會奪下金獎，站上音樂的最高聖殿。」

語音落地，留下滿室的沉默，她默默沖茶、品飲，陳瑋的故事卻奪去她的味覺。

後來的故事她大概能夠猜到，回國、學業中輟、與繼父決裂、一無所長……在綠島時，唱片公司的開哥說陳瑋與眾不同的氣質，來自於比其他人更多的社會經歷，然而她現在才知道，這孩子竟是從二十歲才開始在現實中求生。

「我和你，怎麼會一樣？」

陳瑋被她的問題拉回當下，他調整回酷酷的姿態，拉開話題：「蒙馬特山丘上的那些公社成員，以爲守住幾座大砲，就能守住整座城，哪裡知道，城早就失守，巴黎人根本不在乎公社不公社，對吧？」

她知道陳瑋正在引用她在課堂上所說過的話，也知道他接下來要說什麼。

「心死了，信仰便無處依附，現實如何，也沒多大關係了。」他自嘲道：「這不是很諷刺嗎？信徒和無神論的結果，其實是一樣的，差別只在於應對的態度，一個是扭曲現實，一個是無視現實。」

「但是你還沒放棄音樂。」

他再次聳肩，「是啊，就像妳沒放棄殷子愷一樣，因爲那就跟呼吸一樣，一直在那裡，總是那個樣子，甩也甩不掉。」

「殷子愷怎麼會跟音樂一樣？音樂曾經是你的信仰，但他從來就不是我的信仰。」

「不是嗎？」他瞇起眼睛看她，「但我覺得他連結著妳所失去的東西，雖然我不知道那是什麼。」

「又是你覺得，你憑什麼『認爲』、『覺得』自己了解另外一個人？」

「不憑什麼啊，那不過是我個人的想法，妳大可不理。」

「現在這個情況，可不是我不理也可以的情況。」

「是嗎？」他反問，語氣中帶著挑釁，「不理會的話，會怎麼樣呢？」

她放任自己想像後面的情節：被他的歌迷騷擾幾個禮拜，當一陣子校園網紅，受平常來往不多的同事關注一輪，長官暗示性警告人們對師生戀的觀感不佳，就算已婚身分曝光，也不會有個吃醋的丈夫跳出來捅自己一刀……然後呢？她默默地問自己，這些後果真的會給自己帶來困擾？會改變既有的生活嗎？答案是不會。

「不管怎樣，這不代表我就要接受你。」

陳瑋笑出一口白牙，她恍惚以爲看到殷子愷的痞子臉，「老師，我可從來沒說過我要追妳啊。」

她簡直不敢相信活到三十歲，竟會被一個學生，而且還是被自己當過兩次的學生，逗到臉紅耳熱，「你，你，你什麼意思？你這麼觀察我、剖析我、自以爲是的理解我，還，還唱那首歌，你……你到底要幹什麼？」

困窘中的她，不知道自己的反應看起來就像個被隔壁桌男孩逗得跳腳的女學生，陳瑋忍得很辛苦，才能維持臉上的酷哥表情，淡然道：「我是寫了一首以妳爲名的歌，但不代表是告白啊，或許我只是聽了妳說的話，有所感嘆而已。」

「陳瑋同學，我告訴你，你這學期死當了！」

自從兩年半前正式踏入校園，執起教鞭，永遠清清冷冷，事不上心的丁蒔蘿老師，首次在學生面前失控。

第六章　要不期待，很困難

安迪沃荷預言的光榮十五分鐘，不只降臨在丁蒔蘿身上，還落在嚴立丰這個本來就自帶光芒的發光體，若普通人的十五分鐘都光芒四射，到她這裡簡直就是核爆威力。

一切都從爆料平台上的一則網友貼文開始引爆，這位網友將親眼目睹阿草在舞台上倒下，女醫生從天降臨，有條不紊施行急救，速速召喚私人直升機，諸多神話級誇張描寫，配上網路收集的現場照片，全方位各個角度，有照片有影片，很快的，千萬熱血網軍人肉搜索女神醫生……不到一個小時，嚴立丰這個名字就上了網路熱搜排行榜，再過三十分鐘，她的全英文醫學論文、以及各種語言的論文翻譯、研討會剪影都被翻出來，但真正引爆「全民找麗莎」風潮的，是她身爲富比世財富榜名人嚴金水唯一嫡系繼承人的身分曝光……

綠島音樂祭結束後的週一，也就是丁蒔蘿被學生追著跑的同時，麗丰醫院公關室的電話被打爆，醫院每個出入口都被人群堵住，綠島麗莎在市集英勇救人的照片被放大輸出做成海報，現場甚至有記者直播，以iPad比對麗丰醫院婦產科主任嚴立丰的專業照片與綠島麗莎的異同，相關的種種細節：成長經歷、學歷、財富、智商，一一被翻出，過度想像，誇大報導。

麗丰醫院董事長室裡的嚴立言聽完助理的簡報，修長手指在書桌上規律敲著，腦子高速運轉，面對這情勢該如何應對，醫院公關危機處理自有一套應對SOP，報告上到他這裡通常只要決定回應的力道即可，但這次風暴主角是立丰，而且……這也算不上危機，算是從天而降的行銷大禮。

助理等了十分鐘，還沒獲得董事長的指示，不禁站立不安。

「嚴醫師還沒出開刀房？」

「還沒，聽說是胎位不正，產婦又剛好是桐桐，不能剖腹，醫生已經在產房裡耗十個小時了。」

「桐桐？」

助理想了下要怎麼跟從不看娛樂新聞的董事長解釋，最後挑選官方版的答案：「中光集團邱家二少奶奶……以前是名模兼廣告明星。」

對助理的回答並不滿意，嚴立言按下桌機通話鍵，請祕書聯繫婦產科護理長。

「董……董事長找我？」不到一分鐘，護理長的聲音從擴音器裡怯怯傳出。

「邱太太的生產進行得如何？」

「難產……嚴醫師還在努力中。」

「助產不是醫生的責任，她一直待在產房做什麼？」

「嚴醫師……都是這樣的，她還會親自幫產婦按摩。」

「她沒帶手機進去？」

「嚴醫生的刀，誰都不准帶手機。」

掛斷通話後，嚴立言還是無法打定主意如何處理這次事件，由公關室發新聞稿，承認了，立丰出產房以後一定不高興，而且她自此恐怕要活在公眾的目光之下；不承認，根本睜眼說瞎話，一大堆近照、影片擺在眼前，全民熱搜的風潮壓不下來，繼續延燒，最後難免傳到老頭子那裡去，她好端端的跑到綠島參加這種市集，二房不會放過機會批評她任性妄爲，在老頭子眼裡，恐怕不利於未來接班人的形象；不管怎麼樣，除非用飛的，否則立丰今天恐怕連醫院大門都出不去了。

「董事長……我們要發新聞稿嗎？」

他這才注意到助理還站在面前等候指令，他擺擺手，「讓公關室先擬，在我與嚴醫師討論之前，暫時不要發出去。」

對跟著他三年的助理來說，嚴立言這個指示十分不尋常，從他接管醫院體系以來，再大的事件，董事長都花不了五分鐘便做出決策，這個事件說穿了不過就是小小的公關新聞，順勢承認了可以說是普天同慶，爲何不能發新聞稿？但身爲下屬，面對上司不明所以的猶豫，他也只能接受，灰頭土臉的被趕出去。

等待的時間，嚴立言做了另一件助理恐怕會更匪夷所思的舉動：註冊爆料公社帳號，將兩千多則網友留言一一看過。

讀得越多，當初在燃燒人嘉年華裡那個衝動、直率、善良的俠女，鮮活的出現在眼前，那才是她——他的麗莎，而不是此刻被束縛在高級私人醫院裡，替社會特權份子服務的嚴立丰醫生。

你有沒有喜歡過我？

這個問題應該教他生氣，因爲她怎麼可以不知道答案？也該讓他悸動不已，因爲這意味著她也期待著什麼，但是，他卻只能用一種方式回應。

天下哪有不喜歡自己姪女的叔叔。

他不怪立丰那晚用力推開他，跑回市區公寓，從那時起便不肯回應他的電話以及無數則訊息。

他可以忍受她的埋怨、懷疑、鄙夷，但是他不能忍受失去她，外面的這些騷擾可能會讓她興起選擇放下一切遠走高飛的念頭，到一個他再也找不到的地方……哪怕只是可能，他都無法忍受。

下午三點，疲憊的嚴醫生終於踏出產房，前名模，現任的邱家二少奶奶，終於順利生產，母子平安，身上沒留下任何刀疤，幾個月後就能恢復身材，回到鎂光燈下，代言各種家電、名牌。

「嚴醫師……」護理長追上來。

「什麼事？」

「董事長請妳立刻到他辦公室。」

她停下腳步，瞇起眼睛，「他命令我？」

「呃……」對嚴家關係稍微掌握的護理長頗為難，董事室給的確實是命令，不過，她也沒忘眼前這位才是自己的直屬上司，於是改口：「應該是有急事要找您商議。」

「急事？」

「跟內科562床那位年輕人有關。」在這種荒唐的情況之下，護理長覺得自己真是夠專業的了。

「藥物過量那個？他怎麼了？」嚴立丰不跟護理長廢話，直接拿出手機想打給內科，這才看到螢幕上顯示的四十通未接來電，以及兩百多條訊息，同時間，又有一通來電進來。

嚴立言。

她猶豫了下，考慮拒接，但護理長就站在面前，也看到螢幕上顯示的名字，在下屬面前，她不好掃「董事長」的顏面，只好按下接聽鍵。

「立丰，立刻到我辦公室來。」

「我很累，不管什麼事都等我補完眠再說。」

「妳離不開醫院。」電話中的語氣不容置喙，「先上來，剩下的我來安排。」

「安排什麼？」她耐著性子聆聽他簡短的敍述事情經過，不以爲然道：「我以爲是什麼大事，不過就是幾個記者擋在出入口，我難道還要躲他們？」

「這不是小事……」

她這才注意到護理長，不，整個護理站都豎起耳朵，快步走進辦公室關上門，開啓擴音，邊聽他解釋外面的情況，邊換下手術服，拿起包包，一切就緒以後，切斷他的話：「好了，我明天上班再跟公關室了解一下，不用勞煩董事長費心，現在我只想回家。」

「立丰，」他語帶警告，「妳不能從大門出去。」

「知道了，叫人把你的車鑰匙拿下來，我開你的車回去。」

他嘆口氣，「好吧，妳在停車場等我，我送妳回去。」

她還不想見他，但找不出理由拒絕。

那晚的記憶仍然歷歷在目，酒醒後恨不得消除的記憶。只能靠埋首工作，忘記告白的羞恥，強迫自己不去在乎陪在伊蓮娜身邊的他，忽略親戚們頻頻打聽嚴家與霍夫曼家族聯姻內幕的煩躁……

這幾天她開了兩個禮拜分量的刀，雖然扭曲，但只有在手術室裡跟肉血刀具相處，才能夠獲得發洩，想著想著，電梯已經下到地下室，電梯門一開，她就感覺到外頭的騷動，一踏入停車場，她聽見有人喊：「來了，是嚴立丰！」、「終於下來了！」四面八方迅速竄出十幾個人，包圍住她。

這可是一小時收費三百，號稱全國最貴的停車場，這些記者或鄉民或什麼的，爲了堵她實在是下了重本，她現在才明白，嚴立言說她不明白在台灣網路鄉民能策動的輿論力量。

「請問嚴醫師爲什麼去綠島？」

「請您說說搶救過程。」

「這次回國是不是爲巨象集團接班做準備？」

一堆問題迎面而上，閃光燈四起，而且，籠罩過來的人潮似乎有越來越多的趨勢。

連續工作超過二十個小時，疲憊的神經實在經不起這樣摧殘，她步步被逼退回電梯間，就在此時，一台白色廂型車開到人潮外圍，某個痞痞的聲音哄著人潮：「讓讓、讓讓，貨車要過。」

這輛貨車，竟然以倒車姿態，半強迫半請求的將人潮分開成兩半，最後車尾來到她一步之遙，駕駛座跳下一個熟悉的身影，「嚴醫師！這麼巧！」

是那個以癲癇症爲由來掛婦產科的藥廠業務，滿臉笑容，跟現場記者這個拜託那個借過的，就這麼走到她面前，不知道是自己過度疲憊或眼花，嚴立丰竟覺得這個痞子還挺帥的。

「殷子愷，你車上還有位子？」

「有啊，等我送完藥就有了。」

她拉著他的手，急說：「送什麼藥！快送我走。」

殷子愷果然是專業藥廠業務，緊急時刻不忘談條件：「那醫生要不要再考慮一下之前cancel掉的那幾款藥？」

電梯門這時打開，她眼角餘光中，瞥見嚴立言的身影，也看見他猛然停下腳步，一臉詫異的瞪著殷子愷，與他們相連的手。

「殷子愷，送我離開這裡，我答應你任何事。」

「任何事？」

她不敢相信這傢伙竟如此機靈，以適當的音量——正好傳到嚴立言那裡，又不會讓記者們收到音——說出此時此刻最完美的神台詞：「當我女朋友？」

不用轉頭，她都能想像嚴立言此刻的表情，這感覺就像在手術室，拿起鋒利的手術刀，劃破病人肚皮那一刻的爽快感，她猜想自己大概有隱藏的暴力狂傾向……

「好，我答應。」

殷子愷簡直不相信自己的運氣。

早上看到今日網路最夯新聞：綠島音樂祭聖母，全民肉搜的麗莎，竟然是嚴家大小姐。

仔細追完整個經過，發現自己竟然在綠島與嚴立丰擦身而過！這緣分！來醫院路上，他還邊想著要怎麼以「有緣」爲由，開啓未來業績長紅的勝利之路，竟然就在停車場看到身陷囹圄的她！

殷子愷是個怕死的人，行事從來與逞英雄這類事情扯不上邊，不過，在業績獎勵與男性賀爾蒙的雙重驅動下，他毫不遲疑的開著白車拯救公主。

她第一時間喊出他的名字，這對他更是莫大鼓舞，嚴立丰竟然記得他的名字！完全忘了這女人本來就是過目不忘的天才兒童，之後在「送我走」、「答應任何事」這些夢幻台詞一一砸面而來後，惠飛藥廠的金牌業務壓根把業績這點小事拋到腦後，男性賀爾蒙凌駕一切。

這就是那句無厘頭的「當我女朋友？」由來。

事後想起來，殷子愷不得不佩服佛洛伊德所說的潛意識驅動人的行爲這話，這世界上還有比醫生與病人更加絕配的CP嗎？而且還是女醫生配男病人，一旦發生什麼事，女醫生頂多掉掉幾滴淚，繼續去拯救人類，畢竟世上還有比醫生更容易看破生死的生物嗎？他從小立志追求獨立自主的女性，原來這志願已經內化爲潛意識，所以才能在這個可遇不可求的時機，讓他終於如願以償。

直到開著藥廠的車，離開醫院，他還輕飄飄的，不敢相信現在坐在身旁的帥氣女醫生，竟然成爲自己的女朋友。

「那個……嚴醫師，不，我是說，」他突然改正生疏的稱呼，「立丰，我們……」

一上車就閉上眼睛的她，動也不動，嘴裡含糊的念出一串地址。

他瞥一眼她立體細緻的側臉，這女人近看更美，回憶起第一次見面時她突然的近距離接觸，心跳莫名加速，說話都不順暢：「那個……這麼說有點奇怪，不過，我想確認一下，我們以後就算男女朋友了嗎？」

「嗯，但是工作歸工作。」含糊口吻，眼皮連動也不動。

殷子愷的心沉了一下，若是身爲嚴大小姐男朋友不能趁機拉抬一下業績，那他爲了什麼啊？不過這麼想的同時，另一個聲音冒出來：來日方長。

他老實說：「要不期待很困難，我努力。」

她終於勉強撐開一邊眼睛，「你這人有個優點，坦白。」

「已經有一個優點啦？放心，以後會累積更多的，不如這樣，每累積三項優點，就多訂一款藥？」

「殷子愷。」她語帶警告。

「五項，五項一款藥。」

「哼。」

安靜不到十秒，他再次開口：「妳怎麼會這麼累啊？」

「剛下刀。」跟這個人，她有一種詭異的不需廢話直覺。

「喔。」他想了下，「那我運氣真好，剛下刀的醫生比較好追。」

「你追過很多醫生？」

「妳是第一個，我畢竟是男propa啊。」

「什麼意思？」

「意思是有女propa配男醫生的，我們男propa沒姿色就要靠實力啦。」

完全不想動腦的她，順著他說：「這句話有性別歧視，我覺得你也在靠姿色。」

「原來妳也有注意到我姿色啊。」

「我向來看到什麼說什麼，你是有點姿色。」

「像妳這麼有姿色的醫生也不多。」他的語氣聽起來誠懇，但字字恭維：「加上正義感、親民，我都開始感到壓力了。」

「壓力？」

「以後我不只要當妳男朋友，還要身兼保鑣啊，現在又變得這麼受歡迎，出來選總統都綽綽有餘。」

這句話說完，車子也來到她距離醫院不到兩公里的豪宅公寓前，車子剛停，警衛就上前，「這裡不能暫停——」車窗搖下後，警衛一看到嚴立丰頓時眼睛一亮，「原來是嚴小姐。」

殷子愷喃喃說：「看樣子他也追了新聞。」

她突然豎直身子，問：「殷子愷，要不要上去坐坐？」

他瞪大眼睛，「真的？」

她轉向窗外，跟警衛說：「麻煩開一下車庫門，這位是殷先生，我的男朋友。」

這句話就像一把鑰匙，從此他獲得今後出入這裡的特權。

不過，真正到了嚴立丰的家以後，他才知道「上樓坐坐」這件事，想像與實際有巨大落差。

一關上大門，她交代一聲：「冰箱裡有喝的自己拿，我要去睡了。」

「啊？」一句話把所有綺思粉碎。

「喔對了，」關上房門前，她探出頭撂下最後交代，「扣上門鍊，門鈴響一定要接，就說我睡著了，不接受打擾，但是千萬千萬不要開門。」

從昏睡中醒來，嚴立丰看了眼床頭的鬧鐘，晚上十點，睡了六個小時，破紀錄了，以她最近的工作量，能連續睡上三個小時都是奇蹟。

黑暗的空間裡隱約有個壓抑的聲浪，一陣陣從客廳透過門縫傳入臥室。

「和牛要AA等級以上的，好，紅酒就是上次那幾款，年分不一樣沒關係，對對，拜託一定要確保我們說明會有五星級超高質感……」

殷子愷剛掛上電話就感覺腦後有兩道灼灼目光，回頭對上若有所思的嚴立丰，她還是穿著從醫院出來時的亞麻襯衫，褲裙換成短版棉褲，衣料皺褶，頭髮凌亂，表情有點呆滯，原來高高在上的嚴醫生，也有這種呆萌的時刻。

「醒啦？不記得妳邀請我『上來坐坐』？」

她搖頭，「我記得，但是不明白你爲什麼還沒走？」

他自盤腿坐在地毯上的姿勢一躍而起，「因爲要等妳醒過來，帶妳出去吃宵夜啊。」

她主動靠近他，像第一次見面一樣，伸出手翻看他的眼球，接著兩指並列觸摸他的頸動脈，默默數著他的心跳，「正常啊，不像忘了吃藥的樣子。」

她的手指溫度還留在皮膚上，殷子愷第一次在女人面前臉紅，結結巴巴的說：「我是癲癇症，又不是精神病。」

她看到桌上打開的礦泉水，略過旁邊的玻璃杯，直接拿起來猛灌一半，動作自然，「所以，你爲什麼還在？」

他輕咳了聲，「不是我賴著不走，而是……我不太敢踏出大門。」

「爲什麼？」

「妳睡著的時候，有個人來找妳，是……」

「嚴立言？」

他吞了吞口水，「對，嚴董事長。」

她坐在沙發上，繼續喝剩下的水，剛睡醒的萌樣已經消失，「繼續說。」

「我不確定妳說的不准開門是不是包含妳的親人，呃，董事長。不過，我想反正妳也不可能起床迎接他，所以就拒絕開門了，後來……他就問我是誰，知道我是惠飛藥廠的人，還問我接近妳有什麼目的，他看起來火氣很大，我怕他會取消我們惠飛的藥。」

她冷笑，胸有成竹說：「這種事他做不了主。」

「這可難說，他走後沒多久，珊珊姊，我們藥廠的駐院代表，就打來問我下午是不是開著公司車去麗丰醫院，我怕走出這裡會被殺人滅——」

「殷子愷，」她打斷他的話：「你知道我是誰嗎？」

「嚴立丰醫生，婦產科科主任。」

「還有呢？」

「嚴董事長的姪女，麗丰醫院未來的所有人？」

「還有呢？」

「嚴金水的孫女？」他越來越不清楚這問答的方向。

「所以，你認爲當嚴金水孫女的男朋友有這麼容易？」

「喔，妳是說門當戶對啊？我當然是不配啊，我們又不是要結婚，只是交往，還不知道能維持多久呢。」

她發現這傢伙的奇妙思維方式，總有辦法讓智商超標的自己啞口無言，「不知道維持多久？」

「我是說，天有不測風雲嘛，意外總會發生，我們都不知道下一秒會發生什麼事，所以不用想那麼多。」

有道理，她接回被歪掉的樓：「我剛回國，很多人認爲我是回來拿回屬於我的權利，那象徵著我祖父所擁有的一半資產，我身邊的人，不是擔心我要太多，就是擔心我要太少，你說你自己一無所求的跟我在一起，誰相信？」

他吶吶問：「我可以只要一成的業績嗎？」

她忍不住笑了，在這個荒謬的深夜攤牌時刻，「待在我身邊，你就得幫我擋這些虎豹豺狼，不然你就不夠格當我男朋友。」

「虎豹豺狼，包括嚴立言？」

「尤其是他。」

他困惑了起來，看來這個月混麗丰醫院得來的小道消息不正確啊，不是都傳嚴立言很挺自家姪女，是回來幫她進行王子，不，公主復仇記的嗎？

「我說……」他認真思考著，「妳不能自己出來開個診所，例如山區那些偏鄉，很需要有愛心的醫生，何必要待在這裡跟這些人纏鬥？」

她瞪著他。

「每個人都想要有錢，因為有錢以後可以做自己想做的事，身為嚴金水的孫女，妳應該不是普通有錢吧？既然如此，為什麼不能去做自己想做的事？」

「例如說？」

「雖然在綠島時沒碰見妳，不過我看那些照片，和網友寫的第一手資料，妳若不是嚮往左派的自由，不可能會去那個以物易物的藝術市集，還看起來玩得那麼開心，這樣的人，我怎麼想都覺得困在爭家產的鄉土劇裡，有說不出的違和感。」

「左派的自由？」

他搔搔頭，「我說反了？還是右派？我好朋友是歷史老師，常聽她講左右派的，不過我老搞不清楚差別。」

她的神情變得柔和，看了他許久，蒼白的膚色、五官帶點陰柔氣質、睫毛落在面頰上的陰影，這個人在任何時刻看起來都不具威脅感，時不時拉開嘴角的痞樣，反而有點喜感，能夠讓人不設防的放鬆，彷彿在他面前，可以放縱、可以耍賴、可以不按牌理出牌。

他和嚴立言是這麼不同。

「你剛剛說要帶我去吃宵夜？」

這話題也跳得太快，殷子愷愣了一下跟上：「喔對，妳想吃什麼？」

她搖頭，「不知道，我沒機會在外頭吃宵夜。」

「真的假的？那我一定要帶妳去嚐嚐台北有名的清粥小菜一條街。」

「清粥小菜？」

「對啊，都十點多了，這時候吃這個最適合了，不過，妳有車嗎？」

她再次搖頭，這房子離醫院又近，她沒有開車的必要。

「那就要委屈妳搭藥廠的貨車出去了，吃完我順便可以回公司還車，我載著同事們明天一早辦說明會的道具與藥品，躲在妳這裡半天，公司的人八成會吃了我。」

活靈活現的形容，平常在眼前看得不順眼的藥廠業務，立刻有了生動的形象，殷子愷帶給她許多前所未有的感受，對藥廠業務生活好奇，也屬於其中一項。

「你們都工作到這麼晚？」

「我們是靠業績為生，責任制啊，不過說到辛苦，恐怕沒有人比醫生辛苦的。」

「那倒是，不過我們的收入也沒有你們好。」

「我們薪水沒有外面說的那麼好啦，剛入行時，比外面餐廳服務生都不如呢，得要爬到我這個等級，就會比較好一點，所以說啊，」他熟稔的拍拍她的肩，「妳要是想去台東義診，我養得起妳。」

「你這人怎麼總性別歧視啊？我還要靠你養嗎？」

他也發現自己的可笑，竟然提議要養嚴金水的孫女，「也是，我可住不起這樣的房子，不過妳除了住得好一點以外，生活也沒我享受啊，清粥小菜都沒吃過！」

她考慮了會要不要告訴他嚴家的人都吃些什麼，但看他的得意樣，又決定算了，他們這算什麼？性別顛倒版的麻雀變鳳凰？突然之間，她竟然能體會李察吉爾愛上茱莉亞羅勃茲的心路歷程了……

嚴立言看著那輛惠飛藥廠的白色廂型車駛離大樓，透過昏暗的光線，他仍能辨認出立丰的側影，晚上十一點，她竟然還跟一個陌生人出門，而且搭那種車！

他不確定這一切是怎麼發生的，眼看著事情超出掌控，他首次感到心慌。

「先生，是您下午請我追查的那輛汽車，要跟上去嗎？」前座的司機問。

他不知道……這一整天他總處於這種拿不定主意的狀態，跟上去，親眼看到他們親暱互動，猜想這是不是刻意演給他看的戲，或不跟上去，徹夜難眠想像沒看到的情節？

他拿出手機，猶豫半晌，終於還是按下通話鍵，電話響了三聲，她接了。

「休息夠了嗎？」

「嗯，謝謝關心，睡醒餓了，出門吃宵夜。」

「宵夜？」

「清粥小菜，你知道嗎？」

「當然，妳自己一個人？」

「不是，有人陪我。」

他突然無法假裝下去，「誰？」

「你不認識。」

「立丰，妳還在氣我？」

電話那頭沉默半晌，「我該氣你什麼？」

「假裝幼稚並不適合妳，新聞已經播放妳的照片幾十個小時了，妳以為這種時候，大半夜跑出門吃宵夜，是明智之舉？」

「你怕什麼？怕我被綁架？還是怕我可以自己去面對，不再需要你？」

不再需要你。

他人生中最痛苦的時刻，莫過於那年夏天在嚴家老宅，以叔叔的身分被介紹給她。而此時此刻，她的疏離與叛逃，就像那時候的她，隔著血緣與輩分，他不能踰矩一步，唯一能夠為她做的，就是守護著她，不管自己是不是被需要。

「我們談談，面對面。」

通話中斷，不管回撥多少次，都不管用，他憋著氣下車，走到司機看不見的地方，大口吸氣，但不管怎麼用力，空氣都無法抵達快要窒息的肺部。

城市的另一頭，丁蒔蘿關上研究室的門，穿過漆黑的走廊，走入安靜的深夜校園，平常她並不喜歡黑暗，但渡過高潮迭起的一天，黑夜帶給她安全感。

下午的大二歐洲文明史課程，與早上一樣，爆滿的人，騷動的氣氛，因爲上課的教室就在系辦公室旁，還引來系祕書關注，這之外的時間，她都躲在研究室裡閱讀資料，一頭埋進下個月學術研討的論文撰寫，唯有如此，她才能平靜下來。

比起陳瑋的告白，更教她難堪的是自己無法否認受到這個學生的觸動，或說，他的遭遇。

他說的信仰……她，有嗎？

陳瑋誤會她與殷子愷的關係了，對她來說，凱子的樂觀是逃開家裡低氣壓的避風港，母親看不開的人生，在這個相信自己活不長久的男孩身上，積極而正面的被實踐著。

她很久不去想自己的青春期過得如何慘淡，父親不在的日子，母親從每件事情上都能找到埋怨的理由，例如不吃餐桌上的青椒，就會得到：「是妳命苦，跟著我不比大陸那個家吃香喝辣。」考得不好，「是我笨，遺傳給妳才考成這樣嗎？妳看大陸那女人多聰明？不必嘗創業時的苦，坐享其成！」多要點零用錢，「省著點，哪天我跟妳爸走不下去了，妳們姊妹還要靠我養，妳以爲丁家會養妳們這些女兒？」

成年以後才了解，母親患的是憂鬱症，無法接受丈夫外遇的事實，無法接受公婆對自己只生女兒的埋怨，卻又必須與他們住在一起，這些委屈與憤怒，只能發洩在三個女兒身上。

丁蒔蘿與姊姊們年紀差很多，她開始懂得這些男女情事時，姊姊們早已離家，無從傾訴苦悶，唯一的出口，只剩下打死不退的殷子愷，然而好面子的她，沒跟他解釋過家裡這些難堪的事情，但奇怪的是，那傢伙從來不會追問。

高三下學期的某夜，受不了母親的酸言酸語，不管明天要模擬考，衝出家門，夜色中茫然得不知何去何從，也不知道受什麼驅使，她打電話給殷子愷，才說一個字：「喂。」

他就知道這邊狀況不對，問她怎麼了？人在哪？

那晚，他偷騎哥哥殷子光的摩托車，載她到山上一處私人果園，拉她翻過圍牆，爬到園子裡一個高高的水塔上，俯瞰山下夜景。

「上次校外活動來這裡摘菠蘿果，我也是無意中發現這個地方的。」

上山的途中，貼著他的背，她流了一路的眼淚，趁他發現前悄悄擦掉，但此刻和他並肩坐在水塔邊緣的水泥地上，她眼一熱，又鼻酸起來。

「什麼菠蘿果？」

「啊？那個不是菠蘿嗎？很大一顆醜到爆的東西，像沒有長刺的榴蓮。」

她暗罵……死凱子，我這麼難過，誰管你什麼菠蘿果？

「那個，妳爲什麼難過啊？」

「你不會懂的。」

「妳不說我怎麼會懂？」看到丁蒔蘿的表情，他低語：「不說也沒關係，我知道的。」

「你知道什麼？」

「我媽說，人生本來就是苦，所以修行就是爲了離苦得樂。」

安靜的林子裡，他低低的聲音有著撫慰的力量。

「就跟人都會死的道理一樣，只是每個人走向死亡的方式不同。」

「又來了，動不動說死，你不煩我都聽煩了。」

「我媽說生過孩子的人就不會再爲摔斷骨頭掉眼淚了，因爲那種是會死人的痛。理解死，就能理解生的總總。」

理解死，就能理解生的總總。

她至今不明白，這句話究竟爲何會從他嘴裡說出來，獨力扶養兩個孩子的殷媽媽大概就是靠這些心靈雞湯走過來的，而這些揉雜各種宗教與哲學的道理，就這麼大雜燴的進入殷子愷腦子裡，在這樣的時刻，拿出來鼓勵傷心難過的好友。

那個夜晚與這句話，永恆的銘刻在腦海裡，直到很多年以後的某一天，爲了安慰另一個自認活得生不如死的人，她引述了殷子愷十八歲時說的這句話。

那個人反問她：「人若不先理解生的總總，又怎麼理解死？」

那時她想著若是殷子愷，他會怎麼回答？那個甚至不需要知道她難過的理由，就能安慰她的男孩，「一心想死的人，生也就是死；一心想生的人，死也就是生。」

「很深奧。」

「其實是一個膚淺到不行的人教我的。」

好像一直是這樣，她從來不需要跟殷子愷交代自己的想法與經歷，多年以來，從沒變過，猶如他從來不問，爲何出國多年突然回來，爲何手上戴著婚戒，卻總是孤單一人。

相見、喝酒吃飯、閒聊打屁……每個當下，就是全部。

獨自在漆黑而寂靜的校園中散步的這個夜晚，她突然解開內心的一個鎖，拿出手機，坐在路旁，寫一封三年前就該寄出的信。

殷陳桂花雙肩分別揹著手提袋與電腦包，左手拉著二十吋行李箱，右手艱難的從包包裡掏出鑰匙，打開松山區這幢三十年的老公寓大門。

「死凱子，敢不接我電話，看我怎麼收拾你！」嘴裡正狠狠碎念，正好一個高中生模樣的年輕人跟著進門，殷女士立刻換上和藹面孔，「帥哥，你住幾樓啊？」

高中生不耐煩的摘下一邊耳機，回答：「二樓。」

「是這樣的，阿姨手扭到，能不能麻煩你幫我抬一下行李？我兒子住三樓。」

「兒子？妳是凱子哥的媽媽？」

她忙不迭點頭。

年輕人立刻把另一邊耳機也摘下，雙眼發亮，殷勤道：「當然當然，殷媽媽妳的電腦包也給我，我一起拎上去。」

「哎呀，這怎麼好意思，你的書包看起來也挺重的。」

「不重不重，我年輕有力嘛！」

到了三樓門口，送走高中生後，殷女士再次換回陰沉的臉，「死凱子，一定是假慷慨、亂花錢，連高中生也被你收買了。」

進入兒子的單身宿舍後，她僅存的好心情一去不復返，滿室滿地的垃圾、衣物、杯盤，空氣中還隱隱漂浮著煙味……

「殷子愷，你完蛋了。」

丁蒔蘿在體育館巷子口下計程車時，腳步急促的經過匡哥燒烤。

「蘿蘿！來吃飯啊！趕著去哪？」匡嫂在後頭喊。

她頭也不回，「有要緊事。」

「妳找凱子？他好幾天沒回家啦。」匡哥報告。

匡嫂補上：「八成有新對象了！」

她沒空回答，急步來到殷子愷家門口，她深吸一口氣，明明口袋裡就有鑰匙，猶豫了下，決定還是按電鈴。

不到三十秒，殷媽媽就打開門，臉上堆滿熟悉的笑容，「蘿蘿，阿姨看到妳實在太高興了！快進來，我再炒一個菜就好了，妳先在客廳看一下電視啊。」

丁蒔蘿順從的坐在沙發上，「那個，阿姨，子愷最近可能工作忙，我也找不到他。」

殷媽媽臉色微變，笑容總算還維持住，「也不回我電話，最好是有那麼忙，不過他不回來也不要緊，妳來陪我吃飯，就當阿姨幫妳媽媽替妳補補。」

客廳裡可以清楚聽見廚房裡俐落的鍋鏟聲，爆香的蒜味與火侯抓得剛好下鍋翻炒的青菜，殷子愷的單身宿舍立刻有了居家氣息，丁蒔蘿不知道該開心難得有機會吃一頓道地的家常菜，或尷尬這頓飯竟是要單獨和殷媽媽享用。

國中的殷子愷第一次找她講話時，她就確認這傢伙是個不折不扣的媽寶，而見識了殷媽媽如何兼顧事業家庭的照顧兩個兒子，她能夠理解爲何明明調皮搗蛋的兩個兒子在媽媽面前都成了乖孫子。她偶爾會羨慕殷媽媽對兒子們的無微不至，當殷媽媽知道她家的情況後，母愛氾濫的，也把自己納入羽翼，將她當成女兒一樣照拂。

廚房裡除了鍋鏟、抽油煙機的聲音，還有殷媽媽不時從廚房傳出來的「關心」。

「瞧妳瘦的！不會也在學那些網紅減肥吧？」

「子光婚禮上阿姨忙得像陀螺，沒好好招呼妳，妳不會怪阿姨吧？」

「蘿蘿啊，不要嫌阿姨囉唆，有機會叫妳老公搬過來，夫妻老是這麼分開也不是辦法。」

還冒白煙的炒空心菜放在桌上，殷媽媽解下廚袍，招呼她上餐桌。

「我再去打電話，看看子愷到哪了。」

事實上，她已經發了無數通訊息，12345每個情況的數字都用上，語音也留了不下十通：「殷子愷，M號警報，M號警報。」

但這傢伙就是悄無聲息。

這餐飯吃得像桌上諜戰劇，對於殷媽媽連番的問題，她只能含糊回答。

「我們家子愷最近真的很忙呀，端午連假都沒回家，我看他臉書，是不是去聽音樂會了？」

「大概是吧。」

「咦？妳不是一起去嗎？他放了好幾張你們的合照啊。」

這個大叛徒！

「喔喔，對呀，我們去綠島音樂祭玩，我只是忘了那時候是端午節。」

「妳爸爸不是從大陸回來了嗎？妳有空也多回家關心一下，他們再怎麼樣也是妳父母啊。」

「會的。」

殷媽媽雖然博愛，但關注焦點還是自己的兒子，因此沒幾句話題又繞回殷子愷：「我看他還有潛水喔？這麼危險的活動，他那個身體妳最清楚，怎麼不擋擋他？」

擋得了才怪！殷媽媽寵溺兒子一輩子，卻不怎麼瞭解他。

「其實很安全的，就在岸邊，水也不深，全程還有專業教練，我們只是玩玩。」

「是嗎？我剛剛查了一下他的藥包，上個月拿的，到現在還沒吃完，這孩子實在不把身體當一回事。」

「……」

「蘿蘿，子愷最近是不是有對象了？」

她今晚首次與殷媽媽有同感，按照以往的經驗，當殷子愷突然不再天天找她吃燒烤，半夜打電話吵她，三天兩頭找不到人，只有一種可能，就是交新女友了。

「可能吧，我不太清楚。」

「怎麼可能不清楚？他不是什麼都跟妳說？」

殷媽媽的眼裡孩子可能是沒有性別的，但殷子愷從內到外都是男人無誤，而且還是個粗心、爲所欲爲的男人，男人一般不會對閨密「無所不談」，殷子愷那傢伙最多喝了酒以後胡說八道到人神共憤。

「這次真的沒有，我都好幾天沒跟他說話了。」

「哎呀，這孩子從小就讓人操心，妳看，子光都要當爸爸了，他還是沒有定性，三天兩頭換女朋友。」殷媽媽停了一下，突然夾了一塊宮保雞丁到她碗裡，語氣特別溫柔：「蘿蘿啊，不要嫌阿姨囉唆，我只是心疼妳，妳和妳老公……是不是分啦？」

這頓飯實在吃得很胃疼……

「沒有啊，阿姨怎麼突然這麼說？」

「子愷真是沒有福氣，一直自己憋著，憋到妳都出國了還不敢告白，當時要是把妳留住就好了，我很開明的，假如妳跟老公走不下去了，來阿姨家！我讓殷子愷照顧妳一輩子！」

她嗆到，咳了許久才擠出話：「阿姨您怎麼會突然這麼說？子愷幹麼跟我告白？我爲什麼要他照顧一輩子？」

「都活到三十歲了，你們倆就別再彆扭下去了，我自己的兒子我知道，他現在換女朋友跟換衣服一樣，其實那是因爲曾經滄海難爲水……」

聽學校同事說最近婆婆媽媽都看韓劇看到中毒，她首次後悔宿舍裡沒有電視，她委實看不懂現在眼前演的這齣「曾經滄海難爲水」究竟怎麼回事，該怎麼回應？

「我和子愷，就是好朋友，我們沒有……」

「阿姨覺得妳看不上我們子愷也是正常，他生下來就帶病，以前阿姨覺得跟他在一起是委屈妳，不過妳到國外走了一圈，結了婚以後還是這麼孤孤單單一個人，應該比以前能理解，過日子就跟喝水一樣，心平了，自有一股甘甜。」

殷媽媽是那種隨時能端上一碗心靈雞湯的長輩，她一點不訝異殷媽媽能將保險事業經營得風生水起，事業成功到老早將兩個兒子的結婚本，一人一套房給準備好了。

「子愷心裡，從來沒有我啊。」

「胡說，妳剛出國那陣子，他過得有多糟糕，我都還記得。」

「他那時不是在當兵……」

「就是啊，妳看他都傷心到跑去當兵了！」殷媽媽始終記恨兒子死不通報自己有癲癇症，硬要去當兵的歷史，「後來不是還出那個車禍……」

她趕緊轉移話題：「那個……阿姨您這次突然上來有急事嗎？」

殷陳桂花考慮了下究竟是要加重力道還是收手，蘿蘿這孩子她從小看到大，不只一次跟兒子提醒，這麼好的女孩再不追就要被追走了，每次那小子都跟自己跳腳，「媽！妳別思想骯髒好不好！」

她真是不明白，爲什麼自己生的兒子眼光那麼爛，老找一些光有外表的空心芭比，眼前這個內外皆美的女孩，一直在身邊，卻把握不住？

「總部有個大師講習課，我本來沒報上名，後來臨時通知候補上了，今天早上臨時趕上來的。」

丁蒔蘿記得殷媽媽總是熱衷上潛力開發、財務管理的課程，爲自己充電，她假裝感興趣的問起大師課程的細節，殷陳桂花嘴上樂意回答，實則兩人都心照不宣，這只是暫時休兵，好不容易，這個話題勉強維持到吃完飯，她立刻說：「阿姨，您累了一天，去洗澡休息，剩下的讓我來整理就好。」

「這怎麼好意思？」

「沒關係，難得吃一頓家常飯，洗碗算什麼？我最喜歡洗碗了！」她不容拒絕的收拾起碗盤，躲進廚房。

當浴室裡傳來水聲，殷子愷終於回電，她走到陽台，關上落地窗，壓低聲音問：「你在哪？」

「在……我媽……回去……」電話裡的聲音很模糊，收訊斷斷續續。

「你到底在哪裡？收訊這麼糟？」

一陣電子噪音後，她終於聽得清楚話筒裡的聲音：「蘿！妳幫我擋一下我媽，我今晚回不去。」

「你最近是惹了誰，躲仇家嗎？」

他嘿嘿笑，「有好事，見面再跟妳說，總之妳幫我安撫一下我媽，喔，我沙發下那些東西幫我藏一下，喔，還有電視旁邊的菸……」

「太遲了，阿姨都收好了。」

他慘叫：「她看到菸了？我完了我！喔，還有藥袋——」

「藥袋也來不及了。」關於這點她站在殷媽媽那邊，批判道：「吃藥這麼重要的事你也不當一回事。」

「我以後不用吃藥了。」

「什麼意思？」

殷猴子得意的說：「我現在有專屬醫生。」

「殷子愷……」

「不跟妳說了，我現在在南投山上，收不到訊息，反正今晚回不去了。」

「現在連海拔三千公尺的山上都有基地台了，哪裡收不到訊號？」

「那，說我在海底三千公尺好了！」

在他媽面前孬得跟什麼似的，看不見人倒是天不怕地不怕！她翻了翻白眼，掛上電話，思考要怎麼全身而退。

殷媽媽從浴室出來那刻，她的手機剛好響起，畫面上出現陳瑋的名字，這給了她靈感。

「蘿蘿啊，阿姨——」

「喂？陳瑋，發生什麼事了？」著急的口吻。

殷陳桂花突然住口，聽見她慌張的與電話中的人詢問細節，樣子非常逼真。

「怎麼會這樣呢？好，你們別急，老師立刻趕過去！」

掛上電話，她沒等殷媽媽開口就急急解釋：「學生出了點事，我必須趕快過去了解情況。」

「妳……不是大學老師嗎？大學老師還要這樣管學生？」

「……」

看她呆住，殷陳桂花催促她：「還不快去！一日為師終生為父……母，不管小學大學，老師為學生操勞是必要的。」

「喔，那……我走了喔，子愷他……」

「那個死小子，我這次非好好教訓他一頓，妳不用擔心，他一天不回家，我就一天不走！」

丁蒔蘿在心裡替殷子愷暗禱幾句，飛也似的抓起包包逃離殷媽媽的照管範圍。

坐在回宿舍的計程車裡，回顧剛剛和陳瑋的對話，她忍不住笑出來。

「蒔蘿姊——」

「喂？陳瑋，發生什麼事了？」

「妳……不正常啊？」

「哪裡？別急，好好說，發生什麼事了？」

噗哧一笑，「看來是有狀況，好吧，我這邊沒什麼事，就是繞過來看看妳在不在宿舍，既然妳不在，我放了一盒東西在門口，回來時注意別踩爛了。」

「怎麼會這樣呢？好，你們別急，老師立刻趕過去！」

「還在演啊，好吧，妳欠我一回。」

那小子還真是機靈，一下子就聽出她在演戲，不過這下她還真的欠了他一回。

陳瑋放在門口的東西，竟是一盒法國甜點大師Pierre Hermé的秋季限定馬卡龍，精美的包裝上還留了張紙條，陳瑋龍飛鳳舞的寫著：「資本主義的泡泡，消化不了，拿來孝敬老師。PS.歌迷送的，不吃就扔，恕不回收。瑋」

既然這麼不屑，還特地打電話提醒不要踩到它，這小子夠口是心非的。

是說，今天究竟怎麼回事？一連替兩個男人收拾爛攤子？不過……Pierre Hermé馬卡龍這類爛攤子，她還是很樂意收拾的。

第七章　英年早逝是心理上的病

陳興國沒想到活了一大把年紀，在這家醫院待了大半輩子，臨屆退休之際，會被叫進董事長辦公室，解釋醫藥生態這麼基礎的問題，一同被叫進來的同事還有：藥局主任邱美女，以及採購室主任葉偉立，哪個不是二十年以上的資歷？卻都跟他一樣在年輕的董事長面前坐立難安。

「藥廠業務天天在醫院裡進進出出，這是常態？」

負責採購的葉主任不知道該不該提醒董事長，哪家醫院的醫生跟藥廠這些propa不是形成合作無間的共犯結構？有他們在，醫生的paper有人幫忙找資料、與國外機構合作有贊助廠商、小孩有人接送、連醫生假日休閒的高爾夫球賽局都安排好好，公立醫院尚且如此，更何況麗丰這種專開原廠藥的醫院？哪家藥廠不是把麗丰的醫生們捧得如銀行黑卡VVIP？

「尤其是惠飛的人，不管走到哪裡都能看到他們。」董事長亮出手機照片，「天天往診間送便當，誰能告訴我，這也正常？」

三個資深主管被迫湊著看小螢幕上的照片，雖然只是一閃而過，已足夠讓他們秒懂，今天這場無妄之災，禍源就是惠飛那個新的業務殷子愷，才來兩個月，就已經將醫院上下摸熟，尤其是女性醫生護士職員，老少通吃，連老院長都碰過幾次。

也不知道那傢伙去哪打聽到院長退休後打算送自己一個大禮：環遊世界，每回他到醫院都會幫帶一些各地旅遊資料，有幾次聽他說得有趣，陳院長還請他到自己辦公室邊喝茶邊聊。

這麼一個人畜無害的好人緣propa，到底怎麼惹毛董事長？

「惠飛是我們配合的最大藥廠，他們專科的藥又出得多，人多一點也是正常……」藥局主任被董事長銳利的視線驚嚇到，後面的話說不下去。

葉主任只好接著說：「邱主任的意思是，專科用藥比較不普遍，所以醫生需要特別訓練與諮詢，藥廠也是顧慮到這點，所以才會派多一點人提供服務，其實我們下的order裡頭，惠飛不一定是最大宗，但我們確實比較需要他們的專業。」

陳院長搖搖頭，這兩個人顯然都沒回答到重點，他咳了幾聲後插嘴：「最近因為嚴……主任出了名，診間爆滿，常常看診看到下午兩三點，這位藥廠業務本來就負責婦產科，應該是為了體貼嚴醫生吧。」

他沒想到不插嘴還好，這一插嘴竟引發雷霆天火。

嚴立言氣憤的拍桌，「醫生每日看診有一定的人數管制，為什麼要排到下午兩三點？就算要吃便當，助理在做什麼？輪得到藥廠業務送便當？」

若不是語氣太嚴厲，三位老員工應該會覺得有趣，嚴立言剛接手醫院董事會時，明快果斷的做出許多重大決策，一掃老醫院多年沉痾，並且將品牌拓展到海外，他憑什麼做到這點？憑的可是精準的眼光與高超的格局，這樣的人在下屬面前可從沒流露出情緒化的一面，而假如叫來醫院三大巨頭，追究藥廠業務送醫生便當這種小事不叫做情緒化，他們還真不知道什麼是情緒化了。

「董事長的意思是……以後要禁止藥廠業務送便當？」

「還是，管制業務進出人數？」

「不會是……要禁止醫生跟藥廠業務往來？」

當他們荒腔走板的揣摩起上意來，嚴立言按捺不住煩躁，他何嘗不知道自己正在小題大作？手上握有莫大權利，卻奈何不了一個小小的業務，想到這裡無名火就往上竄。

他首次做出破格指示，對採購主任說：「從今天開始減少給惠飛的訂單，優先使用其他藥廠的藥。」

「什麼？」葉主任跳起來，內心OS，醫生們下的order他哪敢不從？

藥局主任也跳起來，醫生開的處方到時藥局做不出來，他找誰負責？

院長搖搖頭，他是唯一一個敢說出心聲的：「這些VIP客人一個比一個精，惠飛的藥明明比較好，我們不開給他們，恐怕會影響醫院營運啊。」

「為期一個月，只要讓惠飛的總公司有感覺就好。」

讓惠飛有什麼感覺？三人面面相覷。

卸下白袍，嚴立丰正要離開診間，不意外看到最近很習慣的笑臉探頭進來。

「有機冷泡茶，給辛苦看了一上午診的大美女醫生！」

「你難道沒有別的事好做？一天到晚泡在我門外？」

殷子愷大搖大擺陪著她往外走，「還有什麼事比照顧女朋友更重要？」

更何況，他越私事公辦，上頭對他就越嘉獎，自從與嚴立丰改善關係以後，他簡直成了藥廠紅牌，各種婦科新藥訂單源源不斷，雖然他嚴重懷疑是因爲綠島音樂祭爆紅後，嚴立丰的工作量暴增，根本沒時間管之前的藥單改革，不過他倆成天出雙入對，看在其他同事眼裡，自然會把功勞算在他頭上。

「對了，都還沒聽你說去上了三天內觀以後，seizure控制得如何？」

這是醫師女友給他開的第一個處方箋，爲了討好她，殷子愷跑到南投深山參加三天的內觀體驗營，早睡早起、吃齋禁語、成天打坐，問他肌肉抽筋的症狀有沒有改善？說實話，那三天他的肌肉應該都處於夢遊狀態，想抽也抽不動。

「好很多了，我眼皮幾乎都不跳！連小腿抽筋都沒發生過！」

嚴立丰掃了他一眼，這傢伙就會胡說八道，小腿抽筋與癲癇一點關係都沒有，不過看在冷泡茶甘甜可口，她決定不計較。

「我今天早上幫妳看了綠島音樂祭聖母粉絲專頁，最新一則消息按讚人數只有三千五百多個，應該很快就會退燒了，妳再忍忍，我們再吃幾天便當，很快可以去餐廳吃飯了。」

「吃便當？」她停下腳步，看看兩人行進的方向，這不是往停車場嗎？「你把便當放在車上？」

他笑得詭異，相處一個禮拜以來，嚴立丰像回到醫學院實驗室，觀察殷子愷這個奇妙生物的思維與行爲模式，這傢伙往往有出人意表的反應，例如他真的因爲她的一句話，跑到山上內觀，也例如他申請好幾個帳號，在網上四處出征，平衡有關她的不實揣測，他做的這些事，難道都只是爲了討好她？難道他不知道她根本一點不在乎？

除了膚色偏白，他的長相越看越順眼，沒有嚴立言那股霸氣，也沒有她那些表兄弟的流氣，工作認真，不好高騖遠，最重要的是，除了偶爾掛在嘴上的業績，他對自己似乎真的無所求，不像以前追求她的那些人……

那些人怎麼樣呢？她記起嚴立言的譏誚：「家世配得上妳的，太愚蠢；配不上妳的，太貪心。」目前她還看不出來殷子愷究竟是愚蠢還是貪心，至少，他不會對她的女繼承人身分裝作不在乎，只是他在乎的點與眾不同。

「妳父母雖然不在，應該有給妳留信託基金什麼的？以後靠自己也能生活對吧？」

「身爲醫生，妳應該很會照顧自己對不對？」

「妳受過美國教育，應該是女性主義中堅份子吧？」

「我看妳滿能接受父母的離去，對生死應該看得很開吧？」

這些莫名奇妙的問題，三不五時就會從殷子愷嘴裡冒出來，她還不清楚這傢伙大腦的運作方式，但感覺像在填「女朋友資格問卷」，搞得她也好奇他理想中的女朋友到底是什麼樣子，懷抱著某種惡趣味，她默默觀察這隻奇妙生物。

上了他的車，他們回到她不遠處的家，上樓時他手裡提著一個小冰桶，顯然裡頭裝的不是便當。

「妳下午三點有一台刀，從現在開始算起，有一個半小時的休息時間，所以我們終於可以好好吃一頓了！」

一進入屋內，他就鑽進廚房張羅，她想問他到底搞什麼鬼，手機響起，她看一眼螢幕，轉身到陽台接聽。

「中午有空一起吃飯？」

「沒空。」

「又躲起來吃便當？」

「今天不是便當。」

對方沉默以對，她也就吊著他胃口。

「妳在哪？」

「在家裡。」

「家裡？下午沒有事了？我記得妳三點排了一台刀。」

怎麼她的班表人盡皆知？她忍著氣，刻意道：「有人幫我算過了，有一個半小時休息時間，現在我正等著吃大餐呢。」

「這個某人，不會是惠飛藥廠的那個propa？」

「我不喜歡你的語氣，嚴立言，你不覺得身爲董事長，未免太關注小節了？我幾點有刀你都知道？誰給我送便當也知道？」

「妳要是肯接我電話，肯回我訊息，我也不用管那麼多！綠島那點小事，用得著找個外人幫妳？還以身相許？」

殷子愷，送我離開這裡，我答應你任何事。

停車場的那句話，確實達到殺傷的效果，只是她卻沒有預期的爽快。

「你不是忙著訂婚嗎？還管得著小姪女以身許誰？」

「麗莎，這是對我的報復？」

聽到他切換爲英語質問，心臟不由抽緊，反問自己：是嗎？和殷子愷演這場鬧劇，下意識就是爲了報復嚴立言的訂婚？若承認，那麼頭腦不清的人就是她，她這輩子從來沒有像現在這樣，做事情不分緣由，也不顧後果。

她抬頭，透過玻璃門看向室內，殷子愷正手舞足蹈的招呼她上桌，那傢伙，知道這只是一場鬧劇？他不過是被利用嗎？

「我要吃飯了。」

「麗莎……」他何時曾用這種懇求的語氣喊她？

「下回再聊吧。」她收了線，也收拾好亂糟糟的心情，打開門，食物的香氣撲鼻而來。

桌上放著四菜一湯，肉粽、醉雞、涼拌竹筍、蒜蓉茄子、排骨湯，每樣看起來都美味到不行，她懷疑的看著他，「這全是你十分鐘內弄出來的？」

他笑得得意極了，「當然！」

她不記得吃過這麼家常的一餐飯，嗯，很久很久以前，跟嚴立言還只是同學時，他偶爾分享王雅貞爲兒子準備的餐盒，那應該是她吃過碩果僅存的幾次家常菜吧。

而這些，口味比記憶中更加美味十倍。

「好吧，好吧，這些是我媽做的，她前兩天來台北，煮了一大堆東西，反正都冰在我冰箱裡，所以我就想順便拿來跟妳分享啦。」

「前兩天？那爲什麼昨天我還是吃便當啊？」她不顧形象的大口吃粽子，天啊，這是什麼人間美味？又軟又Q，內餡微微的醬香，與米粒濃郁的竹葉香搭配得恰到好處。

「我不是前天才下山嗎？出關後直接去上班，沒機會回家啊，昨天晚上回家才看到冰箱滿滿的都是食物。」

他亮出手機裡的照片，證明冰箱裡確實塡滿食物，下一張照片是一張手寫的便條：

一、粽子加熱：外鍋一杯半的水，開關跳起後悶十分鐘。

二、醬汁：白色是美乃滋，竹筍用，黑色是蒜蓉醬油，茄子用。

三、排骨湯：想吃多少再熱多少，不要每次都熱整鍋，傻兒子。

後面還有些桌上沒有的菜色，她挑眉問：「我怎麼沒看到梅干扣肉？苦瓜炒鹹蛋？乾煎虱目魚？」

「我還要考慮十分鐘方便上菜的菜色嘛，妳這裡連微波爐都沒有，我要弄這一桌也很爲難好嗎？」

她喝了口淸爽的排骨湯，忍不住嘆道：「伯母的廚藝真了不起。」

殷子愷從碗裡抬頭，後悔剛剛沒把那句話錄下來，他老媽熬了一輩子，終於也熬到有人稱讚「了不起」了。

「沒這麼誇張吧？這些都是平常人家裡常吃的菜啊。」

「我家不會吃。」

他眨眨眼，「對喔，你們吃的應該是干貝鮑魚松露粽，一顆五百塊那種？」

「不知道是什麼粽，反正沒有這麼好吃。」

「這個是很普通的南部粽啦，就是紅蔥香滷、豬肉、蛋黃和香菇，我從小吃到大，第一次吃到北部粽，那才叫驚爲天人！」

「粽子還有分南部和北部？」

殷子愷邊吃邊念起他的粽子經，跟他說著話，一起在自家餐桌上用餐，嚴立丰突然意識到這樣的日常，不會出現在自己的生命中。

與自己最親近的人是嚴立言，但他不可能在乎粽子的差別，更不可能會將隔夜食物弄成這麼熱鬧。

「好吃的北部粽，下次去市場買幾粒給妳嚐嚐……」她呆愣的神情讓他住口，慌張問：「怎麼了？吃到沙子了？還是我媽的頭髮？」

她搖頭，「有機會幫我跟伯母說謝謝。」

「哎呀，謝什麼？她就是愛煮，有人吃她就開心。」

「殷子愷，你應該知道我在停車場說的話不是真心的。」

「哪句話?」

「當你女朋友那句。」

他霍地站起，「怎麼不是真心?君子一言，駟馬難追!」

「你真的覺得我們合適嗎?」

「哪裡不合適了?妳獨立自主，沒有男人也能活得好好的，妳對我來說是最完美的!」

「你要找的難道是一個不需要你的女人?」

他被問得一愣一愣的，緩緩坐下，一連吃好幾口菜後悶悶說:「不可以嗎?」

「爲什麼?」她揣測:「想談戀愛卻不願意負責?」

「只要我活著，我會爲我的女人負責到底。」

「所以你認爲自己有可能活不久?」

「我……妳是醫生，妳也知道我身體不太好。」

她發現自己在此刻以前，從來沒有以異性的角度看這個男人，而眼前賭著氣的他，看起來是如此……可愛。

「殷子愷，身爲醫生，我可以跟你保證假如沒有意外，你會長命百歲。」這不是假話，他來求診時，她看過他的各項生理指數，而癲癇藥物造成的副作用，都在可控制範圍內，她並沒看見其他異常。

「我們家的男人，都活不過五十歲。」

「你可以把他們的病歷拿給我看看，我保證他們不是因爲遺傳性疾病而死。」

「癲癇不是會遺傳嗎？」

「科學上沒有確定證據，大部分癲癇是腦部外傷造成，而且容我提醒你這個藥廠業務，現代藥物已經可以控制大部分情況下的發作，藥物控制得當，每個患者都可以跟你一樣，正常工作、生活、娶妻、生子。」

他注視著她，就像一隻祈求關愛的小狗，「妳看，這就是我需要妳的原因。」

「因爲我是醫生，可以幫你急救，還是因爲我說的這些一般人上網都能找到的理由？殷子愷，相信自己會英年早逝，這不是生理，而是心理上的病，沒有人這樣跟你說過嗎？」

「有啊，蘿蘿從小到大都這樣說。」

「誰？」

他擺擺手，「我哥們兒，丁蒔蘿。」

「這名字聽起來比較像姊妹。」而且怎麼這麼耳熟？

「妳別誤會，我不只是因爲妳是醫生才喜歡妳的。」

「喔？」她興致高昂起來，反問：「不是因爲家世，也不是因爲我的職業，請問你喜歡我什麼？」

他在她面前想了半天，最後給出一個簡單的答案：「因爲妳特別。」

「我第一次見到妳時其實緊張得半死，但是妳讓我……安心。」

她記得那時在會議室外的走廊見到這個藥廠業務，只覺得心煩，迫不及待要擺脫他，直到注意到他臉上肌肉細微的抽筋，出於人道理由，替他進行治療。

「你不會也把我當成聖母吧？」

他忙搖頭，「不是的，我……哎呀，反正我就是對妳有感覺，理由是什麼有天會知道，現在說不清。」

「殷子愷，有你這麼追求人的嗎？」她瞪著他。

他無畏的回瞪，「嚴立丰，妳不是已經被我追到了嗎？」

僵持三秒，兩人同時笑開，她抹去眼角的笑淚，重新拿起碗筷，雲淡風輕說：「既然不能反悔，我不介意跟你試試看，不過有件事情你得清楚。」

「唔。」他被熱湯嗆了一下，咳了幾聲後才問：「什麼事？」

「我存了利用你的心，不管未來我們關係怎麼變化，我一開始是動機不純的。」

他想了會兒，出乎她意料的笑開，「我就說嘛！沒問題，還好有『動機不純』，不然怎麼可能輪到我？」

他很明顯誤會了，她考慮了下要不要糾正，最後選擇保持沉默，她很早就在與家人的相處中明白，人與人之間不需要說謊，但也無需坦白。

沉鬱的香氣不疾不徐飄入鼻腔，丁蒔蘿趁鈴木老師閉目養神時，用力吸一口氣，老師用的是黑方，她一聞就辨別出來了，沉香特有的辛與乳香的酸甜，麝香的腥和白檀的溫，種種對比卻和諧揉雜，這堂課訓練的是呼吸法，學生必須練習調氣，左鼻入右鼻出，分辨出組香中每個香料在這一炷香裡扮演的位置，像她這麼用力的呼吸，是課堂大忌。

「以香勾勒出居所，一呼一吸之間，就是天地。」鈴木老師發表著他的哲理。

她有時無法體會他話中的意思，有時，卻又覺得再沒有比這更貼切的。

有的香清甜適合春天、有的濃烈適合夏天、有的青澀適合秋天、有的冷冽適合冬天，唯有黑方，四季皆宜，因爲酸甜苦辣皆包含其中。

黑方勾勒出的，就是活著的氣息，無以名狀、五味雜陳的。

上禮拜送出的信，今天收到回覆，簡單的一句：我明白了，等妳回來。

她不免有些緊張，也確實該回去了。

宣布下課後，鈴木老師對她和藹一笑，「今天情緒穩定多了？」

前一堂課因爲受音樂祭緋聞影響，她的情緒起伏很大，被鈴木老師認爲學藝不精，擺了整堂課的臉色，老師用香，精準勾勒出她的情緒啊。

「是啊，之前不認真，對不起老師了。」

鈴木老師取出一個香包交給她，她湊近鼻子聞聞，不是今天上課用的香。

「是落葉，希望妳常保此心。」

落葉香用的是最高級的棋楠香爲主調，講究香氣悠遠綿長。

她點點頭，謝過老師以後，提著香籃走在街上，落葉香與老師的笑，還留在心上，突然肩膀被拍了一下。

「丁老師，怎麼那麼巧？」

是陳瑋和阿宏，陳瑋背著吉他，阿宏則一身花襯衫，頭髮整得有模有樣，可以隨時登台的打扮。

她沒猜錯，這兩人等會確實有表演，附近的一個小酒吧。

「怎麼只有你們？」

「臨時被叫來替班，原本要登台的團出了點事，那地方小，容不下樂團，所以阿瑋只叫我過來支援。」

她瞟一眼大半張臉隱在墨鏡後，不吱一聲的陳瑋，「我以爲你很大牌的，也會登小舞台？」

他今天似乎決定裝酷，聳聳肩不解釋，阿宏替他解釋：「別人的忙不見得叫得動這傢伙，但花花她們的忙，阿瑋非幫不可。」

「怎麼說？」

陳瑋突然說：「老師今天很好奇啊？」

她深吸口氣，在腦中回憶落葉香，溫和反問：「老師關心學生有什麼不對？」

「阿瑋你如果要跟老師抬槓，我就先走一步。」阿宏畢竟是社會人士，處世圓滑許多，「花花是阿瑋的前女友啦，分手的時候差點鬧出人命，阿瑋欠人家的。」

原來如此……她暗暗腹誹：這傢伙是想有所隱瞞才裝酷的，小屁孩！

表面上卻說：「原來如此，情債難償，那你們快去吧，別讓我耽誤你們。」

才往前走沒幾步，阿宏用能夠登台的洪亮聲音叫住她：「老師要不要一起去？」

「不用了，你們去吧。」

陳瑋終於開尊口：「晚上有約會？」

「沒，沒約。」

「那幹麼不來？」

她瞪他一眼，但鏡片中反射的是自己的臉，一點殺傷力都沒有，「我們，還是不要一起出現的好。」

「爲何不？」

「對啊，既然要幫花花，不如幫她把場子弄熱，阿瑋登台已經夠熱，加上老師在台下深情聆聽，媽的，這明天能上娛樂版新聞啊。」阿宏還不如不幫腔。

「我不願意。」

「怕了嗎？」陳瑋不放棄，她看不到他的眼眸，但就是能感受到灼熱視線。

「我……」香包的香氣再次飄來，她突然轉念，是呀，她對陳瑋根本沒有那方面的心思，憑什麼連朋友都做不成？最近他三不五時「轉送」粉絲的甜點，她也吃了人家不少東西，回饋一下演唱會支持又如何？

最重要的是，今天心情不錯，她不想回到冷清的宿舍，啃食枯燥無聊的學生論文。「好吧，我去。」她改變主意，既然躲不過，還不如正面迎擊。

陳瑋今晚登台的酒吧就在學區裡，丁蒔蘿記得出國前殷子愷曾經拉她來聽過幾次不插電演唱，酒吧向來以憤青聚集地聞名，那陣子社會熱門話題是歷史性的首場公投，他們還興沖沖的跟著提了好幾個修改公投題目的建議，現在想起來都只是文字遊戲，但那與社會現實緊密連結的時光，相信能夠改善社會的熱情，也曾經短暫的出現在她的生命中，時隔十年，重回這裡，看著自己的學生——即使她不過年長三歲，仍然有歷盡滄桑之感。

這些感嘆的心情，不由自主的浮現在臉上，從舞台上悄悄觀察她的陳瑋，很難不注意到她周圍自動籠罩的結界，彷彿她不屬於這裡，不屬於任何地方，難道只有那個殷子愷在的時候，她才會踏出結界，走到現實中來？

打亂與阿宏事前討論好的順序，他以幾曲激昂、激烈的歌開場，將場子炒熱，不時查看她是否受熱度影響，跟著搖頭、舞動、揮手，或者……露出在綠島時他看到的那個無所保留的笑容都好。

昏暗的燈光中，她獨自站在角落，鮮少有人注意到她，沒有造成預期的騷動，這主要也歸功於陳瑋和阿宏的舞台魅力，以及現場觀眾的組成，這裡的人不是迷哥迷妹型的，事實上，舞台上表演進行中，台下仍然有人發著傳單，各式各樣的社會議題，從非核家園、多元成家到開放程式原始檔等等，無所不包，丁蒔蘿和發傳單的年輕人聊了幾句，喝了兩瓶啤酒，說不上融入這個環境但也不違和，不能說百分百樂在其中，但也不無聊。

直到一個光頭女孩加入她這桌，以令人困惑的熟稔舉起手裡的啤酒瓶。

「我是花花，妳就是那個Aneth吧？」

綠島以後，她真正體會粉絲的無所不能，現在Aneth這個冷門法語單字，恐怕比Bonjour更讓人朗朗上口。

丁蒔蘿注意到她舌頭上的金屬舌環，有個性到讓人眩目，有個性到教人無法介意她的直白，丁蒔蘿舉起啤酒回應她的碰杯。

「認識阿瑋這麼久，差點為他生孩子，我頂多讓他在我喉嚨發炎時代班，還沒能耐讓他為我唱情歌呢。」

「生孩子？」

花花聳聳肩，「流掉了。」

只要陳瑋在台上，似乎就會有人自動來跟台下的她揭露他不為人知的歷史。

「我沒讓阿瑋知道，自己處理掉了。」

「喔。」

她想起剛才阿宏說的「差點鬧出人命」，他真的不知道？

「然後我們就分啦。」

「他不滿妳的自作主張？」

花花瞪著她半晌，繼而笑開，「看來妳不太了解陳瑋這個人吶，他沒有那麼在乎人，更何況是還沒成型的人。」

「他看起來不像自私的人。」

「沒錯，他不自私，只是不在乎。」花花轉頭看著台上撥著弦的吉他手，「他只在乎他的琴。妳知道他在綠島的表演嚇到我的部分是什麼嗎？」

她搖頭。

「陳瑋拉琴了，當眾的。」

那首海岸線的開場……

「他應該想要報復吧，所以才那樣做，但後來又後悔了，所以才唱了那首歌，讓大家忘記他的琴，忘記他其實是誰。」

天生不凡。她想起開哥對陳瑋的評語。

「他要報復誰？」

花花拉開嘴角：「Who knows?那傢伙內心有很大的憤怒，是那種把世界毀滅也不在乎的憤怒，但他藏得很好，誰也不說，也不發洩，你看他可以唱〈台北公社〉，也可以唱〈Aneth〉，這些都是偽裝，所以我才墮胎的。」她定定的看著丁蒔蘿，「我不想懷這個人的孩子，不想跟他一起毀滅。」

雖然語焉不詳，但丁蒔蘿知道花花說中了事實，她曾經愛過陳瑋，或許現在還愛著，但卻被陳瑋的偽裝嚇退了，那或許不是憤怒，而是厭世，一種她從小到大，熟悉極了的厭世。

在消極厭世的母親面前，她學會冷淡以對，學會不將家裡的威脅當一回事，學會所有的委屈與憤恨，其實都是僞裝，懦弱的僞裝。

她看向舞台，視線恰好與陳瑋交會，那一瞬間，她彷彿看見急欲逃離原生家庭的自己。

大學的最後一個學期，某天接到電話，電話中那個聲音自稱是她的父親，她卻覺得陌生極了。

那天本來跟殷子愷約好，要陪他去市區一間湘菜館試謝師宴的菜，不得不失約，那傢伙在電話裡大表不滿：「怎麼可以臨時取消？我訂了兩個人的位子耶！那種合菜，我一個人怎麼去吃？」他繼續叨念著身爲學會副會長，謝師宴這麼大的事情，他責任重大，非去試菜不可，餐廳很難訂，好不容易搶到位子……

「我爸找我。」

「蛤？」

「我爸，來台北找我。」

他們兩人生命中似乎就從來沒有「父親」的存在，殷子愷不由當機，吞吞吐吐問：「丁叔叔……不是在大陸嗎？」

「我也以爲。」

「怎麼會……來找妳？」

他問了個她無法回答的問題。

「請他一起去試菜好了！」

假如爲一個不相關的學校某系所去試她一點都不在乎的謝師宴菜餚，不夠無厘頭的話，拉上她五年不見，形同陌路的父親，一起去幫殷子愷試菜，就絕對無厘頭到極點。

但不管怎樣，當父親一踏入餐廳，她卻立刻就認出他來，即使胖了許多，頭髮也稀疏不少。

「蘿蘿，我的蘿蘿變漂亮了。」

聽到他親暱的慈父語氣，她一股反胃，倒是殷子愷很自然的接口：「丁叔叔，我是凱子，蘿蘿國中同學。」

「國中同學，你也是東明的喔？」

「對啊，我們都是甲班的。」

「那你是我學弟了，我也是東明畢業的喔。」

「啊啊，學長好！」殷子愷狗腿的喊，彷彿面對的這個成人真的是他學長，還不忘推推悶不吭聲的同伴，「蘿，妳害羞啊？自己的爸爸害羞什麼？」

她狠狠的瞪那傢伙一眼，父親朗聲笑了出來，「我們家蘿蘿才不會害羞呢，我記得小時候帶她出去，爲了糖葫蘆上少一顆李子，她還跟人家攤販理論，逼得人家退錢給她，小小年紀就有大將之風，我都喊她我們家的小律師呢。」

「對吧？我也覺得蘿蘿應該念法律系才對，念什麼歷史嘛！」

她很想問父親談這些「往日回憶」究竟是爲了什麼？但在殷子愷的舌粲蓮花下，氣氛竟很輕鬆，三人點了菜，有模有樣的試起菜來，「我們系上的老師跟丁叔叔年紀差不多，叔叔您幫我試試菜，看合不合口味。」

「好好，你這麼有心，應該很有老師緣，成績一定不錯，畢業後有沒有想深造?還是要考藥劑師執照?」

「當然要考照啊，我打算先工作一陣子再看看有沒有必要深造。」

「有志氣，很好。」

「蘿蘿妳都不講話，光顧吃菜，標準的惦惦吃三碗公!」

她聽到父親大笑，親暱的摸摸她的頭，「蘿蘿儘管吃，還要點什麼，爸爸請客。」

「你到底怎麼回事?」她突然爆發，甩開父親的手，氣氛陷入尷尬。

最後他們終於聽到完整的故事——去年父親大陸的工廠得罪當地書記官，生意做不下去，躲到北方一陣子，到處套關係找機會起死回生，兩個月後回工廠，發現機器被搬光了，住家被賣掉，老婆與寶貝兒子也不知下落，找到以前的廠長，對方什麼都不肯透露，只叫他快逃，再不走可能不只失去這些，他嚇得連夜回國。

這幾十年在大陸，他並非不照顧這邊的家庭，每個月匯錢回來孝敬父母，照顧妻女，丁蒔蘿高一時祖父母雙雙過世，從此媽媽就不願意讓父親進家門，當這世上不存在這個人，兩個姊姊站在母親那邊，三人同仇敵愾，既不讓父親回去也不願意在外頭見他，於是小女兒蘿蘿變成唯一突破口。

「我是這樣想的，妳不是要畢業了嗎?在找到工作前，應該會待在老家陪陪妳媽媽吧?爸爸就跟妳一起回去，妳幫爸爸說說話，雖然我這些年來沒善盡一個當父親的責任，但至少沒讓妳們餓到，妳看妳念的私立大學，也是爸爸在大陸辛辛苦苦賺的錢供妳讀的，是不是？」

聽著父親的話，她一時不知道要替母親感到委屈，還是替這個自以爲是卻落得如此落魄的男人感到難過，當年毅然決然放棄家庭，守著那邊的老婆兒子，現在卻回頭求在家裡最沒有分量的么女。

總之她難受極了，放下筷子，她抓起包包跑了出去，不知道跑了多久，終於沒有力氣，停下腳步，卻發現身後的腳步聲也跟著停下來。

「蘿蘿……」

是殷子愷，一路跟著她，陪她跑過十幾個街口，比她還要氣喘吁吁，卻始終在身後。

「你跟著我幹麼？」

「我怕妳想不開。」

「想不開？我在你眼裡就那麼愚蠢？爲了那個爛人？」

「蘿……他不是爛人，他是妳爸。」

「他不配！」她冷哼：「有這種爸爸嗎？拋家棄子，重男輕女，寡廉鮮恥！」

他鬆了口氣，「還能說這一串成語，那就沒什麼好擔心的了。」

「殷子愷！」

「有！」

她瞪著嬉皮笑臉的他，恨不得在他臉上燒出一個洞，但又有什麼用呢？這個人永遠這樣不正經，事實上，只有他知道自己需要什麼。

「我該怎麼辦？」

他想了一下，建議：「幫他回家。」

「憑什麼？」

「這樣妳以後才不會後悔啊。」他像跟小孩子講解：「蘿，妳的人生很長呢，妳想想，等到了七十歲，妳是會比較後悔原諒曾經養了十年小三的爸爸，還是後悔把他推開，害他走上絕路，從此沒有爸爸？」

她安靜的聽他繼續說：「不管怎麼樣，妳還有爸爸，我都已經不記得我爸的長相。」

她記得那是她第一次在他面前哭得那麼慘，無法自抑、毫不掩藏的，替媽媽、替自己、替爸爸，也替殷子愷感到難過。

陳瑋留下阿宏收拾舞台，往角落的桌子走去，那裡只有花花獨坐，看到他失望的眼神，花花撇撇嘴：「丁蒔蘿先走嘍，要我跟你說一聲。」

他沒說什麼，拿起桌上沒喝完的啤酒，大灌入喉。

「阿瑋，你是爲她拉的琴嗎？」

「妳亂說什麼？」

花花奪過他手中的酒瓶，執意問：「你那把藏在衣櫃裡的琴，是爲了她拿出來的吧？」

「是又怎麼樣？不是又怎麼樣？」

「是的話，我替你開心。我希望你做回你自己，假如我沒有那個能力讓你接受你自己本來的模樣，我希望這個世界上有另一個人可以。」她看著他的眼睛，「可惜，那個人不會是她，丁蒔蘿的眼裡沒有你。」

離開酒吧的丁蒔蘿不清楚此刻衝動從何而來，走到熟悉的巷子，經過打烊收攤的匡哥攤位，站在斑駁的老公寓門前，往上看，二樓的燈亮著，裡頭隱約透出電視的光線，只要掏出包包裡的鑰匙，走進去，就能打開禁錮自己多年的那扇門，放自己自由。

記憶裡那個夜晚，他不只不勸她別哭，反而哭得比她還慘，一把鼻涕一把眼淚，全然不顧形象，看到他那樣，她反而止住淚水，爲彼此擦去眼淚，相互取笑。

「你是哭自己還是替我哭。」

「都有啊。」他止不著抽噎，「我們兩個一樣慘，不，我比妳慘。」

「你慘什麼慘？你爸又沒養小三，也沒破產。」

「我沒有爸爸啊，要是我有個爸爸養小三，我會替他加油！反正我媽沒有男人也活得好好的。」

「你白痴喔？」

「我是白痴啊，而且我好希望就這樣白痴一輩子，等到妳七十歲，再來跟妳說：『妳看我說得對吧？要怎麼感謝我？』」

「白痴……」

「蘿……」他莫名其妙又哭了起來，「我真到好希望能被妳罵到七十歲，可是我可能活不到那個時候，這才是最慘的。」

記憶在這裡戛然而止，她不常回想那晚的事，彷彿那珍貴的一刻被小心翼翼藏在內心某個角落，藏著藏著，忘了藏到哪裡去，再也找不到。

今晚的陳瑋，讓她找回這段回憶，找回那晚的悸動，雖然，只有一晚，因爲那白痴當時有個系花女友，在那之後，還有無數個，她幫他「分手」的女人們……

樓上的燈突然熄滅，她聽到關門聲，下樓腳步聲，就在大門即將打開那一刻，她隱身在隔壁的門內，看著熟悉的背影，邊講電話邊往巷口走去，離自己越來越遠。

「送宵夜這種事情，當然要我這個『男朋友』效勞啊，瞎米？清粥小菜？妳這個大小姐也未免太好養了吧？」

笑聲迴盪在暗沉的巷弄，敲打在心上，暗夜中的她頹然閉上雙眼，聽見心裡頭那扇門，黯然關上。

走出樓層專屬電梯，門後傳出客廳裡的談笑聲，嚴立言深吸口氣，壓下逃離的衝動，暗自笑自己也有怯戰的時刻，這可不能讓那票年紀資歷都比自己長的手下們知道。

他打開通往客廳的門，戴上笑容，改成母親較爲熟悉的英語：「媽，妳和伊蓮娜怎麼逛到我這裡來了？」

嚴家三夫人，年齡還不到六十歲的王雅貞，是媒體最愛追逐的名流之一，嚴金水好面子，外出身邊總跟著號稱無死角美貌的三太太，不管嚴苛霸氣的嚴金水怎麼不領媒體的情，嚴三太總是能安撫眾人，落落大方、面面俱到，她的出身對媒體來說是個謎，既不是明星或主播出身，也不是商場女強人，十五年前突然出現在大眾視線裡，卻沒有人挖得到她的過去。

「還說呢，伊蓮娜是爲了誰來台灣的？結果卻是你老媽在陪人家？」王雅貞的英語帶著些微的紐約腔，即使她刻意模仿英式英語的腔調，對自己的兒子，還是會洩漏最真實的口音。

嚴立言上前給兩位女士紳士吻頰，在母親虎視眈眈下，刻意在伊蓮娜的臉上多停留幾秒。

「立言，我明天要回紐約了。」

「是嗎？我還以爲妳喜歡亞洲，想要待一陣子。」

伊蓮娜露出鎂光燈時常捕捉到的甜美笑容，「我是喜歡亞洲，新加坡和香港的公司都在籌備中呢，只是下禮拜紐約有幾場重要拍賣，我不能錯過，不過只要你不反對，我還會回來的，到時候還想請你幫我在台北找房子，像你幫麗莎……」

當著母親的面，他趕緊轉移話題：「紐約拍賣這季有什麼好作品？怎麼都沒聽妳說？」

伊蓮娜若有所思的看著他，最後決定順著他說：「好多件吶，說是近十年來最精彩的拍賣都不爲過，要不，你跟我回去一禮拜？」

「我也很想，可是我最近忙到連自己家都很少回，怎麼可能跟妳回去？」

王雅貞順勢插入話題：「看得出來！我還以爲走錯地方了，家裡一點人味都沒有，你喲，都怎麼過日子的？」

他鬆口氣，從酒櫃裡拿出一瓶香檳，姿態優雅的開瓶、倒酒，三人坐在客廳裡，營造難得的「家庭時光」。

「伊蓮娜回紐約，家裡長輩一定會關心你們的未來，今天過來就是想問你是怎麼打算？」王雅貞決心不給他機會逃避，開門見山。

伊蓮娜不是嬌羞的閨秀，她直直的看著「未婚夫」，坦率道：「立言，我不是非你不可，但我喜歡你，我們目前感情不深，但我不介意婚後培養。」

霍夫曼是嚴家在東岸最重要的合作夥伴，而這層合作關係還歸功於王雅貞，她曾經是老霍夫曼先生祕書室裡的一員，在嚴金水最初到美國擴展事業時，負責接待他，至於老霍夫曼是爲了嚴金水才招聘一位亞洲女子，或只是湊巧，隨著老霍夫曼的過世，這已經不可考了，總之後來王雅貞跟了嚴金水，而霍夫曼與嚴家的關係也越來越緊密。

嚴立言與伊蓮娜，可以說從小一起長大，但從來不親密，不像他與立丰，然而時間的關係，讓他們至少熟稔的不需要客套。

「立言，有你這樣的紳士嗎？讓女人來追求你？」王雅貞輕斥兒子：「都要三十歲的人了，感情一片空白，我都跟伊蓮娜說了，你那些兄弟們，哪個不是學你爸爸三妻四妾的，就你老是孤家寡人，從來沒帶女孩子回家過，再這樣下去，我都要懷疑你的性向問題了。」

「假如我真的不喜歡女人呢？」他刻意道。

「那也好，我省得煩心，」她朝屬意的媳婦笑笑，「雖然辜負了伊蓮娜，但至少我落得輕鬆。」

「你是Gay我也可以接受。」伊蓮娜似真似假的說：「我反正想嫁給你，有你當老公，我體面一些。」

「體面？」他比比自己，「我有什麼好？上次在家裡妳也看到了，等著分繼承權的人塞滿那個大廳，我可沒能力讓妳養遊艇，私人噴射機。」

「我自己就可以養遊艇和噴射機。」伊蓮娜驕傲的說：「你儀表堂堂，有能力，最重要的是，我爸欣賞你。」

嚴立言眼前浮現伊蓮娜的父親，老霍夫曼的大兒子諾登，掌管家族的地產開發與媒體事業，小時候他還以為是母親的情人，真實關係他從沒識破，這些年來諾登結了八次婚，離了七次，伊蓮娜是第六任老婆的小孩，他一直知道諾登對自己的賞識，商學院畢業後就是透過王雅貞的安排擔任諾登的特助，那時幫忙處理幾個南美土地開發的棘手案子，諾登手下的人沒有一個敢進入那些政治黑道勢力盤結的國家談判，他去了，也搞定了，諾登對他唯一的不滿就是他姓霍夫曼。

諾登自然不開心嚴金水先下手把他一手培養出來的大將搶走，先是王雅貞，再來是他，嚴立言。

當年的事他一直沒能夠弄清楚，誰知道呢？搞不好諾登也參與了締造這場肥皂劇的編寫，畢竟他很清楚，諾登的野心，遠高於霍夫曼家的每一個人。

伊蓮娜突然死心踏地非他不嫁，或許也是爲了她父親的野心，甘願做爲一枚棋子，跟喜歡與否一點關係都沒有，至於他自己，若沒有立丰，他大概也不會介意作爲富裕了百年的特權世家的棋子。

立丰最近的逃避與挑釁，雖然弄得他心煩意亂，卻也讓他隱隱有所期盼，她對這件事反彈這麼大，是不是意味他可以改變一下計畫，加快腳步……

打定主意，他輕鬆道：「隨便吧，妳既然非我不嫁，反正在你們霍夫曼家，結婚不過就是辦場花園派對，我很感謝妳把第一次留給我？」

「立言！」王雅貞怒斥。

伊蓮娜倒是不介意的笑笑，「你也不委屈吧？想想娶個霍夫曼可以幫你在嚴家爭取到的地位？而且我相信以你的能力，我爸那邊也肯定會重用你，這樣想起來，我恐怕還是解放你的鑰匙呢，你這樣的人，又何必陷在這個小地方，只是管一間小醫院，實在是太浪費你的才華了。」

諷刺的是，他願意付出一切，從另一個人那裡聽到這些話，對自己價值的肯定。

得到她們想要的東西後，這場深夜會談只剩下瑣碎的客套，出於利益最優化考量，他妥協了自己的人生。

送走伊蓮娜後，他母親留了下來。

「立言，你這麼對伊蓮娜，實在太不應該了，上哪裡去找這樣好的對象？不論身世、外貌、性格，都挑不出毛病。」

他收走香檳杯，給自己換上干邑，默默聆聽母親數落。

他們曾經很親近，在美國只有他們母子相依爲命時，母親對自己的過去並不多說，但隨著年齡成長，他可以猜測她來自普通的移民家庭，憑藉她的聰明，爲自己爭取到良好教育，物質生活上卻一直是匱乏的，她唯一傾訴過的是爲了生下他，與原生家庭斷絕關聯，他們的生活在她開始爲霍夫曼工作後才改善，但這一段也是她說得最含糊的，他只知道，出於某種原因她希望離開霍夫曼，而嚴金水提供她這個機會，再後來，嚴金水就成了自己的父親，他們在明面上沒有真正做過親子鑑定，嚴金水是鎂光燈下的人物，三房太太進門、兒子認祖歸宗，儀式做得面面俱到，這已經足夠了。

「媽，您就別操心了，我不是一向把所有事情辦得好好的？」

王雅貞看著即使在自己面前都戴著面具的兒子，挫敗的說：「除了感情。」

「您是說愛或喜歡這類的事情嗎？」他冷冷譏諷。

「立言，我知道你心裡怎麼想的，但是不可以。」她嚴厲的警告：「你要怪我也好，但那是絕不可能的。」

他們對峙著。

母親知道？從什麼時候開始？

「我不是個迂腐的人，我自己的感情也不是循規蹈矩的，但你和她，想都別想。」

他放下手裡的酒杯，感覺到心臟怦怦跳，埋得這麼深的祕密，世界上竟然有另一個人知道，而且是造成這個局面的始作俑者。

「你是我兒子，我知道你的格局比嚴家任何一個人都大，你爸也很清楚，所以你不想爭，我不會勉強你。但是我求你，不要看低自己，你留在台灣，守著……」她頓住，沉聲道：「沒有任何意義。」

「意義？」他疑惑道：「妳不是希望我可以感覺到愛或喜歡嗎？這有意義可言嗎？」

「你怎麼這麼分不清楚事情輕重？我是這樣教育你的？太傷我的心了。」

「傷妳的心，那麼我的呢？」他知道自己已經微醺，但內心急於發洩，而眼前這個人是最了解自己的人。

「媽，從妳把我帶回台灣的那年開始，就傷了我的心，妳以爲我不想放手去愛、去感受？是妳不給我這個機會。」

「什麼機會？你們什麼關係？我能給你什麼機會？」

他拉起母親的手，看入她美麗卻神祕的雙眸，祈求道：「跟我一起離開嚴家吧，媽，我們不需要留在這裡……」

她的眼裡浮上水霧，「立言，我的兒子，你不知道我經歷過什麼，我不希望你……」

「不會的，有我在，沒有人能傷害妳，妳不會再回去過以前的日子了。」

她搖頭，含著淚光，「一直以來，嚴金水幫了我許多，現在他需要我，我……不可能放下。」她抱住他，只能道歉，「對不起，是我對不起你，我以爲自己能給你最好的。」

他不記得自己曾像個孩子，在母親懷抱裡哭泣過，即使是此時，五臟六腑都被啃噬、劇痛，他也哭不出來，人生這場荒謬劇，是一點一滴構成，不是刻意爲之，但它就是無法挽回，即使沒有人有錯，但最後結局就是錯得離譜。

第八章　打了腎上腺素的勇氣

丁蒔蘿再次見到麗莎，是在茶書屋南老師的茶席上，音樂祭上轟動一時的人，她怎麼可能不認得？但麗莎似乎並沒注意到她。

「今天特別請學姊協助這堂課，示範茶人與助手如何相互配合，正式的茶席是兩人一組，一個司茶，一個司水，茶人端坐在茶席上，如如不動，司水走動遞水，了了分明，兩者之間相輔其成，一場茶席才會行雲流水，心曠神怡。」

她邊協助南老師，擔任司水的工作，邊悄悄瞄了眼緊皺眉頭的麗莎，想起麗莎的中文有些微的ABC腔調，可能是很小就出國了，南老師文雅古典的說話習慣，對她來說應該有理解上的難度，難怪她一直緊張茶席流程，沒注意到自己。

綠島回來以後，她遇上的麻煩應該比自己多更多吧？

下課後，麗莎慢吞吞的收拾茶道具，貌似想等所有人都走了才去問南老師問題，丁蒔蘿暗暗一笑，與綠島那個嬉皮模樣的女人相比，這個緊張靦腆的麗莎真是有趣，她上前打招呼。

「嗨，麗莎。」

嚴立丰愣了下，沒認出穿著茶人服的丁蒔蘿，「喔，嗨，學姊。」

她伸出手，「丁蒔蘿，我們在綠島見過的。」

嚴立丰的臉瞬間點亮，「對！我想起來了！我們還約了晚上，妳要帶朋友過來，可惜碰上一點意外，我先走了。」

一點意外？丁蒔蘿不由一哂，順著她的話：「是啊，不過有緣自會相見。」

「有緣……哎呀，我的中文程度真的有問題，南老師說的我有一半不懂。」

「其實動作懂就好了，初級班晉級考試只要擺簡易茶席，不難的。」

她抓抓頭，神情俏皮，「晉級……我都不知道能不能上到那時候呢，工作越來越多，上禮拜和上上禮拜我都來不了。」

「工作？妳真的是醫生？」

她愣住，思考後說：「假的。」

「假的？」

繼而又俏皮一笑，「真的啦。」

「到底是真是假？」

「哎，就看妳有多八卦了，綠島的事情妳應該也知道，我煩都煩死了，這禮拜才比較平息一點。」

「我能體會，真的。」丁蒔蘿真摯的說：「我沒時間去八卦妳，因為我也惹了不少麻煩。」

「真的？」

麗莎服貼的短髮襯得小臉玲瓏剔透，尤其是明亮的雙眸，純真而聰慧，看得出來自很好的家庭，從小被保護得很周全，丁蒔蘿莫名有點羨慕，從來沒有過失望與遺憾的人生，大概就是麗莎這樣的。

「真的，妳是哪一科的醫生啊？我朋友也是醫學系的，不過他學的是藥理。」

「婦產科。」她解釋：「本來是學急救，想去當無國界醫生，不過家裡不給去，被強迫改科。」

看來她的猜測沒錯，哪個家庭捨得讓辛苦栽培的孩子，還是個女孩，到第三世界吃苦冒險？

「妳看起來不是會妥協的人吶。」

她聳聳肩，「沒辦法，我媽很辛苦啊，當時覺得還是乖一點，聽她的話，或許她會活久一點，結果還是無法如願。」

丁蒔蘿發現自己猜錯了，這個人也是經歷過失去的。

聊得愉快，她們移到茶書房對外開放的茶空間繼續聊，週日午後的陽光慵懶的射入這個極簡的原木空間，丁蒔蘿發現自己很享受聽麗莎聊自己，享受她的陪伴。

「綠島回來以後，我遇到一個奇葩，現在正試著交往，不過他這週末要支援公司活動，所以我才有空來上課。」

「怎麼說對方是奇葩呢？」

麗莎抿嘴一笑，「無可救藥的樂觀，偏偏又一天到晚把死掛在嘴上，怕活不到明天。」

「我也有類似的朋友，我發現這才是真正的樂觀，所謂的『活在當下』。」

她偏頭想了下，彈指道：「對，這說明太好了，活在當下，他就是這樣的人。我自己的家庭，嗯，有點複雜，很難找對象，但他……哎，老是講他有點奇怪，反正就是個好玩的人，我也沒太認真，回台灣以後生活實在太苦悶，難得遇上一個有趣的對象，湊在一起打發時間。」

這女人……倒滿適合殷子愷那個自命風流的凱子，可以確定的是她絕不會爲了愛而尋死覓活，丁蒔蘿心想，若是麗莎，那麼她這個「前女友」應該就沒有粉墨登場的機會了。

突然間，有句話越過腦海：「我現在有專屬醫生隨行」……那傢伙最近彷彿人間蒸發，最可能的原因是又交了新的女友了，難道……

「妳在哪間醫院工作？我們系上女老師多，以後有需要可以去找妳。」

即使聊了這麼多，麗莎對自己的隱私似乎還是頗有保留，猶豫了會，最後決定坦誠相告：「麗丰醫院。」她從皮夾裡拿出一張名片，遞給丁蒔蘿，「我在台北沒有朋友，只有家人，妳是我第一個女性朋友。」

麗丰醫院婦產科主任：嚴立丰。

丁蒔蘿愣住，在匡哥燒烤攤聽到的資訊鮮明的回到腦中，那麼她是……

嚴大小姐微微嘆口氣，「我知道，這看起來很怪，對不對？麗丰，立丰，這不是巧合，所以說我的家庭有點複雜。」

複雜？這女人是謙虛，還是虛僞？丁蒔蘿忍不住懷疑自己看人的能力。

「這件事情我沒跟人說過，真的是第一次。」她深吸口氣，娓娓道來：「我還沒出生以前，我爸爸身體不太好，當年台灣醫療環境還沒有現在這麼好，因爲是唯一的孩子，必須幫忙打理家族事業，不能出國就醫，所以家裡爲他聘僱國外一流的醫療團隊與設備，爲了有名目找這些資源就開了所醫院，本來要用我爸爸的名字，但醫院還沒成立，我媽媽懷孕了，我爸一開心，健康情況竟有所改善，我爺爺是個很傳統的人，弄個醫院竟然有這麼好的結果，嚴家也終於有傳人，所以我生下來以後，就以那所醫院命名了。」

看樣子匡哥的消息不太準確，但也歪打正著，一個家族的大家長給孫女取這個名字，這醫院未來不傳給她也很奇怪，但她真正介意的倒不是這些八卦。

「難怪妳說自己不容易找對象。」

「是啊，我這個『交往』的對象，本來是常來我們醫院的藥廠業務，我原本挺煩醫院這種文化的，藥廠業務也是專業人士，但偏偏個個都像哈巴狗一樣，纏著醫生不放，他一開始就是那樣，妳相信嗎?他還來掛我的門診，婦產科耶，臉皮實在厚得可以……」

丁蒔蘿想像那畫面，確實是那傢伙做得出來的事情，心情複雜。

「他老說自己是病人，我看了病歷，不過是癲癇症，卻整天覺得自己活不久，太可笑了，但一個人啊，真的這麼相信久了，行爲模式與價值觀都會變成那樣。」

「所以妳也覺得他的病沒什麼?」丁蒔蘿問得有點急切。

嚴立丰彷彿突然披上白袍，以醫生口吻跟她解釋：「癲癇症主要是中樞神經的疾病，癲癇致死的案例，大多是因爲發作時發生的撞擊或呼吸道堵塞，所以只要發作時注意周遭環境，通常不會致命，這幾年醫藥發展進步許多，每年都有新藥聲稱可以完全控制癲癇，我大學同學有好幾個也有癲癇，卻從來沒發作過，還能行醫救人。」

「那他……爲什麼對自己的病情那麼悲觀？」

「我覺得那是他生存的方式。」

「生存的方式？」

「因爲面對死亡，所以才能活得自由自在啊。」嚴立丰露出溫柔的笑，「那傢伙啊，內心可能對自己不太有信心，透過不斷告訴自己：怕什麼？搞不好快死了，現在不做以後沒機會了。這樣的想法會產生……打了腎上腺素的勇氣之類的。」

「打了腎上腺素的勇氣，這還真的是很『醫生』的比喻。」

「哈哈，我可沒有南老師的文學修養，但這類比喻倒是很容易。」

「有機會，我也該替自己的勇氣打打腎上腺素。」

「哈，每次我覺得要好好跟他說清楚，我們只是玩玩，不要太認真，但看著他，又會覺得爲什麼不給他機會呢？有他在，我也勇氣倍增，真是奇妙。」

殷子愷，從小到大就是她的腎上腺素，只是他從來不自覺而已。

「搞不好他也只是玩玩。」

「那更好啊，感情這種東西，認真就輸了。」她不以爲意。

這兩個人，或許真是……絕配。

藥廠巴結醫生有許多方式，最常用也最名正言順的，就是贊助研討會、講座或分享會……這時候由藥廠準備豪華便當是基本款，大牌一點的醫生會要求藥廠贊助場租、手冊、紀念品、抽獎獎品或晚會香檳，越大的藥廠被凹得越厲害。

以前，殷子愷一點都不介意週末加班幫忙當座談招待，但這場「未來銀髮族健康園區」論壇，卻讓他如坐針氈，因爲今天最重要的一場，是剛宣布在兩岸三地投資一百億建造高科技智能銀髮族園區的麗丰醫療集團董事長，嚴立言。

本著討長輩歡心的心情，他在接待區無比熱情的迎接嚴董，卻收到冰冷如刀刃的眼神，這人哪像嚴立丰的叔叔？看起來比自己還要年輕，還要健康，也還要……帥！

「你是惠飛藥廠的殷子愷？」嚴董冰冷的質問。

「是……是我本人。」

「哼。」

縱然是八面玲瓏的殷子愷，也難以理解嚴立言的態度。

上禮拜他突然被調離麗丰醫院，原因是上頭不喜歡他太殷勤伺候婦產科主任，自古以來，propa只有因爲不夠殷勤被扣獎金，沒聽說太過殷勤也有事，麗丰突然以存量過剩爲由，取消所有惠飛的訂單，生路都快被斬斷了，唐佳珊當然要使盡渾身解數了解原因，採購室防她防得跟鬼一樣，最後以一餐高級法國餐，從藥局主任嘴裡套出來的原因——殷子愷。

殷子愷大感愧疚，真是大意失荊州，平常跟八面玲瓏的佳珊姊上下打點，以爲最高領導就是院長那個書呆子，沒想到背後還有一隻大魔王沒打點到！他記得匡哥說這位嚴董是三房的兒子，本來想趁大房不注意吞掉醫院，沒想到立丰竟然回國，雖然只是小小的婦產科主任，但畢竟是繼承之路上的一根刺，他當然不願意看到「姪女」被伺候得那麼好，因此而遷怒於殷子愷……的公司。

難道真的是不小心誤踩豪門地雷？這下可難辦了，對付長輩他有一套，但對付心懷不軌，又這麼年輕俊美的長輩，他的經驗值是零。

一起擔任接待的同事小馬推推他，手裡還拿著嚴立言助理放的名片，「他就是嚴立言啊？你在醫院得罪人家了？我看他的眼神充滿不屑啊。」

「我還充滿木屑咧，你想太多了！我們在醫院哪有機會見到這尊神。」

「那這是——」話還沒說完，嚴董的助理折回來。

「你好，我姓鍾，嚴董特助。」他略過小馬，直接對殷子愷說話。

「你好，鍾先生。」

「下一場講座嚴董要上場，他是華僑，中文不太流利，現場應該有安排同步口譯吧？」

「同步口譯？」殷子愷愣住，這哪招？「沒有啊，主辦的張醫師沒跟我們提這個需求。」

「這場講座的唯一贊助商不是你們惠飛藥廠嗎？」

「是啊。」

「你們是美商公司，安排一位英文口譯應該不是難事。」

「現在?臨時?」他猛搖頭，「這很難，請理解。」

鍾助理的眼裡流露真正的遺憾，口氣卻十分清淡：「那就麻煩了，沒有口譯的講座，嚴董是不會上台的，他要求精準，所以要用他的母語發表。」

殷子愷十分確定，在網路上可以找到一打嚴董用流利中文致詞的影片，這是刁難，擺明的刁難，而且衝著他來的。

「那……怎麼辦?」

助理聳聳肩，「我建議你把座談場次調一下，讓嚴董最後講話，這麼一來你就還有……」看一眼手錶，「兩個小時可以找到口譯。」

「兩、兩個小時?」

「是的，不用擔心讓嚴董等候，他後面沒有其他行程。」

這些神，是看不到在地面生活的人嗎?

他第一個想到的是也在現場的麗丰醫院婦產科主治醫生小甜甜，在美國念博士後，對他的甜言蜜語最招架不住，因此得名，她十分罩他，能幫董事長翻譯，這種露臉又有光的差事，她應該沒問題。

「那個……我們董事長是東岸長大的，我是去加州念的書，聽不懂他的口音啦。」小甜甜迴避著他懇求的眼神，搪塞理由。

問了幾個麗丰的，都是一樣的爛理由，其他醫院他沒那麼熟，只好開始找外援，假日公司沒人上班，佳珊姊忙著約會不接電話，他考慮找嚴立丰來幫忙，但又怕仇人見面分外眼紅，況且她堂堂婦產科主任，上台當口譯也有點不三不四，情急之下，只好送出一連4444的訊息。

不到一秒，電話響起。

「你不是才開始新戀情？這次也死得太快了！」丁蒔蘿的聲音不管在何時，聽起來都是清清冷冷，事不關己。

「不是啦，我需要妳來幫忙！」

「我剛上完茶道課，還沒吃午飯呢。」

「這裡有便當！我給妳發個位置，妳趕快過來，快點。」

他的想法是，既然法語可以，英語應該也不會差到哪去，應該吧……

剛跟麗莎……嚴立丰聊過，還來不及感嘆世界實在小的不可思議，就見到「事主」殷子愷，丁蒔蘿一時還真不知從何跟他解釋起，反正那凱子也沒時間跟她閒聊，一見到她出現在入口，臉亮得像一萬瓦的燈泡，飛奔前來。

「蘿！我就知道妳最上道了！」他拉著她解釋來龍去脈，手指向一旁的休息室，「大魔王就在那裡面，妳快去打招呼。」

「我英語沒好到可以當口譯，更別說你們這種醫事用語！」

他不管三七二十一，推著好友，「這時候妳就別謙虛了，快用妳的法語腔迷倒大魔王。」

「殷子愷！你在開玩笑吧？我這樣也能上場打怪？」

「行行行，我說妳行就一定行。」

她頓時無言，從小到大，他都是這樣推著她上場，天知道這傢伙從哪生出連她自己都沒有的信心。

她躲開殷子愷亂無章法的推拉，深吸口氣，冷靜說：「翻譯我不行，但我可以去跟他聊聊，可以嗎？」

「隨便隨便，跟他說妳是大學老師。」

「這有什麼關係？」

「大家都會尊敬老師啊。」

她忍俊不禁，走向休息室敲門，裡頭探出一張年輕乾淨的臉龐，不像是大魔王。

「是翻譯嗎？」

「不是，我是……」話還沒說完，就被對方拉進休息室。

「董事長，惠飛藥廠的翻譯到了。」

沙發上一個高瘦冷峻的男人，注意力從膝上的電腦抬頭，銳利的視線透過細緻金框眼鏡射過來，「還真找到了？」

原來這就是大魔王，除了嚴肅一點，她並不覺得這個看起來比自己還年輕的男人有什麼可怕，她站在他面前，居高臨下道：「我不是翻譯，英語也不算好。」

剛剛迎接她的年輕男子在一旁打了冷顫，剛想出言制止，大魔王卻挑挑眉問：「喔？那麼妳來這裡有事？」

「我是來提供幫助的，如果您需要翻譯，可以事先溝通一下簡報內容，等會到台上，我盡量幫忙解釋重點，不過……我看您的中文程度，應該也不需要幫助。」

他看了下錶，「假如一個英語不算好，光靠半小時的溝通就能上台的翻譯，那麼我爲何需要妳的幫助？」他掃了眼一旁面有土色的年輕男子，「我的助理就能做。」

「這個問題應該要問您，假如這份簡報重要到需要雙語呈現，爲何要在半小時前才臨時找人？」

休息室的空氣一滯，一旁的助理彷彿能聽到自己的心跳。

「妳是惠飛的人？」

「不是，只是剛好認識裡頭的一個人。」

「殷子愷？」

「是的。」她不確定接下來要說的話有沒有幫助，但根據匡哥燒烤攤閒聊收集的有限資訊，她覺得接下來要出的這張牌，可能大好，也可能大壞，五五機率，不用的是傻瓜，「我同時也認識貴院一位醫師，事實上，剛剛我們還一起上課。」

嚴立言若不是習慣人們跟他套關係，那就是冷靜過頭，不太感興趣的「喔？」一聲。

「麗莎。」

大魔王的臉瞬間變了，她很肯定不是錯覺，男人的眉峰微微攏起，她受到鼓勵，接著說：「認識她的時候我只知道她叫麗莎，剛剛才聽她說自己是麗丰醫院的醫師，然後就有人要我過來幫忙麗丰的董事長簡報，您說，這麼巧的事情，我怎麼可能拒絕？」

「妳的意思是，妳是爲了幫麗莎的忙才來的？」說出「麗莎」時，是純正的美式發音，可見他也習慣這個親暱的喚法。

「是的。」

他冷峻的神情鬆緩，請她坐下，身軀微微向前問：「妳們一起上課？」

她提起茶書屋的課程，也解釋在綠島結識嚴立丰的經過：「要不是她提起，還真猜不到她是這間有名醫院的醫生。」

「爲什麼？」

「很少見那麼年輕又漂亮的醫生啊。」

他點點頭，「還是個很厲害的醫生。」

「您這麼說有點老王賣瓜的嫌疑。」

這次笑容明顯許多，他直視丁蒔蘿，「妳叫什麼名字？有機會我請妳和麗莎一起吃個飯。」

「提起麗莎其實是希望您高抬貴手，不要爲難我這個非專業人士，其實我和麗莎還沒熟到私下一起吃飯的程度。」

「她回國以後一直忙個不停，還沒時間交朋友，既然她主動提起自己的身分，應該是把妳當朋友了，我是她的……」他頓了下，「小叔叔，請妳們吃飯是應該的。」

丁蒔蘿發現自己誤打誤撞，挖出那些商業新聞記者處心積慮想知道的大祕密：嚴立言根本不想與嚴立丰爲敵，恐怕……還挺護著嚴家大公主呢。

「那我就不客氣了，你們叔姪約好再通知我。」

「叔姪」二字讓他眼神瞬間黯淡，門外有人提醒上台時間到了，他們就這麼浪費了半小時閒聊。

「怎麼辦？沒時間熟悉您簡報的內容了。」

「走吧，需要的時候我會問妳，以備不時之需。」

跟在嚴立言身後，走上台時，殷子愷在會場後方的焦急神情，即使隔了大半個會場她都看得見，她只能悄悄地朝他的方向點點頭，讓他安心。

刁難是真的，但嚴立言嚴謹高水準的簡報也是真的，即使簡報是全英文，但他順暢無礙的中英文夾雜介紹麗丰長生園區未來的規劃，實在是用不上丁蒔蘿這個翻譯，大概是不想讓她在台上覺得尷尬，到了Q&A時間，他偶爾會偏頭問她台下發問的內容，不過也僅限一些非常淺顯的習慣用語，遇上不認識的單詞，用法語單字解釋，他竟然能立刻反應出正確的用語，這已經不是運氣，而是奇蹟了。

這場烏龍翻譯事件，就在麗莎的加持下，安然渡過。

下台後，嚴立言還掏出手機，「妳的電話號碼？」

「有……有必要嗎？」

他斜睨一眼，「不然怎麼請妳吃飯？」

這句話正好被靠過來的殷子愷聽到，自動腦補一大段霸總迷上書呆子的情節……沒完沒了的纏著丁蒔蘿問詳情，直到匡哥燒烤攤還不放過。

爲了招待新戀後鮮少出現的凱子，匡嫂一口氣把攤上的東西都烤了一份送上他們的熟客區，和匡哥不知道在賭什麼氣，整個晚上都拒絕幫忙，坐下來跟他們一起吃燒烤配啤酒。

爲了某個不清楚的理由，她隱瞞與嚴立丰認識的事實，輕描淡寫的說：「也沒什麼，大概就像你說的，嚴立言比較尊敬老師。」

「蘿蘿，那個嚴立言帥不帥？」匡嫂以匡哥能聽到的聲量問。

「還可以吧，出乎意料的年輕。」

殷子愷聳聳肩，「他媽媽是三姨太，他這個小叔，恐怕不比姪女大多少。」

「姪女」指的是誰，她很清楚，但匡嫂還沒機會更新殷子愷的新戀情，八卦雷達瞬間啓動，丁蒔蘿因此有機會旁觀殷子愷與嚴家大公主交往的過程。

「哈哈，綠島聖母，這個好笑。」匡嫂說：「找天帶她來這裡吃燒烤，我好幫你看看人。」

匡哥忍不住從爐子那邊大聲插嘴：「妳做夢啊？嚴家公主降臨我這個路邊燒烤攤？」

殷子愷搖搖手，帶著明顯的醉腔說：「難說喔，她跟那些名媛不同，我打賭她會喜歡路邊燒烤，但可能不會喜歡匡哥的汗臭味，哈哈哈。」

跟那些名媛不同……丁蒔蘿淺淺喝口酒，掩飾臉上表情，麗莎確實不是典型的名門之後，但這是因爲剛回國，寂寞的緣故，還是因爲她真的那麼不同？

匡嫂道出她的心聲：「要真是如此，那凱子這次算走大運了，未來可望少奮鬥二十年！前提是人家千金不是看你逗，跟你玩玩而已。」

「二十年？哈！我爸三十五歲走的，我爺爺三十八，我才沒有二十年好奮鬥好不好，在一起開心就好，她覺得我逗，那正好，配我完美！」

在場的所有人都聽他家族男性短命史不下百次，不約而同翻翻白眼。

匡哥送來烤玉米筍，油膩膩的手拍在凱子白襯衫上，「老弟，你開心就好。」

匡嫂瞪他一眼，「有人開心就好，反正不開心也沒人鳥。」

這話說得若有所指。

匡哥苦笑，「母性發作，自然的呼喚。」

這麼一說，大家也都懂了，匡嫂想要孩子也不是一天兩天了，但匡哥覺得目前條件不足，希望再等幾年，等有自己的店面，不需要天天顧店再說，兩人各方面都相契，唯有這點，三不五時要吵上一吵，丁蒔蘿通常只是聆聽匡嫂抱怨，但同樣的安慰到了殷子愷那裡，就變了樣。

「匡嫂妳又想不開了！妳看匡哥成天接觸油煙，呼吸道應該也不會太健康，能活到幾歲都說不準，孩子生下來搞不好沒能享受幾年父愛，何必呢？我看你們還是好好享受兩人生活就好，匡哥可疼妳了。」

聽到這不是人話的話，竹籤來自四面八方往殷子愷頭上砸去，丁蒔蘿都想補上幾記，今朝有酒今朝醉的人生哲學，不見得人人適用。

殷子愷捧著受攻擊的頭，裝可憐的朝她說：「蘿蘿，妳說人怎麼都這麼想不開？」

「你活該，當全天下人都跟你一樣？」

他睜著醉意朦朧的雙眼，像個孩子般無辜反問：「妳呢？難道妳還相信天長地久？」

「就算沒有天長地久，但有人願意相信，總是美好的。」

「就會說漂亮話，但不會做。」

匡嫂跟老公沆瀣一氣教訓過殷子愷後，氣似乎平了些，笑咪咪接著說：「是呀，蘿蘿，妳什麼時候帶老公來吃我們家燒烤？」

「他……」

殷子愷抓住她的手，用力想拔掉那枚婚戒，「什麼男人，放妳一個人在這裡，不聞不問，我幫妳處理掉。」

匡嫂拍掉他的手，「呸呸呸，你少在這裡發酒瘋，我們蘿蘿嫁的男人一定是菁英份子，最少也是大學教授，什麼處理掉！」

本來，在那個甜心之後，她就想結束這場鬧劇了，但現在，似乎也沒有必要了，她接著台詞道：「有機會一定介紹你們認識。」

他們都不是第一天認識丁蒔蘿了，知道再問下去也不會有下文，殷子愷改變話題提到另一場她生命中的鬧劇：「那個陳瑋呢？匡嫂妳可不知道啊，咱們蘿蘿連婚外情也能鬧得轟轟烈烈的！」

這話題吸引來的人不只匡哥、匡嫂，工讀生，隔壁桌的大學生，全都湊過來，工讀生阿強說：

「我剛剛就想問了！最近ptt爆紅的那首歌〈Aneth〉不會就是唱給蘿蘿姐聽的吧？有人去查字典，說那個Aneth就是蒔蘿草的法語，幹麼要用法語啊？是不是因爲蘿蘿姊是留法的關係？我們熱舞社的都說台北公社的主唱愛上老師，爲她做了一首歌，演唱會現場求愛！」

她瞪始作俑者，殷子愷卻像八卦記者一樣，繪聲繪影描述綠島愛情故事，這些人，真的一點沒把她的婚戒當回事。

這夜鬧得晚了，殷子愷卻不像平常一樣邀她到家裡過夜。

「也不知道嚴立丰吃不吃這種醋，我們暫時避個嫌嘿。」他從褲子口袋掏出錢包，「來，幫妳出計程車費。」

她嘆口氣，幫他把錢包收好，輕柔的嗓音在黑夜中仿若透明：「不用了，你開心就好。」

站在那扇冰冷的大門前，陳瑋希望自己忘記密碼，但事與願違，年少的記憶至今尙不夠久遠，他記得很清楚。

他可以按電鈴，這樣可以顯示疏遠，但另一面的自己，渴望知道自己就這麼堂而皇之的進門，他會有什麼反應。

打開門以後，他看到的是空蕩蕩的房子，擺設與七年前一模一樣，他甚至沒丟掉他們的全家福照片。

他在屋子裡走一圈，像收集證據般，拼湊消失的七年人生，或說，錯置的十五年人生。

他不記得五歲時是怎麼被帶入這個家的，懂事以來，他扮演著另一個身分——

「小瑋？你回來啦。」

門口傳來聲音，他頓時全身僵硬。

陳文郁，他的繼父，緩緩走進來，沒有國家交響樂團指揮的架子，手裡拿著超商的塑膠袋，面對繼子，略微不自在的解釋：「本來在家等你過來，突然想起家裡沒什麼喝的，下樓去買幾瓶飲料，沒想到你先到了。」

這個人曾經被他喚爲父親，除了專業上過度嚴格的要求，他也一直善盡父親職責，直到那場意外發生。

見陳瑋不回話，他問：「我買了茶和可樂，你想喝什麼？」

「都不用，」陳瑋壓抑的問：「你不是有話跟我說？說吧。」

「那……你先坐吧，我去給你倒杯水。」

陳瑋決心要扮演客人，坐在客廳沙發上，視線避免看到室內其他部分，害怕看到連他的房間都被保存如初。

陳文郁的背影不像七年前那麼挺拔了，放棄歐洲學業回到台灣以後，他先是服兵役、工作、上大學……完全離開古典音樂的圈子，就是不想再與這個人有關聯，直到此刻，他才明白這是出於報復的心理，他的能力太薄弱，無法傷害得了這個人，於是寧可避開他，想像他過著悲慘孤獨的生活，事實看起來，陳文郁確實孤獨的生活著，但自己卻沒有一絲快感。

陳文郁從廚房走出來，講究的在他面前放下一瓶礦泉水與玻璃杯，坐在他對面，仔細的觀察他。

「我聽說，你快大學畢業了？」

「嗯。」

「是樂團的同事們，他們都記得你，這幾年你玩搖滾樂玩得還不錯，有些人會問我你的事，還有人跟我要你的專輯，我其實挺難堪的，畢竟外人不知道我們的情況……」

陳瑋想打斷他，卻說不出口，只能坐在那裡聽著。

「你媽媽喪禮後，我一直想找機會跟你解釋清楚，但你的固執就跟你媽一樣，一回國就去當兵，我又到美國客座好幾年，這個家就剩我們兩個，總不能一直這麼僵著。」

「這個家……」陳瑋喃喃道：「存在過嗎？」

「沒想到有天會跟你說這個……小瑋，我對你媽是真心的，也是真心把你當兒子。」他嘆口氣，「小時候是逼你逼得比較緊，誰讓你起步比較晚？你現在不是個孩子了，我把你當男人，有些事你自己應該是能懂的。」

「現在說這些，還有什麼意義？」

「你媽她……遇見我以前吃過不少苦，她把希望都寄託在你身上，我曾想過不要逼你逼得那麼緊，我們一家人好好過日子就好，但是她希望你能傑出，比我更傑出……」

「都是我媽的錯嗎？」

「當然我也有錯，但你一定要知道——是她不讓我告訴你的，她不希望自己的病情耽誤你的學習。」陳文郁頓住，聲音裡飽含痛苦，「我很捨不得……她，不管你相不相信，這幾年來，我一直帶團在國外表演，就是不想回來這裡。」

「小瑋……」

「不要那樣叫我。」他打斷，「雖然不能拿掉你的姓，但我已經不是你所以爲的那個人了。」

空氣滯悶。

「好，我們不講過去，找你回來，本來就是想講講未來。」陳文郁再開口，已找回昔日爲父的威嚴，「我要離開台灣了，美國樂團提供一個十年的合約，我打算接受，之後就在那裡退休，以後也不會回來了，這個房子，和你媽的東西，我都打算留給你。」

「不必了，我自己一個過得很好。」

「小……陳瑋，你現在玩的音樂，可以保證你一輩子都好？」

「這不用你管。」

「怎麼可能不管？」他厲聲道：「這時代，哪個搖滾樂團不是苦哈哈的？你念的是歷史系，也不太可能當飯吃，難道你要在樂器行、餐廳打一輩子工？再怎麼樣，你還是我陳文郁的兒子。」

「好啊，既然如此，我就不客氣了，過戶辦一辦，我明天就把錢都捐出去。」

「你……」他頹然，「你真的忍心這麼辜負你母親的期望？」

「是你辜負了她，別扯到我身上！」陳瑋站起來，「一個女人要什麼，難道你不清楚嗎？她希望我出人頭地，那是因爲她要你爲我驕傲，深怕哪天你就不認我們了！」

「什麼話？我怎麼可能不認你們？」

「媽就是這麼教我的：好好拉琴，讓你爸有面子，就是報答他的養育之恩，拿下那個獎，跟你爸證明你是他兒子，不管有沒有血緣！」

「她，」陳文郁緊閉眼睛，痛苦不堪，「她不該給你這些壓力，我怎麼可能不要你們，小瑋，我……」

那麼多道不清的過往，要一個不善言詞，一生活在音樂世界裡的男人，在這麼深的敵意面前解釋清楚，根本辦不到，更何況陳瑋把自己關得那麼緊，拒絕去感受。

「算了，你要怎麼樣就怎麼樣吧，房子和你媽的積蓄，我都會過到你名下，你是我唯一的孩子，我死了以後，這些東西也都是你的，隨你處置吧，我只有一句話，希望你回去想想。」

陳瑋別開頭，拒絕正視他。

「你看看這個家，你們離開以後，我剩下什麼？」

陳瑋當時還不知道這句話，會在心裡醞釀成夢魘，日日夜夜啃噬著已經閉鎖七年的心，低氣壓籠罩著他的生活，波及周遭所有人。

台北公社是北部大學聯合畢業晚會最受矚目的節目，繼綠島音樂祭之後，眾多樂迷敲碗期待公社炫風重現，公社與唱片公司的合約懸而未解，粉絲形成輿論壓力，希望唱片公司釋放公社經典歌曲的版權，但幾次的談判，都因爲陳瑋的壞脾氣不歡而散，聯畢晚會的彩排，也因爲陳瑋的吹毛求疵，差點上演火爆場面。

畢業壓力、排演不順、前途未明……每個團員都在暴走邊緣，背著陳瑋私下相約幹譙。

幹譙大會當然少不了啤酒，一群人在豆仔租的套房裡，邊吃飛飛帶過來的鹽酥雞邊喝酒，阿宏白天沒跟大家一起在學校練團，搞不清楚陳瑋最近哪根筋接錯，幹譙大會於是先從吐苦水開始。

「阿宏你都不知道，我上次只不過漏了一拍，就被阿瑋罵到臭頭，罵人還不要緊，他最近有個壞毛病，最讓人受不了！」

「什麼壞毛病？」

「甩頭就走啊，只要練得不順，他老兄說走就走，把我們撇下！」

「宏仔，你跟老大最久，你說他是不是變性人啊？現在是變女人大姨媽來吧？毛多的跟貓一樣，你白天不是不在嗎？我就充當vocal啊，結果阿瑋說我嘴巴蒜味太重，他練不下去……」

「結果咧？」

「又走啦！」

在一旁輕輕玩著鼓棒的豆仔噗哧一笑，引來所有人鄙夷的眼光，阿星罵道：「你笑屁？你是沒被電過嗎？所有人裡面就屬你問題最多，節奏一下快一下慢，每次都不一樣，我們這樣是練屁喔。」

「我那是見機行事！」豆仔摸摸鼻子。

「是見風轉舵好不好！」阿星啐道：「就你最會看阿瑋臉色，反正他自己彈自己的，自己爽就好。」

阿宏唔了聲，「阿瑋最近又受了什麼刺激？」

「沒有啊，從綠島回來以後，他心情好了一陣子。」

「說到綠島……」飛飛瞇起眼睛，猜測：「會不會跟丁老師有關啊？」

阿宏搖頭，「我看不是吧，上次丁老師有去花花那場，我看他們倆互動還算正常啊。」

「你不是說老師提早離開？」

「對，但也沒感覺阿瑋有什麼不爽啊。」

豆仔語出驚人：「會不會是阿瑋欲求不滿？」

飛飛：「你少噁心好不好！」

阿星：「阿瑋不是還有花花嗎？」

「喂，你們再八卦一點！」阿宏搖頭。

「反正我覺得一定跟丁老師有關啦，阿瑋以前哪裡需要追馬子？你們看他對花花那麼無情，人家還不是痴痴等著他？還有之前那個佩琪啊，常常在團練室外面晃來晃去，就是希望阿瑋注意到她。」

「豆仔，你嫉妒就說，扯那麼遠幹麼？」飛飛再度擔任第一吐槽群演。

「只有我嫉妒嗎？死飛飛，你上次買奶茶送那個粉絲妹，結果人家等的是阿瑋，你還氣得半死！」

「我去！五百年前的事你都記得！」飛飛奪過阿星剛拿起的啤酒，猛搖一番，朝豆仔噴去。

「孩子們，」阿宏看不下去，「正經點好不好，阿瑋是那種會爲女人失魂落魄的人嗎？你們哥們兒當假的嗎？」

阿星提議：「我覺得阿宏說得對，但就算不是爲了丁老師，現在這個情況，也只有丁老師有辦法從阿瑋嘴裡套出一點話。」

「怎麼說？」

他清清喉嚨：「其實，去台東的路上，我是裝睡的，聽到阿瑋跟丁老師聊天……」他模仿道：「老師還記得我們第一次見面是什麼時候嗎？妳問我校務大樓怎麼走……」

「好像也沒什麼嘛！」飛飛吐槽。

阿星繼續模仿：「蒔蘿也有守護愛情的含義……」

「哇，超浪漫的，我猜〈Aneth〉就是那時有的靈感。」

「哇哇，果然是『吾里歐霸』。」豆仔眼冒星星。

眼看著幹譙大會演變爲八卦大會，阿宏看著這群孩子，無奈道：「好啦，我去找丁老師聊聊好了，多一個人關心阿瑋總不是壞事。」

這就是陳瑋低氣壓如何蔓延到丁蒔蘿這裡的經過，她畢竟接受過這群孩子恩惠，搭了阿宏家的便車去台東，還睡了他們的貨櫃屋，總不能不理會他們的要求，但究竟要她跟陳瑋開導什麼？他會不會真遇上什麼麻煩？掛上阿宏的電話，她在研究室琢磨半天，瞪著手機，猶豫該怎麼做。

會不會……是爲了那個花花？她不是懷過陳瑋的孩子……丁蒔蘿搖搖頭，那女孩說過沒讓陳瑋知道，感覺不是會在感情上糾纏的女孩。

她知道陳瑋對自己也不是認真的，他過去在法國生活過，她吸引陳瑋的，應該也是共享的法國歷史與文化，這一面的他，刻意的在同伴面前隱藏起來，只有在她面前可以不用隱瞞。

那麼，應該是家庭因素吧。

想到這裡，她腦中靈光一現，陳瑋自述的故事太戲劇化，但現實人生不是戲劇，裡頭缺少許多拼圖，若是因爲這個，身爲老師，關心學生也不爲過，她不再猶豫，打電話給陳瑋，他在第二聲鈴響前就接了。

「喂？」

「陳瑋，你在學校嗎？」

他沉默幾秒，「在。」

「我們聊聊。」

又是沉默。

「陳瑋？」

「嗯，不過我要去一個地方。」

丁蒔蘿看一下時間，跟研究生約的會談是兩小時後，受人之託，速戰速決，「我去找你，聊幾句就好。」

「好，我在南停車場。」

她沒想太多，整整衣服，離開研究室快步朝男生宿舍那頭的南邊停車場走去，遠遠就見到陳瑋斜倚著機車，頭戴安全帽等她。

停車場人來人往，她沒想到陳瑋說要去一個地方，是立即的，現在就要出發。

「你趕著走嗎？」

陳瑋的表情混合陰鬱與迷惑，皺著眉頭看著這個平常能避多遠就多遠的女人，突然這麼積極的找來，說不好奇是假的，但等會的約，也耽誤不起。

「嗯。」

「那……」看到陳瑋打開坐墊拿出另一頂安全帽，她愣住。

「一起走吧，路上聊。」

「啊？」

丁蒔蘿被半推半就的推上後座，陳瑋完全不管她有沒有抓緊，踩足油門出了校園，在車陣中穿梭，這是要人怎麼「路上聊」？

二十分鐘後，車子停在東區一幢玻璃帷幕辦公大樓前，丁蒔蘿很難想像這人要去的地方，竟是這種地方，他停好車，摘下安全帽，也順便摘下她的，他掏出手機看了看時間，簡短說：「早到十五分鐘，我們可以喝杯咖啡。」

等到坐在咖啡廳裡，他放下飲料，等她說明來意，她反而懵了，怎麼一轉眼，就被學生帶出校園，跑到這種地方來。

「怎麼？不會是想見我，聊聊只是藉口？」

「陳瑋，這附近都是法律事務所，你來這裡，是惹上麻煩了？是不是開哥找你麻煩？」

他聳聳肩，「是有點小麻煩，但我不是爲了這件事來的。」

「聽說你最近心情不好？」

他透過杯緣觀察著她，就像他一直以來在講台下看著她那樣，不動聲色，「阿宏他們去找妳？」

「他們很擔心你。」

「妳不需要這麼拐彎抹角，直接問就可以。」

「我問你就會說？」

「會。」他靠向椅背，視線轉到玻璃窗外，看著一個男人走入大廳玻璃門，「沒跟阿宏他們說，是因爲沒必要，但是妳想知道的話，我會說。」

「那麼究竟是爲了什麼？」

「我發現這些年來，可能恨錯一個人。」

丁蒔蘿心臟猛的一沉，「是你繼父？他出事了？」

他轉回頭，瞇起眼看著她，「妳是怎麼猜到的？」

「你上次跟我說的事，你母親，與繼父……我覺得不完整。」

「妳真的很神奇，是因爲念歷史的關係嗎？這麼追根究柢。」

「我只是旁觀者，問題是你，爲何不願意追根究柢？失去你母親對你來說是悲劇，對你繼父來說，又何嘗不是？」

「妳的意思是妳早就認爲我沒有恨他的理由。」

「陳瑋，」她定定的看著這個拒絕長大的少年，「問題不在這裡。問題在於，你既然恨他，又爲什麼要逃避？」

「我逃避？」

「難道不是嗎？憤世嫉俗、隨波逐流、絕口不提過去……這些行爲報復的都是你自己，假如你真的恨你繼父，你爲何不去找他？讓他知道你的怨恨？」

「或許我就是受不了他？」

「你是在保護他，」她說：「你還是把他當成父親。」

他們靜默的互視，咖啡廳的噪音彷彿不存在。

「小瑋？」一個聲音打破這一刻，是剛才穿過大廳的男人，氣質斯文、神情堅毅，除了刻意僞裝的漫不經心，陳瑋簡直就是這個男人的翻版。

「時間到了，你怎麼不上去？」陳文郁對兒子說話，眼神卻飄到丁蒔蘿身上，掩不住好奇。

「要上去了。」陳瑋沒注意到自己的口氣，與從前一樣順從。

「這位小姐要一起上去嗎？」

「不。」陳瑋站起來擋住繼父的視線，「只是簽個字，很快下來，妳在這裡等我一下。」最後一句話是對她說的。

這對父子離開以後，丁蒔蘿打電話給研究生，取消今天的會談，她說不清楚自己對陳瑋的感覺，但這個人一直以他的方式，鑽進她閉鎖的堡壘，有些地方，連殷子愷也進不來，她現在明白，那是被關心的感覺，有生以來第一次，她不是給予，而是被給予的人。

陳瑋，値得她爲他破例一次。

衝動之下，她打電話回家，不意外聽到父親的聲音。

「爸，我是蘿蘿。」

「我知道啊，電話有來電顯示，出什麼事了嗎？」

「沒事，你們怎麼樣？」

「還不是老樣子，各過各的，妳端午節沒回來，中秋節呢？回不回來？」

「還不知道。」

「怎麼？妳不是放暑假嗎？」

「我也帶研究所，研究生是沒有暑假的。」

「哎呀，妳一個女人家，事業心不要那麼重，有空多回來走走。」

「好。」

然後父女間就再沒話可聊了，這通電話是不同尋常的，但他們心照不宣，掛上電話以後，丁蒔蘿感覺心裡打開一扇窗，她痛恨當初讓父親回家的自己，明明知道那只會讓母親的病情加重，但他是她爸，她無法拒絕，而被背叛的媽媽，以沉默抗議出軌十年的丈夫回來，但也僅此而已。

她有時覺得，媽媽把這視爲一種勝利，對那個根本不認識的女人的報復，而給丈夫的報復，就是讓他住在自己的家裡像個外人，本來以爲她的憂鬱症會加重，卻沒想到因此而痊癒，大概是情緒終於有了出口，丁家這筆爛帳，意外的被丁蒔蘿不情不願的解決了。

殷子愷自認在這件事情上也有功勞，有次得意問她跟爸爸媽媽一家團圓感覺如何，她不想說出內心真正想法，只說：「感覺很孬。」

打那時起，她就明白活著大概就是這麼一回事，到末了，所有人都會接受活在爛泥裡這件事，忘記實際上情況有多糟。

除了永遠樂觀，有能力用爛泥築成皇宮的殷子愷。

而陳瑋，是第一個看穿她隱藏的厭世傾向的人。

陳瑋下來的時候，她還是坐在那裡，大廳附設的咖啡廳，靠馬路玻璃邊的座位，長長的捲髮隨意散落，眼神空洞的看著過往行人，把安全帽套到她頭上時，他以爲她會拒絕，沒想到她就這麼跟著他走，拉她來這裡，是因爲他剛好需要一點勇氣，決絕到底的勇氣。

結果，卻與預想不同。

陳文郁把所有東西都留給他，比想像中還多，原來母親還在世時，他就把一切都給了她，這個男人這些年來忍受孤獨，放任妻子帶著幼子在歐洲留學，只爲了成全她偏執的想法，失去她以後又在追悔中活了七年，自暴自棄了很長一段時間，現在才決定要振作起來。

陳瑋突然發現自己願意這麼去想了，去相信真實版本的遭遇，其實是個浪漫的故事。

他曾經玩笑說蒔蘿草是帶給人愛情的幸運物，那原來不是玩笑，是真的，她讓人願意去相信希望，但自己卻從來不相信。

「小瑋，有空……你願意來美國看我嗎?」在樓上時，陳文郁這樣問。

「有空再說。」這個敷衍的回答卻點亮父親的臉，那一刻，他是真的相信，這個男人是他的父親，失去妻子，他比自己更痛苦，陳瑋做不到決絕，因爲他必須對自己寬容。

他走上前，坐在她的對面，拉起她的手，「發什麼呆?走，我帶妳去我家。」

丁蒔蘿又被拉上他那台老舊機車，一路超速飆到城市另一頭，跟殷子愷與匡哥所在的老舊社區截然不同的文教區，走入一幢獨立的花園洋房，回過神時，她已經置身於有著蕾絲窗簾、書櫃與鋼琴的高雅客廳。

「坐一下，給妳看個東西。」他輕快走上樓，樓地板傳來急促腳步聲，以及一陣翻找物品的聲響，然後，她所以爲的那個少年重新回到面前，在桌上放下一個老舊的錄音機，手裡握著一把小尺寸的提琴。

「我的第一把琴，八歲的生日禮物。」

他按下錄音機裡的卡帶播放鍵，在雜音中，她聽出是卡農的旋律，而眼前的他將小琴架在寬闊的肩膀上，露出調皮的微笑，與八歲的自己合奏那首卡農。

他完全沉浸在音樂中。

她不知為何，眼淚就這麼流淌而下，直到樂音停歇，陳瑋放下琴，揚眉問她：「丁蒔蘿，妳哭什麼？」

「好美。」

他笑笑，「這世上聽到卡農會掉眼淚的人，大概也只有妳了。」

「那是因為他們沒認真聽。」

接著是嘆息，他將她納入懷中，「那是因為妳能聽到別人所聽不見的。」

她接著哭了好一會，好不容易止住眼淚，突然有告白的衝動：「我是真的結了婚，只是，不是出於愛。」

「不難猜到。」

「布魯諾是我教授，為了讓我留下來念博士，提議結婚給我法國身分。」

「妳就答應了？」

「沒有不答應的理由，教授是為了幫我，反正我這輩子本來也就不打算結婚。」

「這理由倒是矛盾的挺有道理的。」

「布魯諾七十歲了，他對我的疼愛比較像父親，關心我的研究，但也只是如此而已，我們不住在一起，後來凱子發生了一點事，我臨時決定回來，他並沒阻止，只說我隨時想要終止婚姻都可以。」

「丁蒔蘿，妳不需要跟我解釋這些。」

「可是我想講，從來沒對人說過。」

他將下巴放在她的頭頂，溫柔的輕撫著：「那就說吧，雖然很意外，沒想到卡農竟然還有這個效果。」

「回來以後，我發現自己需要這枚婚戒，不是爲了留在法國，而是爲了留在殷子愷身邊。」她繼續道：「對他而言，我是已婚的女人，不會想要愛上我，也就不會發現，我其實是這麼喜歡他，一直以來都是他給我勇氣，面對糟透的家，糟透的人生，在法國的時候，我拚命想他，但每次講電話，他卻拚命講新認識的女人，新交的女友。」

她抬頭看他，「但是這些都不要緊，回來以後，我發現我其實只希望他能好好的，一直這樣隨心所欲的活著就夠了。」

他看起來深受震撼，眼神落到桌上的小提琴，啞聲道：「所以，世界上真的有不求回報的愛情。」

他們在那個房子待了一夜，陳瑋給她看自己小時候的房間，還是他去法國前那個樣子，也帶她去這個家最重要的房間：琴房。發現裡頭有張他母親的照片，沒有裱框，就那樣擺在鋼琴上方，彷彿在那裡等他等了許久，照片上的女人笑容甜美，眼睛卻隱含憂鬱，照片後工整的抄寫一首不知來處的詩句：

為什麼那最初的光線
讓你如此不安？一棵被種進傷口的

種子拒絕作證：你因期待而告別
因愛而受苦
尋找冬天的心
河流盡頭
船夫等待著茫茫暮色
必有人重寫愛情（註一）

突然間，一個孤獨的男人日日夜夜在這個封閉的房間追悔的身影，無處不在，丁蒔蘿覺得那身影十分熟悉，像陳瑋，也像她自己，他們都害怕受傷，所以在被拒絕之前，就隱身在茫茫暮色中，看著別人的愛情，在眼前一遍遍上演，卻始終不敢敞開心踏入河水。

註一：本詩出自北島〈爲了〉。

第九章 氣他讓妳傷心

丁蒔蘿原本打算安安靜靜的出國，頂多只有殷子愷一個人送機。

「我可以跟我哥借車，載妳去機場！有需要打包的話，我也可以喔。」對於她決心離去，殷子愷熱心的一塌糊塗，這卻不是她所期待的反應，然而對這個人，到底能夠期待什麼，她其實也不清楚，上週他才跟畢業一年的學姊開始一段新戀情，她一如往常的祝福他這次能夠開花結果，而他也一如往常的希望玩得愉快就好。

「不用了，假如你不用約會，陪我搭客運去機場就可以，我怕行李超重，假如被要求拿出來，至少你可以幫我帶回去。」義正辭嚴的理由。

他按照約定時間過來接她，幫忙推著行李搭客運，一路上談笑風生，絕口不提這次的別離，可能破了兩人認識以來的紀錄，可以的話，她希望很久很久都不要再見面，至少要久到讓他想念。

到了機場，辦好登機手續，殷子愷突然變得神神祕祕，老捂著手機通話，她以為是跟學姊講情話，結果卻是為她準備的驚喜——他叫了一堆共同的朋友，就連在竹科工作的鄭自強都到了，這人還是跟以前一樣，銳利的一眼看穿她驚喜外表下的隱隱失望，卻錯誤詮釋。

「我跟凱子說過，要讓蘿蘿開心的話，最好找蕭易元來送機。」

蕭易元？她瞪著鄭自強，這都哪年哪月的事？大一收到蕭易元寫來的無聊卡片，她甚至沒有回信，很久沒關心這個人了，鄭自強卻始終將她定型爲「暗戀蕭某某」的女生，從來沒有變過。

她憋著氣問：「那凱子怎麼說？」

「真的想知道？」

「怎麼？不能知道？」

「凱子怕妳知道後會傷心，所以沒跟妳說。」他壓低聲音，「蕭易元其實是渣男，搞大女朋友肚子還讓她人工流產，凱子知道後氣得半死，就不找他了。」

「喔？他氣什麼？」

鄭自強詫異的回瞪，「當然是氣他讓妳傷心啊。」

她來不及回應，殷子愷已經領著大隊人馬聚攏過來，一群人熱熱鬧鬧的送上祝福話，換了無數姿勢拍大合照，就差沒掛「鵬程萬里」的大隊旗了。

十三個小時的飛行時間，鄭自強的話開始發酵，剛到巴黎人生地不熟，最寂寞的時候，總會想起那句話：「氣他讓妳傷心啊。」

蕭易元和她只有國中三年短短的同學情誼，但殷子愷和蕭易元卻是國中三年、高中三年，大學時同一個醫學院不同科系，情誼應該比她深厚，就在她幾乎忘了蕭易元這個人的時候，他竟然還爲了她而對老友憤憤不已。

殷子愷是不是跟鄭自強相同，一直以爲她還喜歡著蕭易元？

寂寞會讓人做出莫名的舉動，她記得自己在某次語言班考試挫折時，不管台灣是不是大半夜，打電話給殷子愷，當時做好了要跟他告白的打算，甚至盤算著不管他現在身邊是不是有人，她，丁蒔蘿，才是他生命中最重要的那個女人。

沒等多久，他就接起電話，聲音壓抑，但卻不昏沉，他還沒睡，但因爲某個原因，無法放開嗓子說話。

她很快猜到答案，「你旁邊有人？」

「就學姊啊，她最近都來我這邊睡。」

「不方便說話？」

「不會啦，不要管她。」聲音裡卻不是那麼一回事，她甚至聽到類似肢體碰撞的聲響。

「她介意你接我電話？那你掛電話啊。」

「管她介不介意，妳又不是別人，她喔，有時就是會發神經。」

她恍然大悟，自己恐怕打擾了這兩人的「好事」，他爲了接電話而中斷，世界上任何一個女人在這種情況下都不會高興。

「學姊……很介意我？」

「也不是介意，只是無法理解。」

「無法理解什麼？」

「我們的感情啊。」

這麼情深義重的一句話，卻彷彿一把刀子刺入她的心臟，把她固定在朋友的位置，與世上任何其他女人都不同的位置，對他來說，她是特別的，但對她來說，卻寧可不要這個「特別」。

他問她是不是發生什麼事了?需不需要幫忙?午夜電話讓他特別爲她緊張，絮絮叨叨的說:「妳現在一個人在那麼遠的地方，發生什麼事情我也不見得幫得上忙，真是煩啊。」

她含糊的說沒事，只是沒注意到時差。

「我這個『好朋友』還是別打擾你的好事。」

「嘿嘿，好事也不差這一回。」

她在電話這頭已經熱淚盈眶，聲音卻努力假裝正常:「小心點，別搞出『人命』了。」

「放心放心，哥有練過。」

她不記得聊了多久，只知道每一分鐘都像在報復，她有特權可以用打屁絆住他，而另一個女人只能在床上等著。那晚以後，她同時明白，這場幼稚的遊戲該結束了，他以爲自己仍然愛戀著國中同學，而她則一直以爲，殷子愷最終會明白，她不只是朋友。

後來的留學生活多采多姿，或者說，她是故意的，每一場戀情的開始，她都告訴自己，會像忘掉蕭易元一樣的忘了殷子愷吧?世上好男人多的是，然而每場戀情無疾而終時，她又覺得世上不會再有另一個人，能夠像殷子愷那樣不惜與多年好友絕交，只爲了不讓她傷心。

嚴立丰愛上在這個擁擠城市以單車穿梭的感覺，其實住家離醫院步行距離也不算遠，但有了前陣子被網友肉搜的經驗後，她決定不再創造網路上「野生聖母」的畫面，頭盔、墨鏡遮去一半的臉，速度隔開她與行人的距離，夜間下班時，她會刻意騎遠路回家，享受黑幕帶來的安全感。

殷子愷被調離麗丰醫院，不需要調查也知道始作俑者是誰，少年相識至今，她與嚴立言的關係從來沒有這麼冷淡疏遠過，她總是踩著門診或開刀的時間點進醫院，工作一結束就離開，沒空回應「董事長」的召見，下班以後拒接他的電話，山上的家她已經兩個月沒回去，放假時間有殷子愷帶著遊山玩水……他的簡訊指控她鬧彆扭、不理性，然而她卻很清楚現在的情況並非由她造成，是他讓人以為與伊蓮娜的婚事將近，事實上，卻一點不關心自己的婚事。

她不想深究逃避的真正理由，只知道遠離他，讓自己覺得好過一點。

深陷思緒中忽略路旁歪斜靠過來的摩托車，就在即將碰觸之際，摩托車朝另一邊傾倒，發出極大聲響，她被拉回現實，大吃一驚，周圍的車輛紛紛停住，路人聚攏過來。

場面相當詭異，她直挺挺的立在單車上，毫髮無損，但肇事的騎士卻倒地不起，一股不祥之感湧上，她拋開自行車，與路人一起將摩托車移開，協助騎士正面朝上躺著，是一個年長的男人，眼球已經翻白，四肢有輕微抽搐狀況，她從包包裡掏出緊急診療包，聆聽男人的胸腔，呼吸短促疲弱。

「叫救護車，快點。」她邊對路人喊，邊使力拍男人臉頰，「先生，先生？」

男人在失去意識的邊緣，而她唯一能做的是護住他的頭部姿勢，保持呼吸暢通，男人明顯發著高燒，從聽診器裡接收到的肺部雜音，應該不是中暑，心跳還算規律，也不是突發的心肌梗塞，體溫這麼高……

男人的呼吸越來越弱，她扯開他的襯衫，開始實施心肺復甦。

救護車在五分鐘內抵達，警察也趕過來維持交通秩序，她跟急救人員交代觀察，看到對方也皺起眉頭，「會不會是中暑？」

「肺部有雜音，應該不是中暑，比較像感染，你們要送到哪個醫院？」她問。

「最近的急診室是榮總。」

她對台北醫院雖然認識不多，但榮總的名聲多少是聽過的，她點點頭，「那就沒問題，到院時提醒一下肺部異狀那邊就會處理了。」她猶豫了一下，拿出名片，「給榮總的醫師，有任何問題都可以聯繫我。」

等到救護車離去，現場逐漸恢復正常，她才重新踏上自行車，緊張褪去後，累積一整天的疲累湧上來，她現在只想回家泡澡，隔天休假，殷子愷在南部出差，她決定送給自己最奢侈的禮物——睡上一整天覺。

按照計畫，一夜無夢的睡到天明，還想賴床，床邊的手機螢幕閃爍，表示有訊息進來，她試著回想醫院會不會有緊急情況？昨天兩個剖腹產，一個順產，走的時候確定狀況穩定，若真的有住院醫生處理不了的狀況，他們會直接打電話，不是傳簡訊，那麼來訊的不是殷子愷就是嚴立言，嗯，或許還有姚家、吳家那些表親們，嚴家是不會有人找的……

她就這麼躺在床上放任思緒漫飛，逐漸入睡，渾然不覺電話沒響的原因，是因爲昨晚在街頭急救時，不慎觸動到靜音，她犯了一個醫生不該犯的錯。

不知又睡了多久，迷糊間，客廳傳來的聲響讓她無法再忽視，剛想起身，房門砰的一聲打開，她疑惑的看著走進來的人。

「你……怎麼進來的?」

嚴立言神色複雜的看著她，對客廳外的人說：「她在這裡，找到人了。」

她聽見外頭隱約回應：「那就好……可惜了門……先走了……」

「門怎麼了?」她記得嚴立言沒有新鎖的鑰匙，而且她早交代管理室，不要讓他上來。

他突然爆發：「這是關心門的時候嗎?妳身爲主治醫生，怎麼可以這麼不負責任?不接電話?」

被罵得一頭霧水，加上睡得時間長，再天才的腦子都需要開機時間，她探手拿床邊的手機，發現四十四通未接來電，爲時已晚的發現誤觸靜音，她立時跳下床，臉色發白，「是不是病人出事了?是501還是502?我昨天走的時候不是還好好的?難道是自然產的516?還是急診病人?」

嚴立言走到她面前，拿過手機，抓起一旁的罩袍包住她僅著輕薄睡衣的身軀，重重的抱住她，異常用力的不容許她反抗，在她臉頰旁安撫道：「都不是，是妳，立丰，一早接到通知後全醫院的人就一直找妳，我擔心……還好沒事。」

兩個人從青少年一起走過來，受的又是美國教育，她對他的懷抱並不陌生，但自從他與伊蓮娜在一起後，她在逃避中越來越清楚自己齷齪的心思，躲了這麼久，突然間又回到他的擁抱，令她興起想哭的衝動。

「到底……怎麼了？」

他似乎不打算立刻放開她，仍緊緊抱住，不發一語，彷彿能感受到她絕望的想延長這個莫名所以的時刻所發生的親近。

「立丰，妳不知道我有多擔心……」

她終於找回理智，推開他，「到底擔心我什麼？」

他悵然若失的看著自己突然空虛的懷抱，頹然在床前的沙發上坐下，調整情緒，平靜的問：「你昨晚是不是在路上救了一個人？」

「你怎麼知道？」

「昨天深夜榮總打電話過來確認……」

「是那個病人有狀況嗎？」

「不是他，」他抬起頭直視著她，「是妳。妳是不是對他做了口對口CPR？」

她皺起眉頭，「是啊，病人呼吸不順，半昏迷……」

「妳判斷是感染引起的心肺功能失常，還進行口對口？」他突然嚴厲起來，「立丰，榮種那邊做了血液採檢，那個人是病毒引發的急性肺炎……」

「我打過疫苗。」

「是非典型的。」

她跳起來，「非典型？」

病毒引發的非典型呼吸道疾病……這意味著未知的病毒，她蒼白著臉問道：「確定嗎？」

「榮總的研判是這樣，上個月大陸那邊不是傳出幾個案例？」

「天啊，怎麼會那麼快？你拿到血液分析報告了？」

他拿出手機，將資料轉給她。

她看了眼數據與病毒分析報告，榮總醫生的判斷無誤，身爲醫生的直覺反應是隔開與人的距離，退縮到房間角落，「你出去，馬上、立刻。」

他苦笑，「我怕就不會拆了妳的門了。」

「你不懂非典型病毒感染肺炎的意思！」她咆哮，回到從前與他溝通時習慣的英語，「新型的病毒，可能會傳染！沒有藥物！」

「麗莎，」他耐著性子，朝她靠近一步，「就算我不懂病理學，至少掛名醫院董事長，一接到報告，院長與胸腔科主任就跟我解釋過了。」

麗丰醫院沒有傳染醫學科，所以榮總最早通知的是胸腔科，因爲事關醫院高層，胸腔科主任爲求慎重，連夜要榮總將病理報告轉過來，全科都研究過，才對院長報告，院長與各科主任也都會診過，判斷情況的嚴重性，才敢在清晨五點鐘打電話給他，請他無論如何要找到嚴立丰，事實上，整個醫院都已經處於待命狀態，就等嚴醫師自行決定要如何處理後續。

嚴立言必須忍住怒火才能聽完院長的「專業」建議：「董事長，我們醫院沒有負壓病房，沒有處理嚴重傳染性疾病的設備，所以SARS那時候才能不受影響，我們的服務對象畢竟比較特別，所以我和各科主任是認爲嚴醫師最好到大型綜合醫院去做個篩檢，或是我們透過醫院關係，找專人去給她篩檢一下，無論如何，她必須將接觸的人降到最低，以防萬一。」

看到立丰當下的反應，他很清楚她在轉瞬間也做出與院長一樣的判斷。

「那你應該知道我現在是高危險群，凡是近距離接觸患者的人，只要能追蹤得到的都要隔離，誰都不能接觸，我要打個電話到醫院安排，未來一個月的工作都要移交出去。」她轉身背對著他，邊撥電話，邊喃喃道：「還好昨晚回來沒再接觸到任何人。」

他坐在她柔軟的床墊上，好整以暇的看著她以電話安排工作，伸伸懶腰，清晨到現在的緊張，在見到她那一刻全然消失，重新進入她的領域，被拒於門外這麼久，這次，他不打算輕易退出了。

等工作安排好，她意外發現嚴立言不但沒離開，還在她床上躺下了。

「喂，你怎麼回事？」她朝那個像睡在自己床上的人丟枕頭。

他側過身體，面對著她，微笑道：「我怎麼了？」

她怒道：「既然清楚事情的嚴重性，你怎麼還不走？」

「太遲了，我們剛剛已經接觸過了。」

她想起那個擁抱，皺起眉頭，「只是抱……一下，應該……」

他嘖嘖道：「身爲曾經主修傳染醫學的醫生，妳也太不嚴謹了。」

她瞇起眼，怎麼覺得這人正在給自己設圈套？

「妳需要隔離，我也需要。」他回想了下，「妳剛才說一個月？」

「嚴立言！你瘋了？」

「這不是瘋，是謹慎。」

「難道你打算和我關在一起？」

他一攤手，「還有別的選擇嗎？」

「回你自己家去！」

「回去的路上會接觸，我想想……」他數起來：「司機、警衛，對了，還有伊蓮娜，我忘了跟妳說她前天剛回到台北，暫時住在我那裡。」

「別以爲我不知道，她住的房子你根本就很少去！」

「妳最近不太關心我，所以不清楚我其他房子都租出去了，這陣子我媽身體不太好，我都回山上陪她。」他無辜反問：「難道妳要我回山上跟老頭子、我媽和二房一大家子隔離？」

「兩個人不能一起隔離。」她努力拾回醫生口吻：「假設我們都有機會被感染，每個人對病毒的抵抗力不同，你可能本來沒事，但跟我在一起太久，卻可能要了你的命。」

「那就要吧。」

她愣住，「要什麼？」

「我的命啊，有人要就拿去吧，我不在乎。」

「你這是在汙辱我的專業嗎？」

「不是，」他注視著她，「我只是表明立場。」

她下意識往後退，發現自己已經被逼到牆角，不再有退路。

「麗莎，我們必須關在一起，一個月，這不是選擇題。」

她咳了幾聲，跟殷子愷在一起這段時間，她以爲自己對死皮賴臉已經很有招架力，但面對他的要賴，她卻一點轍都沒有，這還是那個總是理智，凡事講求實際的嚴立言嗎？

「你要怎麼跟伊蓮娜解釋？」

「只要讓她知道我可能被傳染，她立刻就會被嚇回紐約去，要不要打賭她根本不會問我在哪裡隔離？」

「我覺得你低估她對你的感情。」事實上，她回紐約沒多久又跑來台灣，看起來像要長居在這裡，已跌破很多人眼鏡了，當然中間仍然搭著霍夫曼家族的私人飛機全世界跑，但大多數時間還是在台灣，這已經成爲國內社交圈茶餘飯後的熱門話題，大多數人打賭伊蓮娜‧霍夫曼不是瘋狂愛上台灣，就是瘋狂愛上嚴家三房的兒子，而賭後者的人更多一點。

「我覺得是妳高估她對我的感情。」

「你打算怎麼住在這裡？」

「妳忘了妳家是我布置的？」他比向外頭，「給客房準備的寢具妳應該沒用過吧？爲客人準備的盥洗用具一應俱全，連睡衣都有。只需要叫小鍾把我電腦帶過來就可以，妳跟我拿了好幾本小說，我自己都還沒看完呢，剛好可以用來打發時間！」他歪頭問：「酒可能是個問題，妳這麼忙，應該酒窖空虛吧？我請認識的酒商送幾箱妳愛的Châteauneuf-du-pape過來？」

「嚴立言，你忘了我可是有男朋友的人。」

他皺了皺眉，「妳這個男朋友難道會介意我這個小叔？」

「你明知道你不是……」

「怎麼？我不是嗎？」

她如鯁在喉，面對一個決心賴皮到底的人，還有什麼辦法？更何況殷子愷確實也只把他當成她的小叔。

「只要妳還沒帶他上山見老頭子，對妳的家人來說，他根本無足輕重。」他沉聲說：「不過一個本來就無足輕重的人，即使上了山，也改變不了什麼，妳很清楚你們的關係並不會長久。」

「我幹麼在乎這個？」

「因爲妳是嚴立丰。」他苦笑，「連我都身不由己了，妳只會比我更慘。」

殷陳桂花來回廚房與車子第三趟，終於把兒子的小福斯車塞滿。

「殷陳女士，妳是有NASA內線，知道世界末日快到了還是怎樣？我的車都要被妳塞爆了！」殷子愷剛逗完小姪女出來，瞠目結舌的看著汽車消化不良的慘狀，喔不是，是盛況。

「呸呸呸，小心希望法則作用，世界末日什麼的不要亂說！」

他翻白眼，都聽老媽講希望法則講了半年了，還沒退燒？換個方式抗議：「後座這些棉花怎麼回事？」

「什麼棉花？兒子你是瞎了眼了？這是極地的鵝絨棉被！我給你和蘿蘿都買了一條，再一個月天氣就轉涼了，你一上去就快點拿過去給她。」

「又是MOMO台買的吧？最好極地有鵝啦！那麼好連蘿蘿的都買了，我猜妳應該是買兩條要湊贈品吧？說，贈品是什麼？」

被兒子說中，殷陳桂花也不覺得難堪，畢竟這筆生意她覺得很值，「澳門來回機票一張！買這兩床棉被也不過八千，還送機票，不賺白不賺。」

他嘆口氣，拍拍老媽的肩膀，「妳是業務員，妳兒子我也是，咱們也算業務員世家了，老媽妳怎麼還吃這套啊？現在搭廉航去澳門也不過三千多塊，妳這個來路不明的鵝絨搞不好是從病死鵝身上免費回收的，就這樣，還要八千！還有啊，給我塞得這麼滿，我都看不到後頭車況了，小心到時候變成買兩床棉被送妳兒子的天堂入場券！」

她狠狠戳兒子的頭，「死凱子，從小就口沒遮攔，成天死啊死的。」

現在到底誰咒誰死？

外頭這麼熱鬧，殷子光放下在客廳玩的妻女，出來湊熱鬧，「媽，這妳就不懂了，凱子這樣說才能激起女人的母性啊。」

殷母更抓狂，再戳殷子愷頭，「我是你老媽，不是你馬子，不吃這個苦肉計！那麼會哄女人，也不見你像子光一樣，騙一個回家，生個孫子給我抱抱。」

「媽！我哪有騙？」殷子光抗議。

換殷子愷朝老哥那爐添油：「先上車後補票，這事妳忠厚老實的二兒子可做不出來！」

結了婚生了女兒，原本也是風流倜儻不輸弟弟的殷子光，頓時變得懼內，他趕緊捂住弟弟的嘴巴，「小聲點，不怕你嫂子咬你！」

「人家要咬的也是你，夫妻情趣嘛。」

養了兩個兒子，殷陳桂花習慣了兒子下流的Men's talk，一手敲一個，「婚前可以花，婚後有我看著，給我老老實實的。子愷，水果記得分蘿蘿一點，拜拜的罐頭泡麵，那個小匡夫婦要是不介意，就分一點給他們，喔對，那盒雞精，你幫我拿給二樓的小鮮肉。」

「小鮮肉？」這下換兩個兒子愣住了。

「那個高三生啊？上次還很好心幫我搬東西上樓，我看他臉上痘痘長得那麼多，應該是熬夜過頭，剛好有客人送我一盒雞精，你順便拿上去給他補補，跟他說殷媽媽會用希望法則替他祈禱！一定考上好大學。」

「妳說的是浩子！」殷子愷湊到老媽耳邊說：「長痘子是因爲賀爾蒙失調，放心，他上大學有了女朋友就好了。」

殷陳桂花都還來不及反應，一旁的大兒子就噗哧一笑：「可不是，凱子從小到大滑嫩無瑕的臉就是證明。」

「好了啦，我不過就是去高雄出差，順便回來看我親愛的老媽和可愛的姪女，妳就別搞得像世界末日一樣，這要是放在二十年前，妳不就要殺雞、鵝的給我帶上去台北？」

「啊，說到雞，我燉了一鍋雞湯，應該涼了，我包一包你帶上去當晚餐！」

「媽！」殷子愷無奈的看著往廚房奔去的母親。

殷子光拍拍老弟的肩膀，「你最近回來得太少，老媽要抓緊機會表達對你的愛嘛！」

「去！」他才不吃老哥這套，「我說，你受得了跟老媽住，人家玲玲不一定受得了吧？不要弄到後來老婆帶著女兒跑了。」

「你儘管嘴賤吧，玲玲跟咱們老媽可好了，我才不怕。」

「你這個媽寶，走了什麼狗屎運找到一個能忍受你的女人，要愛惜啊，老哥。」

「去你的，我什麼時候變媽寶了？我們家的媽寶擔當是你吧！是誰從小動不動裝病，要老媽『御前伺候』的？」

「我哪有假裝，是真的病好不好？」

殷子光不客氣的瞟老弟一眼，「那麼多女朋友，怎麼不見你病到吃不消？」

「我是一次一個，細嚼慢嚥，西餐style，跟你從前那種熱炒style不同，OK？」

「還西餐style，人家西餐一餐吃得天長地久，你就花路邊攤的時間。」他頂頂弟弟的臂膀，「是不是障眼法啊？」

「什麼障眼法？」

「因爲要等真正想吃的那道菜煮熟？」

「蛤？」殷子光學的是電子工程，怎麼突然像個文科生一樣，打隱喻打得人暈頭轉向。

「蘿蘿啊，聽老媽說已經幫你鋪陳好了，你可以放心大膽追沒問題。」

「老媽跟蘿蘿鋪陳什麼？」

「她跟蘿蘿說我們家不介意離過婚的媳婦啊！」

殷子愷看著遠遠走過來的殷陳桂花女士，突然感覺不順眼，超級超級，不順眼。

台北公社樂團的粉絲熱鬧的擋在入口，丁蒔蘿覺得舊辦公大樓堪稱學校的另類風景，每次經過時都不覺青春起來，綠島音樂季已經過了好幾個月，〈Aneth〉效應逐漸消退，現在粉絲們看到「丁老師」經過已不再騷動，反而會熟稔的打招呼，自動將她納入公社粉絲團。

「丁老師！」粉絲之首是一位圓臉的女孩，丁蒔蘿會對她有印象，是因爲她的品味較爲特別，迷得既不是主唱阿宏也不是團長陳瑋，反而是老在狀況外的鼓手豆仔，也因爲他的外星人特質，對粉絲的回應很直接，不像一般樂團鼓手老裝酷，她有次看到豆仔把簽好名的鼓棒送給這個頭號粉絲，問他爲何這麼大方，豆仔說：「老師妳不知道，我熬了三天三夜，寫出一個超級無敵完美的code！要慶祝啊！」天線照舊接到外太空去。

圓臉女孩擠到她身旁，熱心問：「老師要去看團練？」

綠島以後她莫名的成爲樂團非正式指導老師，雖然出現在這裡並不奇怪，但也沒有那麼理所當然，她畢竟只是個僞搖滾樂迷，她會來這裡是因爲和陳瑋約好了散團後碰面，對這個女孩也不好多說，只能點頭微笑。

女孩壓低聲音：「豆仔私下跟我說今天不團練，要開會，生死攸關的會。」

豆仔和這女孩已經那麼熟了？丁蒔蘿詫異了下，這些孩子名氣再大，畢竟還是學生，與粉絲同學們有私交也不是太奇怪的事，「難怪你們都在外頭不進去。」

「聽說他們交代了警衛，今天不讓粉絲靠近團練室，以前都可以。」女孩推推丁蒔蘿，「不過老師應該可以進去，妳快去看看裡頭有沒有出事，聽豆仔說前陣子陳瑋老大心情不好。」

她邊納悶陳瑋何時心情不好了，邊擠過人群走入舊辦公大樓，現在連警衛都跟她很熟悉了，二話不說放她進去。

台北公社的團練室在乏人問津的地下室，氣味與採光都不好，也因此能常年占據一層樓，其他社團都不願意靠過來，當然，噪音也是原因之一。

她敲了敲團練室，沒有回應，只好自行開門，眼前的景像哪裡是「生死攸關」？

「等等，我要碰！」飛飛。

「太慢了，我已經摸了。」阿星。

「吼，你故意的，老大，你看臭星啦！」

看到她進來，阿宏跳起來快速幫她關上門，「老師，快進來，不要讓外面的人看到。」

陳瑋手裡摸著麻將，斜眼掃過來，「幾點了？」

「五點。」

「喔。」他站起來伸伸懶腰，把一旁觀戰的豆仔推上前，「你接著玩，別把我大好江山敗壞了。」

「老大，我沒錢啊！」

「玩吧，輸贏一千塊以內算我的。」

有了陳瑋這句話，豆仔興奮的搓手打算大戰一場。

「你們……不是在開會嗎？」

「是啊，這不就是在開會？」阿宏笑道：「社團期末會議，公社style。」

她疑惑的看向陳瑋，那邊已經收拾好樂器，拎起包包。

「下禮拜學校社團評鑑，每個社團都要事前繳交期末會議的報告，妳這個指導老師不清楚嗎？」

「你們這樣，交得出會議報告？」

陳瑋聳聳肩，「反正學校遲早得把我們踢出去。」

「怎麼說？」

「阿宏已經畢業，我、豆仔、飛飛今年畢業，剩下阿星，他一個人玩個屁。」阿星聞言，很配合的比了個V手勢。

「那……以後怎麼辦？」

「不知道。」

「老師別聽老大瞎說啦，陳瑋已經開始在外面弄團練室了。」飛飛插嘴道：「就缺錢了，所以才要打麻將眾籌啊。」

其他人紛紛啐他一口，「去搶比較快了，還眾籌咧。」

丁蒔蘿搖搖頭，「你們好歹是校園天團，怎麼會混成這樣啊？」一個念頭閃過，她沒忍住：「開哥那邊幫不上忙？」

「我們還在打官司咧，怎麼可能拿他們的錢？」

「對啊，老師妳怎麼比我還狀況外？」

「我不揍他一頓，把版權搶回來就便宜那個資本主義走狗了！」阿星咬牙切齒道。

陳瑋做出一個誇張手勢，「妳聽聽，有夠團結吧？」

她翻翻白眼，「你說得輕鬆，身爲團長，難道沒有打算嗎？」

「我早就說過了，散團是一定的啊，阿宏要繼承家業，豆仔已經拿到竹科offer，要去當黑心工廠血汗員工，飛飛家裡要他出國，不過我看在那之前，會先被女朋友帶球逼婚——」

「呸呸呸！」飛飛送來一顆九筒，陳瑋閃過，直接敲到桌腳，阿宏瞄了眼落地的牌，氣勢萬鈞，大喊：「胡了。」

室內頓時爆出各種反應，熱鬧翻天，「靠！這樣也能胡！」

「給錢給錢。」

「不爽啦！」

在這樣的氛圍中，哪還有什麼問題與困難？

「那幹麼還要在外頭找團練室？」

「不是找，是弄，我打算自己弄一個團練室。」

「你？」

他咧開嘴：「雖然散場是遲早的事，但在那之前，我們還可以邊玩，邊賺別人的錢。」

「對啦，老師，妳放心我們沒那麼容易散啦，只要飛飛不當奶爸，公社就會繼續下去！」豆仔提出洞見。

「見鬼了！我什麼時候要當奶爸了？」

「是誰上次清晨七點要人去藥局幫忙買事後藥的？」阿宏吐槽。

「馬的，你們這些損友！」

陳瑋聳聳肩，給她一個「有必要為這些傢伙擔心嗎？」的表情，拉著她走出團練室，裡頭的笑鬧聲在地下室裡迴盪，不絕於耳。

「所以，就這麼決定了？不解散了？哪來的錢弄團練室？要開在哪裡？」

他打開辦公大樓隱密的後門，側身讓她先出去，「錢的事總會有辦法的，至於地方嘛，妳不是也在幫忙嗎？」

「我？」

「妳不是在幫我打掃舊家嗎？」

「你家？」

「是啊，這點子不賴吧？在大學文教區，年輕人多，獨棟房子又不影響鄰居，我們家琴房本來隔音就很不錯。」

這麼說起來倒真的很合適。

她想起那晚的觸動，他們的關係變得更親近，除了師生、朋友，還有某種說不清的感覺，讓她不再拒絕他的邀約，也讓他更自在的說出內心想法，那晚以後，他們時常回到舊家，清理環境、改變裝飾，一起下廚、聽音樂，他仍然不輕易拉琴，但偶爾會彈彈吉他、鋼琴，展示新的曲子，雖然彼此都知道這段不定義關係的時光只是暫時，但陳瑋的漫不在乎漸漸影響了她，這輩子，她也想這麼活一回，不管他人眼光，不在乎後果，忘掉過去不想未來的，只是活在當下。

活在當下，說得容易，她卻始終做不到。

殷子愷吸引自己的是這個，因爲認定自己會早逝，所以不在乎；陳瑋吸引自己的，也是這個，因爲他篤信人生的不完美，所以放棄執著。她自己呢？生命如浮游，她爲何做不到轟轟烈烈的去主張，去爭取，或者去破壞？

「因爲害怕。」陳瑋這麼說：「妳內心有個叫『丁蒔蘿』的倒影，妳害怕破壞它。」

「倒影？」

「對，只是倒影而已，端看妳要將之視爲真實或虛幻。」他自嘲道：「別誤會，我並不比妳有洞見，只是比妳先體驗幻滅罷了。」

他的自嘲，讓她彷彿看見從小站在亮麗舞台上拉琴的那個叫小瑋的男孩。

「站在舞台上的人，遲早要面對這個現實，講台也是個舞台，」他笑，「我很喜歡上妳的課，一方面也是很訝異妳連大學講堂都這麼當一回事的去準備。」

「你當我在表演？」

「是啊，同一場戲我看了三回，同一個主題，妳每年講得都不同，從很久以前我就想問妳，幹麼這麼認真對待根本沒人會在乎的事？」

「那不是老師的責任嗎？」

「這就是了，所謂的『丁蒔蘿講師』倒影。」他吹了吹她的瀏海，溫熱的氣息撫面，「我幫妳趕走了。」

陳瑋與殷子愷的差別在於，他讓丁蒔蘿更了解自己。

她也越來越了解陳瑋，經歷少年有成、打擊、轉向……他旁觀別人的人生，也旁觀著自己的，但這並不意味放棄人生，他其實一直都在爲自己，爲身邊的人打算著。

思緒回到眼前，她皺眉問：「那麼只剩下錢的問題了，之前與開哥那邊的合約麻煩還沒解決不是嗎？」

「已經沒事了。」他拿出安全帽幫她戴上，語氣輕鬆：「我爸的律師快搞定了，以後數位版的收入歸他們，版權回歸公社。」

「你沒想過或許開哥那裡有些資源會對你將來想做的事有幫助？」

他跨上機車，頭也不回的回答：「就算有，也不值得賠上自己，搞到後來都不清楚自己是誰，這算是我送給台北公社的畢業禮物。」

她已經很習慣坐在他的身後，穿梭於吵雜紛擾的台北街頭，或許是受他感染，覺得自己回國以來，從沒活得如此有生氣，對未來如此的躍躍欲試。

殷子愷再怎麼看不順眼自己的老媽，太后的命令仍不得不照辦，卸下雜七雜八的東西後，就開始忙著「送貨」，出門前從公事包裡挖出一堆藥廠樣品，給老媽的清單加點碼，他的八面玲瓏可是師承這位太后啊。

二樓的浩子看到他眼睛簡直沒閃爆，接過雞精與加了微量腎上腺素的綜合維他命，「凱子哥，幹麼對我這麼好？」

「沒辦法，我老媽的希望法則啊，不過我的『慾望法則』保證對你更管用！」

「什麼『慾望』法則？」高三男生精力充沛，對那兩個字尤其敏感。

「你不是很哈美美嗎？」美美是他的前前前任女友，某次浩子幫忙拿包裹上樓，不小心瞥見衣衫不整的美美，簡直驚爲天人，這小子當時不過高一，對於樓上的哥哥能把上這樣的極品美女，簡直佩服的五體投地，「乖，考上台大，我就把美美電話給你！」

浩子立刻將雞精、維他命什麼的全放在一旁，跟凱子擊掌，「一言爲定！」

給匡哥匡嫂的祭品籃，他加碼的是附滴管的新型V開頭閨房用藥，當然是私下給匡嫂的，還語帶曖昧的說：「嫂子妳視情況看要加幾滴，匡哥一定凍未條，我保證年底前鬧出人命！」

匡嫂露出陰狠的笑，「加幾滴都可以是吧？」

殷子愷突然打了個冷顫，本著職業道德提醒：「最好還是不要超過五滴，我怕會真的鬧出人命。」走之前還不放心加上：「我是說真的。」

東西送過了，接下來呢？找嚴立丰？本來以爲蘿蘿幫他搞定大魔王嚴立言以後，他的小叔危機就算解除，可以回麗丰繼續抱美人賺獎金，沒想到公司卻臨時調他到南部分公司當講師，這一去就是兩週，要不是南部同事熱情，每天晚上安排聚餐、聯歡，他才待不住……

好吧，這其實也是藉口，重點是他終於如願以償抱得獨立自主美人歸，美人卻沒他想像中的想念自己，身爲盡責的醫師與部門負責人，嚴立丰是個大忙人，見面時候還好，標準ABC作派，「Work hard，play hard」那種，兩人關係似近似遠，等到遠距離只能靠電話聯繫時，卻只剩下距離沒有甜蜜，他們只通過三次電話，每次還都不超過五句。

第一次。

「我美麗又能幹的女友大人，妳在做什麼？」

「在開刀房。」隱約還有回音，對話是以擴音傳遞，他眼前浮現她滿手是血，面對著一個開了五指的陰道……

第二次。

「哈囉，寶貝，妳現在在開刀房嗎？」

「沒，在睡覺，剛值完三十小時的班。」

「喔，那……妳好好休息……」

第三次。

「立丰，妳現在在開刀房嗎？」

「不是。」

「在值班？」

「今天休假。」

他喜上眉梢，暗自醞釀所有甜蜜戰力，打算一次放送。

「我跟爺爺在喝茶。」

嚴金水的臉浮現眼前，他手抖了下，電話掉了。

三次以後，他都沒勇氣再打女友專線了，這女人不只獨立自主，還氣勢逼人，身邊有個對他懷抱不明敵意的小叔也就算了，光聽到她說爺爺兩個字就能將他逼退回暗黑森林裡，有生以來第一次，談了個壓力山大的戀愛，對感情他的要求明明就不多，老天爺爲何要這樣玩他？

他搖搖頭，還是先找蘿蘿吧。

「你到家啦？」電話一接通，她劈頭就問。

「妳怎麼知道我今天回來？」

「殷媽媽說的啊，還說你會帶極地鵝絨被給我？」

殷陳桂花女士還真是算無遺策，放在古代她就是個翻手雲覆手雨的……奸臣。

「我晚上沒事，現在載過去？順便給妳個機會請我吃你們學校實習西餐的紅酒燉牛肉？」

「哈！我不在學校，要不要猜猜我在哪？」

是他的錯覺嗎？怎麼覺得向來一板一眼的蘿蘿語氣有點輕佻？

「呃，要不要給點暗示？」

「我在REX。」正直的大學老師，當然不會只給暗示，直接說出答案。

REX是獨立音樂樂迷們的聖地，場地不大，卻是所有樂團展露頭角的最佳舞台，今天又是週五，通常都是安排人氣團登台，REX除了音樂以外，也以調酒聞名，吧檯由國內第一位獲得國際調酒冠軍的JB坐鎮，他在腦中收集所有線索，憑著對丁蒔蘿的了解，破了案。

「陳瑋帶妳去的？妳喝酒了？」

「JB特調，兩杯，JB本人請客！」話筒中開始傳來樂音，她必須扯著嗓子才能繼續對話：「我們在慶祝。」

「慶祝？」

「囉哩囉嗦的幹麼，直接過來不就得了！」電話裡換了一個聲音，陳瑋的語氣雖然不客氣，但殷子愷樂得獲得週五夜一票難求的REX入場券！

腦子裡有個聲音要他關心一下正牌女友。

「八成在忙，明天再說！」他喜孜孜的跳上計程車朝REX奔去。

REX位於城西區，一整片的廢棄菸草倉庫改造而成的文創園區，白天許多文青或假文青穿梭，熱鬧非凡，到了晚上，園區打上幽微燈光，營造出迷醉氛圍，讓這片倉庫區成爲台北最潮的夜店區，酒吧、小酒館林立。

園區的夜間台柱就是REX，而REX的台柱是JB，有人說JB調的不是酒，而是人，爲了一嚐世界冠軍的手藝，不論是名流還是明星，都得放下身段，在吧檯前跟龐克青年以及古著文青們湊一塊排隊，拍電影的、玩音樂的、搞藝術的、搞金融的，台哥台妹們、ABC、外國人、嬉皮青年們不同階層與領域的人們，通通在這裡水乳交融。

聽過許多關於JB的江湖傳說，當殷子愷看到蘿蘿和陳瑋竟然就坐在大名鼎鼎的JB面前的吧檯區，還幫他留了個位子，差點沒流下感動的淚水。

丁蒔蘿大概是喝多了，竟然大聲喊：「喲喲喲，這不是凱子嗎？」

一旁的陳瑋抬起頭，沒有綠島那時的不耐煩模樣，朝他拉開嘴角，拍拍一旁的「搖滾區寶座」，示意他過去。

「我靠！這就是傳說中的JB特調座嗎？」

「可不是嗎？」蘿蘿仍然很嗨。

吧檯後的JB頂著一頭沖天的金色短髮，又酷又帥的瞇眼瞪他，「你就是阿瑋的情敵？」

「蛤？」殷子愷愣了下，但反應很快，一把摟過蘿蘿，「對對，我們是天長地久，陳瑋只是露水姻緣。」

「少濫用成語。」丁蒔蘿推了他一把。

「喝什麼？」JB撇撇嘴問凱子，顯然不把他說的當一回事。

「當然是JB特調啊。」

JB看了陳瑋一眼，接收到後者露出不懷好意的笑。

「你確定？」

「當然，沒喝到JB特調就白來REX了。」

JB冷哼一聲，移到吧檯另一邊招呼其他人，凱子趁機跟陳瑋表示感謝：「托你的福啊，圓了我此生一大夢想。」

「你的夢想就這樣？」

「當然不止，還有世界和平啊！」

「要是每個人都像你，那還真世界和平了。」

不知道是不是錯覺，從主動邀他過來，招呼他坐下，到現在超過兩句的對談，殷子愷覺得陳瑋對自己的態度似乎變得很不一樣啊。

他問蘿蘿：「你們倆在一起啦？」

陳瑋搶白：「假如是呢？」

「那也沒什麼，」他聳聳肩，「頂多就是師生戀加婚外情，在這年頭，沒什麼的。」

丁蒔蘿噗哧一笑，「最好是沒什麼。」

陳瑋瞄了她一眼，嘴角也隱隱含笑，還不忘追問凱子：「所以你才這麼放心是嗎？」

「放心，我當然放心了！」他拍拍蘿蘿難掩醉意的通紅臉頰，「誰能讓這傢伙做出格的事，哪怕只有一項，我都要感激他了，更何況你一口氣占了兩項。」

「師生戀？陳瑋再一個月就畢業了，到時他就不再是我學生了。」她舉起手上的婚戒，「這個倒是稍微麻煩點。」

殷子愷突然覺得氣悶，這是……來真的？沒想到丁蒔蘿竟然當著陳瑋的面，說起一直避而不談的婚姻，事實上，她回國都快四年了，都還沒解釋過那邊的情況，到底什麼時候結的婚，嫁給了誰，她不想說，他也就沒問，這是默契，只屬於他們兩人之間的默契。

更沒想到陳瑋一派輕鬆的說：「這算什麼麻煩？飛一趟就成。」

「我……是不是錯過什麼啦？」殷子愷臉上沒了笑容。

「目前還沒有，我只是在幫蒔蘿破除迷信。」

「破除迷信？」

丁蒔蘿低著頭喝調酒，一點暗示不給。

「等她破除迷信，我們才會開始。」

殷子愷還想問什麼，JB端著一排木盤拖著的杯子過來，放在他面前，酷酷的說：「JB特調，梁山好漢，給你的。」拿出細長的打火槍，當著他的面點燃，整排杯口竄出妖媚的藍色火焰，JB留下一根小指長度的吸管，「怕不怕死？」

這一手行雲流水，吧檯周邊的人都聚集過來，目光齊齊投向凱子。

JB調得果然是人！他正需要來點猛的！

「這你可問錯人了！」凱子接過吸管，趴在吧檯上，面朝火焰，一口氣吸光前三杯，以龍舌蘭爲基底的酒，每杯只有10cc不到，但滋味各異，火焰看起來炙烈，其實溫度並不高。

他放在膝蓋上的右手上覆蓋著另一個人的溫暖，是蘿蘿，因爲緊張而不自覺的握著他，他偏頭問：「妳來真的？」

「不知道。」

死鴨子嘴硬。

他低下頭，從齒縫擠出一句：「妳應該清楚的。」

不是好漢不上梁山，殷子愷一鼓作氣將剩下的四杯吸盡，萬千滋味混雜，他對那晚的記憶就是蘿蘿閃亮的眼睛，也不知是對他，還是對陳瑋，他甚至都沒問這兩人究竟在慶祝什麼。

第十章　幸福的家庭都相似

殷子愷交過一個很天真的女友，天真歸天真，但也很勇敢，當他開始厭倦上下班接送，每天查勤，週末一定要黏在一起，生日、相遇日、交往日都要慶祝，這樣的「常態」戀愛模式後，他拿出絕招，坦白自己身體狀況，生來有癲癇症，一輩子都要吃藥控制，不可能痊癒，而且發作起來會暈倒、口吐白沫、全身抽搐，奉勸她去找更健康的男人。

這個天真女友，忘了名字，暫時叫她小天真好了，當時眨著貼了假雙眼皮、假睫毛的明亮大眼問他：「發作是什麼感覺？」

他記得自己當時愣住了。

小天真繼續問：「是會有感覺要發作，還是突然發生？」

他認真想了想，「會有感覺，例如暈眩、四肢無力……」

「那之後呢？」

「蛤？」小天真問的問題真不是普通深奧，他又想了會，「暈眩、四肢無力，還有會覺得很幹。」

「很幹？」

「對啊，會變得很厭世，討厭所有看見我發作的人，討厭這個世界讓我莫名的發作，討厭自己……有病。」從肉體到精神，從內到外的，感到厭棄，以及被厭棄。

他覺得從小到大跟這個毛病相處，唯一值得驕傲的就是能夠壓抑住厭世的心情，不被毀滅，半天，最多半天，他就會回歸正常，必須回歸正常。

小天真雖然沒被他的告白嚇到，但最後仍然沒留下來，他記不太清楚怎麼結束的，那段感情發生在丁蒔蘿出國第二年，她剛拿到碩士學位，本來應該要回來的。

丁伯父從大陸回來後沒多久，她突然宣布畢業後要出國。

「妳爸才剛回家，換妳要走？」那時他正準備藥師國考，日子過得昏天暗地，沒有心理準備，感覺被好友突襲，抵觸的心情一股腦湧上來。

「就是因爲他回家，我才要走啊。」在他面前，她沒必要隱瞞自家醜事，「真的像他說的那樣，回老家找工作，每天看我爸媽吵架嗎？我姊她們都搬出去了，只剩我一個人被夾在中間。」

「那妳可以留在台北找工作啊。」

「我找了，文科新鮮人能找到的工作，薪水只有兩萬出頭，租不起房子，不是每個人都像你，家裡早幫你買好房子。」

「我媽買的那個都更房，也沒多好，要不……」他不假思索，「妳過來一起住吧，房間給妳，我睡客廳！」

「謝謝你喔，那你女朋友怎麼辦？你們怎麼『辦事』啊？」

他嘿嘿幾聲，果然不是好主意，但要怎麼留下她呢？

「妳哪來的錢留學？妳爸在大陸不是賠了很多錢？」

「我姊姊、舅舅他們願意幫我，兩年的學費與生活費差不多夠了，法國的學費比起美國那種資本主義，便宜很多。」

連留個學都能扯上資本主義，他真服了她，「只去兩年？」

「嗯，我只想念個碩士，兩年應該夠我爸媽磨合，到時家裡情況穩定一點，我再回來。」

「怎麼覺得妳父母健在，比我家只有一個單親老母還要麻煩啊。」

她臉色沉了下來，喃喃說：「幸福的家庭都是相似的，不幸的家庭各有各的不幸。」

「什麼意思？」

「意思是這世上真正幸福的人很少，其實每個人都有各自的不幸。」

那天晚上他根本無法專心讀書，從國中開始一直在身邊的人，突然就要遠走他鄉，而且還是去治安不怎麼樣的國家！熬了一整夜，想不出辦法如何打消她出國的念頭，衝動之下，放下讀書計畫，約她到二輪戲院看過期的聖誕節電影。

大概是下定決定要出國，她心情也變得輕鬆，爽快的答應了，兩個人的角色突然對調：他多愁善感，她則大大咧咧，在黑暗的影廳裡，他可以感覺到丁蒔蘿呼吸的溫度，伸手到放置在座位中間的爆米花桶時，不時會接觸到她柔軟的手，電影裡播到浪漫的場景，他也可以感知到她內心的不以爲然。

電影散場了，他卻不想離開，只想一直坐在那裡。

「認識妳這麼久，還不知道妳的手牽起來什麼感覺？」說話的時候心臟怦怦跳。

「吶，就是這個感覺。」

她將手放入他的掌中，既輕且軟，還帶點潮溼的溫暖，他覺得自己可能要發作了，腦子閃過一個不合時宜的念頭，但立刻被自己壓下去，萬一……那之後他卻倒下，口吐白沫、全身抽搐，而她最後依然出了國，那他該怎麼辦？

兩年，不就是兩年嗎？

「哈，原來是這樣的感覺啊，妳手好小喔，好像我小表妹的手。」

不管怎麼逃避，最後還是來到了她出國那天，他本想一個人去送她的，他知道她的個性，越是在乎就越會假裝不在乎，但是他不知道要怎麼在她面前假裝開心，明明心裡一百萬個不情願。

想東想西的，結果當然失眠了，心浮氣躁的出門買了一堆無用的東西，想讓她帶走，越打包就越對自己生氣，然後就……發作了。

發作時，捱過一開始的肌肉疼痛，精神彷彿抽離肉體，高高在上的看著躺在客廳地板的那個面容扭曲、四肢絞緊、口裡發出野獸嚎叫的男孩。

抽搐平息以後，他躺在地上，全身力氣都流失，有生以來第一次，他不再想跟厭世的情緒抗衡，心想就這樣吧，不願意又能怎樣？

丁蒔蘿的班機在午夜，說好要去接她，一起搭客運去機場，該出發了，他卻躺在逐漸變黑的房子裡，四周圍繞著包了一天的東西，他對自己冷笑，假如他沒去赴約，她會一直等他，等到錯過飛機？還是……

痴人說夢，痴心妄想……

是鄭自強的電話把他拉回現實，「喂，蘿蘿是不是今天出國？你知道她幾點會去機場？」

「你想幹麼？」他有氣無力的問。

「我想去送機啊，畢竟是朋友。」

畢竟是朋友……

他突然跳起來，朝話筒喊：「你們班不是跟蘿蘿班級聯誼過？你還有她同學的電話吧？把人都叫過來，我要給她辦個轟轟烈烈的送別！」

去接她的時候，他老找藉口去買飲料、雜誌、買東買西、看東看西，就是不跟她好好坐在一塊，不想她發現自己剛發作完，蒼白的嘴脣、眼裡的血絲與不停顫抖的手。

不知道鄭自強怎麼辦到的，竟然找來所有人，那些她想見與不想見的都出現在機場，他冷眼旁觀她假裝驚喜與開心，一一道別，還邀請大家到花都找她。

他小心的與她保持距離，不想，不能讓她看見他有多不情願，多不捨，放手讓她離去。

直到飛機起飛，他才離開機場，慶幸在電影院裡握著她的手時，沒說出心底真正想說的話。

香味不斷從廚房飄來，嚴立丰簡直要覺得在廚房裡忙得不亦樂乎的是殷子愷，而不是應該比自己忙十倍的嚴立言，她剛結束與美國研究室的視訊，站在飯廳裡，與他隔了一張十人座的餐桌和中島吧檯。

「你在煮飯？」

他頭也不抬，手裡拿著香料罐，手勢扭轉撒入胡椒，更濃的香味四溢，「海鮮燉飯，妳的最愛。」

「你可真閒，成天不是做飯、喝酒就是喝咖啡泡茶的，老頭子知道你是這樣管公司的？」

他拉開嘴角：「沒有病人看、沒有刀開、也沒有會可開，我倒想問問嚴醫師，怎麼會這麼忙？一天到晚關在書房裡不出來？」

她煩躁的扯扯凌亂的短髮，關在家這幾天，她乾脆連頭也不梳了，作息跟著美東時區，有時一整夜不睡，有時又睡掉整個白日，不管怎樣，對面這人好像絲毫不受影響，在各自劃定的範圍裡，絲毫不受影響的生活著。

「我拿到報告了。」

他眉眼不抬的跟她閒話家常：「什麼報告？」

「病毒序列和個案分析。」

「世衛都還沒發布，這報告連政府都要不到，妳怎麼……」他突然明白，「難怪日夜顛倒，妳跟美國那邊聯絡了吧？」

「嗯。」她癱坐在沙發上，忍受香味攻擊，「以前傳染病學待過的實驗室，給我一份加密的文件，這次的病毒跟以前不一樣，帶有刺突蛋白，進入人體內以後不攻擊免疫系統，而是先進行體內同化，再到上呼吸道大肆破壞，這意味著發病時症狀不會太明顯。」

「好事？」

「不見得，沒有病徵就越難察覺，傳染力就更強。」

「會人傳人？」

「還不知道，但聽實驗室說，很多國政府早就悄悄去探消息了，不管世衛說什麼，都朝人傳人的方向備戰。」

他蓋上鍋蓋，走出吧檯，站在餐桌旁，遠遠看著她，「台灣也早就做了準備，記得我們在大陸好幾個幹部上個月就抱怨搭飛機前要排隊量體溫。」

「上個月？」她皺著眉頭，「那表示已經醞釀一陣子，台灣應該早就出現零號病人了。」

「美國那邊有什麼對策？」

「沒有對策，目前先用奎寧擋著，輕症有用，重症無效。」

這些都是相當寶貴的訊息，他看著立丰，學醫的第一年，她就以進入無國界醫生組織服務爲職志，專科選了傳染病學，後來被她母親知道，大力阻擋她走上那條路，到底是怎麼打消她的念頭，她始終不願意說，沒多久她母親就傳出罹癌，這大概就是原因吧。

「我要醫院多準備奎寧。」

「我已經指示了，我們沒有負壓病房，感染的患者也不會往這裡送，但到時候可以支援其他醫院。」她轉頭，「惠飛支持一款新的疫苗，聽說已經做到第二期，我相信只要能收集到夠多的樣本數，這次很有可能會被他們拔得頭籌。」

他爲她倒了一杯酒，以酒精拭紙擦拭酒杯，放在托盤上，推到她面前。

「提起惠飛，妳是想建議我加買股票？」

她失笑，「能不能別那麼生意人？」

「那就是怪我打壓惠飛了？」

她冷哼，擺明很清楚他在背後做了什麼，「凱子到南部去了，假如這是你的目的。」

「我的目的是要妳想清楚，妳要什麼。」

「你希望我要什麼？」

他上前一步，跨過劃清的界線，「我要妳做妳自己，不是一個小婦產科醫生，也不是成天和一個痞子吃喝玩樂。」

她安靜半晌，拿起酒杯，淡然道：「哪怕你必須付出代價？」

「我準備好了。」

她冷笑一聲，「是啊，有伊蓮娜在，你當然準備好了，即使必須一無所有離開台灣，也沒什麼大不了的。」

「醫院是妳的，巨象也是妳的，這些年來，老頭子對二房，甚至對我，都夠大方，但核心事業的股份從來沒有分割過，妳以爲他都一大把年紀了，還死抓著大權不放是爲了什麼？

「醫院、巨象，不一定要由我經營，交給專業經理人比交到我手上合適，只要不給二房就好，至於你……」她挑釁道：「你媽會甘心嗎？她從霍夫曼一個小祕書做起，一輩子汲汲營營，就爲了栽培你這麼一個兒子，放棄嚴家能給你的一切，她會甘心？你甘心嗎？」

「我不甘心，但不是爲了繼承。」

「我進嚴家本來就是個錯誤，但這不意味著妳也錯了。」他低沉道：「我會娶伊蓮娜，回紐約去幫霍夫曼工作，但走之前，我希望妳下定決心，拿回屬於妳的東西。」

這是他第一次直白的說出想法，短短幾句話，把自己的與她的人生都安排了。她心上一痛，低下頭，掩飾神情。

「就憑這點，我不能把妳交給殷子愷那種人。」

「他是哪種人？」

「一個沒有辦法替妳分擔責任的人。」他的聲音越來越沉，「妳或許會覺得新鮮，終於有個人不把妳當嚴家大公主看待，也會覺得輕鬆，可以拋開責任只做妳自己，但是立丰，嚴立丰這個名字是身分，也是責任，不明白這個事實，那麼他就無法理解妳，真正的妳。」

她警告過殷子愷，但內心深處，她很清楚自己無法反駁嚴立言，她的對象，必須是能夠和她一起負起責任的人。

「不要再說了。」

他直接走過來，站在她面前，「立丰……」

她抬頭，眼裡有淚光，「給我一點時間，我只是……」

「立丰，我們沒有時間了。」

「是嗎?這就是你急著娶伊蓮娜的理由?」

他眼裡迸出光芒，啞著聲音說:「我再問妳一次，妳希望我不要娶她?」

此時此刻，她想不到反對的理由，不藉著結婚離開嚴家，他就永遠是她的小叔叔。

她只能沉默，而他饒過她的沉默，兩人之間隔著跨不過去的最後一步。

「記得我有個大學同學在蘇美島開發高爾夫球園區嗎?我投了一筆錢，獲利比預期好，他給我留了一間面海的房子。」他拉開嘴角，「以後去住那裡，弄兩三個基金玩玩，就夠忙碌的，說起來，我也幫妳投一點錢進去，等第二期蓋好，妳也會分到一間房子，哪天嚴大醫師想到我，不妨到蘇美島來渡個假，我們可以坐在面海的露台上，邊看夕陽邊品嚐美酒。」

「很美好的未來。」

「立丰，人生本來就沒那麼複雜，求仁得仁，如此而已。」

「但是你又說自己不甘心。」

「我是不甘心妳受人欺負。」他拿起她的酒杯，一口仰盡，「我所求的，不過如此而已。」

殷子愷不是第一次踏入丁蒔蘿的學校，學生時來找過她幾次，後來她回母校任教，他常為了高CP值的餐飲系實習餐廳，藉故要她請客，分配到教職員宿舍後，遇到需要添購傢俱，她總是不客氣的找他來幫忙組裝，他卻從沒上過她的課，沒見過她站在講台上的模樣，那吸引了陳瑋的模樣。

溜進教室時已經遲到了，丁蒔蘿背對著班級在黑板上寫字，沒看到他滑入教室座位最後一排，即使轉過身，她低頭專注看著講綱，不太看學生，課程內容有關法國波旁王朝復辟，以及法王流亡國外的經歷，課程名稱是法國史，卻比較像是專題課程，她講述的內容側重在君主立憲體制的法國中產階級，如何開始介入並左右政治。

丁蒔蘿個人的舞台，其實不太需要觀眾，條理分明、論點有力、用詞淺白、內容精闢，連他這個理科生都聽入迷了，他不知道從小一起長大的老友，竟然還有這樣的天分。

觀察幾乎全滿的教室，學生們看來是習慣老師的注意力並不在台下，紮實的內容與流暢的講述，已經足夠吸引他們的注意力，身爲醫學院學生，他忍不住懷疑學生要如何消化這麼多的內容？準備這門課的考試恐怕會是酷刑。

整整兩個小時的課，沒有中場休息，丁蒔蘿只留最後十分鐘與學生互動。

「今天的課就到這裡，有問題嗎？」她放下講綱，抬起頭來掃視教室一圈，視線掠過他，停頓，倒帶回來鎖住他。

他可以看到她輕微的攏眉，與眼底的疑問：「你搞什麼鬼？」

他扯開嘴角，下巴努努前面幾排高舉起的好學生的手，提醒她先照顧自己的學生。

她按下疑惑，答覆學生的問題，光聽那些問題，他就知道什麼樣的老師吸引什麼樣的學生，這些學生對她這個木頭老師，有著純粹學識上的崇拜。

沒想到蘿蘿學問這麼淵博，難怪出國五年就拿到博士學位，不，應該說是三年，前兩年念碩士，計畫之外多延長三年，完成博士論文，通過答辯，不到三十歲就成爲大學講師。

那多出來的那三年，她從未多談，一如她絕口不提的婚姻。

學生散去，教室變得空曠後，她收拾講桌上的教材，等著他過來。

「偶像！」

她斜他一眼，將東西塞進包包，「幹麼？昨晚在REX喝那麼多，今天上不了班？」

他彈了下手指，「神準！難得蹺班一天，妳昨天不是還跟我要鵝絨毯？我專程給妳送過來了，看我對妳多好？」

「那鵝絨毯呢？」

「丁老師妳嘛拜託一下，我要是抱著鵝絨毯來教室，妳學生會怎麼想？」

想到那畫面，她忍俊不禁，「也是。」

他陪她先到研究室放教材，東張西望問：「怎麼沒看到陳瑋？他蹺課嗎？」

「這堂是大三選修課，他都大四了。」

「原來如此。」他點點頭，「不過教室坐得那麼滿，都是選修來的嗎？妳講的內容挺深的啊，大家都不怕被當嗎？」

她再次橫他一眼，「我哪有那麼愛當人？不過這堂課旁聽的學生也不少就是了。」

他吹了聲口哨，「丁老師，很帥喔。」

「帥什麼？不就是教書？」

「妳天生就是吃這行飯的。」

「你以爲誰都像你一樣，明明不愛吃藥偏偏跑去當藥廠業務？」

「我也是天生吃這行飯的，妳不覺得嗎？我賣的不是藥，而是希望，每個吃藥的人都希望印在包裝盒上的療效會百分百應驗在自己身上，這跟廟公賣靈籤一樣道理啊。」

「你學校老師聽到這話應該會氣死吧？明明是科學卻被說成玄學。」

邊走邊鬥嘴，他們走到研究大樓，她的研究室在頂樓，窗戶俯視文學院前的小公園，窗台前有個蛋形椅，窗台上放了一包香菸。

「妳還抽菸啊？我都不知道。」

她專注於將講綱歸位，收拾桌上的書本，沒回他。

「好像一直是這樣，妳很多事情，我都不知道。」

「嗯？」

他窩進蛋椅裡，轉個不停，看似不正經，語氣嚴肅得很：「不說也沒關係，總會等到妳想說的時候，但是當妳願意說的時候，卻沒第一個告訴我，挺傷人的。」

她看過去，卻只看到蛋椅的背面，這才發現殷子愷今天不太對勁。

「什麼說不說的？你到底想問我什麼事？」

「妳的戒指，到底是怎麼回事？」

她愣住，昨晚她也喝多了，印象中三人聊到這件事，只是草草提過，並沒多聊，他卻如此介意？室內空氣沉寂半晌，外頭有人敲門，隔壁的老師過來說半小時後大樓電力檢查，會停電兩個小時，提醒她不要搭電梯。

「好，謝謝你。」她關上門，走到窗前，打開窗戶，抽出一根菸，點燃，抽了幾口後背對著他慢慢開口：「碩士畢業後，我沒錢了，本來要回國，但是指導教授希望我把碩論發展成博論，邀請我加入他的研究小組，申請博士、居留延簽都需要財力證明，我拿不出來，教授剛喪偶，年紀也大了，就提議協助我。」

「所以妳就嫁給他了？」

「嗯，我對感情沒有追求，他也一樣，就是紙上婚姻，只是爲了拿到居留而已。」

「既然如此，妳博士都拿到了，也不打算回去長住，爲何不把婚離了再回來？」

她抽完手裡的菸，轉過身直直的看著他，「你說呢？」

他這才想起她是爲了什麼回國的，撇開視線，強壓下愧疚與懊惱的情緒，嘴硬質問：「那爲什麼都不願意解釋？」

她嘆口氣，不就是爲了不要有今天嗎？忐忑不安，深怕多說一個字就會踩線，那是好友之間的安全距離，是彼此的防護罩。

「因爲沒什麼好說的。」

「結婚這麼大的事，怎麼會沒什麼好說？」

他今天的表現十分異常，莫名的咄咄逼人，像是從前那個追著她不放，死纏著要她教寫情書的少年。

她還沒想到要怎麼回答，他卻突然站起來，拿走她剛抽出來的第二根菸，「別抽了，對身體不好，走吧。」

「去哪？」

他轉頭，朝她一笑，「妳不是要極地鵝絨毯嗎？」

自以爲帥氣的轉身，但走在她前面的殷子愷卻心悸得厲害，這場宿醉也太反常了，怎麼會一早起來就覺得憋得不行，只想揍一頓陳瑋，讓他把那句：「不麻煩，就是飛一趟的程度。」給吞回去，也想用力搖搖她，大聲問：「妳有什麼問題是我解決不了的？幹麼不跟我說？」真懷疑JB到底給他喝了什麼？

還好他先跑來找蘿蘿，現在知道她的問題根本不是問題，祕密也不是祕密，全是他小題大作罷了，至於爲什麼心裡還是憋，他不想深究。

他從車子後座抱出毯子，她伸手準備接過去，他卻說：「送佛送上天，我幫妳拿去宿舍。」

「又要叫我請你吃飯吧？你今天還真不是普通閒。」

「哼。」他踢了踢車門，「車上有我媽燉的雞湯，妳自己拿。」

「雞湯不是該拿去孝敬女友大人的嗎？」

他突然定住，這才記起嚴立丰，慘叫：「慘了，我忘了打電話給她。」

「你這次戀愛很不專心啊。」她譏諷道：「不是說史上最速配的對象嗎？」

「是很速配啊，她很獨立，根本不需要我。」他搖搖頭，「妳不懂的。」

「我好歹結了婚，怎麼會不懂？」

看樣子，結婚這件事，已經被列入可以拿來開玩笑的話題，意味著她不會說更多了，他太了解丁蒔蘿，知道這是她逃避的方式，就跟年少時候，她家裡的情況，也曾經從禁題到不值一提，想到這裡，他覺得自己也能開一門課，叫「丁蒔蘿的顧左右言他史」。

穿越校園時，他們在外語學院頗有歐洲風情的露天咖啡坐下，棉被放一旁，冷凍雞湯擱桌上，喝著咖啡繼續顧左右而言他，就像電影院的握手之後，一樣的雲淡風輕，一樣的不著邊際。

「你們昨晚到底去REX慶祝什麼？」他其實想問：妳跟陳瑋進展到哪？

她解釋陳瑋那個開練團室的計畫，關於他剛繼承的房子，因爲涉及別人的私事，她並沒多著墨，經營練團室聽起來像是陳瑋的志向，僅此而已。

「你不打給嚴立丰，她也不會打給你嗎？」她其實想問：你跟嚴立丰是不是哪裡有問題啊？

「很少，放假時偶爾，不過她放假時必須隨時on call，我之前在醫院還能天天見到她，被調走以後就難嘍！」

「不會吧，她都有來上課啊。」

「上課？」

丁蒔蘿考慮了下，凱子還不知道她和麗莎私下認識的事，繼而想開，當他的愛情助攻也不是第一回了，她有何好保留？更何況她現在不正在「破除信仰」嗎？

「我們都在永康街學茶道，很巧，不是嗎？」

「又是一件我不知道的事……」

她聳肩，「這也沒什麼吧？我沒讓她知道我們的關係，必要時候才能暗中幫你，不是嗎？」

這個情節，似曾相似……他追過他們國中同班、她補習班同學、社團朋友，每次都死纏爛打要她配合演出，當然，她也幫他分過無數次的手。怎麼這一次，他卻有懊悔的感覺。

「妳幫我搞定大魔王，我已經感激不盡了。」

聊起這個，她順道說：「我覺得嚴立言這個小叔，並不是真的針對嚴立丰。」

「我也感覺到了，以前還以為他是見不得姪女好，細想又不是這樣，他只是見不得我好！」

她哈哈大笑，「你少自戀了，那種人哪看得上你？」

「其實，妳也知道，」他突然湊上前說：「我談戀愛本來就不是為了開花結果，好跟不好都無所謂，重要的是過程。」

「其實，你該知道，」她模仿道：「這想法挺自私的。」

「短時間來看，是自私，長時間來看，是大愛。」

「又來了，又要說你會早死。」

「沒要說這個啊，現在科技這麼進步，等我要死的時候，搞不好都可以冷凍人體了，等到幾百年後再死。」他苦笑，「我是說，我反正不是可以依靠的對象，女人啊，最好不要對我寄望太高。」

「殷子光以前不也是花心蘿蔔，結婚以後不是挺可靠的，你怎麼老是不看好的例子，偏要挑壞的說？」

他看著她，張嘴要回，突然閉上嘴巴，搖搖頭，對她也對自己。

「怎麼？沒話可說了？知道是藉口了吧？」

他仍看著她，就在她認定這人又發神經，想起身時，他卻突然說：「假如不是從小就認識妳，我可能會可靠一點。」

「怪我？」

「不是怪妳，但妳是原因之一。」

她警告：「殷子愷？」

他跟著站起來，伸伸懶腰，「啊，我突然想起來一件急事！東西妳自己拿回去吧，我先走嘍！」

她觀察著那傢伙的背影，這算什麼？落荒而逃？

蹺了一天班，隔天回到公司，殷子愷才從唐佳珊那裡知道女友大人正與大魔王隔離中，非典型肺炎雖然聽起來驚悚，但他記得嚴立丰以前主修過傳染病學，既然沒跟他說，應該不嚴重吧？回想兩人最後的對話紀錄，還是昨晚告別蘿蘿後，他在匡哥那盧酒喝，有一搭沒一搭的互傳簡訊：

「親愛的醫師女友大人，我回來啦！在忙嗎？」

「有點。」

「要不要嚐嚐網紅港都焦糖爆米花？」

「好。」

「那妳等我一下，晚點送過去。」

「放在大廳櫃檯就好。」

訊息在這裡中斷，他回憶了一下，匡哥那時送上燒烤，反正攤子沒人，他乾脆坐下來一塊喝酒聊天，對話沒有繼續，他也……忘了送爆米花過去。

既然她跟大魔王隔離中，好在沒送過去，之前送便當都害公司被刪了很多單，送爆米花的後果還不知道會如何？

殷子愷渾然未覺自己嚴重劃錯重點。

將餐桌改成臨時辦公桌，本來專注看報表的嚴立言聽到電話鈴聲，對電腦鏡頭比個手勢，暫停線上進行的例會，也不管另一頭有多少醫院高層幹部等候，摘下耳機，側耳傾聽健身房裡傳出的擴音對話。

「不忙。」

「沒有在開刀房，沒在孝親，也沒在睡覺？」

她輕笑，「幹麼這麼驚訝？就算在忙，我也沒不接你電話啊。有事嗎？」

「聽說妳在隔離？」

「是啊，感染機會不大，只是預防萬一。」

「真的，沒有不舒服？」

「你說呢？你現在可是在質問一個醫生？」

「那……還要隔離多久？」

「看情況吧，一般來說十四天就夠了，不過我要在第一線接觸病人，最好還是謹慎一點。」

「聽說，妳小叔叔……也在隔離？」

她沉默半晌，「他自己要關的，其實沒有必要。」

「你們關在一起？」

「不算吧，我家夠大，各有各的範圍。」

「那還是天天能見到面吧？」

「見面不影響隔離。」

「那……」

「對了凱子，剛好你打來，我給你一個人的名字，你可以幫我跟你們美國總部問一下那人的聯繫方式嗎？」

「什麼人？」

「丹尼爾·奎格，惠飛mRNA疫苗首席研究員，我之前在醫學院聽過一次他的演講，他研究這個新方法已經很久了，我想直接跟他打聽一下進度。」

「沒問題，假如是麗丰醫院的婦產科主任，兼未來董座，我老闆一定會吐出所有妳需要的資訊的。」嚴立言聽到殷子愷滑溜的聲音又道：「假如是巨象集團繼承人，那就更容易了，直接當重要投資人對待！」

「哈，這事假如只是投資疫苗研發這麼容易，那可好辦了。」

嚴立言還想繼續聽下去，但視訊另一頭的人按捺不住，紛紛出聲問他這邊的情況，他不得不將心思拉回會議，但剛才聽到的內容，卻縈繞在腦海裡遲遲不散。

嚴立丰掛上電話，做完例行的健身課程，戴上手套，打開健身房的門，斜眼瞄了眼在飯廳裡工作的人，就算情況再詭異，一個禮拜以來，也差不多習慣這樣的共處模式，更何況本來就是從少年時就熟悉的人。

他迅速結束視訊會議，問她：「我半小時後還有一個會，早餐想吃什麼？」

「既然這麼忙，你幹麼還要關在我這裡？」

「不管妳信不信，關在這裡我效率大增，不信妳問問小鍾，他剛剛還抱怨工作量變多呢。」

她搖搖頭，突然說：「清粥小菜。」

「什麼？」

「我想吃清粥小菜，凱子帶我去吃過一次，那次是宵夜，他說也可以當早餐。」

他愣了下，他母親偶爾會在他不舒服的早晨，為他準備清粥，這麼普通的食物，竟讓她念念不忘？繼而想起，兩人即使相伴許久，畢竟在不同家庭裡成長，立丰身邊，從來沒有人會爲她清晨起來熬一鍋綿稠的清粥。

他開始理解殷子愷的長處在哪了，這也是，他的短處。

「好，我請人送過來。」他加上：「今天時間不夠，下次給妳嚐嚐我熬的地瓜粥。」

「你會做？」

「清粥貴在純粹，食材簡單，沒有什麼祕訣，只是需要耐性。」

她看入他的眼睛，這番話清清楚楚，她無處逃避，這段時間關在一起，他一直是這樣的，除了接觸不到彼此，他不容許她躲避。

「那凱子再好，也不適合妳，最好還是早點結束。」

「爲什麼？」

「再拖下去，對妳不好。」

「哪裡不好？」

「在老頭子下定決心之前，妳最好別讓二房抓到任何把柄，妳姚吳兩家的親戚也不會樂見。」

她昂頭，「你覺得我會在乎這些？」

他搖頭，果然事情都需要了解清楚後，才能一手掌握，「他們不會針對妳，但會針對殷子愷，他一個藥廠小業務，我一句話就能把他調到南部，妳想想其他人要弄他有多容易？妳忍心把他拉進這場混局？」

她眼神閃爍，他知道自己一語中的，不等她回答，他拿起電話，交代助理張羅清粥小菜外送，回到電腦前，埋首工作，讓她自己去思考。

麗丰醫院VIP健檢中心今天戒備森嚴，院長與各科主任都到齊，卻只有一位顧客，嚴金水一年入院健檢一回，每次都要在這裡住上一晚，而這段時間健檢中心不接待其他人，出入以最高規格控管。醫院每年都會根據去年的健康數據，挑出特別需要注意的項目，聘請國外的專家到院主持嚴家大家長的精密身體檢查，由於嚴金水去年出現過幾次心悸情況，今年的重點項目便集中在心臟科。

經過一天的密集檢查，王雅貞陪同丈夫在VIP病房裡等候各科醫師會診後入內報告，嚴金水翻閱著報紙，她則在一旁看雜誌，丈夫注重養生，健檢的這兩天，禁絕所有公事打擾，沒有電話也不看訊息，王雅貞進入嚴家前，都是馮秋人陪同順道接受檢查，但她不太受得了沒有電視、電話，不能對外聯絡的狀態，也因此什麼事情都搶著要黏在嚴金水身旁的二房，唯獨健檢這事樂得丟給王雅貞。

王雅貞社會經驗豐富，深知此時與外界隔離的重要性，畢竟嚴金水健康出現一點小狀況，都可能造成股價波動，影響公司市值，所以既不讓人外傳，也不准外人打聽，主檢大夫是外國人，每年都不同，財經新聞的記者們也無從打探消息，其實國內大多企業主多選擇到國外健檢，省去許多麻煩，但嚴金水自從麗丰醫院成立，就打著將世界最先進的設備與療法引進國內的招牌，他自然要以身作則，在自家醫院健檢。

健檢時，只有他們兩人相伴，氣氛寧靜而親密，與隨時有人進出的家裡有天壤之別。

「昨天進來，好像沒看到立言？」嚴金水突然提起。

王雅貞自有管道掌握兒子的動向，卻未必都會讓丈夫知悉，說起來，她非常不滿兒子做的隔離決定，伊蓮娜才剛回來，把人家放著算怎麼回事？但不管如何，在丈夫面前還是要保著兒子。

「他前陣子工作太累，我勸他休息一段時間，他倒是聽話，這兩天就不進醫院，在家裡處理公事。」

嚴金水放下報紙，「他跟伊蓮娜進展如何？立言又是怎麼打算的？」

又是王雅貞心裡的另一根刺，她氣定神閒的說：「我看是挺順利的，要不然伊蓮娜不會一直留在立言身邊不回去。」

「伊蓮娜她爸怎麼打算的，我很清楚，他有政治上的野心，既然如此就必須把霍夫曼的事業交給一個有能力的人，但他的兒女沒有一個有這個能力，把立言變成女婿，又是家人又是員工，說穿了還不是要利用立言？」

王雅貞眼皮一跳，「你不願意？」

「時代不同了，什麼門當戶對，什麼家族聯姻的，我們老的想要，孩子們會願意嗎？我嚴金水，還不用巴著他霍夫曼。立言要是喜歡伊蓮娜，我不會反對，他不喜歡，我也不會勉強。」他頓了一下說：「再說，立言最近在開發那邊表現不錯，做事管人都很有手腕，投資眼光又好，醫療這邊的規劃格局夠大，這麼好的人才，不自己留著，難道要白白送人？」

立言在嚴家的立足點低二房許多，他們母子一直戰戰兢兢的，聽到丈夫對兒子的讚賞，王雅貞自然很高興，但在明白兒子心意以後，她想促成兩家聯姻，也只能靠嚴金水這邊，丈夫出乎意料的開明，倒教她不安。

「立言在諾登那裡磨練過，才有今天的才能與眼界，不管他娶誰，到底還是要為自己家人效力的。」

嚴金水挑了挑眉，目露精光，「這麼多年了，妳的心還是向著老東家。」

「怎麼這麼說呢？我人不是都嫁給你了。」

「當初是他們不要立言的，現在反而要搶回去？」

「Frank，」她喚丈夫英語名字，這也是兩人最初認識時習慣的叫法。她是美國華僑，母語是英語，這些年雖然刻意練習中文，但只要心情有波動，還是會脫口而出以母語說話，「你答應我不提這事。」

嚴金水對這一面的王雅貞畢竟是憐惜的，他語氣放軟道：「妳願意接受伊蓮娜，表示對過去是真的放下了，這點我信任妳，但妳比我清楚，霍夫曼一家子就是猶太狐狸，立言現在是我的兒子，除非他自己願意，否則誰都別想利用他。」

她靜默許久，最後說：「謝謝。」

他搖搖頭，「當年的事情就讓它過去吧，我答應妳的事一定會做到，但妳也要記得妳自己的立場，我身體的狀況妳是最清楚的，等那一天到來，我會給你們母子該有的保障。」

王雅貞垂下眼睛，明白丈夫的意思，他始終對自己有情有義，她便該知足、心懷感激。當年若不是他出手相幫，她無法從紐約那麼難堪的局面脫身，沒有他的相挺，她也無法在這麼多年後還能抬頭挺胸的與霍夫曼家應對，她應該知足……是嗎？

伊蓮娜氣憤的掛上電話，該死的嚴立言！分明在躲她，說什麼病毒、隔離的！以爲她這麼容易敷衍，他對麗莎卻不同，她雖然沒有麗莎聰明，但對感情，她自認比麗莎坦白，她要嚴立言，不管他愛不愛自己，都要定這個人。

她抬頭，看向台上的拍賣官，正努力推薦一個她聽都沒聽過的中國藝術家，單色的畫布上只有草草幾筆勾勒出來的中國瓶花，她洩憤的舉起手中的競標牌，管他是誰，只要她看上，就一定要擁有。

拿下作品後，她也沒了興趣，離開拍賣會場，外頭的雞尾酒吧檯聚集了不少人，跟紐約不同，台北的社交圈不大，在這裡待了兩個月，同一個社會階級，且喜好相近，常出入畫廊、拍賣會與藏家私人餐會的，她認識得差不多了，例如從她一進場目光就鎖定自己的那位——麥可吳，上禮拜拍賣行的藏家晚宴裡，他就被安排坐在自己旁邊，一坐下來就自我介紹是立言的表哥，經營科技公司，受英式教育，了解後才知道他其實是麗莎的表哥。

「As-tu trouvé ton bonheur?」麥可吳一上來就以法語問，另一手遞上香檳。

他們上次聊天時，發現兩人都說法語，伊蓮娜的父母就像紐約上東城名流家庭，在那個圈子以能夠說上一口流利無口音的法語，做爲身分地位的象徵。麥可是台法混血，母親是法國人，法語比她更地道。

「買了一幅畫，藝術家叫……」

「常玉。」他笑道：「不要告訴我妳是臨時起意買的。」

她確實是，但不想承認，「預展時覺得很順眼，有點東方馬蒂斯的調調。」

他失笑，「順眼？我那票朋友都要心碎了，半路殺出程咬金，到嘴肥肉被硬生生搶走。」

本來被嚴立言氣得失去興趣，想一走了之，但一跟人聊到喜愛的東西，很快壓過不悅的情緒，她好奇問：「也不貴啊，他們幹麼讓給我？」

「六百五十萬美金叫不貴？妳還真是個貨真價實的霍夫曼。」

伊蓮娜從小就收藏藝術，大學念的是藝術史，在佳士得實習，受不了瑣碎的工作，拒絕進入拍賣行任職，雖然沒有工作，但偶爾買買藝術品，幫自己也幫朋友或家裡人買，買多了也會賣，幾年下來，她的財務顧問發現她的獲益比得上一家中小型的企業，世代薰陶下，看藝術品眼光奇準，反過來請她擔任幾檔基金的藝術投資顧問，基金會投資的藝術品金額都以千萬美元計算，常玉這個價格倒是她平常不太會碰的等級。

麥可就像台北其他世家名流一樣，只從媒體報導去了解她這個人，家教讓她下意識避免高調、自我吹噓，所以她只是笑笑，不替自己辯解。

麥可見她迴避，改變話題：「剛好在這裡遇到了，我跟幾個朋友週末要去試一條新遊艇，正想要邀請立言和妳一起來。」

「我是有興趣，但不敢替立言答應，他眼裡只有工作。」她落落大方，也不介意表示自己對未婚夫一點影響力都沒有。

「妳願意來，我就有一半把握能讓那個大忙人抽出時間。」場內熱鬧，場外清淨，反而比上回在餐會時好講話，她趁機問：「你是麗莎的表哥，不是應該跟立言保持距離嗎？」

這兩個月在台灣，她慢慢熟悉以嚴家為中心的關係脈絡，由於嚴金水還未公開接班規劃，三個太太所帶出的「姻親」脈絡，各自形成勢力，水火不容，立言的母親並非世家出身，與霍夫曼小姐訂婚的消息一放出，霍夫曼也被捲入這場接班角力戰之中。

麥可吳真誠一笑，「可別把我跟其他人比，我從小跟立丰打到大，知道她和立言關係好，才不像外面的人說得那樣，立丰信任的絕不會是小人，我平常雖然不愛跟親戚來往，跟立言卻不同，我還投了不少錢在他的投資基金呢，不信妳問他。」

「那你覺得立言有機會成爲巨象集團接班人？」

麥可錯愕的看著她，這麼直白的問大家心照不宣的問題，這難道是霍夫曼小姐的風格？或是……手段？

他小心斟酌：「我是吳家的人，跟巨象的關係僅限於我姑姑，立丰的母親，這怎麼好說呢？」

「立丰機會更大?」她改稱麗莎中文名字。

「給立丰自然是最順理成章的，但她顯然志不在此，她想接班，要不就找個厲害的夫家，要不就是交給厲害的經理人，但這也不是她能決定的，這要看嚴老先生對集團未來的規劃。」

「這世界上，不會有比嚴立言更厲害的企業經理人了，這句話是我爸說的。」她淡淡的說:「聽你這麼一說，我倒是覺得巧了，原來巨象想要的，跟我家一樣。」

麥可再一次被震撼住，這麼隱晦的大企業機密，竟然就在這個半開放的拍賣行雞尾酒會裡，被她輕描淡寫的說出口，這女人到底是天真還是心機，他不禁困惑。

將他的訝異收進眼底，她嫣然一笑，「你說錯了，巨象未來會如何，不是嚴先生說了算，而是嚴立言，他留下來，巨象就獲得世上最好的掌舵者，回紐約，那就是我們霍夫曼的機會了。」

第十一章 受不了妳哭，尤其是爲他而哭

丁蒔蘿出國前國內流行的電子郵件，不外乎hotmail、aol、yahoo，後來不知怎麼的，這些地址都不再流行了，因此失去許多人的聯繫方式，當然，並不包含國中以前的同學，這些同學的老家都跟她家在同一個鎮上，想聯絡，循著畢業紀念冊附錄的通訊錄，十之八九還找得到。

出國五年，沒斷的，例如殷子愷，根本是想斷也斷不了，他還曾經凹他媽出錢，讓他來法國找她，整整一週，除了晚上回旅館睡覺以外，其他時間都巴著她，跟著她上課、吃飯、上圖書館、同學派對……

斷了聯繫的人裡頭，包含鄭自強，他大學還沒畢業就被網羅進竹科，一輩子貌不驚人，倒是憑著聰明的腦袋，成爲搶手的科技新貴，機場一別，她以爲是與這人的最後一面了，畢竟告別學生生活，他們也不再有交集。

然而，當她剛結束論文口試，坐在空教室裡等候口試委員開會打成績時，電腦裡的信箱意外迸進來鄭自強的信，Thomas.Zheng，規規矩矩的郵箱，她知道鄭自強的英文名字是Thomas，因爲那是她幫他取的，大一時，他想上開放原始碼的線上論壇與人交流coding功力，要她幫忙取個英文名。

「Thomas，大才女取的名字就是不一樣。」她記得他得了名，還不忘捧她一把。

從英文名字聯想到這段過往，她想到這人會找到她新的email信箱，似乎也不太奇怪，只是這麼多年沒聯絡，他爲何突然想起她？

信是用簡單的英文寫的，內容也很扼要：「凱子不太妙，妳快回來吧。」

她頓時呼吸停止，想起來將近一個月沒有殷子愷的消息，發生什麼事了？她很快敲打回信送出，附上這邊的電話號碼，在教授們有結論前，鄭自強的電話就打進來了。

她壓低聲音，顫抖著問：「凱子怎麼了？」

「發作時出了一點意外，已經昏迷兩個禮拜了，現在觀察中，再不醒的話，醫生就會判定腦死。」兩人的對話沒有寒暄，他的語氣很嚴肅，不像在開玩笑。

半晌沒有回應，鄭自強喊了她幾聲，她勉強說：「好，我盡快回去。」

「訂好機票跟我說，我去機場接妳，別哭了，好好保重。」

她這才發現臉上溫熱的液體是眼淚。

教授來喊她進去口試教室聆聽結果時，她全身發抖，淚水怎麼都止不住，口試委員的評語一個字也聽不進去，連最後聽到宣布成績是「非常好，評審全體推薦」的最高榮譽時，也笑不出來，原定的慶祝酒會只好取消，她的指導教授，布魯諾，她名義上的配偶，以調侃掩飾擔憂：「妳可能是世界上哭得最慘的新科博士。」

三年來，她加入布魯諾的研究小組，全心投入博論工作與小組研究，她始終尊布魯諾如師，不太聊自己的私事，但這個當下，她衝動的把殷子愷這個人、他的病、病危的事，一股腦倒出來。

「我要立刻回國。」

布魯諾收起調侃，掛上指導教授的表情，「妳必須在一個月內改好論文，教務處那邊才會認可妳的博士資格。」

「我可以在台灣修改，改好以後寄回來，麻煩您幫我處理後續的事情，您……願意嗎？」結婚只是幌子，她始終以敬稱稱呼這個亦師亦父的老人。

「我能說不嗎？」他嘆口氣，「之前說好妳要幫我主持的研討呢？」

她沉默，一旦回國，就沒辦法上課了。

「還有婚姻，妳現在不需要了，法院辦手續會花點時間。」

她抬起頭，眼裡是著急的淚水，口氣卻是不顧一切：「先讓我回去，我會盡快回來處理，好嗎？」

「那個男孩對妳……有那麼重要？」

她無法回答，此時此刻，她只想要他活著。

「好吧，我盡量幫妳擋著，等妳處理完那邊的事情再說吧。」

雖然說要回去，但她在法國的生活有許多一時間難以斬斷的牽絆，房子的租約要結束、傢俱轉手、書本衣服空運回國、水電、保險全都要終止。

等到真的上了飛機，已經是一週以後，鄭自強依約到機場接，也帶來她亟需知道的消息：「人醒了，不用送呼吸照護病房，不過昏迷了三週，脖子上開了一個洞，目前還沒辦法說話。」

從機場到醫院的一小時車程裡，他有足夠的時間將殷子愷的遭遇交代一遍。

「他工作太忙，應該是沒按時吃藥，晚上騎車回家的路上，癲癇發作，從車上摔下去，後面的汽車煞車不及撞上去，凱子在天上翻了一圈，頭著地，現場慘不忍睹，都上新聞了。」

隨著鄭自強的輕描淡寫，她感覺心臟被狠狠揉捏。

「送進醫院時有顱內出血，緊急開腦部手術，病危通知都發下來了，手術開了十幾個小時，之後就一直在加護病房，睡了三個禮拜，我上個禮拜回老家，聽到我媽提起才知道這件事，我們全家的保險都是殷媽媽在弄，她跟我媽關係好，有心事也會聊，妳也知道殷媽媽很堅強，可是我媽說她那時很絕望，我連夜趕去醫院看凱子，沒想到他的情況真的那麼糟，聽護士說血壓一直拉不起來，血氧也都靠機器在拉，在下去就會被判爲植物人，送進呼吸照護中心。」

她一個字都說不出來，淚水洶湧，絕望的殷媽媽？植物人？她不在的時候，他怎麼會變成這樣？

「我當時就想要趕快叫妳回來，死馬當活馬醫，搞不好能給他一點刺激。他以前跟我說過，受不了妳哭，尤其是爲他而哭。」鄭自強也哽咽：「他說小時候有次妳到醫院看他，哭得很慘，他知道妳家裡已經讓妳的人生很辛苦了，身爲最好的朋友不應該讓妳難過。」

她淚眼朦朧的彷彿見到那時嬉皮笑臉的殷子愷，那時他們才幾歲，人生都還沒有波折過，他知道什麼是辛苦？什麼又是難過？偏偏他記住了，記住她的眼淚，記住她的不捨。

殷子愷沒想到會在匡哥油膩的燒烤攤遇上陳瑋，今晚體育館被亞洲最大的音樂串流平台包下來舉辦年度音樂頒獎典禮，氣氛嗨翻天，攤位爆滿，他下班經過燒烤攤時，連衣服都沒來得及回家換，就被匡哥威脅利誘進來幫忙，頭髮還抹著髮膠、扯掉領帶、白襯衫打開兩顆扣子、腳踩著他最心愛的亞曼尼皮鞋，就這麼在燒烤攤賣起酒來。

陳瑋和台北公社其他團員，顯然剛在舞台上表演完，一身勁裝，頭髮上還有舞台撒的亮粉，對比面前滿臉油膩的凱子，簡直閃閃發光……

陳瑋挖苦：「原來你在這裡工作，造型挺特別的。」

兩隻手熟練的扣著四倍生啤，要說他只是臨時被抓進來，感覺也不像，他乾脆揚起頭，「這攤位我投資的，怎樣？沒看到這裡賺翻了。」

他逢人老愛說匡哥燒烤是他投資的，說久了，不只老闆、老闆娘、工讀生們都把他當一回事，連他自己也挺像那麼一回事的。

陳瑋不客氣的接過他手裡的四杯酒，回頭傳給他身後的團員們，笑說：「看起來不賴，哪天我也賺了錢，考慮入股。」

台北公社的團員跟凱子在綠島混得很熟，大家紛紛調侃殷子愷：「我就說你怎麼那麼會烤肉！」

「今晚有凱子老闆在，咱們可以省下酒錢嘍。」

「對啊，折抵綠島的住宿費嘛！」

今晚燒烤攤的客人很多是擠不進體育館，在外頭看大螢幕的大學生，看到剛表演完的台北公社從天而降，這讓匡哥這個街角的小燒烤攤頓時沸騰，公社團員索性不等桌子，分散到各桌蹭吃蹭喝，順便拉近與粉絲距離，陳瑋一靠近吧檯，在那裡的三個女孩立刻讓座，擠在一塊跟陳瑋索取簽名與合照，這讓在吧檯忙進忙出的殷子愷很不爽。

他故意大聲說：「怎麼沒看到你『女朋友』？」

「關於我『女朋友』，你不是應該比我更熟嗎？」

兩人一來一往的，在座的三個女孩忍不住腦補一段高潮迭起的三角戀。

「也是，她每天蓋著我送的極地鵝絨被睡覺呢！」

陳瑋灌下半杯啤酒，接受挑戰，「再好的被子，也沒有我寫給她的歌暖。」

「啊！」其中一個女孩子忍不住掩嘴，想起什麼。

「歌是能當飯吃？真正溫暖的是我那鍋細火慢燉六個小時的雞湯，暖心又暖胃。」他洋洋得意，「你應該不知道蘿蘿從小就愛喝我家的雞湯。」

「心靈空虛的人才需要雞湯，蘿蘿才貌兼具，哪裡需要雞湯。」

「你這傢伙！」殷子愷氣得頭髮都豎直了，外場要啤酒的聲音此起彼落，他狠狠瞪陳瑋，「懶得理你，我賺錢先！這世上啊，愛情永遠比不上麵包！玩音樂恐怕連自己都養不活喔。」

見他踩著公雞步伐送啤酒去，陳瑋忍不住笑出來，真是個有趣的人，單細胞生物一枚，讓人忍不住要逗逗。

吧檯三個女孩子離開後，公社的成員也往裡邊靠，殷子愷忙不過來，他們乾脆當自己家，自行拉桿倒酒，燒烤攤越來越熱鬧，也不知道誰起的頭，粉絲們開始唱起公社的歌，都是剛從開哥公司拿回版權的早期歌曲，後來更唱起其他熱門歌曲。

殷子愷悄悄跟匡哥說：「你不是後悔沒一起去綠島?吶，這不就是了。」

「可是蘿蘿不在啊。」

這句話被阿星聽到，他一彈指，「對啊!應該叫丁蒔蘿出來的。」說著說著，就逼跟丁蒔蘿聯絡過的阿宏打電話。

陳瑋與殷子愷的目光隔空交火，阿宏比比他們，「先讓那兩個打一架再說。」

陳瑋繼續刺激：「在REX時，不是還很高興可以沾光喝JB的酒?」

「現在給你沾光，吃燒烤啊，我們誰也不欠誰。」殷子愷譏諷回去。

豆仔搞不清狀況的問：「幹麼要打一架?」

「好朋友和男朋友，本來就不相容啊。」

「是誰說，女的好朋友都是婊子，男的好朋友都是炮友?」說這話的阿星，左右腦門同時被敲。

熱鬧的攤子，吵吵鬧鬧到大半夜，阿宏始終沒打電話，因爲等著大打一場的兩人，此刻各自抱著一桶裝在冰桶的啤酒，幼稚的比著誰更了解丁蒔蘿。

「她最喜歡吃生魚片壽司。」

「不，她更愛吃我燉的南洋咖哩。」

「你……還燉……」殷子愷一句話都說不全，「卑鄙。」

「她喜歡卑鄙。」

「胡說……她喜歡溫柔。」

「溫柔很無趣，對她需要多點強迫。」

凱子醉眼迷濛，立起蓮花指，指著他，「強……強迫？你們有……」

「有又怎麼樣？」

殷子愷突然一頭埋入冰桶裡，好一會才咕嚕吐出：「我輸了……」

嚴立丰睜開眼睛，迎接一室明亮，指梢、手臂、上半身，再到全身，緩慢的甦醒，從清晨的冥想中回到現實，這是她最享受的時刻。扭轉全身關節，側耳傾聽房外的動靜，這段時間的朝夕相處，她始終不清楚嚴立言何時休息，往日他也是這樣，無時無刻不在工作，開不完的線上會議、接不完的電話、看不完的文件，無時差的與全世界各地聯繫？他平常工作量就這麼大，還是真像他說的，隔離期間效率大增？

下廚、用餐，是他唯一休息的時候，即使餐桌上往往是靜默的，但也是少數只有他與她，沒有工作、沒有家族、沒有任何打擾的時光。

在美國時，他們常常一塊去露營，還一起去過內華達州的燃燒人嘉年華會，他在湖濱區有個小木屋，週末或長假時，兩人也常一塊前去，各自讀各自的書、游泳、散步、垂釣……用餐時聚在一起，晚上偶爾會在視聽室挑部經典電影，不是她愛的希區考克，就是他愛的大衛林區。

在這個世界上，能夠這樣放鬆而自在相處的人，只有他。

在她知道兩人間的關係之前，便已如此。

嚴立言曾經說過：「分開來，我們是全世界最孤單的兩個人。」

她從不覺得自己孤單，畢竟從小到大沒有與同一個班級相處超過一年，每跳一級，換個班級就要交新朋友，沒有必要，工作以後，她則是忙得沒空社交。

那麼他呢？儘管成長背景複雜，但母親一直在他身邊，與孤傲的自己不同，他的人緣很好，領導長才很早就看得出來，不然也不會擔任那麼多社團、兄弟會的幹部，進入社會後，也很熱衷參加各種俱樂部。他為什麼孤單？

她雖不樂見他與伊蓮娜結婚，但若他最終妥協，她也只能接受，會難過，但不至於痛苦到活不下去，畢竟她對這人的感覺藏得如此私密，永遠無法公開，也無法實現，她不會容許自己去深究，或自我束縛其中，這就是她，而他應該早就清楚。

她甩甩頭，不再想這些無謂的東西，在醫院裡她見過無數悲劇，比起來，她很清楚他們之間的問題根本無足輕重，更何況，他們擁有的比大多數人更多。

她換上運動服，開門準備進健身房進行每日例行的運動，他也正好從客房出來，卻是一身正式西裝。

「你要出門？」

看到她的詫異，他苦笑，「老頭子召見，不去不行。」

她點點頭，「已經過了十四天，沒有任何症狀，兩次採檢結果都是陰性，你早就可以出去了。」

他對她的「醫師」語氣皺皺眉，「妳呢?真的要關一個月?」

「嗯，我不介意，醫院那邊暫時都安排好，我去跟不去差別不大，在這裡我比較可以專心跟美國那邊聯絡，消化新資訊，學新東西。」

「妳向來耐得住寂寞。」

「寂寞?」她咀嚼這兩個字，「我不寂寞，若一個人就是寂寞，那世上的寂寞也未免太多了，所有的人，最後都得要一個人。」

他默默的看著她，最後嘆口氣，「妳什麼時候能學會依賴?」

她冷哼一聲，提醒：「不是要去總部?不怕遲到?老頭子最討厭人遲到。」

「那是對下屬，我是他兒子。」

「所以他今天召見的是身爲兒子的你?講私事?」

「可想而知，爲了霍夫曼的事。」

自從上次聊開後，他就將與伊蓮娜的訂婚，說成「霍夫曼的事」，像商務談判一樣。

「所以，今天就確定了?」

「嗯，美國那邊的疫情也惡化了，伊蓮娜得趁還走得了時先走。」

「走是沒有問題，就怕她回不來了。」

「各國紛紛封閉國界，她有瑞士與美國雙重國籍，歐美兩邊倒是可以來來去去，但台灣，她恐怕好一陣子來不了了。」

「你看起來一點都不惋惜？」

他很清楚她再次以嘲諷僞裝不在乎，自從回國以後，他們就沒機會像從前那樣，自在平和的相處，疏疏淡淡的各過各的，卻分分秒秒都珍貴。

「怎麼不說話？」

「妳想聽什麼？」

她聳聳肩，「不說算了，我要去運動了。」

他看著她的背影沒入健身房，機器的運轉聲傳出，他站在那裡久久沒有移動，彷彿多留一秒，就能多延長這段時光，慢慢的理智恢復，他苦笑，再美好的夢，遲早都要醒。

司機已經在門口等候，他終究得履行該盡的責任。

嚴金水的辦公室在巨象大樓頂樓，近年來他已經很少進辦公室，命令多從山上的家裡發出，今天是巨象的董事大會，極少數他必須進公司的時候。

董事大會九點鐘開始，嚴立言被要求七點先來見父親，踏入辦公室，意外的看見只有母親在裡頭。

「立言，快來坐。」王雅貞招呼兒子：「這麼早過來，你一定沒吃早餐，我從家裡幫你帶了點東西。」

「父親呢?」年紀大了才回到嚴家，他對嚴金水，一直嚴謹的稱呼父親，喊不出「爸爸」兩個字，嚴金水也從沒勉強他。

「他等會就來，我兩個禮拜沒看到你，心急，所以先過來這裡等。」

他坐下，吃著母親準備的三明治，問:「您是想責備我吧?」

她在他面前坐下，滿臉無奈，「隔離是藉口吧?跟立丰關在一起才是你想要的?」

他低頭吃東西，避開母親視線。

「你們倆以前也常一塊出去，我不會因爲這個怪你，我相信你有分寸。」

這就是王雅貞對兒子最大程度的責備了，她從小在美國生長，難得會需要「教訓」孩子，大多時候都是強調信任，讓他爲自己的行爲負責任。

「只是，你這次對伊蓮娜太不體貼了。」她難得多說一句。

「媽，我跟她……還要考慮一下。」

她皺起眉頭，「當初是你親口答應的。」

「我知道，但我改變主意了。」

「是立丰跟你說了什麼?」

「她什麼都沒說，但是她比誰都淸楚我並不愛伊蓮娜。」

「你是想說立丰希望你好，我這個母親反而不如她?」

「我不是那個意思。」

她嘆口氣，「你是我兒子，你什麼意思我能不清楚？你一直怪我把你帶進嚴家，既然如此，娶伊蓮娜就是你最好的機會。」

他睜大眼，懷疑自己剛聽到的，「媽，妳是說……」

「你記得……」她猶豫道：「小時候住在霍夫曼家的事情？」

「記得。」這段過去，母子倆鮮少談及，他知道母親不願意想起搬到長島前的生活。

「霍夫曼一家看著你長大，諾登也一直用心栽培你。」

「只可惜到最後我成了姓嚴的，不是他霍夫曼的。」他忍不住尖銳回道。

母親年輕時，如何周旋在諾登．霍夫曼以及嚴金水之間的舊事，他並不想知道，單身母親的艱辛，費盡心思想給獨子最好的未來，這些事情她不用說，他都懂，唯一的希望就是從母親口中聽到自己與嚴金水沒有血緣關係，明白他不需要嚴家的繼承權，但他始終無法說服她。

嚴金水從辦公室的側門走出來，剛好聽到他的最後一句話，臉色不善。

他在他們面前坐下，「我們三個今天，就把話都說開吧。」他喝口茶，對著嚴立言說：「霍夫曼於你，有栽培之恩，你應該清楚他們現在的狀況，伊蓮娜的兄弟姊妹從小到大仰賴信託基金，沒有一個有你的經營長才，都是只會花錢不懂得賺錢的貨色，你辭掉諾登特助的工作回國後，他在投資上出了點差錯，被董事會開除，連聘了兩個專業的總裁都判斷失誤，這麼多年耗損下來，損失大半資產，好不容易董事會同意諾登那個老傢伙回鍋掌權，但他身邊沒有可以信任又有能力的人。」

嚴立言當然清楚霍夫曼家族的困境，事實上，他還曾利用對霍夫曼內部情況的熟悉，作空霍夫曼投資的重要項目，收割豐厚獲利，霍夫曼遭遇的打擊，可以說與他脫不了關係，當然，這些都隱密進行，除了他，兩邊的家族沒有人知曉，他不斷跟立丰說這樁親事，主控權在他手上，只要他不願意，就不會結親，正是因爲他確實握有實質的權力，而非任性爲之。

他不知感恩嗎？他看了母親一眼，小時候見過母親的眼淚，他不認爲自己是不知感恩的人，雖然不清楚諾登與母親之間的牽扯，但她不惜下嫁大自己二十五歲的男人，帶著獨生子離開熟悉的環境，並且造成他與立丰眼前的困境，想到這裡，他對自己做的事情就不覺得愧疚，他不欠霍夫曼什麼，但若是霍夫曼要給他任何好處，他也沒理由不接受。

假如沒有立丰，伊蓮娜正是霍夫曼能給予的最大好處，她的繼承權、財富、美貌、人脈與智慧，最重要的是，霍夫曼在全球金融的影響力比巨象大不知多少，只要能進入核心，他可以做得更多，而不用像嚴金水，只是破格用他當特助，卻處處受到來自集團內部股東的掣肘。

他評估著父親的話，看似在說服他接受伊蓮娜，同時又提醒霍夫曼不過就是想利用他的長才，難道，父親其實知道他私下給霍夫曼使絆子？既然沒責備他，是不是意味著，他並沒表面那麼認同兩家結盟？

他再看一眼母親，她所求的不過就是他能繼承財富，一輩子衣食無缺？他內心燃起一絲希望，她剛剛說的話，似乎不再排斥兒子想離開嚴家的心願。

「娶了伊蓮娜後，只要諾登需要我，我這個女婿自然不會拒絕。」這是一場豪賭，也是唯一的解決之道。

「你打定主意要娶伊蓮娜？」嚴金水沉聲警告，「你知道再往下一步，就不能反悔了？」

再往下一步？發布消息，廣送請帖，籌備婚禮……他知道，父親卻不知道他的能耐，嚴立言絕不會做有所求的一方，而是被求的一方。

「當然。」他篤定道，看到母親來不及掩飾的錯愕與隨之而來的驚喜神情，「現在邊境管控的情況，伊蓮娜父母來不了台灣，但你們可以去美國，我們去紐約與霍夫曼家把事情定下來吧？」

嚴金水還不鬆口，改以緩和口氣問：「立言，在你眼裡，是不是怪我沒有早點接你回來？」

「我不怪您，長島那段日子，是我一生中最快樂的時光，而這多虧了您。」

「長島啊……」長島那緊鄰高爾夫球場的社區，是嚴金水與霍夫曼合作開發的第一個美國本土項目，兩家盤根錯節的利益共生關係，也是從那時開始，「立丰也在那裡渡過快樂的青少年時光，不是嗎？」

「我想是吧。」

「立丰是最讓我放心不下的孩子，從小就沒有父母在身邊，一個人孤零零長大。」

王雅貞插口道：「哪有你說的那麼可憐？那時她寄養在楊格參議員家，立丰個性太較真，全心投入課業，人情世故一竅不通，議員夫婦可沒有虧待她，聽說還視如己出呢。」

「哼，他們那房子可是我送的，就算不視如己出，也得做做樣子。」嚴金水面色凝重接著說：「妳倒也說對立丰的性格，連對我都冷冷的，這性子，我都不知道該怎麼幫她？」

嚴金水看著不言語的嚴立言，若有所思問：「你認爲呢？立丰太孤僻，成不了大局？」

王雅貞手放在兒子手上，制止他回答，接話道：「這種事情，你怎麼問起晚輩？立丰雖然孤僻，但放眼你所有子孫，沒有一個人比她聰明，要成大局……不過缺少一點決心罷了。」

「我問的不是晚輩，而是立言，連諾登那個老狐狸都看重的人才。」

嚴立言反手覆在母親手上，抬頭迎視嚴金水審度的目光，「立丰孤僻，卻沒有私心，這麼多年來，不論姚家、吳家怎麼慫恿，都沒能說動她回來，即使回來以後，她在醫院依然盡本分，不介意我這個『小叔叔』壓在頭上。若父親說的大局，是一個個利益集團疊出來的，那她確實成不了這樣的局，但若是一個可以綿延百年的大局，她夠聰明，懂得判斷，夠無私，眼光能放得長遠。」

「你這麼說也是，但是你回去霍夫曼以後，她畢竟勢單力薄。」

「她不會勢單力薄。」

「喔？」嚴家大家長揚眉。

「她會有霍夫曼。」

室內靜得只剩細微的空調聲，以及遙遠的電話響鈴，外頭的人，以及一小時後即將參加會議的董事們，都不知道嚴家的以及巨象集團的未來，就在嚴立言的這句承諾中，定了局。

看完最後一份報告，丁蒔蘿揉揉疲憊的眼睛，望向窗外的樹景，看來陳瑋是下定決心了，交上來的報告讓她讀了後深受感動。

今年的法國史，她側重於法蘭西第三共和，從不同角度，剖析法國社會在普法戰爭戰敗直到兩次大戰發生這段時間的動盪歷史，她想藉由第三共和史完整演繹一個民主共和體制的誕生與落實，最後成爲普世價值的過程，這是她的博士論文主題，也是她最擅長的題目，有時上著上著，她會反省，這不過是大學課程，會不會講得太深了？

期末考是以報告爲考核標準，她要求學生從第三共和裡任何一個具代表性的人物，政治家、軍人、哲學家、作家、資本家……挑選一個人撰寫兩頁的生平報告。

陳瑋兩年前就開始修這門課，卻從不交期中、期末報告，弄得她別無選擇的當掉他，今年系主任私下特別關心，問她是不是對這個明星學生有意見，要不然爲何不讓他畢業？她才知道若不是缺了這門課的學分，他去年就該畢業了。

電腦螢幕裡閃示的報告內容顯示，他確實去年就該畢業了，他選擇撰寫的生平，是她去年講過的一個小人物，今年並沒有提到，但他卻記下了，而且找了非常多資料，文末引用的參考書籍還包含好幾本英、法語著作。

他寫的是巴黎公社時期的一個平民，拉馬丁，整整十頁的報告，寫的卻非拉馬丁的生平，而是他生命中的一日：一八四八年二月二十四日，拉馬丁從市政廳開了一場令人失望的會議出來，在巴黎市區繞一圈，當眾發表了七次的演說，斥責巴黎公社的成員是烏合之眾。

很多關於民粹主義的論文，常以拉馬丁這位浪漫主義者無人能敵的群眾魅力爲例，在課堂上她並未特別強調這個人物，因爲以宏觀角度看來，拉馬丁不過是第三共和初始的一粒塵埃，沒想到陳瑋卻印象深刻。

他的報告以非常抒情的筆吻作結：拉馬丁當眾朗誦詩歌，在這群奪取大炮槍彈的暴民面前，他並不知道詩歌與這些受壓迫的工人群體有何關聯，他無力回答這個問題，但是他相信詩歌，相信人類內在的高貴情感，是超越現實一切困境，就是這樣的信仰，讓他的講演籠罩著神祕氛圍。在群眾眼裡拉馬丁是崇高的，不是因爲他說的話多有道理、多有說服力，而是因爲他的言語讓人暫時忘卻現實，忘卻更迫切的議題，而迷失在那些象徵性的主張之中，例如法國國旗應該以哪種顏色呈現，而每個顏色又代表著哪一個眾所嚮往之的民族情操！

丁蒔蘿衝動的拿起電話，打給陳瑋，要他過來研究室，不到十分鐘，有人叩門。

陳瑋一進來就感受到向來淡定的她，臉上有著異樣的光彩。

「別告訴我妳是這一期的樂透得主？」他戲謔道。

她把印出來的報告放在他面前，揚眉說：「我讀了你的報告。」

他愣了下，意外的有點靦腆，「我可沒抄別人的。」

「我知道，你早就寫好這份報告了，對不對？」

他聳聳肩，「我反正沒什麼課，現在大學假又那麼多……」

「陳瑋，你應該要繼續升學。」

他臉上掠過一絲失望，「妳叫我來，就是爲了這件事？做生涯規劃？」

她突然明白他的臉色爲何突然暗沉，急忙解釋：「我不是反對你玩音樂，相反的，我覺得這兩者並不衝突……」她突然想起之前在公社聽到的，岔開話題：「把你家改成團練室的進度到哪了？弄得起來？」

他欲言又止。

「經費上有困難吧？你不考慮眾籌嗎？」

「妳不知道眾籌的真正意義吧？要跟『大眾』募款，至少要有某種程度上的『公益性』，團練室說穿了是給非常小眾，又非常封閉的一群人使用，我要上哪去眾籌？」

她思考了下他所說，也不是沒有道理，點頭說：「我有一點存款，再不然，以大學老師身分，跟銀行也不難貸款，讓我入股，我支持你……們。」

聽到她臨時加上最後一個字，他忍俊不禁，臉上陰霾頓時消散，咧開嘴說：「太遲了，我跟我爸提了團練室的想法，結果他非常贊成，主動說要投資，我對經營沒什麼概念，能維持多久也說不定，不論是眾籌或貸款，說穿了還不是欠人錢？既然要欠，還不如欠我爸，至少知道他不缺這個錢。」

這……不是皆大歡喜嗎？她仔細觀察陳瑋是否有不情願的表情，卻沒看出來，這麼說來，他與繼父是真的和解了？那麼，花花所說的內在憤怒，是不是也消失了？

「原來你成了靠爸族啊。」她調侃。

他不以爲意，斜覷她一眼，「妳怎麼不說，我是變成熟了？」

「或是終於肯對自己好一點了。」

他點頭同意，「去找我爸前，我想了很久，我媽沒都沒了，與其認爲她是被漠視的女人，不如讓她在記憶中，是個被愛的女人。」

「這我不同意。」她緩緩說：「若你父親對她的愛不夠深刻，不會到現在還願意包容你，人都是愛屋及烏的，你們的父子情不會從天而降，所以這根本不需要刻意去想。」

「丁蒔蘿，」他突然喊她，「妳什麼時候要停止扮演守護者的角色？」

「我是嗎？」

「是時候想想妳自己了，我提議，」他突然轉移話題，「暑假時候，我陪妳回法國把手續辦一辦，我也好久沒回去巴黎走走了，順便拜訪以前的老師，畢竟我媽走的時候情況一團亂，多虧了他們幫忙處理，我都還沒機會好好感謝他們。」

「好啊。」她不假思索答應，盤算著要把陳瑋這篇報告給教授看，他是最愛惜人才的人，一定會跟她一樣深受感動，搞不好……

他們並肩走出研究室，夏蟲鳴叫聲透過樹梢，遍布耳際，喧囂卻祥和，她想自己與陳瑋的人生也是如此，一個是經歷過失去、另一個則害怕失去，習慣將自己關閉起來，放任外界兀自喧囂，內心卻無法真正獲得片刻安寧，但從現在開始，是時候改變了，對自己，對他，都是時候了。

時隔兩個月，殷子愷再次踏入明亮高雅的麗丰醫院，跟他這兩週蹲點的醫療中心不一樣，麗丰就是有股說不出的……貴氣。

有錢人都怕死，非典型肺炎病毒迅速從國外蔓延至國內，連國內都開始出現感染病例，這也讓第一線的醫療院所氣氛緊張，他又很不幸的被派駐在龍蛇混雜什麼都收的醫療中心，回辦公室開會時，其他同事都不再以嫉妒的眼神看他這個業績金童，換上同情和「兄弟保重」的加油打氣。

誰料得到，昨天主管一通電話，把他調回天堂，麗丰控管嚴密，大多數都是願意花十幾萬做健檢的有錢人，最重要的是，不收傳染性疾病患者。

這調進調出的，實在詭異，爲了避免像上次那樣被莫名暗算，來不及做準備，回歸之前，他特地先向麗丰一姊唐佳珊傳簡訊打聽。

「善良又可人的珊珊姊，小的明天要回麗丰了，懇請惠賜溫柔的叮嚀。」

白爛貓貼圖。

「姊～妳溫柔美麗又善良……」

白眼加上一堆烏鴉貼圖，回覆內容有如密語：「上面欽點，好自為之。」

「姊，是上次那個上面？」

「不然咧？」

「那訂單……」

這次唐佳珊直接發語音過來：「現在全世界都要巴結咱們家，誰敢刪我單！」

受前輩的氣勢鼓舞，他突然覺得回麗丰一片前途光明，不過「好自爲之」的分寸，很難掌握啊，他厚著臉皮又問：「那我的愛妻便當還可以送嗎？」
這次回覆倒是很快：「嚴主任明天復職，你有種再送送看。」
這意思是送還是不送？
明天終於可以見到嚴立丰，一個半月沒見面，說不期待是假的，但平心而論，也就一點點，最近他做什麼都提不起興致，連匡哥那兒都少去了，每天下班回家就埋入遊戲的世界廝殺，卻解不了胸悶，唯一能讓自己提起勁的就是頻繁騷擾某人，而且一旦對方明顯被打擾，就會莫名暗爽。
例如大前天清晨七點的突襲視訊。
「喂？」某人很明顯沒意識到接通的是視訊，殷子愷在螢幕上看到宿舍的天花板，嗯，很好，在宿舍。
「蘿～妳說我穿黃襯衫配灰外套好看，還是灰襯衫配黃外套好看？」
她連說幾聲搞什麼鬼、發什麼瘋之類的咕噥，他豎耳傾聽旁邊有沒有其他的聲音，沒有，心情十分美好的讓人罵：「你穿什麼都是凱子，有差嗎？」
又例如昨天他刻意等到大半夜，殺到她的宿舍樓下，看到她只在睡衣外套了薄風衣下樓，一頭捲髮還用鯊魚夾夾在腦後，她曾經在某個酒醉的時刻說過自己最不喜歡讓人看到的模樣，就是夾鯊魚夾的時候，此時此刻看到她這副居家模樣，他卻有說不出的滿足。
「幹麼突然跑來？都幾點了，你沒戴錶嗎？」
他遞過一個袋子，「吶，我好不容易搶到的，妳別浪費了。」

她翻了一下內容，懷疑問：「口罩？你又哪根筋接錯了？」

「內線消息，這玩意兒很快會變成每日必需品，到時妳想搶都搶不到。」

「很快？是指明天嗎？你就不能等明天再給我？大半夜的從市區跑過來，還打斷我美夢，可別要我感激。」

「在睡覺啊？一個人睡？」

她送上一記爆栗，「齷齪！」

深夜奔馳回家，他怎麼也止不住臉上的笑。

回到麗丰，他從各科送飲料拜會開始，一直忙到下午，才在婦產科護理站見到剛巡完房的女友大人——嚴立丰。

一見到他，她停下手邊的工作主動招手要他過去，這有點不尋常，兩人私下再怎麼親近，在下屬面前她還是維持科主任的架子，與他保持著距離。

「凱子，謝謝你幫忙連繫丹尼爾．奎格！」她絲毫不避諱一旁的同事。

他發現自己的女友真是神采奕奕到閃閃發光，以前還不覺得她有這麼明艷動人，可能最近在醫療中心看多了死魚眼醫師，突然看到輕快的嚴立丰，而且明顯心情愉快，內心裡因爲不夠想念的愧疚感都一掃而空。

我殷子愷何德何能啊？

「小事一樁。」惠飛德州總部的mRNA第七實驗室主持人聯絡方式，他也是憑藉一點運氣才拿到的，好在前年到美國受訓時，甜言蜜語給總部的人事主管留下好印象，才討來丹尼爾．奎格在惠飛內部的email信箱。

「怎麼樣？mRNA那邊有好消息？」

她點點頭，「已經進入第二期，不過我看數據，成功機會很大。」

「那我要來加碼公司股票。」

她笑咪咪說：「不只你公司，國際上還有其他幾個有潛力的實驗室，下班再跟你說，當成給你的報答。」

「好啊，我等妳下班？」他壓低聲音提議，兩人的私交雖然不是祕密，但在醫院還是不宜太高調，她畢竟是嚴立丰。

她卻面露遺憾，「我弄完手邊的事就要走了，爺爺有事找我。」

他知道她視回山上老家為折磨，「我載妳去？」

「都派司機在樓下等我了。」

「那麼嚴重？」他突然睜大眼，發現自己忽略最重要的一件事，「妳關了一個月，沒事吧？」

她拿起病歷敲他頭，「有事我還會站在這裡？有事我敢去看爺爺？」

「我總要關心一下。」

「你呀，多關心關心你自己，我可是醫生，你才是病人。」她斂容提醒：「這次疫情擴大是免不了了，你是長期慢性病用藥患者，屬於高風險群，還好調回麗丰了，有問題隨時來找我。」

他當初將嚴立丰視爲完美對象，正是因爲這層「醫生患者」的關係，雖然在一起後，兩人除了一塊吃喝玩樂、尋幽訪勝，他倒是沒怎麼享受這個「福利」，這要怪自己最近身體太爭氣？難怪兩人關係在分開時會這麼急速冷淡。

他故意做出暈眩狀，伸出手要她幫忙把脈，「嚴醫生，我突然眼前一片模糊，只看得見一位仙女站在前面，妳快幫我看看是不是感染了？」

她不客氣的又敲他一下，忙不迭把殷子愷轟出護理站。

嚴立言再次露出愧疚神情，接通響個不停的電話，側耳傾聽，坐在她對面的伊蓮娜觀察著自己的未婚夫，一頓飯吃下來已經被電話打斷無數次，這就是嚴立言，他可以很紳士，禮儀周到，讓人覺得自己在他眼中是全世界最重要的人，但通常是他對那人有所求時，因此她一點都不在乎他此刻的失儀，她明天就要離開台灣，這是他們正式訂婚前的最後一次相聚，他甚至沒有時間陪未婚妻渡過最後一夜，只能在高級飯店用簡單的午餐。

這通電話，他大部分時間在聆聽，最後低低交代幾句。

「他被調回醫院了？」

「記得派車送她過去，不然又要忙到忘了時間。」

「好，你看著辦。」

掛上電話後，他再次說抱歉，她卻搖搖頭，柔聲說：「我要是想嫁個游手好閒的人，就不用大老遠追到這裡了。」

他握著刀叉的手頓了下，苦笑，「妳一向知道自己要什麼。」

「記得北卡夏令營那對羅萊兄弟？」

「當然，亨利和愛德華。」

她點點頭，二十年前的人，還喊得出名字，他記憶力一向驚人。

「亨利在倫敦，買了一個歐陸百年的鐘錶品牌，弄得有聲有色，愛德華在高盛，主管部門有三十幾人，兩人都混得很不錯。」

「所以？」

「我跟他們倆都約過會。」她密切注意著他的表情，卻都看不出什麼，「猜猜看誰跟我求婚？」

他揚眉以對。

「兩個都求了。」

「不意外，妳有那個魅力與價值。」

她自嘲：「說對了，就是價值，這些年來，羅萊家靠著這兩個兄弟，資產倍增，我對他們來說有價值，他們對我來說又何嘗不是？但是我兩個都拒絕了，你知道爲什麼嗎？」

他舉起酒杯，背向後靠，眼神迷離的看著未婚妻的精緻妝容，沒費力猜測，笑問：「難道，是因爲我？」

「哈。」她輕笑，「滿足你的虛榮心，能換你二十四小時專屬於我的時間嗎？」

「伊蓮娜，我們都認識一輩子了，有這個必要嗎？」

「是沒必要。」她也舉起酒杯，直視他道：「因爲無聊，不論跟亨利或愛德華，我都可以看到十年後、二十年後的生活會是什麼樣子。但是跟你，我卻難以想像。說實在的，小時候我挺嫉妒你的。」

「嫉妒我？」

「我們兩個同齡，但你什麼都做得比我好，在我爸面前，就連你媽也比我媽重要。」

王雅貞那時是老霍夫曼的祕書，而伊蓮娜的模特兒母親，是諾登的第六任妻子，諾登剛進入家族企業，積極開拓亞洲市場，對父親這位諳曉中文的祕書諸多倚賴，要說諾登當時把王雅貞看得比妻子重要，倒也算事實，不然不會連她的兒子都接到家裡住，和自己的親生子女接受一樣的貴族教育。

換個時空，或不同的人，他們之間或許會上演典型的美國神話，司機或門房的兒子與千金小姐……但這並沒有發生，這世上，很多事情都講求緣分，他和伊蓮娜之間從來沒有任何情愫，相比之下，他與立丰認識的時間遠短於伊蓮娜，卻深受立丰吸引，再怎麼親近都覺不夠。

「不過，我很早就認清了事實，有的人就是天生傑出，我再怎麼樣也比不過，與其和他當敵人，不如當朋友。」

「妳這是在說要與我當朋友？親愛的伊蓮娜，我們可是要訂婚的人。」

「我知道你不愛我，但無所謂，因爲你是我爸要的人。」他聽她說過很多次結婚的理由，但只有這次是真話。

「跟羅契爾德家族一樣，我們猶太人很早就明白，要恆久的維持財富，就必須淡化家族的介入，所以我們從小就被教導要滿足於家族的信託基金能給予的富裕生活，但僅止於此，最好不要有太多無謂的野心。」她對自己搖頭，「不管多有能力，都沒有用。」

但是諾登．霍夫曼，卻汲汲營營的想奪回經營權。

「但是我爸不同，他有很多想做的事，而這些事情，唯利是圖的專業經理人未必會願意去做，所以我願意拿自己的婚姻，支持他。」她聳聳肩，「我畢竟是學藝術的，你可以說我就是浪漫吧。」

「但是浪漫的對象，卻不是對未婚夫，而是自己的父親？」

她笑笑，「是啊，很變態嗎？哪個女孩不是把自己的父親當英雄呢？我很愛我父親，願意為他犧牲一切。」

聽到「犧牲」他對自己苦笑，至少，他不是唯一必須有所犧牲的人，他決定掀開底牌，「諾登想要從政吧？」

她看著他許久，緩緩道：「家族以外，你應該是最清楚我家事情的人，你會猜到，我或許不該感到意外。」

「所以他才會希望把公司交給一個能夠信任，能確保集團賺錢，又支持他參選的人。」

「而且是董事會拒絕不了的人。」她定定的說：「那個人，只能是你，立言。」

他手指輕扣酒杯，若有所思的垂眼不語。

「你可以提出你的條件。」

「五年。」他鎖住她的視線，「我的條件是五年的婚姻，時間一到我們就離婚，妳可以選擇公開或不公開，我都無所謂，但是五年後，給我們彼此自由。」

她來不及掩飾眼中的受傷，他惋惜的想，原來她對自己真的有感情，可惜了。

「好。」她昂首，「五年後，你就自由了，但是這五年內，你是霍夫曼家的。」

第十二章　那不是愛，而是更深的

認識殷子愷一輩子，還沒見過他這麼慘兮兮的模樣，瘦骨嶙峋、臉色蒼白如紙、虛弱到連手都抬不起來，只能微微張開嘴，無聲的喊她：「蘿……」

儘管鄭自強一再告誡，她還是忍不住紅了眼眶，在他床畔喃喃問：「怎麼會這樣？」

他想說什麼，不管怎麼努力，卻只化成喉嚨氣切口的呼呼氣音。

一旁的殷媽媽按著兒子，安撫：「好啦，蘿蘿都回來了，沒什麼好著急的，快點好起來。」

殷媽媽後來跟她說，殷子愷提前知道她要回來，堅持轉普通病房、拔除氣切管，但一直到她來，他的血氧與血壓都不穩定，醫生不同意讓他離開加護病房，也沒辦法拔除呼吸管。

她不知道他會這麼在意，見面的當下，只說得出：「怎麼會把自己搞成這樣？怎麼會這樣？」

會客時間半小時，一次只限兩人進去，為了把握時間，殷媽媽熟練的替他按摩四肢肌肉，擦拭身體乳液，以棉花棒溼潤他乾裂的嘴脣，而她卻手足無措，不知道該做什麼，只能淚眼婆娑看著殷子愷。

他無力的比了個手勢，殷媽媽立刻意會，從包包裡拿出平板電腦，他的指尖在螢幕上劃幾筆，她認出他寫的是一個問句。

多久？

殷媽媽替他翻譯：「凱子想知道妳這次回國打算待多久？」

他是想讓她見到自己好好的模樣，就像她記憶中的那樣？

她一直以爲自己的人生不太美滿，曾經爲了父母、朋友、感情，有過傷心的感覺，但此刻，看到歪歪斜斜的那幾筆畫，聽到他的問題，她才明白，自己從來沒體會過什麼是傷心。

「我不回去了。」

他拉開嘴角，一個不太成功的笑容，眼神黯淡。

這次不太成功的探視，讓她不敢再回去看他，因爲知道他會介意，也因爲知道自己應付不了那撕心裂肺的傷心，再次見面時，他已經出院，也終於有力氣踩著單車來看她。

她自二樓房間的窗口往下看到瘦成皮包骨的殷子愷，很難看，卻讓天空變得明亮無比。

「妳是長髮公主喔？快下來，我現在可沒力氣爬上去。」

「正常人會從大門進來吧？」

「妳家鐵門永遠關著，我怎麼進去？」

自從祖父母過世後，她母親切斷與鄰居的關係，大門深鎖，切斷電鈴，她難得回家，殷子愷來找她時總是在房間窗口下大喊：「蘿蘿！」也不怕引人側目。

她下樓，他牽著車，默契的走在田間，並肩的影子在身後拉得老長，映襯著稻鄉平原紅豔的夕陽，十幾年來，從少年到青年，在同一個場景，他還是那個死皮賴臉糾纏的他，而她，還是那個悶悶不樂的她。

「再休息一個月，我就要回台北工作了，這次意外，保險領得不少耶，公司也有意外補償，妳想不想去日本玩？我招待，慶祝妳拿到學位光榮歸國！」

她明明不是為了那個理由回來，但兩人都決定裝傻。

「謝謝你喔，可是我還要準備教職面試。」

「對喔，妳以後就是大學教授了。」

「八字還沒一撇。」

他突然說：「假如能在台北就好了，以後我有什麼事，妳可以罩著我！」

她終於被逗笑，回國以後的第一個笑容，這人從不放棄機會勒索友情，而她，就是無法拒絕。

後來，他回到台北，不久後，她也找到北部教職，當他為了追求一個空姊而請她「罩」著時，她竟然鬆了口氣，看著他重拾遊戲人間的生活態度，她只覺得無論如何，都比躺在加護病房裡的那個他好，至少還活著，因為活著，才能這樣恣意揮霍人生。

自那時起，她就為他養成了二十四小時不關手機的習慣。

匡嫂在她面前放下一盤烤蔬菜。

「今天這麼早來？凱子還沒回家呢。」

「我在這附近上香道課，下了課反正也沒事，就過來看看你們。」

匡哥聲音宏亮的說：「還是蘿蘿貼心，凱子那傢伙重色輕友，沒事才不會想到我們。」

「不過凱子可是貢獻不少薪水在這裡。」

「哼，他貢獻的薪水都被自己喝回去了，天天在我這裡發酒瘋。」

匡哥說起上回殷子愷與台北公社在這裡喝到凌晨兩點，因爲噪音搞得警察過來關切。

丁蒔蘿可以想像當時場景，「他跟公社的人在綠島就熟了。」

「不過我看他跟那個主唱好像有點不對盤？」匡嫂回憶。

「阿宏？」

「我不聽搖滾樂，也搞不清楚名字，瘦瘦高高那個，左耳有個耳環。」

「陳瑋？」她揚眉，陳瑋對外總是裝出漫不在乎的酷樣，怎麼會讓匡嫂看出跟殷子愷「不對盤」？

「說起來，凱子還是陳瑋的粉絲，他們怎麼會不對盤？」

匡哥、匡嫂齊齊促狹盯著她，「妳真的不知道原因？」

她還想多問，遠遠的就看到殷子愷走過來，旁邊還跟著一個意外的人：嚴立丰。

「咦，凱子今天春風滿面喔！去哪撿到美女？」匡嫂調侃道，沒注意到丈夫警告的眼色。

殷子愷轉頭對嚴立丰說：「妳看吧，我就說這裡保證讓妳大開眼界。」

嚴立丰哭笑不得的環顧一圈這個巷子口的鐵皮燒烤攤，本想開口問到底哪裡讓人大開眼界了，突然注意到一個認識的身影，喊出聲：「丁蒔蘿？妳怎麼會在這裡？」

丁蒔蘿知道躲不過了，乾脆大方地朝她招手，「好幾堂課沒見妳了，麗莎。」

嚴立丰帶著羞愧說：「對啊，最近忙……一堆亂七八糟的事。」然後問起茶道課的進度，兩人隔著一段距離像既生疏又熟識的朋友聊著。

殷子愷把兩人拉近，一邊環住一個，興致高昂說：「蘿蘿在綠島時就想介紹立丰給我認識，可惜錯過了，不過有緣千里來相會，我們三個總算湊齊了！」

匡哥顯然是認出嚴立丰了，與匡嫂在角落低語一番後，夫妻倆也湊過來跟嚴立丰攀談，丁蒔蘿趁機問殷子愷到底在搞什麼鬼，爲何把嚴立丰帶到這種地方？

「她心情不好，這裡比較熱鬧，有助於轉換心情。」他低聲解釋。

真是天兵想法，一般可能會帶女朋友上法式餐館，要熱鬧，恐怕也只會帶去夜店吧？以前他無論跟誰交往，都不會帶來這裡，就連匡哥匡嫂也只在他回家路過時，偶爾瞥見殷子愷的女友「們」，像今天這樣坐下來正式介紹，倒是第一次。

嚴立丰對丁蒔蘿比對燒烤攤好奇，「我不知道妳也認識凱子。」

「記得在綠島時我說晚上會帶一個朋友回去找妳？」

她眼睛發亮，「那個朋友就是凱子？」

「嗯。」看著她，丁蒔蘿忍不住感嘆這位天之驕女，不只有出色的容貌與家世，聰慧卻不驕傲，甚至是謙遜的。穿著簡單寬鬆的亞麻襯衫與緊身牛仔褲，短髮隨性撥在耳後，年輕的像大學生。

「你們怎麼認識的？」

殷子愷與丁蒔蘿面面相覷，她選擇沉默，由殷子愷選擇這次她要扮演的角色。

「我跟蘿蘿一塊長大，認識……」他算了下，「二十年了。」

十七年，她暗暗糾正，但沒說出口，看來她這次不用演前女友了，這是不是意味，他終於下定決心，不打算放手了，她悶聲喝掉一大杯啤酒，像看戲般，聽殷子愷跟嚴立丰介紹他們的關係，介紹匡哥匡嫂，介紹這裡的招牌菜色……這一切，彷彿都跟她沒有關係了，以後，也不再需要二十四小時待機，時刻擔心他出事。

「蘿，妳沒聽到嗎？」

她面露茫然，「聽到什麼？」

「立丰問妳茶道課上得怎樣？」

「喔。」她回神，對嚴立丰說：「妳上的初級班應該已經結業了，我其實也缺了兩堂課，學期末學校事情多，走不開。」

「我記得妳是大學老師？」

「是啊，教法國歷史，只是講師而已。」她轉移話題：「妳爲什麼心情不好啊？」

嚴立丰臉色一沉，「一些……家裡的事。」

「妳家裡都有些什麼人啊？」她其實並不好奇，只是希望將話題從自己身上移開。

「我父母都不在了，就是我爺爺和……一些很煩人的親戚。」她對嚴立丰的印象一直很好，在她面前也一直很坦率。

「這些讓妳煩心的親戚，包括妳的叔叔嗎？」

「我叔叔……」她疑惑半秒，「妳是指嚴立言？」

丁蒔蘿解釋上次臨時被殷子愷抓去翻譯的事，殷子愷聽到，還加油添醋：「醫院人人都怕的大魔王，結果蘿蘿還不是搞定了。」

是錯覺嗎？聊到嚴立言，立丰神色變得複雜起來，丁蒔蘿默默觀察，湊近在她耳邊說：「其實，我是跟嚴董說認識妳，他才放我一馬的，抱歉擅自占妳便宜。」

聞言，她臉上陰霾一除，笑道：「這有什麼？妳說的也是事實啊！我在台灣沒什麼朋友，他當然得對我少數的朋友好一點。」她加上：「現在在家裡，除了爺爺，也只有他關心我了。」

丁蒔蘿不知道自己何德何能成爲嚴家千金大小姐的「朋友」，但嚴立丰不是矯情的人，丁蒔蘿真心的安慰：「家家有本難念的經，有人關心總比沒有好。」

嚴立丰卻搖頭，認真解釋：「問題就出在這些關心，都想強迫我接受不想要的東西。」

「喔？」拿著一大盤烤肉回來的凱子插話：「在醫院我怎麼問妳都不說，只會板著臉，現在可以說了吧？他們到底要妳接受什麼？」

嚴立丰猶豫了下，含糊說：「就當是責任吧。」

丁蒔蘿不認爲這種事應該追問，但殷子愷不是她，偏不識趣的繼續：「意思是，他們要妳接管醫院？這是好事啊！以後我就不用擔心大魔王了。」

嚴立丰愣了下，瞪著殷子愷半晌，突然大笑出來，「你這個人，腦子裡除了業績還有什麼？」

「對業務員來說，業績是幸福人生的基礎啊。」

「說得也是，不只是業務員，做什麼都需要績效的，作爲醫生、老師、子孫……都是要拿出成績來，才能證明自己。」殷子愷的歪理，被嚴立丰轉譯成人生哲理，這兩人的互動，丁蒔蘿在一旁簡直看傻了眼。

「就是就是，所以，妳什麼時候要正式接管醫院？」

這個問題瞬間又熄滅了立丰臉上的光采，吶吶說：「假如只是醫院，倒也還好。」

殷子愷瞪大眼，終於明白她自從那天被「爺爺」傳喚後，便無精打采，情緒不佳的原因了，他轉頭看到匡哥在不遠處豎起耳朵偷聽，使眼色警告嚴立丰：「噓噓，小心隔桌有耳，那傢伙老是幻想炒股炒到可以把燒烤攤開成百萬連鎖店，這種超級內線消息，可別隨便傳出去。」

匡哥從不客氣的送來飛籤，殷子愷回灑啤酒雨，兩個大男人就這麼鬧開。

丁蒔蘿朝立丰搖搖頭，「別理他們，匡嫂會收拾這兩個幼稚鬼。」

嚴立丰饒富趣味的說：「凱子說得對，這裡是他的百憂解，現在我能夠理解。」

「他從來沒帶女朋友來過。」

「為什麼？」

「大概是因為格調不夠吧，他之前的女朋友都比較……」她搜尋了下形容詞，「單純。」

「單純？」

「物質。」她解釋。

「對妳來說，單純和物質是同一回事？」

她拿起桌上的烤肉串，撥到盤中，吃掉一塊，喝口酒，才好整以暇的說：「對凱子來說，是的，他總找重物質的女人，從外表上看，他有正當職業，有房子有車子有存款，輕易能吸引到那一類人。」

「從外表上看？那實際上呢？」

她注視著這個聰慧的女人，輕聲反問：「妳不是已經知道了？」

因為面對死亡，所以才能活得自由自在。

她還記得嚴立丰是這麼形容殷子愷的，看到她眼中的謎霧散去，知道她也想起來了，同時間，似乎又升起新的疑惑。

「妳上次，並沒說妳也認識凱子。」

遲早要面對這個問題，她坦然道：「那是我和他的默契。」

「默契？」

眼角注意到殷子愷從匡哥攤上拿了一大把烤肉串靠近，她回答：「我當時不確定自己這次是要扮演前女友，還是好朋友，哪個角色比較方便他分手。」

認識殷子愷也不是一天兩天，嚴立丰一點都不訝異他會耍這樣的把戲，她比較好奇丁蒔蘿爲何要這樣幫他。

知道丁蒔蘿曾經躲在暗處，窺探她與殷子愷的關係，並未教她不快。在嚴立丰眼裡，丁蒔蘿很神祕，氣質閑定，態度疏淡，反而使人想要親近，她是真心想要交這個朋友。

在問下一個問題前，殷子愷再次在桌上放下更澎湃的食物，跟匡哥打鬧是假的，趁機多盧些免費食物才是真的。

夜色漸深，燒烤攤逐漸熱鬧起來，加上市中心的喧囂人車聲，嚴立丰覺得這個不起眼的小燒烤攤，儼然成爲稀罕的綠洲，熱鬧滾滾的獨立於煩惱無邊的現實人生之外，就像內華達州的火人節一樣。

立言，不知道有沒有到過這種地方？

想到他，嚴立丰心一沉，前天爺爺當面跟她宣布兩件事：嚴立言已經答應娶伊蓮娜，以及，要她回總部，從金融部門開始學習接班。

「我答應過妳奶奶，不管如何都不分家，我所有的一切，都會留給妳，立丰。」

「可是爺爺，我只是個醫生，不懂經營。」她還是抗拒。

「當初把立言接回嚴家，我讓他跟妳一樣從『立』字輩，而不是與妳父親同輩，就是希望把他培養成能夠幫助妳接班的人，而不是壓在妳頭上的長輩。」嚴金水終於吐露這場布了許久的局：「我知道你們倆年輕時就處得好，你們都是聰明的孩子，只是聰明在不同的地方，這些年來立言也一直勸我讓妳去做妳想做的事。」

「爺爺，這對他並不公平。」

嚴金水的眼神，不只能洞悉人心，更能左右人心，她從未像此刻一般，像個外人一樣畏懼這個老謀深算的長者。

「妳是嚴家唯一的嫡系子孫，應該承擔的責任本來就與其他人不同。」嚴金水語氣不容辯駁：「而且，我相信妳夠聰明，也夠有能力，承擔起應負的責任。」

最後讓她啞口無言的是攤在眼前的健康報告。

「這是我這次健檢的報告，妳是醫生，應該能夠判斷，我還能撐多久，告訴我，這些時間夠不夠讓我好好教妳，怎麼樣做嚴家的女兒。」

她掃了一眼異常的白血球指數，以及令人擔憂的心律圖，臉色刷白，這麼大的事，外面沒有消息就算了，怎麼可能連家裡人都不知道？

「爺爺，你……」

他抓住孫女的手，放軟語調懇求：「立丰，我知道這對其他房並不公平，因爲我始終沒忘記我所有的一切，都是妳祖母給的，沒有她，就不會有今天的巨象。妳並不自私，接班後，我相信妳會照顧其他人，但若是換成其他人，我就沒有把握了，妳好好考慮一下，我這個做爺爺的，也只求到了那邊後可以不愧對妳祖母和父母。」

她無法拒絕，但這意味著她必須放棄行醫，放棄喜愛的生活，放棄……

她甩甩頭，將腦中的回憶甩開，高舉啤酒，跟著玩high的骰子愷，灌下他的百憂解。

時隔不到一日，丁蒔蘿再次與嚴立丰聚在一起，這次環境截然不同，在台北最高級的日式料理包廂，隱密、昂貴、高雅。

嚴立言親自打電話給她，他沒忘記上次的邀約，於是，嚴立言、嚴立丰與丁蒔蘿這三個奇怪的組合，在這個最隱祕的餐廳裡品嚐最高檔的料理。

丁蒔蘿一開始有點不自在，但在嚴立丰的落落大方，嚴立言的風趣健談，以及不同凡響的美食帶動下，越來越放鬆，甚至還有餘裕，想著怎麼替殷子愷考察一下這對叔姪讓人看不透的關係。

「蘿蘿跟我說過臨時被抓去當翻譯的事情。」在匡哥那混熟了以後，嚴立丰也跟著叫她的小名，此時她邊說邊瞪了自家叔叔一眼，「擺明了是你刻意刁難。」

嚴立言不否認，為兩位女士斟上溫熱的清酒，「我做事一向嚴謹。」

「我雖然不是專業人士，但嚴董那天的演講確實嚴謹有內涵。」丁蒔蘿客氣道。

「叫我立言就好，麗莎也是這樣叫的，我們都受美國教育，不太介意稱呼。」

嚴立丰朝她點點頭，「是啊，不叫他名字，我都不知道該怎麼稱呼了，畢竟我們認識的時候，他還不是我叔叔呢。」

能夠當著丁蒔蘿的面講家族舊事，可見她對這個朋友的看重，這更讓嚴立言確定今天的晚餐不是浪費時間。

丁蒔蘿不刻意隱瞞耳聞過嚴家內幕，嚴立言成年後才隨著母親進嚴家認祖歸宗，改變巨象集團的接班格局，這本來就是任何對財經新聞不陌生的人都知道的事，但她實在對豪門祕辛提不起興趣，裝著傻將話題岔開：「我比較好奇的是，為什麼你稱呼她麗莎，她卻叫你的中文名字？」

眼前的兩人默契的對看，嚴立言道：「果然是歷史學者，見微知著，回國這麼久，妳還是第一個發現這點的，怎麼解釋呢？」他認真的思考，組織了下說詞：「我的英文名字叫Ian，我母親是華僑，小時候也給我取了中文名字，跟她的姓，叫王言，我媽認識我父親後，他幫我加上『立』字，對外國人來說，立言和Ian念起來差別不大，大家就改叫我立言，包含麗莎，現在已經很少人還喊我Ian了，很多人甚至不認識我身分文件上的這個名字。」

她注意到嚴立言說自己「認識父親」而不是找回父親，她接著說：「原來如此，不過，你雖然受美國教育，中文倒是非常優秀。」

「啊哈，你聽出來沒？」嚴立丰邊吃壽司邊插話：「蘿蘿的意思是問你中文怎麼比我好！我們一塊上茶道課時，我最痛苦的就是聽不懂老師的話，怎麼說？文謅謅？是這三個字，對吧？」

嚴立言寵溺的看了她一眼，才轉向丁蒔蘿繼續解釋自己的成長歷程：「這很正常，我這種國外出生長大的華僑家庭，反而重視中文，幫孩子取中文名字，上中文課，中學時我還參加華語社團，拿過紐約華語演講比賽的獎牌呢。麗莎跟我不一樣，她是小留學生，寄養在美國人家裡，父母不在身邊，不要說她，她的表堂兄弟姊妹，也都是小留學生，各個都是外文比中文溜。」

「我抗議。」嚴立丰不服輸，「我的中文比我那些堂表兄弟姊妹好太多了！即使在這裡接受完整教育的人，要看懂南老師說的什麼陸羽茶經、遵生八箋的，也不多吧！」

「遵生八箋？」

「看吧，你都不知道，我們那個茶道老師啊，根本是古代人！」

聊到喜愛的東西，丁蒔蘿終於比較放鬆，打趣道：「我覺得麗莎，呃，立丰，妳勝在記憶力超強，老師也就提過一次，妳卻記得了。」

「其實，我也只記下發音，怎麼寫我根本不知道！」嚴立丰俏皮的眨眨眼。

「立丰的聰明，也是她中文不好的原因之一。」他領會丁蒔蘿的意思，改以中文稱呼，不再中英切換的稱呼來稱呼去，「因爲忙著學習更難的東西，沒空在語言上下功夫。」

「喔，是嗎？要不要來比比拉丁文？」

「妳是學醫的，拉丁文是基本吧？」

「我西班牙語也不錯，至少比你強！」

這對叔姪在語言這個問題上互相調侃，席間笑語不斷，殷子愷恐怕不會相信大魔王竟有這副溫情的面孔。

「好啦，我們就別讓蒔蘿看笑話了，人家可是學者呢。」嚴立言終於決定要進入今晚的重點，「聰慧的人大多孤僻，立丰就是典型的例子，她一回國就擔任主管，台灣比美國注重職場倫理，她很難跟同事變成朋友，同年的堂表兄弟姊妹她又不屑往來，到後來，我還一直以爲我是她在台灣唯一的朋友呢！」

「還敢說！誰讓我一回來就當主任的？弄得我跟同事做不了朋友，是誰的錯？」嚴立丰嘴上抱怨，語氣卻不太在意，比起來似乎更在意剛上的山藥沙拉。

「所以當我一聽到妳是立丰的朋友，就想一定要好好請妳一頓，感謝妳包容我這個高智商低情商的姪女。」

從開始到現在，丁蒔蘿大概看出這兩人的相處更像是平輩好友，而非叔姪，嚴立言會針對殷子愷，便不會是出於長輩對晚輩對象的關心，大概是當殷子愷口袋裡的「蒔蘿草」多年，她下意識想在感情上幫助他，然而，若嚴立言視嚴立丰為好友，那又為何要為難殷子愷，阻礙他與嚴立丰交往呢？難不成……

閃過的念頭教她心頭一驚，忙低下頭喝酒，還好嚴立丰又跟叔叔槓上，沒發現她的異狀，她聽見嚴立丰吐槽：「我情商低？你這個外行管內行的，醫務會議時，是誰幫你圓場，老是提那些跟醫療無關的計畫，要不是我在後頭幫你圓場，你早就被那些科主任推翻掉了。」

「說這話，可見妳對經營有多外行，我代表董事會，妳以為董事們個個都懂醫學嗎？他們懂的是數字，我這個董事長又特別會管理數字，科主任想推翻我？先考慮一下飯碗再說。」

「哼，跟你們這些數豆人，我都懶得多說。」

丁蒔蘿打圓場：「你們確定這些商業機密，真要在我一個外人面前說嗎？」

「這也算不上什麼商業機密，管理者與執行者，永遠都有認知上的落差，各行各業都一樣，妳雖然在學術界，但一定也會遇到一樣的問題。」見到她點頭認同，嚴立言繼續說：「家裡頭對立丰的規劃，也不單單是執行者，以她的聰明才智，只當一個醫生太可惜了，接下來會慢慢讓她回來幫家裡的事業。」

立丰方才還飛揚的神色立刻黯淡下來，「昨晚在匡哥那裡，我本來想說，但人太多不方便，反正這件事情我是不願意的，說多了也不過是抱怨，那時氣氛那麼好，就不想掃興了。」

「匡哥？」

「凱子朋友開的燒烤攤，好熱鬧的小店，東西也好吃，下回帶你去嚐嚐。」

「殷子愷成天帶妳去吃小吃，難道他就請不起好一點的地方嗎？」

丁蒔蘿進一步解釋：「匡哥本來也是惠飛的業務員，受凱子慫恿租了個小攤子開燒烤店，因爲離凱子家近，我們常去捧場，立丰吃多了山珍海味，凱子一個小業務員肯定是請不起的，所以才帶她去吃匡哥燒烤，沒想到立丰也愛我們這種平民口味。」

嚴立言眼睛瞇了起來，顯然沒忘記她上次否認認識殷子愷，但卻意外的沒有計較。

「什麼平民，什麼山珍海味？妳恐怕不知道我在美國忙起來都吃些什麼，有時街頭熱狗或活力棒就是一餐。」

「自己吃和約會吃的，怎麼能一樣？」

嚴立丰擺手打發：「哎，我跟凱子算什麼約會。」

脫口而出的一句話，丁蒔蘿注意到嚴立言愣住的神情，嚴立丰說過跟殷子愷的交往是有目的的，誰認真誰就輸了，嚴立言難道不清楚嗎？

「是嗎？你們不是在交往？」

「凱子是個好人，我不忍心害他。」她想了下才說：「剛好蘿蘿也在，有機會妳幫我跟他說，我喜歡跟他在一起，但我們之間不可能有結果，我家裡的情況實在太複雜，我自己想擺脫都擺脫不掉，又怎麼會拉這麼好的人下水？」

嚴立言皺起眉頭，「什麼話？妳是典型的身在福中不知福，我保證很多人會樂於被妳『拉下水』，少奮鬥十年。」

「凱子不是那種人。」她搖頭。

「是嗎？那他是哪種人？」這個問題是對著丁蒔蘿的。

她暗自嘆氣，維護殷子愷幾乎成爲她的本能，但這次她卻不太情願。

「他會說出跟立丰一樣的話，因爲健康的關係，他一直害怕拖累人。」

「他健康有問題？」嚴立言看起來十分關切。

嚴立丰冷哼：「我看過他的病歷報告，不過就是癲癇症，在台灣可能不普遍，但在西方卻不是罕見疾病，現在的藥物已經能有效控制，我認識很多人成年以後幾乎沒有發過病，這些我跟凱子都說過，只要按時吃藥，情緒控制得當，他那個病幾乎不算病。」

「他運氣不好，家裡三代男性都不長壽，殷媽媽從小就獨力扶養他們兄弟，他不想讓喜歡的對象難過，哪怕只是可能性。」

「我和立言都算單親家庭，我現在還是孤兒呢！什麼難過不難過的，這些都不是不敢承諾的理由，在我看來，凱子應該有其他理由，或許他心裡藏著更喜歡的人，所以才會連這麼一點點小風險都不願意讓人承擔。」

「這不是矛盾嗎？若心裡藏著更喜歡的人，又怎麼會像個痞子一樣，處處留情？」

「他也沒有處處留情，至少每段感情都是專一的。」她替好友說話。

嚴立言對這個話題異常執著，緊盯著丁蒔蘿問：「妳覺得他藏在心裡的人是誰？」

在他的逼視下，她莫名心慌，吞吞吐吐回：「我……怎麼會知道？」

「嚴立言，你可以不要那麼討人厭嗎？每個人都有隱私，透過好朋友來打探另一個人的隱私，這是最下流的手法。」嚴立丰替她解圍，「凱子是我男朋友，我都不好奇了，你好奇什麼？」

「我可以不好奇，只要妳告訴我，你們這場鬧劇要演到什麼時候？」

她聳聳肩，「只要還輕鬆有趣，沒有結束的理由。」

他沒多做批評，再次轉向丁蒔蘿，「我尊重每個人的感情觀，只是擔心立丰遇上動機不純的人，殷子愷聽起來應該不是那種人，就當我管太多吧，妳也可以當成是家人間的關心。」

家人間？她幾乎失笑，旁觀這兩人互動間透露的，可比說出來的多許多。

「我會離開一段時間，這些關心，不過都是希望立丰在這裡不要太孤單。」

立丰倔強的冷哼，但對他的過度關心視為理所當然。

丁蒔蘿終於明白這場邀約的真正原因。

「中文我恐怕幫不上忙，但是假如立丰想要聊聊，我倒是很有空。」

既然嚴立言擺明「託孤」，她便欣然接受。

嚴立丰實在令人欣賞，相處起來也很舒服，說起來，她自己又何嘗不是跟嚴立丰一樣，回國以後也沒什麼親近的同性朋友，更進一步，她們身邊都有一個人，站在一個碰觸不到的位置，默默的相互關心，小心翼翼的不跨越雷池。

嚴立丰拒絕上他的車。

結束愉快的晚餐，丁蒔蘿先行搭計程車離開，嚴立言的司機在餐廳出口等候，他打開後座車門，但她雙臂交握，拒絕上車。

「你說說，今晚怎麼回事？」

「怎麼了？丁蒔蘿不是妳朋友？」

「我問的是，離開一陣子？這是什麼意思？從何時起，你『離開一陣子』需要找人照顧我？」

他嘆口氣，「先上車，回家再聊。」

「我沒你那麼尊貴，走路回去就可以，不需要接送。」

「好，那我陪妳走。」他關上車門，給司機使個眼色，車子緩緩駛離。

深夜的台北街頭，夏季悶熱無風，一身正式西裝的他很快汗流浹背，他脫下西裝外套，解開襯衫上排幾個扣子，陪著一臉不悅的她走在喧囂汙染的人行道上，毫無怨言，也絲毫沒有不耐神色，看著他這麼逆來順受的態度，讓她更爲不快，悶悶開口：「你要回紐約了？」

「嗯。」

她沉默半晌，低聲道：「那天早上，我以爲你會拒絕。」

「本來是的。」他想起兩人關在一起的那段時間，想要永遠停留的那時，心臟抽緊，彷彿都還能感受到那時的渴望與失落。

「看來老頭子不讓你拒絕。」

「剛好相反，他希望我拒絕，是我臨時改變了主意。」

她突然停下腳步，後方一台騎上人行道的腳踏車擦身而過，他迅速抱住她往旁一閃，披在肩上的西裝外套掉落在地。

「太危險了！這就是爲什麼妳需要司機！」

被緊緊抱在懷中，聽著他低沉的嗓音與急速跳動的心跳，情緒一股腦湧上來，有不爽、委屈與……心痛，她突然想不管不顧的抱住這具溫暖的身軀，緊緊抓住這個人不放。

驚魂未定的嚴立言，突然感受到反手抱住自己的雙臂，簡直不敢置信，身體僵硬的不敢動彈，連呼吸都止住，就怕下一秒便會驚醒。

「你說過只要我不讓你結，你就不結。」

她的聲音很低很輕，但只要是從她嘴裡吐出的言語，再低他都聽得見，再輕都能翻攪他的五臟六腑。

「不要說。」他加重擁抱的力道，「我不在，對妳比較好。」

她突然奮力掙開，質問：「什麼叫對我比較好？你憑什麼替我決定？」

他保持不動，等到理智漸漸接受懷裡突如其來的空虛，等到能夠完全控制住自己後，緩緩彎腰撿起外套，背對著她說：「留在這裡，我們一點可能都沒有。」

「你忘了我是醫生？DNA檢查又不是什麼大不了的事？要不要來打賭你跟我有幾分的血緣？」

「妳以為我沒檢查過？」他的聲音嘶啞：「就算知道真相又怎麼樣？從我進入嚴家的那一天，我們兩個的路就被堵死了。」

「是你媽吧？她還是希望你繼承？告訴她，我可以放棄，全部都給你。」

「我就是要證明我不需要繼承任何財產，才決定娶伊蓮娜的，最重要的是，」他轉身牢牢鎖住她的視線，「只要我想要，隨時可以脫離霍夫曼，但是待在這裡，我們永遠都不可能解脫，妳已經領教過媒體與輿論有多嗜血，難道妳要讓家裡的事情攤在陽光下，任人扒糞？妳可以不在乎老頭子，但我媽，她這輩子為了我已經夠委屈了，我不會讓她承受這個。」

她很清楚嚴立言永遠不會做傷害自己母親的事情，問題是，想要捅破橫在他們之間的這層血緣紗紙，不可能不傷害他母親，也不可能不受二房的人利用，即使娶了伊蓮娜・霍夫曼，他依舊姓嚴，依舊是嚴金水的兒子，她的小叔叔，她不明白他要如何去改變這點，如何……回到她身邊？

除非祖父不在了，王雅貞心甘情願的離開嚴家，她想起祖父的健康報告，懷疑王雅貞並沒讓兒子知道這件事，但此時此刻，知道與否又有何差別？

「立丰，我不要求妳等我，妳可以盡情去認識人，去……愛人，我只要妳活得開心，就像以前在美國那時一樣無拘無束，但是妳記著，我會回來，不是回到嚴家，而是回到妳身邊。」

知道她對這段關係的真正想法後，他突然又將殷子愷調回麗丰，難道真是因為他……希望她活得開心。

「你有病，你知道嗎？」

他苦笑，「或許吧，人不可能總是心想事成，有時只能選擇妥協。」

「萬一，你終於找到辦法回來，我卻不在了呢？」

「那也沒關係，人生很長，我對妳所求不多，只要妳能愛惜自己、開心的做自己喜歡的事、認識喜歡的人，就算看不到妳，也沒關係。」

「那麼……你呢？你也會開心的在紐約當伊蓮娜的丈夫？」

他眨眨眼，「開心……我恐怕會忙到沒時間考慮這個吧。」

她仍然搖頭，不明白他的邏輯，不明白兩人究竟要這樣毫無道理的僵持到什麼時候。

他再次抱住她，不容許拒絕的，柔聲說：「麗莎，答應我最後一個請求……」

殷子愷渾然不知「女朋友」正肝腸寸斷的在另一個人懷裡，他此刻糾結的是丁蒔蘿的簡訊，還是清清淡淡的語氣，卻讓他差點把手機螢幕瞪穿的寥寥數語。

凱子：放暑假了吧？下禮拜我要回去拜見英明的殷陳桂花女士，要不要搭便車？順便清清妳宿舍的東西？喔，回程我們還可以繞到墾丁，從東海岸回來？我有三天年假喔，不用白不用，如何？

蘿：下禮拜飛法國，等我回來再說吧。

凱子：這麼突然？

蘿：不突然，機票幾個禮拜前就訂了，跟陳瑋同行。

最後那幾個字讓他一時手滑，不小心送了個憤而翻桌的怪貓貼圖出去，自此她就已讀不回，來電不接。

這也是爲什麼他會大半夜跑到宿舍樓下，左等右等卻不見人影。

從教職員宿舍前的花圃可以看到大樓稀疏的燈光，裡頭住的大多是單身，或是家人在外縣市，隻身赴職的教職員，不論是前者或後者，週五夜晚，選擇在宿舍渡過的人畢竟是少數，只是不知道爲何，他下意識地認定丁蒔蘿的週五夜，若不是跟他一起在匡哥那裡鬼混，就該一個人待在宿舍，研究她那些枯燥如天書的香譜，或準備沒完沒了的研討會論文。

他總以爲她會一直在這裡，等他突然想起，隨興所至的過來攪亂她古板生活的一池春水。

他怎麼就沒想過，丁蒔蘿遲早會建立自己的生活，一個不再有時間關心他的生活？

像個傻子般在黑夜中獨自唏噓的他，對自己搖頭，不，他不是沒想過，在國外的那幾年，她不就過著完全沒有他的生活嗎？

躺在加護病房，聽說她要來醫院，那時的他剛醒過來，一開始還恍惚的想：她當然會來啊，老媽幹麼要如此驚天地泣鬼神的宣布？好像蘿蘿的出現有多了不起？一般人去探視差點沒命的老朋友，不是天經地義嗎？

過了一會才想起，丁蒔蘿已經出國五年，本來說兩三年就會回來，沒想到念完碩士還繼續念博士，爲了確定她不是讀書讀到變傻子，他還打著說服某人別繼續浪費生命的主意跑到法國去，結果被說服的人不是她，而是他自己。

在巴黎那幾個天，看到她自信的處理學業，自在的融入巴黎人生活，北國夏日漫長的白日，讓她臉上的光芒與笑容更燦爛了，這樣的蘿蘿他從來沒見過，較真的性格依舊，無意間卻流露出巴黎女人的感性，從容應付咖啡廳裡的搭訕與調情。

她那個樣子，很美，很好。

他記得自己慌張的提前回國，怕再待下去就會要她乾脆永遠不要回來。

那之後，他試著習慣沒有她的生活，不再不管時差的以狗屁倒灶的理由打電話騷擾她，不再以免費試用品為由，寄一堆她可能根本不需要的保健食品，也不再惦記她學校的假期，一天查看幾百次她的臉書，就為了知道她這次又到哪裡逍遙。

等到發現自己超過一個禮拜都沒想起這個人時，超過一個月沒聽到她的聲音時，已經過了不知道多少年，接受再好的朋友最後都會成為兩條平行線的事實，硬生生將心底的空虛貼上標籤：「成長的失落」，那陣子還為了這個領悟而沾沾自喜，他可從來沒這麼文青過，尋思是不是該投個稿，搞不好還會得文藝獎什麼的。

直到出了那個悲慘的車禍，說是悲慘，其實過程有點搞笑。

他的阿提拉機車是大學以來的老戰友，剛開始進藥廠跑業務，仍盡職載著他在城市裡東征西戰，無往不利，但凡事都有極限，阿提拉偏偏在某個夜晚壽終正寢，他不得不停在路邊搶救，回想那畫面，汗流浹背狂踩油門，加上忙了一整天根本忘記吃藥，這麼一搞血壓不升高才怪，當然就……當街發作啦。

其實他一點都不怪那台撞上自己的車，那人也算倒霉恰好碰上正要倒地的癲癇症病友，要是柯南來辦案，肯定能根據好整以暇停在路邊的機車判斷出真相，不過現場的警察不是柯南，而超級護短的保險界藍鑽一姊殷陳桂花女士，成功讓這個倒霉鬼吐出不少賠償金，外加她爲了業績幫兒子保的那厚厚一疊保單所帶來的意外理賠，總之他醒過來以後的第一個驚喜就是自己口袋滿滿，排在那之後的驚喜，才是丁蒔蘿專程回國看自己。

這些領悟慢了好幾拍才進入他有點生鏽的腦袋，想起這一切後他才好奇，回來的是哪一個丁蒔蘿？是那個悶悶不樂，偶而有點厭世的她？還是在巴黎見到的那個自信耀眼的女人？

假如是前者，那他寧願她不要回來，爲了回來看他而放棄更適合她的巴黎生活，一點都不值得。

他忐忑的等待，等來的卻是第三個從未見過的女人——傷心欲絕的丁蒔蘿，他沒有心理準備，看到她盈眶的淚水、聽到她的哽咽，他發現自己受不了這個，從小到大，她的驕傲、歡喜、氣憤、糊塗、呆萌……他都能應付，但他就是應付不來她的眼淚，受不了看她爲自己哭。

知道她這次回來就不回去了，他發不出聲音，有股衝動想拔掉身上所有管線，跳起來把她踢回法國，但虛弱的身體只能讓他躺在她面前，無能爲力。

他知道她的父母關係還是沒改善，無暇管這個么女，幾個姊姊都各自成家，對小妹也不聞不問，這個世界上，除了他，誰又會在乎她是不是難過？逗她開心幾乎已經成爲他的使命，要是這次因為他，她再也開心不起來怎麼辦？因為他，在巴黎看到的丁蒔蘿就此消失不見怎麼辦？

他奮力狂吼：「幹麼回來？不要管我不是比較好？」卻都成為氣切口呼呼的風聲。

無力到極點，他突然領悟：丁蒔蘿是他恐怕會很短暫的生命中，最獨一無二、無可取代的記憶。

躺在病床上的無聊日子裡，他也曾異想天開，濫情的想身體好起來後，乾脆認真起來追她，讓她知道她對他的意義，但這些想法很快就被自我推翻，因為他始終無法想像將丁蒔蘿冠上女友標籤，她的存在對他來說，是超過這些的，是像血親一般，即使拌嘴吵架、傷心埋怨，仍然不離不棄，是明知道他可能會先走一步，仍然心甘情願的付出，無怨無悔。

不，對他來說，她甚至比家人更重要，因為他知道自己可以讓她對自己好一點，可以幫她屏蔽掉煩心的人與事，即使她可能不承認，但他知道她需要他守在後頭，她需要他。

隱在黑暗中的殷子愷再次對自己搖頭，朝空氣自嘲：「既然如此，幹麼介意她與陳瑋好？人家開心就好不是嗎？未免太雙標了！」

但他就是無法不在意！

出國前她很短暫的有過對象，跟他的社團同學，他還努力搓合過她跟鄭自強好一陣子，但這些「對象」都是他篩選過，可以輕易掌握，也可以威脅利誘，不敢不對她好的人。

陳瑋卻不是，他出色得讓人自慚形穢，而且他顯然比自己有辦法讓丁蒔蘿走出框框，比自己有辦法逗她開心……

最氣人的是，陳瑋竟能在這麼短時間裡，比自己還要了解丁蒔蘿。

蘿蘿難道沒跟陳瑋說過他們從小到大一起經歷過的事？難道沒有像他一樣，在正式開始前，就先跟交往對象警告丁蒔蘿的與眾不同，不能接受的就滾蛋？

難道真的沒有嗎？這是不是說，他並不如自己想像的那麼重要？他對她來說，並非獨一無二、無可取代？

不然爲什麼回法國這麼要緊的事，是找陳瑋一起去，而不是找他？

關於婚姻，她不願意多說，他也就沒多問，這麼多年過去，他以爲這成爲兩人的默契，卻沒想陳瑋在短短時間裡知道得比他多，憑什麼她願意跟陳瑋說，卻不跟自己講？

他煩躁的亂拔一通地上的雜草。

事情怎麼會變這樣？認識快一輩子，突然發現自己不認識丁蒔蘿了，竟然還要在這裡猜測她的心思。

「你發什麼瘋？幹麼坐在這裡拔草？」

他被熟悉的聲音驚醒，從花圃裡抬頭，看到臉龐隱在朦朧路燈中的身影，急忙跳了起來，「蘿！妳終於回來了！」

她的表情從驚訝、懷疑到擔心，「出了什麼事？」

「我打了一晚的電話，妳都不接！」

事實上，她手裡正拿著電話，「剛剛不是回了？結果聽到鈴聲從花圃裡傳出來，嚇死人了。」

忙著想那些有的沒有的，他竟然沒注意到電話，困窘的搔搔頭，「我……沒注意到，妳今天又沒課，怎麼那麼晚回來？跟陳瑋出去？那小子竟然沒送妳回來！算是個男人嘛！晚上的校園可是一堆變態！」

她舉起手來制止他，從小到大，只要開始不著邊際的自說自話，代表這傢伙企圖掩飾什麼，通常是做了愚蠢的事情，需要她出面救火。

「說吧，你又幹了什麼事？」

「啊？我沒有啊。」他從花圃裡跳出來，跟她面對面，站在宿舍大樓前飄著淡淡桂花香的小徑，宿舍裡間歇的傳出電視與音樂聲，他突然很慶幸今晚來這裡，等到了她。

「殷子愷，那你跑來幹麼？我今晚有個餐會，接不了電話，不是回了簡訊？」

說到簡訊他就來氣，憤憤不平說：「我就是想來問問，妳爲什麼要跟陳瑋去法國？」

「我有事要辦，他也有事要辦，我們只是正好結伴而行。」

結伴而行？聽到這四個字，他簡直沸騰了，「他在法國能有什麼事？」

她耐著性子解釋陳瑋的背景：「總之，那時事情發生得突然，他媽媽葬在巴黎，他回去看看又怎麼了？」

無可辯駁，他反而更悶，大聲說：「那我也一起去！」

「你不行。」

「什麼叫我不行？」他跳了起來，「萬一妳丈夫，前夫，不願意離婚，要打架，我可是比陳瑋能打。」

丁蒔蘿偏頭觀察他暴躁的反應，這傢伙今天是怎麼了？昨晚不是還好好的？

「第一，不會有打架的可能；第二，身爲當紅藥廠業務，你都不看新聞的嗎？歐洲疫情蔓延，國境都封了，外國人是沒有辦法入境法國的。」

「憑什麼你們就可以去？」

她拿出最大耐性，解釋：「陳瑋和我都有法國居留，是可以合法入境的。」

他頹然垂頭，「我都不知道這些。」

「誰知道你最近在瞎忙什麼？」

「我不知道……」他固執嘀咕：「因爲妳什麼都不跟我說。」

「你到底在不滿什麼？」

「妳啊！超級讓人不爽的！我問妳，陳瑋那傢伙知不知道我們的交情？」

丁蒔蘿將肩包換到另一邊，看樣子他是準備盧上一整夜，情緒起伏這麼大，讓人有點擔心，她皺起眉頭，「你晚上的藥吃了嗎？」

這話問得好像他在發神經，他更不爽了，一時腦熱，他扯掉她肩上的包包，一把將她拉進懷裡，衝口而出：「我快被妳逼瘋了！」

盛夏夜晚的空氣溼潤黏膩，被禁錮在凱子懷裡的丁蒔蘿，腦子嗡嗡響，透過輕薄夏衫交換的體溫，彷彿可以讓呼吸沸騰成水蒸氣。

現在這是……什麼情況？

她曾經無數次扮演他出軌的對象，幫他趕走無數個女人，就這麼一次，她以爲自己不需要再假裝，因爲他終於遇到嚴立丰這個完美對象時，他們，竟然要假戲真做？

她今晚還跟嚴立丰、嚴立言吃飯呢，這算不算背叛？但除了自己，她到底又背叛了誰？

六神無主，她只能保持靜默，感覺到懷抱著自己的身軀從衝動中逐漸清醒，慢慢變得僵硬，即使如此，仍然維持一樣姿勢，掙脫不了。

「認識妳這麼久，還沒有抱過妳。」

認識妳這麼久，還不知道妳的手牽起來什麼感覺？

像那次在電影院一樣的欲言又止，若有所示。

他們當時太青澀，都怕越了界會無法回到從前，都怕會失去彼此最堅定的相挺，她不確定他們當時若決定跨出朋友的那一步，今日的他們，會不會不一樣。

他在病床上那張蒼白的臉浮現腦海，她那時被失去他的恐懼深深攫住，寧願他永遠是賴皮、沒心少肺、遊戲人間的樣子，也不要再看到他燭火將滅的模樣。

她不像在電影院裡一樣的爽快回應，這次他必須自己決定要不要跨界，但不管他決定爲何，對她來說，此時此刻的殷子愷，已經是最好。

「蘿，難道妳從來沒想過我們……可以在一起？」

她突然泫然欲泣，在異鄉那麼多年的孤獨與艱辛，她何嘗不曾後悔過當時牽手的情況，若是沒有裝傻多好，但那對他、對他們來說，真的是最好？

他低頭，尋找她的眼睛，忐忑的端詳暗夜中模糊的輪廓，她在笑？在哭？在生氣？或者是震驚？難道她真的只把他當成朋友？既然如此，又何必爲他回來，爲他留下來？

「丁蒔蘿，妳真的很可惡。」他突然放開她，狠狠反擊，「看著我一個人發瘋，很有意思嗎？」

她看見他緊握的拳頭，知道兩人已經走到交岔口，沒辦法以一句「只是開玩笑」而輕易的退回到舊有的位置。

「是因爲陳瑋嗎？」她輕聲問：「你很介意？」

他張口卻一個字都說不出來，即使不是陳瑋，也會是其他人，任何讓她認真的對象他都會介意，她卻從來沒有在意過，不管他跟誰在一起，領悟突然降臨，他臉色蒼白，事實讓他搖搖欲墜。

「妳沒想過，從來沒有。」

他從來沒有過此時的情緒，憤怒、委屈、難過，所有負面情緒同時襲捲而上，再這麼下去，他不確定自己受得了，絕望的想找可以全身而退的方法，太過絕望了，以至於剛開始滑入自己手中的溫度，像是錯覺，慢慢的他才領悟，蘿蘿小而溫暖的手，緩慢的握著他。

「殷子愷，我想過，也後悔過，假如當年我們不只是握手，或許我在國外可以不用那麼孤單，也或許你就不會出意外。」

「蘿……」

「看到你躺在病床上，我心都碎了。」她喃喃道：「我知道假如是沒有意義的，即使當時在一起了，有可能會分手，可能會連朋友都做不成，即使如此，我卻怕得不得了，怕有天，我們會形同陌路。」

他忍不住了，再次抱住她，「怎麼可能形同陌路？」

這次，她毫不遲疑的回擁，默默感受對方的溫度。

良久，他沙啞的問：「分手都讓妳怕成這樣？那萬一我死了呢？」

她笑得雲淡風輕，「你死了我還是愛你，更何況你根本不會早死。」

「什麼？」他像觸電一樣定住，懷疑自己的聽力。

她將臉埋在他懷裡笑開，使壞道：「我已經愛你很久了，你不知道嗎？到底是誰不在乎誰？」

他連忙將她拉開，慌張說：「我怎麼敢想？我怎麼配得上……」路過的車燈照亮她臉上的調侃，他大叫：「丁蒔蘿！妳在捉弄我！」

她笑得彎下腰，「虧你還情場浪子，聽到有人愛你卻嚇成這樣，我看那些情書都白幫你寫了。」

他止住呼吸，拉起她的手，「不是有人愛我，是『妳』愛我，才把我嚇得，喂，這可不是開玩笑的吧？」

看到他眼底猶存的不確定，她決定放過他，「不是，不是玩笑，但今天晚上以前，我也沒感覺那是愛，而是更深的，我不知道怎麼說它。」

殷子愷覺得丁蒔蘿寫過的最華美的情書，都比不上此時此刻的告白。

「我也是，我也是的。」

第十三章　必有人重寫愛情

並肩坐在機艙裡，陳瑋再次捕捉到丁蒔蘿的傻笑，一路上捧著手機不停傳簡訊，他發誓還聽到咯咯笑聲，絕不是幻覺，只是，這還是他認識的那位丁老師嗎？

機上乘客陸續就座，機艙廣播提醒乘客關閉電子產品，她仍然緊盯手機螢幕不放。

「有什麼好笑的事嗎？」他終於忍不住問。

她彷彿才注意到他，立刻斂起臉上的傻笑，裝作沒事，「沒什麼，凱子跑去逗我家小狗玩。」

「妳養狗？」

她回完訊息之後才慢半拍的回：「什麼？喔，不是我，是我老家，其實是隻流浪狗，賴在我家不走，本來要送到收容所，我爸養出興趣就留了下來。」

又有訊息進來，這次是一支影片，他瞥見殷子愷拿著一根玉米逗著小狗的畫面，她看得樂不可支，空中小姐要求關機，她匆匆打幾個字，微微嘆氣，依依不捨的關機。

決定跟她一起去巴黎後，他心情一直不是很好，內心深處，他知道自己不願意面對與母親相關的記憶。母親一直很嚮往巴黎，留學時意外懷孕，情人不願意負責任，不得已只好中斷了學業，回台灣辛苦的以教鋼琴為生，扶養唯一的兒子，直到遇見陳文郁，與之共組家庭。悉心栽培陳瑋幾年後，為了成全妻子以取得法籍的心願，陳文郁同意資助繼子到巴黎深造，終於能回夢想之都，陳瑋記憶中的母親卻始終鬱鬱寡歡，只有在他得獎的時候，會開心的抱住他，跟他說這樣就不會讓他繼父後悔支持他們住在巴黎，讓他相信「他們的兒子」終將會揚名國際。

出發前，他與紐約的繼父通話，問他要不要將母親的墓碑遷回台灣。

「你決定吧，只是……我覺得她可能會更想留在那裡。」電話那頭的聲音聽起來有點疲憊。

「或許，只是很孤單。」

「她希望我能過去陪你們，只是我那時太忙。你這次過去多去墓園和她說說話，等我有假時再過去看看，至少，讓她不那麼孤單。」

「爸，」他衝動的喊出口，這麼多年的生疏，短時間兩人還無法回到從前，但他此刻可以感受到電話那頭的唏嘘與寂寞，「你不覺得被利用了嗎？」

沉默了許久，他聽見繼父沙啞的聲音：「小瑋，我是個很乏味的人，如果不是遇見你們，我想我這輩子除了音樂，什麼都沒有吧。你母親給了我許多靈感，她……照亮了我陰暗的生命，即使短暫，我也不後悔，有你這麼出色的兒子，我更不後悔，來紐約以後我想了很多，許多話我應該更早跟你說，讓你更了解自己的母親，只是我不擅長表達，也不習慣……跟人說這些，所以請你諒解，再給我一點時間，好嗎？」

記憶中沉默寡言的繼父，第一次透露自己的心情，他想起照片後的那首詩，他應該……很愛他那任性的母親吧？

「好，等我存夠錢就去紐約找你。」

電話那頭的人一愣，送來輕笑，「好，等你存夠錢，別讓我等太久，兒子。」

掛上電話以後，他始終沒找到辦法擺脫低落的心情，後悔這些年來對繼父的錯怪，以及此時對他的……心疼。

他的旅伴心情顯然與他相反，這讓人忿忿不平，他忍不住嘲諷：「在我面前跟別人打情罵俏，就不怕我吃醋？」

她戴著防噪耳機，沒聽到他的話，他搖搖頭，看向窗外，還是得靠自己去處理情緒。

花都巴黎象徵陳瑋的青少年，卻是丁蒔蘿的成年，住在這裡的時候，他埋首於音樂，身邊又有母親無微不至的照顧，對身處的環境並不關心，對丁蒔蘿來說卻完全相反，她渴望全新的環境、毫無保留的擁抱異國文化，在奧斯曼男爵一手規劃的美輪美奐城市裡，放眼望去，無一不教人感到新鮮，陳瑋猜想母親所愛的巴黎，就是丁蒔蘿看到的巴黎吧，只可惜他當時沒有體會。

丁蒔蘿的法語比他溜，他乾脆交給她帶領自己，來到五區的私人住宅，看著她熟門熟路的輸入密碼，穿越兩道門，上二樓的公寓。

「老師這段時間在諾曼第的鄉間住宅，他巴黎的房子可以給我們暫住。」出發前她解釋過：「我那時走得匆忙，還寄放幾箱東西在這裡，剛好趁這次回來收拾收拾。」

她仍然以老師稱呼自己形式上的丈夫。

單身學者的家長什麼樣子，實際上與他想像的相去不遠，數量驚人的書幾乎占據這個兩房兩廳的公寓，擺設全是厚重的古董傢俱，這房子簡直讓人喘不過氣來。

「我睡書房，你睡客廳沙發吧。」

他懷疑的看著擁擠的書房。

「櫥櫃裡有張行軍床，我習慣了，很久以前在這裡借住過一段時間。」

他疑惑她為什麼不用室內唯一裝潢華美有致的房間。

丁蒔蘿解釋：「那是師母的房間，自從師母過世後，老師就沒再進去過，他自己也是睡客廳的沙發床。」

他暗嘆又是一個痴心漢？默默想著繼父住在台北家裡時，會不會也一樣？

露營？嚴立丰簡直不敢相信自己竟然答應這麼瘋狂的提議，放下醫院、集團、爺爺，兩個超級大忙人跑到拉拉山上露營！

「怎麼樣？不賴吧？」花了整整一個小時整頓營地、搭好帳篷，他一身輕便，臉上滿是神氣的邀功，就像那時在燃燒人營地，他靠關係，替兩人換來第一頓免費餐點時一模一樣的神情，多久……沒見到他這股得意到欠扁的神氣？

這就是他最後的請求？她暗自翻白眼，當自己還是青少年嗎？

「怎麼？不是五星級酒店，失望了？」他總是知道如何刺激她，不管什麼情況。

她刻意繞設備齊全的帳篷一圈，雖不是五星級酒店，但絕對是五星級帳篷了，她都可以想像嚴立言助理接到買帳篷這樣任務時的表情。

「不賴，但是……只有一頂帳篷？」

他失笑打趣：「原來不是失望，而是害怕？」

她還沒來得及反擊，他拉開帳篷拉鍊，露出左右兩邊的獨立空間，「一人一間，省得妳搶我睡袋。」

這句話啓動陳年記憶。

中學時兩人常結伴露營，他總是設備齊全、計畫縝密，而她隨興所至、隨遇而安，有次遇上下雨，她忘了帶防水的背包罩，把自己的睡袋弄得溼答答，根本用不了，他藉此教訓她的大意，像個小老頭一樣，她憋了整路，最後想出一個報復之計——搶走他的睡袋。

很幼稚，但也很痛快，那時的他就像現在，明明知道她是故意搗蛋，卻總是無條件包容，那時的他們，還只是至交好友。

「嗯哼。」她眼睛一溜，決定任性到底，鑽入右邊那間房間，「我瞇一下，午餐煮好再叫我！」

「等等，露營講究的是分工合作，帳篷是我搭的，午餐該妳做吧？」

她聲音含糊地從帳篷裡傳出：「行啊，你找找哪間餐廳願意外送上山，我來打電話。」

「嚴立丰，妳這是賴皮！」

聽起來雖然不滿，但等她補完值班一整夜的眠後爬出帳篷，他已經煮好熱騰騰的一鍋蔬菜燉肉，還開了瓶上好年分的羅希爾德等著她。

「哇，中午就開喝，要我昏睡一整天？」

「那就睡吧，本來就是爲了讓妳徹底放鬆的。」

他突如其來的體貼，總是讓她措手不及，他遞上與營地風格不搭的水晶杯，與她並肩坐在山崖邊，看著雲霧環繞的中央山脈，吹著微風，與世隔絕的靜謐，讓她忘記他即將離開的現實。

「二選一，對妳來說就這麼難？白天在總部實習，晚上還回醫院值班，身爲醫生，卻不知道怎麼照顧身體？」

她知道自己的一舉一動都逃不過他的掌控，她最近刻意讓自己忙碌，就算不値班，她反正也睡不著，躺在床上睜眼到天明，想著他那讓人猜不透的盤算，想著他和伊蓮娜即將成爲夫妻，想到他即將離開台北，止不住被遺棄的感覺，不管怎麼譴責自己感情用事，也無法停止這些漫無邊際的念頭。

「我睡整個週末，那你要幹麼？大費周章到山上來？爲了吹吹風看風景？」

他爲她盛了一盤香味四溢的燉肉，看著她吃了一口，露出享受的神情，才回答：「本來有很多計畫，一起去摘水蜜桃、參觀有機茶園、品嚐活魚三吃……但這些，都比不上讓妳好好睡一覺重要。」

「哪有那麼誇張？我實習時還有一個禮拜沒睡覺的紀錄呢！」

「只要有我在，就不會讓妳這麼耗損自己。」

「說得好像我是故意這麼做，好讓你心疼的。」

他嘆氣，無可奈何的說：「這就是問題所在，別有目的的自我傷害，也好過不清不楚的賠上了自己。」

她假裝津津有味的吃著餐盤裡的食物，他卻什麼都不吃，只是靜靜的啜飲紅酒。

「殷子愷難道都不會關心妳嗎？」

她突然想起這個禮拜殷子愷留下無數個言要求見面，還慎重其事地說有事商量，她不是忘了回就是隨手回：「正在忙，再說。」

在嚴立言的眼裡，他很矛盾的希望她結束這場鬧劇式的關係，卻又希望殷子愷在他缺席時，能夠逗她開心、照顧她，她懷疑擅長算計的嚴立言，恐怕也沒看清自己的矛盾。

「他也很為難吧？妳可不是隨便給人機會關心的人。」他一語道破，自顧自的笑起來，「大學時妳突然跑去燃燒人，誰也沒說，要不是我跟妳同學打聽到消息，也不會想到妳膽子這麼大，跑到那個嬉皮大本營，一開始妳還不高興我非要跟。」

那一年夏天，她在嚴家的大宅裡，認識改名為「嚴立言」的他。

燃燒人慶典裡發生再瘋狂的事都不為過，一起圍著營火跳亞馬遜土著舞，抽著大麻的人，可能是矽谷菁英，誓言跟全營區男人睡一覺的舞孃，可能是華爾街金童……

比起來，她暗戀的好友為了錢，突然變成自己的叔叔，好像也不是什麼驚世駭俗的事，這是她那時想要獨自前往的理由，因為她需要這樣的瘋狂，沒想到他玩得比自己瘋，現在才明白，他比自己更需要瘋狂。

「嚴立丰，妳真是世上最可悲的天之驕女。」

面對她刻薄的指責時，這是他當時說的話，直到現在都還深深刻印在腦海，爲了不讓自己感到可悲，所以她習慣封閉自己，這輩子只打開過一次，只爲了一個人開啓過，卻遭到無情背叛。

不爲了錢，不想要繼承，那麼他確實沒有留在嚴家的必要。

她放下清潔溜溜的盤子，往後一躺，仰頭看著布滿陰霾的天空，就算是最後的道別，也看不到陽光，這就是他們之間的故事，爺爺當年一定是搞錯了，說她的出生給家族帶來好運，後來她父親不是一樣早逝？她母親，也沒能活著看到她回來……

她一直覺得殷子愷認定自己會英年早逝可笑，但她自己不也是如此？總覺得命運一定搞錯了什麼，才會讓她出生在這個家庭，給身邊人帶來這麼多不幸。

「難道你是爲了我嗎？」她喃喃問，聲音再輕，她知道他一定會聽見，也一定能理解。

「一開始只是順從我母親的打算，進了嚴家以後，慢慢明白妳的處境有多困難，所以決定留下來。」

「我有什麼難？在哪裡不能當醫生？反正餓不死。」

「我回嚴家知道的第一件事，就是妳母親得了癌症，放棄自己最愛的音樂，終日跟二房的人勾心鬥角，對她的病情一點幫助也沒有，她又不想讓妳知道，希望在妳回來前幫妳把接班之路鋪好。」

她冷哼，感覺兩人總像在無限迴圈裡一再討論這個問題，「說得好像我在乎似的。」

「妳是不會在乎，但妳會不甘心。」

沒有人比他清楚嚴立丰是個多麼好強的人。

「妳媽走了以後，我接手她的工作，今天巨象的一切，是妳祖母、父親、母親用生命換來的，妳不會甘心看見這一切落到二房手裡，若妳一直不願意回來，沒有人勉強得了妳，但我知道老頭子不會把大權交給二房，馮秋人的兄弟這些年來在外頭打著巨象的名義做了多少事，嚴安倫和他的那些豬朋狗友從公司揩了多少油水，老頭子比誰都清楚，但是在我回來之前，他沒有其他辦法，只能睜眼閉眼，這也是他布置我這步棋的理由，我從來就不是為了繼承權回來的，為了哪天妳願意回來擔起責任……」

「這些事情你一開始就知道，卻不告訴我？難道你以為我笨到無法理解？」

「我親眼看到妳母親禁止妳去非洲行醫時，妳有多失落，在妳心裡還是有家族的束縛，我不希望加重那個束縛，我希望妳能自己決定承擔與不承擔，即使決定要承擔，那也是因為妳想要，而且知道自己辦得到，而不是為了家族和血緣。」他停頓片刻，接著說：「我曾經說過妳是最可悲的天之驕女，因為妳從來沒有體驗過平凡人家的親情，可是妳從沒想過，關心妳的人突破了多少困難，才讓妳可以享受最大的自由，出於這點，我敬重老頭子，他一直阻止妳母親要妳回集團的安排，不是因為他偏心二房，而是因為他了解妳，知道妳志不在此。」

「那現在呢？」

「妳選擇回來了，不是嗎？別告訴我妳回來前沒想過接班？妳比任何人都聰明，老頭子與妳母親的盤算，妳不可能猜不透。」

他說得對，她唯一看不透的人，只有他，因爲她所有的理性在面對他時，都會當機，因爲對這個人有著超乎常理的期待，即使是現在，當兩人的命運走入困局時，她仍期待這個人有辦法找到解決之道。

「立丰，我會讓霍夫曼成爲妳最大的靠山，妳要相信，我會是妳永遠的靠山。」他鄭重承諾：「從今以後，妳只管大刀闊斧、放手去做，不需要害怕任何人。」

她猛然領悟爲何他要帶她來露營，就像當年她什麼都沒準備的去燃燒人一樣，沒有食物、沒有裝備，在禁止貨幣交易的慶典中，是他以她能接受的方式，帶著她闖出一番天地。

他一直以來的莫測高深，其實都是爲了給她充分的時間與空間，下定決心。

眼前的天空雖然陰暗，但無限的廣闊、瞬息萬變。

陳瑋母親的墓園在巴黎東郊，一個叫納伊的地方，丁蒔蘿的法國記憶裡不包含巴黎郊區，尤其是治安堪憂的東郊。

「我一天要練六小時以上的琴，市區的房子很難找到可以練琴的，只好往郊區找，我們以前住的地方是個帶花園的小洋房，我在屋裡練琴，我媽不是在院子裡照顧花草，就是在廚房煮菜，有個講潮州話的中國叔叔就住在附近，負責載我們出門，他也賺點小外快。」到巴黎以後，陳瑋的話變多，絮絮的說起過往記憶，只是那時他是個封閉在音樂裡的少年，剩下的記憶並不多。

「我媽的墓園，也是那個叔叔幫忙找的。」

他們在前往納伊的郊區地鐵裡頭，她按照陳瑋提供的墓園地址安排好路線時，他頗爲訝異，甚至有點卻步，「我沒搭過巴黎地鐵……」這對從窮留學生熬過來的丁蒔蘿來說，簡直無法想像，對她來說巴黎地鐵月票，當時的「橘卡」，就跟學生餐廳餐劵與手機一樣重要，少了橘卡，生活根本無以爲繼。

「我出門會背著琴，小提琴……很昂貴，還保了險呢，所以我媽絕對不會讓我搭地鐵的。」

她瞟了眼陳瑋放置在膝上的琴盒，突然不安起來，前往納伊的地鐵A線，因爲途經迪士尼樂園，觀光客非常多，因此也不大安全，車廂廣播還不時要乘客小心扒手。

看到她的眼神，他會意一笑，「不是這把，放心。」

「不就是去掃墓，幹麼還帶琴呢？」她突然緊張問：「你不會想燒把琴給你媽吧？我告訴你，法國不時興這套的。」

他這次乾脆放聲笑開，「丁老師，原來妳也這麼幽默。」

想到方才的念頭，她也覺得自己有點傻，赧然道：「你想拉琴給你母親聽？」

「我很久沒練琴，聽到我現在的琴技，我媽可能會從墳墓裡氣得跳起來吧。」不等她回應，他接著說：「我爸讓我多去跟她說說話，但我想不到可以說什麼，與其讓她知道我放棄小提琴後都做了什麼，不如還是拉琴給她聽。」

她想起綠島音樂祭時他拉的帕格尼尼，恢宏處有婉約，躊躇處有滂薄，與林亨泰詩中所描述的東海岸景致十分搭配，她不是專家，無從評論他究竟拉得好不好，但既然話題聊到這裡，她忍不住想問他當時爲何會在台上拉起小提琴？

他維持自嘲的表情，「炫技吧？本想唬唬人，當時那個開哥惹得我很毛，用合約綁著我們，實際上他們要的只是我一個人，根本對整個團沒有規劃，我就想用小提琴和搖滾樂結合，造成話題後再重新跟他們談條件；另一個原因是，我第一次讀到〈海線〉這首詩時，腦子裡就不時浮現帕格尼尼的樂曲，沒有什麼道理，我媽喜歡讀詩，我沒記錯的話，她自己也寫詩，只是都沒有留下來。」

他的報告，也是以詩歌的力量作結，她突然明白陳瑋爲何選擇拉馬丁這個題目的理由，去綠島的路上，隱隱約約感受到他對音樂的執著，也在此時得到證實。

她動容說：「帕格尼尼和那首詩，真的結合得很棒。」

他神情一亮，「謝謝，可惜那次嘗試並不完美，事前沒時間多練習，我的琴技也略顯生澀，實際上還拉錯好幾個音，但搖滾樂就是這樣，跟古典樂不一樣，它可以容許犯錯，可以容許即興，高昂也好、瘋狂也好，只要當下覺得可以就可以，但在我之前的生命，卻是絕對不被容許的。」

他沒說出口的，是在他母親身邊，他從來不被允許犯錯。

這孩子，怎麼突然這麼讓人心疼？她對陳瑋的感覺與殷子愷截然不同，殷子愷發病時，她感受到的是恐懼，無法想像若這世界上少了這個人會變成什麼樣子，聽陳瑋的遭遇，她感受到的是遺憾，明明是充懷愛與感性的一家人，最後爲何會支離破碎？

出了地鐵站後，步行十幾分鐘才抵達墓園，他憑記憶找到刻著母親姓名的墓碑，按照法國的習慣，墓碑前立著大理石墓誌銘，上頭寫著：「願您安息在夢幻之所，兒小瑋。」她翻譯給陳瑋聽時，他點點頭說：「還好他們當時聽懂我的意思。」

母親突然離世，青澀少年缺乏生活經驗，不諳法語的他，當時應該手足無措吧？只是關於當年的事，陳瑋說得很少。

他們中午抵達，夏日的北國天空遼闊無邊、晴空萬里，她很想安慰他，這就像你母親看見你到來綻放的微笑，但他或許並不需要，她想到對自己母親那種說不出是愛還是恨的晦澀感覺，陳瑋應該跟她一樣，他們都不需要偽善的言詞。

他把琴放在一旁，將帶來的花束放進擦拭過的花瓶，注入滿滿的水。

簡單的動作卻看得她兩眼發澀，默默退到旁邊，假裝讀著其他墓碑上的墓誌銘，這個墓園雖小，但園丁很用心，園內花團錦簇，整理得十分乾淨整齊，好幾處墓碑前都有鮮花，埋在這裡的人，應該也都有緬懷著他們的家屬。

她想像陳瑋的母親，意氣風發的來到夢想之地留學，卻遭遇情傷，黯然返鄉，重新歸來，伴子求學，究竟懷抱著怎樣的心情？

身後傳來悠揚的琴音，她辨識不出的樂曲，很單純的旋律，重複的低吟著，像是……對心愛之人的柔情低語。

陳瑋說自己疏於練習，拉得不如以前好，但每回聽到他的琴音，她都會熱淚盈眶。陳瑋有著母親的感性，躊躇滿志走在一條不知將通往何處的道路上踽踽獨行，他是寂寞的吧？會不會後悔放棄小提琴?那時的他,至少有著明確的目標,知道自己將前往何處。

陳瑋重複的拉著那段簡單的樂曲,速度越來越慢,越來越低,彷彿嗚咽,也彷彿用音樂回應母親的關切,交代著自己的近況。

上次在他的老家聽到卡農,讓她坦承對殷子愷的情感,而這次,這首不明的樂曲,讓她終於原諒深受憂鬱症所苦的母親,陳瑋的父母、她的父母、他們所有人,每一個,都有這樣那樣的缺陷,就像凱子深信的不治之症,每個人都有類似的偏執,只是在被理解前,已經深深影響了自己以及身邊的人。

琴音歇止,她回到陳瑋身旁,他滿臉的淚水,不再是一臉木然冷漠的青年,他哽咽道:「這是德佛札克的〈母親教我的歌〉,小時候聽我媽拉的第一首曲子,她琴拉得不好,卻讓我因此愛上小提琴,我媽她……」

他嗚咽不能言,她沒多言安慰,只是靜靜的以淚水相伴。

嚴立丰找到殷子愷時,他在匡哥燒烤攤已經喝開……呃,該說「鬧開」比較合適,跟一票黝黑壯碩看起來像籃球隊的人高聲爭執著什麼。

匡嫂見到她,拉開大大的笑容,「嘿,今晚真是貴客不少,嚴小姐也來光顧小店!」

她不想解釋其實今早剛送走嚴立言,煩躁到極點,才想起一直被自己「已讀不回」的殷子愷,偏偏怎麼都找不到人，靈機一動想到這個燒烤攤，出門前她還想如果他不在這裡，她就一個人吃燒烤配酒，喝到爛醉算了。

「嚴小姐，妳來得正好，快讓凱子閉嘴，我怕他再盧下去會被那票柔道國手揍。」匡哥沒有匡嫂看戲的輕快，是真的擔心好友。

殷子愷將白襯衫拉出來，領帶綁在腰間，高聲喊：「我贊成啦！先正名再去比賽，不然人家哪裡知道你代表的是誰？拿……拿……那個金牌又有什麼屁用！」

「他們吵什麼？」

「東奧正名什麼的，我也不懂。」

「東奧？」

「東京奧運會。」

她皺眉，「那不是延期了嗎？」

「所以說凱子在盧啊。」

殷子愷對時事的不敏感，總是教人嘖嘖稱奇，她上前加入他們，殷子愷看到她眼神都亮了，立刻把那些被他唬得一愣一愣的運動員撇在一旁。

「妳來啦！來得正好，我有話跟妳說！」

這一整個禮拜，他所有的留言都是這句話，面對嚴立言的離去，她實在無法在乎殷子愷的「有話要說」，根本沒怎麼放在心上，現在突然湧上一股愧疚感，煩躁的心情暫時放下，她接過殷子愷喝了一半的啤酒杯，語氣和緩地問：「對呀，我來了，說吧。」

「我們分手吧。」

剛入口的啤酒噴了出來，噴酒的還不只她一個，圍繞桌子的整隊柔道手，不是被嗆到就是張大嘴、瞪大眼。

她當下被氣笑，「喔？爲什麼？」

整個燒烤攤突然安靜下來，大家都等著看殷子愷怎麼甩掉這個漂亮聰明的名門千金「女朋友」。

「我其實喜歡另一個人，很久很久……」他兩手張大，似乎還不足以表達他想說的「久」，乾脆跳到一旁，雙臂大開，「久到我都不知道什麼時候開始喜歡。」

「哈。」她鄙夷的斜睨，「是蘿蘿吧？」

「對啊！妳怎麼猜到的？」醉眼瞪大，他像是看到神明顯靈。

「這也太老梗了？還用得著猜？」

一句話打臉遠處的匡哥，他下巴還合不上，轉頭問老婆：「凱子什麼時候喜歡蘿蘿？我怎麼不知道？」

匡嫂不耐煩打發老公：「閉嘴啦，好好看戲。」

殷子愷重重點頭，努力維持慎重，只是喝醉的身體搖來搖去，看起來更滑稽，「我對不起妳，不過吼……」他得意的說：「妳是我找了這麼久，唯一一個沒有我也能活得很好的女人，好可惜……」

嚴立丰跟旁邊一個籃球員說：「介不介意幫我揍一下那傢伙。」

那個壯丁還當真，推了殷子愷一把，「是男人就好好說話！有你這樣甩人的嗎？」

酒後熊膽，殷子愷不甘示弱回推至少比自己高二十公分、重三十公斤的運動員，加上一群人叫囂，匡哥燒烤攤頓時沸騰起來，經歷混亂的夜晚，凱子在被匡哥灌了2000cc礦泉水稍微清醒，等到他們終於可以好好說話，已接近深夜一點，嚴立丰拉著殷子愷回到亂得幾乎沒有立足地的公寓。

「你過的是什麼日子啊？怎麼會這麼亂？」

「心情不好，不想整理。」他坐在一堆髒衣服上，嘟著嘴，一臉無賴。

她考慮要不要忘掉家教，再揍他一頓，跟她比誰心情更不好？他還差得遠咧。

週末露營下山後，她宛如行屍走肉，既無法接受嚴立言的那些理由，又無法反駁，最重要的是，她沒有辦法放下爺爺交付的責任，一走了之。

她選擇用工作麻痺自己，整個禮拜都沒踏進家門一步，今天早上離開手術房才驚覺，嚴立言已經飛往紐約，她的內心彷彿被掏空，失去所有力氣。

「蘿蘿在法國，妳相信嗎？我們剛剛互相告白，她就跟另一個男人去渡假，我想起來就氣，偏偏又不能真的生氣。」

跟殷子愷在一起有個好處，妳心裡想的，他都替妳說了，不管他知不知道這點。

她不再在乎髒亂，推開一地的遊戲機和啤酒罐，抱膝回應：「我也是，想生氣，但又找不到理由，你知道爲什麼嗎？」

「爲什麼？」

「因爲問題在我們自己身上，跟別人無關。」

他想了會，而後重重點頭，「妳說得對，我其實最氣的是自己，爲什麼這麼晚才發現！」

「越是親近，越覺得理所當然，就忽略了真正應該珍惜的……」

殷子愷混沌的腦子突然被梵音敲醒，他突然非常非常想見丁蒔蘿，從認識的那天起，總是淸淸淡淡，卻始終在身旁不離不棄的那個女孩。

「蘿！」他對空嚎叫，「我好想妳！」

嚴立丰泫然欲泣，嚴立言希望她活得恣意，但她從來不曾活得像殷子愷這樣，愛就是愛、不愛就不愛，即使是想念，也能這樣大聲呼喊出來，她非常後悔從來不曾用這樣的方式，回應過嚴立言的情感，她多希望自己在某個擁抱的時刻，曾經放肆大膽的緊緊回抱。

「你和我不同，你可以去找她。」

「怎麼去？我問過所有的航空公司，國界都封閉，辦不了簽證。」

病毒在短短時間內肆虐全球，各國政治大地震，但身爲嚴家人，她深信天下無難事，只怕有心人，殷子愷和丁蒔蘿的問題在她眼裡根本不算什麼，想到這裡，她突然振作起來，用力拍凱子的背，「我幫你！我有辦法。」

他兩眼發光，「妳認識法國大使？」

她搖頭。

「你們家跟法國總統有交情？」

搖頭。

「妳要幫我買通海關？」

搖頭，噗哧一笑。

他垂頭喪氣，抱怨：「搞屁啊，這樣是要怎麼幫我？」

「我家有錢啊。」

「有錢有鳥用？妳沒看到新聞，有個英國億萬富翁私人飛機都降落蔚藍海岸了還被遣返？」

她勾起嘴角：「哼，我跟那個人可不一樣，我有法國人想要賺的錢。」

丁蒔蘿的「離婚手續」平順的完成，在教授諾曼第農舍的客廳裡簽完所有文件，見證人是教授的鄰居，職業剛好是法院公證人，之後大家一起共享教授的拿手好菜：洛林鹹派。

整個過程唯一的意外，是教授特別為她開的昂貴香檳。

「這瓶酒我可放了五年，為妳通過口試準備的。」

幾個老同學也在教授家邊渡假，邊討論研究，陳瑋全程陪著她，就像個觀光客，參觀著她為殷子愷所放棄的人生，她介紹所有人給他認識，偶爾翻譯對話內容，又這樣在諾曼第渡過愉快的一週。

她暗暗觀察陳瑋的情緒，感覺去過墓園後，之前的焦躁、忿忿不平，全都消失了，變得溫和而輕快，對什麼都好奇，像要在最短時間彌補當年所錯過的法國文化，面對這個好奇寶寶，她不時被問倒，因此來到諾曼第，跟她博學又親切的「前夫」住在一起，陳瑋的好奇心獲得最大滿足，一向疼愛後輩的教授，聽丁蒔蘿簡述他寫的拉馬丁報告後，對他更是親切，兩人常常湊在一起用彼此都生澀的英語，天南地北聊上好幾個小時，她都插不上嘴。

布魯諾教授在諾曼第的農舍占地遼闊，說是農舍，其實不過是高齡三百多年，大小不一的五間石頭房子，散在三公頃左右的林地間，有的是當年的畜欄，有的是牧草儲存間，教授年輕時與妻子用微薄的教員薪水買下來後，兩人胼手胝足的利用寒暑假一點一滴修復，花了二十幾年改建成今日舒適的模樣。

他對這裡的感情比巴黎的公寓深許多，妻子過世以後，待在這裡的時間也越來越多，時常邀請同事與學生過來一起同住，住在這裡的人可以自己選擇房間，專心做各自的研究，但也要分擔家務，沒有明確規定工作範圍，但在她記憶中，這裡的生活總是井井有序，時間到餐點就會上桌，有人啓動混泥機，一堵牆短時間就會被砌好，在這裡渡過無數寒暑假的她倒不覺得有什麼，陳瑋卻嘖嘖稱奇：「這才是真正的公社生活啊！」

到了預定該離開的時候，依依不捨的反而是陳瑋，教授也極力挽留：「蘿蘿，妳在巴黎有事要處理，要不妳先回去，讓陳瑋再多住幾天，反正我這裡房間多。」

不只教授，連其他的同學也紛紛贊同陳瑋留下來。

她翻翻白眼，揶揄道：「好啊，你們有了新歡就不要舊愛了！」

諾曼第的夏日公社生活最熱鬧的就是每晚在院子裡，大夥兒圍著露天起的營火談天說地，法語溝通有困難的陳瑋總喜歡撥弄吉他，偶爾即興加入歌聲，有他在，她這票學歷史的同學們樂趣增添不少，難怪大家想挽留的是陳瑋，而不是難得回來的她。

「等妳事情辦完再過來接陳瑋，這樣正好。」教授笑著決定。

抱怨歸抱怨，獨自坐上回巴黎的火車，她一路都忍不住笑意，替陳瑋開心，也爲他喜歡她的朋友而開心。

「我想看鐵塔明天的日落。」殷子愷的簡訊。

什麼跟什麼？抵達法國後他三不五時會「點菜」，要她拍哪個牌子的包包、皮帶，或哪個糕點鋪的甜點，還沒到旅程之末，她都已經幫他買了不少東西，這下可好，總不會要她打包鐵塔的落日吧？

她回他：「萬一明天陰天怎麼辦？」

「明天是晴天，大晴天。」後面接著好幾個大太陽小圖。

她嘆口氣，回：「好吧，等著。」

遠在台灣的他，比她還留意巴黎氣象，這讓她想起剛出國那陣子，殷子愷也是這樣，上網找了一堆攻略，遠端遙控她去參觀，比她清楚巴黎學生上哪吃飯，後來才知道他註冊了留法學生論壇，只要看到有用的訊息立刻就會傳給她。

他們之間到底誰先喜歡誰，誰對誰更用心，恐怕難以說清了。

不同的是，那時想到他，她難免心有不平，與現在內心甜滋滋的感覺有如天壤之別，她這樣算不算重修被當掉的青春那堂課？

殷子愷，就是她因爲猶豫而錯失的青春。

五年前接到鄭自強的通報匆匆回國，留下一堆爛攤子，例如銀行戶頭，前幾個月教授接到存證信函，催告她所積欠的銀行款項，她當時還納悶自己戶頭裡應該還留了一筆錢，怎麼就變成負的？偏偏銀行業務非要她本人回來辦理不可。

這天她花了一個下午與行員核對帳目，法國銀行每個月都會收取手續費，經年累月下來，逐漸消蝕她本來就不富裕的學生存款，加上每個月的電話費、地鐵票、電影卡、健身房等月費，看的行員嘖嘖稱奇，問她這幾年真的都不在這裡生活嗎？

「月票都從四十幾歐漲到六十歐了，小姐您要是都不在這裡生活，捷運局可是賺翻了。」

她本來不以爲意，實際計算後知道自己損失不小，隱隱心疼，忍不住埋怨起殷子愷，要不是他突然出事，她也不會放下一切急忙回去，這筆微薄的存款可是學生時期的她到處打零工、省吃儉用存下來的。

結清帳目，終於將戶頭關閉，她實在開心不起來，偏偏殷子愷還來訊提醒她那個狗屁鐵塔落日的委託，她氣得刪除訊息，置之不理。

西歐夏季天色到晚上十點多才會變暗，存心不想理會無厘頭的要求，她和幾個還住在巴黎的老同學約好到酒吧露天座位敍舊，爽快灌下兩大杯檸檬白啤的她總算忘了心疼，一群人喝到九點多，有人提議換個餐廳吃飯，陳瑋不在，她也不想獨自回到老師那個除了書本什麼都沒有的公寓，自然附議，酒吧外頭是豔麗的晚霞。

「今天的夕陽真美。」身旁的同學艾瑪感嘆，「可惜美好的夏季太短。」

「可不是嗎？」有人發出同感。

她想起家鄉稻田裡的黃昏景色，想起年少時無數次與凱子騎腳踏車在田間小道穿梭，他總是堅持「順路」，她卻知道這傢伙只是找藉口陪她回家，和她東扯西扯一整路。

代表大家去結帳的同學湊上來，「走吧，我知道附近有間很讚的Couscous，他們家的烤羊排很讚！」

「抱歉，」雖然知道這些同學是爲了她的難得回來才聚在一起，但另一件事情，突然變得更迫切，「我突然想起來跟人有約……」

匆匆與同學們告別，她盯著下墜快速的落日奔向地鐵站，到了車站口，臨時改變主意攔下計程車，要求司機全速前往鐵塔。

她在鐵塔前的戰神廣場下車，到的時候落日已經結束，所幸鐵塔還襯著粉淡的七彩晚霞，她懊惱的嘆氣，舉起手機對準鐵塔，邊走上前邊攝影。

「殷子愷，這是你要的鐵塔落日，今天天氣不太好，沒有夕陽，不過晚霞倒是挺美的，這樣你滿意了吧？」

錄完這段話後，她將影片送出去，剛要收起手機，突然鈴聲大作，她狐疑的舉起來，看到殷子愷來電，這傢伙不會爲了等鐵塔落日整晚沒睡吧？現在台灣都清晨四點了！

「騙人！」他劈頭就說，聲音帶著笑，「今天明明天氣晴朗，落日繽紛，精彩極了。」

她愣住，「你怎麼知道？」

「後退走兩百公尺，然後回頭。」

她沒聽他的話，直接回頭，遠遠的，看到廣場南邊的和平紀念碑前立著一個熟悉身影，距離太遠，她突然恍惚起來，「殷子愷？」

「哈囉，蘿蘿。」聲音從話筒裡傳過來，遠處的身影卻已經朝她興奮的揮手。

她跑了起來，想確定是不是在做夢，等近到看見他比落日更燦爛的笑容時，失聲大叫：「殷子愷？你怎麼會在這裡？」

「我就知道妳會騙我，所以親自來確認今天鐵塔有沒有落日啊。」

人都站在面前了，她還是恍恍惚惚，「可是邊境不是封閉了？」

他不客氣的敲她一記額頭，「喂，這是現在的重點嗎？」

「不然重點是什麼？」

他凝視著丁蒔蘿，這個平常老成睿智得不行的學者，此時卻傻愣愣的像個未經世事的少女，他心都化了，將她緊緊擁入懷抱，「這個，才是重點啊，傻瓜。」

他低頭吻住她，她從來不知道一個人的懷抱可以有著這樣的熱度，這世上所有的柔情蜜意，全在他翻攪的脣舌中，逐步增加著熱度，迷濛中看到他眼瞳反射的光芒，彷彿收進了銀河裡所有的星星般，他的眼睛越睜越大，最後詫異的停止讓她天旋地轉的吻，伸手比向閃閃發光的艾菲爾鐵塔。

「這不會是妳安排的吧？」

她回頭看一眼閃著光的鐵塔，笑了出來，考慮要不要告訴他這是觀光伎倆，鐵塔會在日落後每個整點的前十分鐘閃光。

「是啊，現在可以原諒我沒拍到落日了吧？」

他瞪了她一眼，本想說什麼，終究捨不得責備，捧著她的臉繼續中斷的吻，擁抱緊到讓她覺得兩人揉爲一體，急切到彷彿想消弭曾經的相隔兩地，與曾經的遲疑錯過。

很久很久以後，天色全暗，鐵塔的閃光歇止，他們並肩坐在草坪上，手握著手，他解釋麗丰醫院恰巧有個儀器採購案，正考慮向法國廠商下單，立丰動了點手腳，讓殷子愷成爲採購參訪團的一員，申請商務簽證，順利入境法國。

「嚴立丰？所以她也來了？」

「怎麼可能？她現在又要在爺爺身邊接受接班訓練，又要在醫院值班，哪有時間——」他打住，像發現新大陸般，「丁蒔蘿，妳剛剛是不是吃醋了？」

「怎麼會是我吃醋？你別忘了嚴立丰才是你女朋友，該吃醋的人是她才對吧？」

他放聲大笑，開心的又胡亂親她一陣，自顧自下結論：「真的吃醋了！」

他接著解釋自己是怎麼跟嚴立丰「分手」的，「她還反問我們什麼時候交往過？根本沒把綠島音樂祭以後發生的事情看在眼裡，我一直想找個像她一樣的對象，獨立自主，不依賴，可以自己照顧自己，卻沒想到那根本就不是愛。」

「喔？那什麼是愛？」

「牽掛、心疼、放不下……這些我以前害怕的東西，才是愛，原來我一直很怕去愛一個人。」他認真的看著她，「蘿，我從來沒跟妳說過，當年看著妳離開，我其實已經經歷過這些心情，當時只覺得很不好受，就像一個怕痛的人，痛過一次就會下意識的找法子避免，所以後來找的都是與妳相反的人，因爲這樣，我才可以不用再爲一個人牽掛到那個地步。」

過往的點點滴滴回現眼前，不只他，她也是，始終抗拒著在感情中釋放出真實感受，因爲她始終爲一個人藏住可能的苦澀與擔憂，伴隨著心痛與淚水的感情，才是愛。

「你現在不怕死了？」

「我從來不怕死，我怕的是有人爲了我的死而難過，可是啊，蘿蘿，真正會爲我難過的人，才是我應該用心愛護的人，妳說對不對？更值得讓我用有生之年，好好的愛護她，不讓她難過才是。」

他這份「捨我其誰」的豪情壯志，讓她忍不住發笑，「你別把我氣死就好了，還愛護我咧。」

他赧著臉又想抱她，肚子卻在這時傳來煞風景的咕嚕聲。

「啊，我好餓啊，誰知道法國天黑得這麼晚？」

他今天一早的飛機抵達，一直在旅館補眠，計畫著今晚的見面，六點多就到鐵塔前等待，沒想到左等右等，還是豔陽高照。

「千算萬算，算不過自己的蠢腦袋。」她戲謔道，拉著他站起來，「又不是沒來過，現在這個時間餐廳都關門了，你活該餓肚子。」

他像個孩子般搖搖她的手，「不行，我還要吃藥呢！妳要對我負責！」

這個人大概會一輩子像這樣，利用她無法拒絕的弱點，遂行其事，然而她的心底卻一片柔軟，或許殷子愷就是那個人，讓她甘願付出而不求回報，那個唯一。

她帶他回布魯諾的公寓，爲他下麵，他不在客廳休息，跟她一起擠在狹窄的廚房裡，從教授的櫥櫃裡翻出一瓶紅酒，也不管三七二十一的自作主張開了酒，爲兩人各倒一杯。

「啊，真是好酒！上次來法國時也不懂酒，喝了些亂七八糟的都沒記住，這些年跟著那些醫生喝了不少，現在喝得出來這是很好的酒。」

她瞄了眼酒標，一九九一年教皇新堡，這豈止只是「好酒」而已，有點好奇生活不太講究的教授，爲何會在櫥櫃裡擺瓶這麼好的酒？

「你最好付得起酒錢，可不能白喝老師的酒。」

他笑嘻嘻的看著她熟練的下麵手勢，儘管只是很簡單的白麵拌番茄醬汁，但他就是有說不出來的滿足感，最後根本藏不住昂揚的喜悅，從身後抱著爐台前的她。

「蘿～妳怎麼這麼好？」

黏膩的低語，讓她臉紅心跳，認識這人一輩子，現在卻彷彿重新認識他一樣。

「你……幹麼啦？」

「蘿～我好想妳，當年我就想這樣說，都沒能說出口，真不知道我那時怎麼忍得住？」

「殷子愷，我警告你……」聲音被他溼潤的脣舌吞掉。

他突然發瘋的結果，就是最後只能吃軟爛成一團的麵條，但那傢伙卻看似已將她吃乾喝盡，滿足得像隻饜足的賊貓兒。

殷子愷有時還是會想起蘿蘿出國前一晚，自己虛脫得躺在地上，那次的發作特別激烈，也持續特別久，將身體裡的力氣抽乾，他不確定是自己的身體，還是蘿蘿即將離去，感覺特別的痛，痛到心生放棄。

很久以後，他才明白，那不是痛，而是慚愧，潛意識在他理解前就爲自己做下決定，他配不上蘿蘿，既然如此，又憑什麼挽留？憑什麼牽絆著她？

生命本來就是一場晦暗不明的冒險，任何人任何時刻都可能game over，但是愛情，真正放手一搏的愛情，卻能爲這場冒險之旅標下記號，每個轉折，每個停頓，每個獲得與失去，都化爲珍貴的記憶，到頭來，他才發現原來這場冒險的終極目的並不是爲了天荒地老，而是爲了撿拾一路上的點點滴滴。

他覺得全身上下所有的文藝細胞都被激活了，跟蘿蘿說出這個人生最大領悟時，她嘴角掛著半戲謔半讚賞的笑，顯然全身上下所有的吐槽細胞也被激活，跟他拌嘴拌個不停，但跟這個女人認識這麼久，他早就知道，丁蒔蘿說了什麼不是重點，重點是，他在她閃耀著些微淚光的眼眸中看見她的真實回應——

可不是嗎？

全文完

番外　原來在這裡

巨象集團信義區嶄新的總部大樓剛啓用不久，本來園區的氛圍還算悠閒，然而月初開始，大樓裡充滿肅殺氛圍，各大小出入口都被記者堵住，各部門主管被上級下噤口令，而這些主管又給底下員工下殺頭令，於是集團大大小小二十幾個子公司，上百個部門，沒有人敢對外多說一個字，不是他們嘴有多嚴，而是根本沒人清楚最近發生的事——那斯達克掛牌的大象集團Elephant Group，被美國證管會列入監管，勒令停止交易——這遙遠的新聞，到底跟他們集團有什麼關係？

最讓大家膽戰心驚的，還不是這樁沒人搞得懂的大象事件，而是巨象的董事長兼首席執行長終於要搬過來新大樓了，兩年前全面接班後，她鐵腕搞定一大票董事，踢走十幾個看不順眼的子公司執行長和總裁後，整個集團高層可說是置之死地而後生，她一人將財政、經營與行政大權一手掌握，更猛的是，他們的這位大老闆還身兼麗丰醫院，喔不，擴編後改名爲「麗丰未來健康與醫療財團法人」旗下的主治醫生，也就是說，任何人都可以去掛她的號，看她的診，而且她一改麗丰以往清一色VIP門診制度，現在小老百姓用健保卡就可以去「麗丰未來」看診，呃，前提是得搶得到名額……

從舊行政大樓搬過來的人都知道，大老闆一週只進總部辦公兩天，兩天內必須拿到她的簽核，否則就得再等一週，之前有不怕死的經理因爲趕不及又等不得，竟然異想天開去掛大老闆的診，結果被轟出醫院，一週後，直接被轟回家吃自己。

大老闆講究公是公、私是私，誰敢跨越雷池，就得承受她的雷霆天火，雖然看診也算公事，但一個小小婦產科的收益，看在手握業務動輒以億論的主管們眼中，就只能算是大老闆的「個人興趣」，上不了檯面。

既然沒人知道大老闆到底哪一天正式搬過來，搬過來後又會待多久，各部門只好紛紛摩拳擦掌，將手上的報告優化再優化，希望在五分鐘的發言時間裡就能一舉拿下簽核。

所以這樁轟動亞洲金融市場的大象事件，在巨象集團內部造成的最大困擾，其實是因爲它引來將出入口擠得水泄不通的眾多媒體，以大老闆低調的作風，向來對鎂光燈避之唯恐不及，沒有人，包括編組龐大的執行長祕書室，沒有人說得出老闆的確切行程。

嚴安媛氣急敗壞的踏入新辦公大樓，時常以第一名媛之姿出現在各大媒體的她，可以說是嚴家對外最高調的一位，無人不知無人不曉，沒有人敢攔她，因此她得以直上頂樓的總裁辦公區，但一踏出電梯就只能止步，寬敞的集團核心辦公區以玻璃隔開不同專職的團隊，人員出入管制嚴格，全數以指紋控制門鎖。

「嚴小姐？請問有事？」接待台後是穿著黑西裝、體格壯碩，更像保鑣的男子。

嚴安媛愣住，一般接待不都是笑容甜美的年輕女人，就她嚴立丰特別，弄的這什麼門面？不過她正好更擅長應付男人，想到這裡，她露出招牌的名媛笑容，「我跟立丰有約。」

「嚴董還沒進來。」接待不苟言笑回道。

嚴安媛不知道的是，大象事件爆發後，她的母親、舅舅和哥哥輪番來過一輪，她舅舅還上門三趟，找來一幫弟兄，差點沒把剛裝潢好的接待廳給砸了，弄得祕書處不得不從安全處調人手來掌管接待台。

「哎呀，立丰怎麼這樣？明明約好一塊吃飯的，那我先進去她辦公室等她好了。」她一派自然的伸手推櫃檯旁的玻璃門，卻發現那扇門紋風不動。

「嚴董不在。」男人像機器人般重述。

「知道，你剛才不是說過了？我只是要進去等她，不然你要我在哪等？」

男人比身旁那扇門更難以撼動，搖搖頭比向她剛出來的電梯。

她環顧四周，偌大的接待廳竟然連一張椅子也沒有，卻不知道原來擺的義大利名牌沙發早被她舅舅給割爛。

從來沒受過這種對待，嚴安媛的名媛臉開始掛不住，聲音拔高：「這是你們總裁的待客之道嗎？別忘了我可是她姑姑！」

回覆她的只有一張空白面孔，透過玻璃隔間可以看到三四十人在裡頭川流不息的工作，卻沒人多看她一眼，若不是這裡隔音太好，就是嚴立丰刻意的安排！

一把火燒起來，現場卻沒有任何東西可以砸，這讓她的憤怒更加熾烈，她從來沒搞懂媽媽、舅舅和哥哥在大陸投資的那個大象集團在搞什麼鬼，只知道父親過世前給了他們二房選擇，留在台灣當嚴立丰副手，還是選一個海外公司全權掌握。

哥哥當然不可能給什麼都不懂的嚴家小公主當副手，於是選了資本額最大、獲利也最高，設在大陸的投資公司，過去三年來也賺得比集團任何一間公司都多，兩年前她也跟隨哥哥，辭去巨象開發掛名的公關經理職位，不只是因爲不想再聽令於嚴立丰，而是因爲光靠哥哥的投資公司分配給她的股息，就夠維持自己一貫的光鮮亮麗生活，甚至更甚以往。

這次的事件發生前，她只隱隱約約知道哥哥把公司大部分資產投入大象，去年年夜飯時，還眉飛色舞的跟媽媽說這筆生意穩賺不賠，只要在那斯達克敲鐘上市，可以讓他們吃三十輩子都沒有問題，舅舅是他們二房的大掌櫃，跟哥哥一搭一唱，一改昔日保守的模樣。

真正讓她感到大禍臨頭，還不是媽媽突然因爲血壓飆高住院，而是去不了即將登場的巴黎時裝週！她已經約好一票姊妹，搭家裡的私人飛機前往巴黎，這是她每年的例行行程，航程早就該準備好，沒有道理出差錯，然而仔細一問，不是航程沒準備，而是根本沒有飛機！哥哥兩週前把飛機賣了，好補公司的財務虧空！這下她要怎麼跟一票姊妹交代？這臉別人丟得起，她嚴安媛可丟不起！

她有生以來第一次認真關心家裡那些投資，才知道大象集團去年底在紐約風光上市，原本順順利利，卻突然在年中殺出一間設在百慕達，名爲Magic Mouse，魔術老鼠投資控股公司，暗地裡做空操作，終於驚動美國證管會調查大象的虛實，然而中國卻拒絕美國會計師團隊稽核，這樁事件在國際媒體上被炒成政治事件，爲了報復中國，大象集團被迫下市，魔術老鼠控股成功收割出場，大象內部卻慘了，因爲不止美國要查，中國也要查，現在連大陸的業務都面臨全面停擺，每月的現金流歸零，投資人紛紛跳船，除了她們家，因爲這一跳，二房當初分家所得的資產幾乎打水漂，以後她別說搭專機去巴黎了，就是一般客機的頭等艙，她可能都負擔不起，更別說每年兩季的血拼。

她知道舅舅在查那間魔術老鼠公司，只要抓到魔術老鼠的把柄，或許就可以說服美國證管會關於大象財報做假的事情根本是個圈套，從而讓大象重新上市，當然事情沒有那麼單純，但嚴安媛聽得懂的也僅止於此，尤其是抓到一個關鍵詞。

「魔術老鼠的大股東是個叫Ian Wang的華人。」

Ian Wang？立言的英文名字就是Ian，他母親不就姓王？有可能嗎？嚴安媛做公關多年，跟人情有關的聯想能力幾乎是本能了，所有人都知道嚴立言是投資高手，也都知道他「入贅」霍夫曼家族後，幾乎是淨身出戶，一毛錢沒拿的離開了嚴家，父親死後，王雅貞離開台灣，回紐約投靠兒子，這會不會是這對母子搞出來的報復手段？

她只是猜測，沒有十足的把握，她不敢跟家人提，畢竟他們已經焦頭爛額，反正這事要是扯上嚴立言，那可以說是沒救了，憑霍夫曼的勢力，美國證管會都要聽他們的，嚴立言現在可是霍夫曼的大當家！

她能想到的，事實上其他家人也都想到了，儘管所有人都怕這個噩夢被證實，但一家人卻也嚥不下這口氣，一個個跑來找家族裡唯一還與嚴立言保持好關係的嚴立丰，企盼渺茫的轉圜餘地。

煩躁間，電梯門打開，嚴安媛雙眼一亮，看到應該在醫院的母親走出來。

「媽！您怎麼來了？」

馮秋人心煩意亂的把女兒拉到一旁，「妳來得正好，等會見到立丰，我們一起求她幫幫妳哥哥。」

求嚴立丰？看母親的樣子，恐怕不只是跟她想到一塊，還已經證實了，不然哪有長輩求晚輩的道理？尤其是她一向驕傲的母親，突然間腳下最後一塊木頭都開始鬆動，她顫聲問：「立丰……幫得上忙？」

「只要她一句話，嚴立言就會鬆手，他肯鬆手，美國那邊就能解套，美國解套，你哥哥這些年結交很多權貴子弟，可以順勢使力，中國那裡也就沒事了。」

「真的是嚴立言？」

「錯不了，妳舅舅都查清楚了，他當年用的是美國身分結的婚，和伊蓮娜登記結婚的就是Ian Wang。」

「就算是他，您怎麼確定只要立丰一句話他就會鬆手？」

她看到母親面容扭曲，咬牙切齒的回答：「因為他做這一切都是為了嚴立丰，這幾年來他一直在背後用霍夫曼的力量暗中幫那ㄚ頭穩住地位，集團今天比妳爸那時還要賺錢，不是因為嚴立丰厲害，而是力挺她的外資法人，妳舅舅一個個都查清楚了，每一個都跟霍夫曼脫不了關係！」

「他……為什麼要這麼做？」

「當初三房不知道跟妳爸有什麼協議，不然怎麼會那麼乾脆的放手？話說回來，這些年來霍夫曼投在巨象的錢也沒白投，光是東南亞的開發就讓他們賺翻了，那個什麼未來醫療在大陸和東南亞的投資也獲利匪淺，他們倆不是一起長大的？肯定暗地裡聯手，想把我們逼入絕境。」

「爲什麼？家都分了，他幹麼還要這樣搞我們？」

馮秋人眼神迴避，含糊說：「可能是嫉妒我們當初分到資本最雄厚的公司吧。」

嚴安媛對母親和舅舅曾經在背後扯嚴立丰多少後腿一無所知，說服許多年紀大的股東相信嚴金水當時是一時昏庸，才會讓嚴立丰這個半路出家的小醫生接班，她只知道他們一直想在父親死後奪回集團主導權，畢竟她的哥哥才應該是嚴家唯一的兒子，是理所當然的「太子」。

「可是現在沒有人找得到立丰啊，她又不回電話。」

「放心，她等下就會進來，我打聽到有份泰國的合約，她今天非簽不可，而且必須跟泰國皇室視訊換約，等下連泰國辦事處主任都會過來，她一定會提早進來。」

話才落下，電梯門再次打開，正是讓人望眼欲穿的嚴立丰，依舊是俐落的短髮，清麗靈動的臉龐，只是銳利的眼神和一身高級訂製套裝，周身散發一股氣勢。

馮秋人母女迅速攔住她。

「立丰，我們聊聊。」馮秋人低聲下氣請求。

嚴立丰才經歷在停車場被記者攔堵，現在又被二房堵住，心情暴躁得很，然而五年來的訓練，她至少能做到不動聲色，面無表情，畢竟她已經吃過好多次虧，不得不承認現實就像嚴立言說的那樣：「妳現在皺個眉頭都能讓股價掉好幾個點，市值蒸發好幾億，所以妳必須學會控制自己。」

「聊什麼？」

畢竟是八面玲瓏的名媛，擅於察言觀色的嚴安媛知道照母親的方式，嚴立丰很快就會甩袖而去，她急急破題：「我們需要妳幫忙說服立言，放過大象。」

嚴立丰仍然面無表情，但眼底總算出現一絲興趣，哪怕是嘲諷，只要她願意停下腳步，比什麼都不理好。

「立丰，我們畢竟是妳的長輩，妳不能見死不救。」

「外頭那些記者，」她問：「是妳們找來的？」

「不是，當然不是。」馮秋人總算醒過來，學著女兒開門見山道：「妳叔叔是大象的主要股東，這又不是祕密，而他又姓嚴，那些記者們只是想知道巨象和大象之間的關聯，他們不知道魔術老鼠其實是立言的。」

「哼。」嚴立丰冷冷道：「這事，跟嚴立言有沒有關係我不清楚，總之這事跟我一點關係都沒有，妳們快把那些記者弄走，別以爲我不知道誰在背後跟媒體放風聲。」

「要是找得到立言，我們也不會來找妳啊，立丰，我們只能靠妳了。」

馮秋人拉著亟欲擺脫她們的嚴立丰，接待台後的壯漢上前攔住她，看到母親被推開，嚴安媛一時氣急，不顧形象撞上那男人，場面一片混亂，辦公室裡出來幾個人幫忙擋住她們，好讓總裁可以脫身。

眼看機會即將消失，馮秋人再也忍不住，破口大罵：「你們做的骯髒事，就不怕被知道？外頭那麼多媒體，就不怕我出去爆料？你們看不得我們好，那我也不會讓你們好過！」

本來已經一腳踏入辦公區的嚴立丰突然止住腳步，視線冷冷的掃過去，這個曾經弄得她母親心力交瘁，英年早逝的女人，剛回國時，她以爲自己不在乎，但接班以後知道越來越多事情，她漸漸明白若不是老爺子還保有一絲情義，她祖母與母親家族所協助建立起來的帝國，早就被這些貪心的人們給蠶食鯨吞了。

早就清楚一切的嚴立言始終置身事外，始終在觀察著她，若她決定不爭，他也絕不會勉強，但當時他說：「妳是不會在乎，但妳會不甘心。」

她後來才明白，那是預言，預言她知道所有真相後會有的心情，他很清楚一無所知的她才是最幸福的，但是他不忍讓她活在那樣虛假的幸福之中。

當著這對母女的面，她拿出電話，打給嚴安倫。

「我反悔了，剛才說的不算。」她開口：「這件事情反正與我無關，我憑什麼出面替你求他。」

話筒中的聲音是如此絕望，馮秋人可以清楚聽見自己兒子的哀求：「立丰，妳不能不管，妳不管我就完了！」

她的視線緊緊盯著眼前惶恐的兩人，平靜說：「全世界都找不到他，我也找不到，很抱歉。」

母親哭了起來，「妳不能這樣，妳不能不管！」

哥哥說他完了，他們所有人，也就完了。

嚴安媛彷彿看見自己住了三十五年的華麗宮殿在眼前瞬間崩塌，耳邊只聽見嚴立丰極輕的語氣吩咐警衛：「送她們出去。」

轟走那對母女，嚴立丰不只沒有鬆口氣，反而心情大壞，她畢竟是醫生，兩軍對戰也不可能不悲憫弱者，要不是二房逼人太甚，她本來還想遵守與爺爺的約定，在全面接班以後關照他們。

該說是他們自作孽嗎？千方百計阻止她接班，卻沒料到，在嚴立言悄然無聲的擘劃下，二房外表看似繁花似錦，其實危機重重，大象事件就是壓死駱駝的最後稻草，以後再也不可能動搖她的地位。

她木然的處理公事，與泰國皇室的某個公主換完約，各部門依序報告要務，她憑直覺決定當下簽核與否，反正事關重大的業務，早就通過機要祕書處送到紐約那裡評估了，會送到她眼前的，套句嚴立言的話：「就算賠，妳也賠得起。」

這五年來，她就是如此這般，當她的董事長兼總裁，有時她會想，自己是不是太依賴某人，但不管她如何自我反省，除了醫院的事務，對集團這些事就是提不起興致。

掌管行程的祕書五處，總是踩著她下班最後一刻來報告，但她卻總是調侃：「你們是壓軸，掌握著我的自由啊。」

祕書五處的主任叫黛西，算是全公司與她最親近的員工了，不得不如此，她還是有許多不合常理的行程必須透過她安排，例如七月比利時的明日世界音樂節，殷子愷堅持她一定得去。不用他說，她也不會錯過，蘿蘿竟然被陳瑋拉上台，配合著陳瑋風靡全球的電音古典樂，以法語吟誦台灣詩人林亨泰的詩歌，這麼酷的場合，怎麼可能不去？

黛西鉅細靡遺的報告她未來兩週的行程，都是必須端著架子，忍住呵欠的行程，她微微嘆氣，殷子愷和蘿蘿現在正在斯里蘭卡的茶園巡禮中，她多希望黛西能大發慈悲賞她一週空白，好去跟他們會合。

「對了，」黛西從檔案夾裡抽出一個信封，「這是紐約寄來的，我沒打開，不過寄到我們部門，挺奇怪的。」

紐約？嚴立丰心臟緊縮，信封上是紐約一間房地產公司的標記，收信人寫的是她……麗莎‧嚴，地址寫的卻是巨象集團總部祕書五處。

打開信封，裡頭滑出一張磁卡和兩份文件，分別是土地與房屋權狀。

「這是什麼？」

黛西探頭看了一眼文件，「我也不清楚，權狀寫的是妳的名字，會不會是……泰國皇室送妳的禮物？」

這世界果然是學有專精，只管行程的黛西，比她這個魁儡總裁還搞不清楚狀況！

「曼谷商場開發案，我們是乙方，皇室是甲方，要送也是我們送皇室禮物，哪有反過來的道理？」

「喔，那我就不明白了。」黛西迅速抽出手機查了下權狀上登載的地址，「地址好像是蘇美島高爾夫球鄉村俱樂部裡的別墅。」

蘇美、高爾夫球場……記憶中的某塊被敲響，鬱悶的心情立即飛散，她激動的站起來，兩眼熠熠的看著祕書五處主任，「黛西，取消所有行程，我要立刻飛一趟蘇美島。」

「怎麼可能？」

她想到那架嚴立言總說被她浪費了的飛機，「立刻準備飛機，現在、馬上！」黛西的哀嚎聲不斷，她卻摩拳擦掌，鬥志十足。

嚴立丰始終沒適應接班後的待遇，除了公務行程以外，她絕不會動用總裁專屬的灣流噴射機，但這次時間緊迫，她顧不上了，在黛西「批假」的三小時後，她就上了松山往蘇美島的直飛班機，四小時後便抵達蘇美機場，日落時分抵達鄉村俱樂部，圍繞著高爾夫球草坪是一幢幢精緻的別墅，司機直接將她放在其中一幢門前。

她抽出信封裡的磁卡，插入門鎖，燈號跳爲綠色，登一聲大門開啓，她發現自己置身在一間寬敞、氣派的……空屋，放眼所及除了刷白的牆壁，什麼都沒有。

她嘴角抽搐，頓時不知該哭還是該笑，還真有人送禮物送得如此隨意！

她在兩層樓的房子上下逛了一圈，發現這裡不只是俱樂部裡最大的一間，還是視野最好的，面對著果嶺與湖泊，遠遠還能看到一組人正好在湖泊另一頭揮桿……等等，那身影很眼熟？

她心跳加速，雙腳不由自主的奔跑起來，看起來不遠，實則至少一公里，等跑到那些人面前時，她幾乎喘不過氣，也不顧是不是打斷了什麼，事實上，她腳下還似乎碰到了堅硬的東西。

「What the fuck!」她聽見英語驚叫。

她低頭一看，本來可以一桿進洞的小白球，不偏不倚被她一腳踢開。

耳邊傳來熟悉的嘖嘖聲：「看樣子我的最佳助攻來了。」

她倏地抬頭，看入一對等候多時、笑咪咪的眼睛。

「嚴立言！」

一杯令人垂涎欲滴的美酒落在眼前，她卻沒心情品嚐，眼睛死死盯著在對面坐下的他，咬牙切齒開口：「說吧，我等你解釋。」

五年不見，他似乎一點沒變，不，舉手投足間似乎更悠然自若，在這個面海的大露台上，他像個不問世事的隱士，絲毫不像才剛殘忍毀掉二房未來的屠夫。

他聳聳肩，「妳想聽什麼？」

「房子、大象。」

「妳不是還記得我提過的這筆投資嗎？其實這裡早就落成兩三年了，妳那間房子一直空著等妳來。」

「我的房子？」

他又笑，「當了總裁，妳還是一點沒變，對自己擁有的絲毫不在乎，是吧？妳擁有這個俱樂部百分之七的股份，那間房子只是其中的一小部分。」

她大學開始就將大部分現金儲蓄交給嚴立言掌管，負責進行投資，每一季雖然都會收到嚴謹的財報，但她從沒多看一眼，看樣子，這個俱樂部也是她個人的投資項目之一。

「為什麼現在才把權狀寄給我?」

他啜口紅酒,「不然妳怎麼會來?」

「有更簡單的方式,例如打電話?」這五年來,他們雖然刻意避不見面,但視訊會議、電話、email與訊息卻很頻繁,不然他怎麼遠端遙控她當好傀儡總裁?

直到一個月前,他突然音訊全無,怎麼都聯繫不上,過沒多久,就爆出大象集團事件。

他沒回答那個問題,反問:「被二房煩得受不了?」

「這不是正常嗎?」

他搖頭,「天下沒有白吃的午餐,總是貪戀不屬於自己的東西,總有一天會連自己所有的都失去,五年來妳一再容忍他們,現在,就讓他們嘗嘗一無所有的滋味。」

「所以你連我都蒙在鼓裡?」

他再次笑開,以不可思議的眼神看著她,「妳連自己的財產都不在乎了,怎麼會在乎二房的?既然不在乎,我有什麼好瞞妳的?我是做投資的,做空一間公司是家常便飯,其實我也不是特別要針對二房,要怪只能怪嚴安倫交友不慎,好好一間資產雄厚的公司,被他那票大陸的富二代朋友一鼓吹,全投入去做那個線上支付平台,要怪就怪他們牛皮吹太大,財報漏洞百出,這世界上任何一個做投資的瞭解內幕,都不會放過機會。」

「你又是怎麼知道內幕的?」

「只能說他們運氣不好,老頭子走後,他們一家處心積慮聯合董事要把妳摘出去,我當時就開始留心二房在大陸的活動，心想或許能找到什麼把柄，讓他們不要再煩妳，這次爲了在紐約上市，他們上上下下做了不少手腳，剛好就被我找到一大把證據。」

「你……」她還想嘲諷他這些「剛好」，但突然想明白他做這一切的目的，「可是我已經站穩腳步了，他們對我已經沒有威脅了。」

「現在沒有威脅，但是以後呢？妳真正想要的，不就是有天可以放下一切嗎？有他們在後頭虎視眈眈，妳走得了嗎？」

「立言……」

「我已經不叫那個名字了。」他淡淡的說，「老頭子走後，我媽已經離開嚴家，搬回紐約，我也沒有留著台灣身分的必要。」

她不知道他用了什麼方法說服母親，兩母子在爺爺過世以後，就徹底和嚴家斷了關係，彷彿這一切真的只是爲了幫她奪回地位，功成後便身退。

他推開桌上的紅酒，伸出手輕撫她的臉龐，「妳瘦了，黑眼圈也深很多，到底一天睡幾個小時？」

這五年來，她刻意忘了自己，扮演不屬於她的角色，除了與殷子愷、蘿蘿那些知交好友少數的相處時間可以放鬆，其他時候，她可以說食不知味、寢不安眠，絕望的與內心裡那個越來越大的空虛抗衡。

「麗莎，」他用英語低喃，「謝謝妳的等待。」

她眼眶泛紅，不甘心，卻又移不開視線，離開後才知道自己到底有多想念，這個人，自年少時開始就是她呼吸的一部分，這幾年來，他身不由己，卻仍然處處幫著自己，她知道自己之於他，也是一樣的存在。

「伊蓮娜，還好嗎？」

「我們正在辦離婚，當初我只承諾她五年，現在期限到了。」

「她願意放你走？」

他苦笑，「她不願意也不行，有婚前協議。」

「婚前協議？」

「嗯哼，有律師見證那類文件，還不只一個。」

「難道你……從來沒對她動心？」

他捉住她的手，將她的手掌放在自己心臟的位置，「我這裡，二十年前就住進一個人。」

等待的人其實是他，她一直都清楚，所以從來沒有怪過他以這樣的方式離開她。

「我們……該怎麼辦？」

「就跟世間所有男女一樣，相知、相愛、相惜。」他傾身上前，終於吻住朝思暮想的唇。

和最後一次的露營一樣，寶貴的二十四小時假期，她就睡掉十六個小時，五年來，她沒有過這麼甜美的睡眠，每日每日睜著眼睛周旋在做戲般的現實生活裡，她始終搞不清自己究竟是觀眾還是演員，然而此刻漫長的夢，卻比現實人生還真實。

她在浪潮聲中醒來，第一眼看到的，是他溫柔的笑容，彷彿始終在這裡等著她醒來。

「醒了？」

她有片刻的恍惚，慢慢想起自己的房子家徒四壁，昨晚睡在他面海的別墅，她轉頭看向四周，嗯，而且是他的房間。

她回以一笑，伸長雙臂，他會意，投入懷抱。

「我還是喜歡叫你嚴立言，」心滿意足後，她說：「感覺像從出生開始就相連在一起。」

「隨便妳怎麼叫，反正我不再是妳的小叔叔了。」

「小叔叔……」她彎起嘴角，「偶爾角色扮演一下也不賴。」

難得看到她俏皮的模樣，嚴立言忍不住咬了下她的鼻尖，「這可是妳說的。」

番外完

後記　這個故事發生在夏天，卻以冬天爲題

發現自己還沒有好好的寫過以愛情爲主題的故事，當然以往的故事都還是有愛情的痕跡，只是比較像是引子，愛情只被用來推動故事前進，真正想要分享的還是自己關於其他人生課題的思索，《尋找冬天的你》是我的第十部長篇，也剛好是筆耕的第十年，這個故事，我想專注探討一個主題，那就是愛情。

故事架構在兩首情詩上，第一首是台灣詩人林亨泰的〈海線〉，透過海線列車上的通勤少年偷窺同車女孩，勾勒出壯麗的台灣東部海岸線景緻，年輕時讀到這首詩，印象深刻記到現在，青春時期的愛戀總是這樣，左顧右盼、若有似無，於是這個故事便以穿插的方式，放入許多青春回憶，假如有人讀了後會心一笑，那是因爲許多的描寫，來自個人的回憶，雲林鄉間渡過的韶華，回憶的過程才發現，最常出現的背景，是嘉南平原絢爛的晚霞，或許每個人的青春都有這麼一個定格的畫面，只要想起就會不停傻笑。

第二首，是大陸詩人北島的〈爲了〉，北島最爲人傳頌的應該是那兩句：「卑鄙是卑鄙者的通行證，高尚是高尚者的墓誌銘。」但我挑的卻不是慷慨激昂的詩句，而是一首比較不爲人知的小詩。爲了寫愛情，我找了很多情詩，卻都沒有滿意的，最後讀到北島這首詩，腦中出現一個畫面：蒼茫天地裡一個很微弱的光影，引領旅人前行，當下決定就是它了。北島的詩陪伴我渡過艱辛的留學初

期，這個故事寫到最後，我竟然回到了留學的國家，從頭建立新生活，我覺得自己跟北島大概真的非常有緣吧，一點不後悔當初選了這首詩開始這場爲期三年的寫作長征，這三年裡反覆咀嚼這首詩，每回卡稿，都能從中獲得啓發，重新拾筆。這個故事可以說是亦步亦趨的跟著〈爲了〉前行的，基於版權考量，書中只引用短短幾句，衷心盼望讀者有機會可以讀讀這首氛圍獨特的小詩。

我想寫的愛情，是關於戀人眼中的彼此，有別於以前的寫作習慣，故事裡對人物外型的描寫很少，希望能讓讀者自行投射你們心中的凱子、蘿蘿、陳瑋、立丰和立言，每一個人物，都象徵一個通俗愛情小說裡會出現的典型，但我暗自期待在讀完這個故事後，讀者能夠透過戀人的眼睛，進入每個角色的內在，慢慢破除刻板印象，跟著哭、跟著笑、跟著成長、也跟著接受改變。

這個故事發生在夏天，卻以冬天爲題。有的時候，喜歡上一個人，說穿了就是偏執，與理智無涉，哪怕窗外蟬鳴喧囂，只要相信現在是冬天，那就只能在冰天雪地裡顧影自憐，面對愛情，我們很難不先入爲主，讀愛情小說，我們也很難不期待天長地久，我無意用寫實的筆法戳破美夢，寫作對我來說，本來就像在做夢，我一點都不想讓自己難過，只是我想寫的天長地久，要比一般人的期待更長更久一點，幸福的家庭都相似，不幸的家庭各有各的不幸，但誰又能說，這些遭遇不幸的人永遠無法獲得屬於他們的幸福？或許只是時間問題而已。

寫作十年，我逐漸領悟寫作對我的意義，透過寫作，找回出社會後不再閱讀的詩歌，爲了生存，每個人都必須慢慢變得冷硬與現實，寫作就是我悄悄爲自己隱藏的祕方，隱密的柔軟之所，可以像個孩子一樣去感受新的人事物，時刻保持好奇，也還沒忘記流淚的滋味，而愛情又何嘗不是人生在世的另一個柔軟之所？

最後我想說說陳瑋這個角色，改寫時花費最多力氣的部分，幾乎都與他有關，在一部愛情小說裡，這個角色的安排卻無關乎愛情，透過陳瑋的音樂，順理成章的將詩歌置入在故事中，但我其實更希望分享的，是一種超乎個體之間的愛，近乎信仰，一旦準備好爲了什麼人或什麼事犧牲，那就是接近信仰的愛，每個人都在愛中找到自己，或許哪天，可以在愛中忘了自己，那便是，我以爲的天長地久。

喬一樵　2021/9/5
巴黎夜

國家圖書館出版品預行編目資料

尋找冬天的你 / 喬一樵作 . -- 初版 . -- 臺北市 :
POPO 出版 : 家庭傳媒城邦分公司發行 , 民 111.02
面； 公分 . -- (The One ； 1)
ISBN 978-986-06540-6-6(平裝)

863.57　　111000150

The One 01

尋找冬天的你

作　　者／喬一樵
企畫選書／簡尤莉
責任編輯／簡尤莉、吳思佳
總 編 輯／劉皇佑
行銷業務／林政杰
版　　權／李婷雯

總 經 理／伍文翠
發 行 人／何飛鵬
法律顧問／元禾法律事務所　王子文律師
出　　版／城邦原創 POPO 出版　城邦原創股份有限公司
台北市中山區民生東路二段 141 號 6 樓
電話：(02) 2509-5506 傳真：(02) 2500-1933
POPO 原創市集網址：www.popo.tw　POPO 出版網址：publish.popo.tw
電子郵件信箱：pod_service@popo.tw
發　　行／英屬蓋曼群島商家庭傳媒股份有限公司城邦分公司
聯絡地址：台北市中山區民生東路二段 141 號 11 樓
書虫客服服務專線：(02) 25007718．(02) 25007719
24 小時傳真服務：(02) 25001990．(02) 25001991
服務時間：週一至週五 09:30-12:00．13:30-17:00
郵撥帳號：19863813　戶名：書虫股份有限公司
讀者服務信箱 email：service@readingclub.com.tw
城邦讀書花園網址：www.cite.com.tw
香港發行所／城邦（香港）出版集團有限公司
地址：香港灣仔駱克道 193 號東超商業中心 1 樓
email：hkcite@biznetvigator.com
電話：(852) 25086231　傳真：(852) 25789337
馬新發行所／城邦（馬新）出版集團 Cité(M)Sdn. Bhd.
41, Jalan Radin Anum, Bandar Baru Sri Petaling,
57000 Kuala Lumpur, Malaysia.
電話：(603) 90578822　傳真：(603) 90576622
email：cite@cite.com.my

封面設計／Gincy
印　　刷／漾格科技股份有限公司
經 銷 商／聯合發行股份有限公司
電話：(02) 2917-8022　傳真：(02) 2911-0053

□ 2022 年 (民 111) 2 月初版　Printed in Taiwan.

定價／ 360 元
 ISBN 978-986-06540-6-6